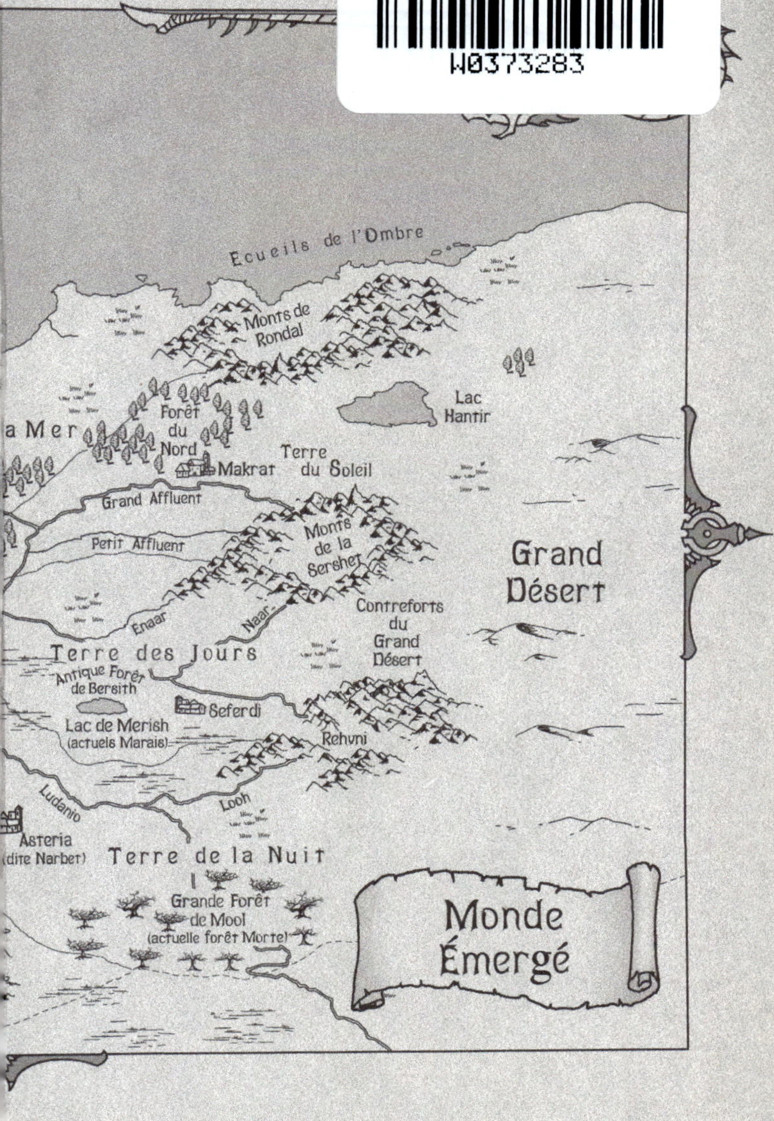

Ecueils de l'Ombre
Monts de Rondal
Lac Hantir
a Mer
Forêt du Nord
Makrat
Terre du Soleil
Grand Affluent
Petit Affluent
Monts de la Sershet
Grand Désert
Enaar
Naar
Contreforts du Grand Désert
Terre des Jours
Antique Forêt de Bersith
Seferdi
Lac de Merish (actuels Marais)
Rehvni
Ludanio
Looh
Asteria (dite Narbet)
Terre de la Nuit
Grande Forêt de Mool (actuelle forêt Morte)
Monde Émergé

GUERRES DU MONDE ÉMERGÉ

Livre II. Les deux combattantes

L'auteur

À l'âge de sept ans, **Licia Troisi** écrivait déjà des histoires que ses parents compilaient dans un cahier bleu... Plus tard, elle a choisi d'étudier l'astrophysique, ce qui lui a permis de décrocher un poste à l'Observatoire de Rome où elle travaille aujourd'hui. Sa passion pour l'écriture ne l'a cependant jamais quittée : à peine sortie de l'Université, elle s'est lancée dans la rédaction des *Chroniques du Monde Émergé*. La série, publiée par la prestigieuse maison d'édition Mondadori, est déjà un best-seller en Italie.

Du même auteur aux éditions Pocket Jeunesse :

Chroniques du Monde Émergé :

I : Nihal de la Terre du Vent
II : La mission de Sennar
III : Le talisman du pouvoir
Intégrale

Guerres du Monde Émergé :

I : La secte des Assassins
II : Les deux combattantes
III : Un nouveau règne
Intégrale

Légendes du Monde Émergé

I : Le destin d'Adhara
II : Fille de sang
III : Les derniers héros
Intégrale

La Fille dragon :

I. L'héritage de Thuban
II. L'arbre d'Idhunn
III Le sablier d'Aldibah
IV. Les jumeaux de Kuma
V. L'ultime affrontement

Les Royaumes de Nashira :

I. Le rêve de Talitha
II. L'épée des rebelles
III. Le sacrifice

Licia Troisi

GUERRES DU MONDE ÉMERGÉ

Livre II. Les deux combattantes

Traduit de l'italien par Agathe Sanz

POCKET JEUNESSE
PKJ·

Directeur de collection :
Xavier d'ALMEIDA

Titre original :
Le Guerre del
Mondo Emerso
II. Le due guerriere

Loi n° 49 956 du 16 juillet 1949 sur les publications destinées à la jeunesse : avril 2015.

ISBN : 978-2-266-22882-4
Dépôt légal : avril 2015

Annuaire du Conseil des Eaux
Volume VIII, an quarante et un de la Bataille d'Hiver.
Treizième rapport.
Rédacteur : Lonerin de la Terre de la Nuit, élève du Conseiller Folwar.

Ainsi qu'il en avait été décidé lors de la précédente réunion du Conseil, au début de l'année j'ai infiltré l'antre de la secte connue sous le nom de Guilde des Assassins, dont le temple le plus important se trouve sur la Terre de la Nuit. Le dernier rapport d'Aramon, l'espion qui m'avait précédé, laissait en effet à penser que la Guilde des Assassins avait conclu un pacte avec Dohor, roi de la Terre du Soleil, qui, par la guerre et grâce aux intrigues, a étendu ses conquêtes aux Terres de la Nuit, du Feu, des Roches et du Vent sur lesquelles il règne à travers ses hommes de main. Mais la nature de ce pacte, elle, n'était pas claire.

Afin d'enquêter sur les projets de notre ennemi, je me suis introduit au sein de la Guilde en me faisant passer pour l'un de ces désespérés qui vont périodiquement au temple implorer leur dieu – Thenaar, dit le Dieu Noir – d'exaucer leurs désirs. Les Postulants, comme les ont baptisés les membres de la secte. Sans m'attarder sur les souffrances que j'ai subies pour être accepté parmi eux, je dirai simplement que j'ai réussi à pénétrer dans le siège de la Guilde, un vaste édifice souterrain que ses adeptes appellent la Maison.

Je n'en ai hélas rapporté qu'un plan sommaire, car un Postulant n'est pas autorisé à s'y déplacer librement, et la surveillance étroite qu'exercent les Assassins a gêné mes investigations nocturnes. Par ailleurs, les Postulants sont traités comme des esclaves jusqu'au jour où on les sacrifie à Thenaar.

Je dois avouer que pendant longtemps mon enquête n'a abouti à rien. Puis le destin, ou le hasard, m'a fourni une aide inespérée.

J'errais dans la salle principale de la Maison, une grotte que domine une terrifiante statue de Thenaar entourée de deux immondes piscines remplies de sang, quand j'ai été surpris par un membre de la secte, une jeune fille menue d'environ dix-sept ans, qui se glissait furtivement à l'endroit même où je menais mes recherches.

Elle m'a aussitôt capturé et conduit à son logement pour m'interroger.

J'ai tout de suite deviné un je-ne-sais-quoi d'étrange en elle ; elle ne m'était pas hostile, elle craignait plutôt d'être découverte en train de faire quelque chose d'interdit. J'admets que j'ai peut-être agi inconsidérément, mais lors-

que Doubhée – c'est son nom – m'a demandé qui j'étais et ce que je faisais, j'ai répondu avec sincérité.

Avant de continuer, et compte tenu de la méfiance du Conseil envers cette jeune fille, il convient que j'explique qui elle est et pourquoi nous avons scellé un pacte cette nuit-là.

Il n'y a que deux moyens d'entrer dans la Guilde : soit en naissant parmi les Assassins, soit parce que l'on a commis un crime dans son jeune âge. Ceux qui appartiennent à cette catégorie sont appelés les Enfants de la Mort. Doubhée est l'une d'eux.

Je ne sais pas exactement d'où elle est originaire – sans doute un village –, elle a une certaine répugnance, d'ailleurs assez compréhensible, à évoquer son passé. Enfant, au cours d'une dispute, elle a tué sans le vouloir un de ses camarades de jeu. Sa communauté l'a punie de cette faute par l'exil. C'est durant son errance, dont j'ignore les détails, qu'elle a croisé celui qui l'a formée au meurtre, quelqu'un dont elle parle avec beaucoup de respect, et qu'elle nomme Maître.

Son apprentissage a commencé à l'âge de huit ans. Il s'agit donc d'une personne que l'on a entraînée à tuer, alors qu'elle était déjà traumatisée par ce premier geste involontaire. Cela pour montrer encore à quel point les réserves du Conseil sont injustifiées. Mais je m'égare.

Aux yeux des membres de la Guilde, Doubhée est une Enfant de la Mort, et pour cette raison ils n'ont pas tardé à s'intéresser à elle. Avant de se rebeller et de la quitter, son maître avait lui aussi fait partie de la secte, et je crois que c'est par lui que la Guilde est arrivée jusqu'à la jeune fille. Entre-temps, Doubhée avait renoncé à pratiquer le meurtre et ne vivait plus que de larcins. Encore une fois, j'invite ceux qui liront ces lignes à ne pas juger trop sévèrement la conduite de celle qui nous a permis de percer à jour les projets de la Guilde. Nous parlons d'une jeune fille solitaire, qui ne subsiste que grâce aux talents acquis par son étrange apprentissage.

C'est par la ruse que la Guilde est parvenue à mettre la main sur Doubhée. Au cours d'un vol, une malédiction qui lui avait été inoculée quelque temps plus tôt au moyen d'une aiguille empoisonnée s'est activée. Cette malédiction, dont la nature particulièrement sournoise correspond bien à l'esprit pervers de la Guilde, libère une entité malveillante – que Doubhée appelle la Bête – qui se tapit en elle. Cette entité prend parfois le dessus sur elle, ce qui la contraint à des actes d'une terrible cruauté. La Bête se nourrit en effet de sang et de mort.

La Guilde a convaincu Doubhée qu'elle seule possédait l'antidote capable de la sauver, et c'est de cette manière que, quelques mois plus tôt, elle l'avait obligée à rallier l'armée des Assassins. Périodiquement, on lui administrait une potion qui atténuait les symptômes de la malédiction, en lui faisant croire que c'était un véritable remède.

Nous n'avons donc pas affaire à une personne née dans la Guilde et pervertie par elle, mais bien plutôt à une victime de la secte, qui a été asservie par elle contre sa volonté.

J'ai analysé la malédiction dont souffre Doubhée. Elle

en porte une marque évidente : deux pentacles, un rouge et un noir, qui enferment un cercle composé de deux serpents entrelacés, eux aussi rouge et noir. Comme on le sait, aucune malédiction ne laisse de signes visibles sur le corps, à part les sceaux.

Quand Doubhée m'a montré le symbole, j'ai donc rapidement conclu grâce à mes connaissances en magie qu'il s'agissait d'un sceau, et, la mort dans l'âme, je lui ai expliqué que seul le magicien qui l'avait créé pouvait rompre l'enchantement, et qu'il n'existait aucune potion susceptible de le soigner, seulement des philtres qui en réduisaient les symptômes. Je lui ai dit que la Guilde la trompait.

Notre pacte est né de son désespoir. Nous savons tous que les sceaux imposés par des magiciens peu puissants peuvent souvent être brisés par des magiciens plus savants. Je crois que celui de Doubhée est de ce genre, et je lui ai promis de la conduire auprès d'un magicien du Conseil capable d'une telle entreprise. Et en échange, elle a enquêté pour moi.

Je ferme ici cette longue parenthèse pour relater sans plus tarder ce que Doubhée a découvert.

La Guilde adore Aster – le Tyran qui a presque détruit notre bien-aimé Monde Émergé – à l'égal d'un messie, et elle œuvre à son retour. Elle a déjà réussi à invoquer son esprit, qui en ce moment flotte entre notre monde et l'au-delà dans une chambre secrète de la Maison. Ce qui lui manque à présent pour achever le rite, c'est un corps où loger cet esprit. Le choix de la Guilde s'est porté sur le fils de Nihal et Sennar, les deux héros qui, voilà quarante ans, ont réussi à mettre fin au règne du Tyran. La raison de ce choix est facile à deviner : Aster est un sang-mêlé, le fils d'un homme et d'une demi-elfe, tout comme le fils de Nihal, la dernière demi-elfe du Monde Émergé, et de Sennar, un simple humain de la Terre de la Mer.

Telles sont les découvertes de Doubhée.

Le Conseil les a discutées lors de la séance d'aujourd'hui et a finalement décidé de la conduite à adopter. La mission est double. D'une part, nous devons assurer la protection de Tarik, le fils de Nihal et Sennar. Le chef de notre résistance contre Dohor, le gnome Ido, a informé le Conseil que Tarik vivait dans le Monde Émergé, contrairement à ses parents, qui ont traversé le fleuve Saar en direction des Terres Inconnues il y a de nombreuses années. Ido lui-même s'est chargé de retrouver le jeune homme et de le conduire en lieu sûr.

La deuxième partie de la mission repose sur moi et sur Doubhée. Sennar, ce grand magicien, connaît certainement le secret de la magie qui ramènera Aster à la vie. C'est pourquoi Doubhée et moi franchirons le Saar à sa recherche. Doubhée a accepté de collaborer dans l'espoir que Sennar serait en mesure de briser son sceau. Je ne doute pas que son aide me sera précieuse, compte tenu aussi du fait que notre fuite de la Guilde n'a pas dû passer inaperçue et que les Assassins sont probablement déjà sur nos traces. Qui mieux qu'elle peut nous défendre contre eux ?

Le départ est fixé à demain. J'écris ces derniers mots avec inquiétude. De tous ceux qui ont traversé le Saar, pas un n'est revenu, et c'est toujours avec terreur que l'on parle des Terres Inconnues... Je ne sais pas ce qui nous attend, et je ne sais pas non plus si nous parviendrons au-delà du fleuve. En moi se mêlent l'excitation de l'explorateur et la peur de l'inconnu. Cela dit, l'angoisse de l'échec domine ma crainte de la mort.

Car cette mission compte plus que tout au monde pour moi, tout comme la destruction de la Guilde.

PROLOGUE

Le dernier invité partit très tard. Il était ivre et un serviteur dut le raccompagner. Sulana les vit s'enfoncer tous les deux en titubant dans l'obscurité du jardin. L'homme marmonnait des paroles indistinctes, peut-être une chanson grivoise.

La jeune femme étouffa un bâillement. Les efforts qu'elle avait dû déployer pour se montrer courtoise et souriante l'avaient épuisée. Dohor, lui, l'homme qu'elle avait épousé le matin même, semblait né pour ces choses-là. Il avait pris sa main avec grâce devant le prêtre et avait été son guide durant toute la journée. Jamais un mot déplacé, jamais un signe de fatigue. Sulana s'en était émerveillée. Comment faisait-il pour toujours savoir quoi dire à chacun ? C'était un art qu'elle ignorait. L'eût-elle appris, peut-être ne se serait-elle jamais mariée.

C'étaient les Conseillers qui, les premiers, avaient abordé le sujet.

— Vous avez l'âge requis.

— Le peuple murmure sur votre compte.

— Il lui faut un roi.

Elle avait tenu bon pendant sept ans. Sept années durant lesquelles elle avait réussi à diriger son pays, la Terre du Soleil, à travers la guerre et la paix, en imposant sa volonté à ses courtisans et à ses ministres. Puis elle avait capitulé. Bien qu'elle eût à peine plus de vingt ans, elle avait été privée de son enfance et elle se sentait vieille. Elle ne pouvait plus continuer ainsi. Elle était à bout de courage et de forces. Elle avait accepté de se marier.

Elle ne s'était guère préoccupée de savoir qui serait son futur mari. Elle désirait seulement la paix, et si son union avec un inconnu en était le prix, soit.

C'est cet homme, légèrement plus jeune qu'elle, aux cheveux d'un blond presque blanc et aux yeux très clairs, qui l'avait conquise.

— Oui, avait-elle murmuré lorsqu'il lui avait demandé sa main.

Elle ne s'était méprisée pour sa faiblesse qu'un bref instant. « On ne peut pas être éternellement fort », s'était-elle dit en se mordant la lèvre, tandis que l'ombre d'un sourire de triomphe passait sur le visage de l'heureux prétendant.

Ensuite, tout s'était précipité. Les préparatifs du banquet, de la cérémonie, les innombrables essais de la robe nuptiale, les choix infinis qu'on lui soumettait.

Sulana ne s'appartenait plus. La voix, lasse, qui donnait des indications et des ordres, n'était plus la sienne. « Oui, les iris au centre de la table. Bien sûr, je remercierai au plus vite le ministre pour son aimable cadeau. »

Et Dohor absent, lointain. Depuis qu'il s'était déclaré, ils ne s'étaient quasiment plus jamais adressé la parole.

« Comment se comportera-t-il avec moi ? Sera-t-il gentil ? Saurai-je l'aimer ? »

C'était un mariage de convenance, rien de plus. Lui serait roi, et elle, elle aurait la tranquillité qu'elle désirait. Mais depuis qu'elle était enfant, elle avait toujours secrètement rêvé de vivre le grand amour. C'est pourquoi, dissimulée derrière le puits de l'immense jardin, elle avait observé avec espoir son futur mari qui supervisait les arrangements de la noce. Elle le trouvait déterminé et sûr de lui, et beau aussi, avec son physique élancé. Pourtant, il y avait en lui quelque chose d'inquiétant. Peut-être son sourire, ou sa manière d'être. Quelque chose qui la terrorisait, et en même temps l'attirait. C'était le mystère qui émanait de lui. Le fait qu'ils soient étrangers l'un à l'autre.

Elle s'était persuadée qu'elle l'aimait. Et si elle l'aimait, qui sait… Dohor l'aimerait-il peut-être en retour.

La cérémonie fut interminable. Courtisans, souverains, princes, guerriers, ministres, simples commensaux, tous s'agenouillaient l'un après l'autre devant le couple royal. Sulana souriait, la main légèrement appuyée sur celle de son mari. Mais personne, apparemment, ne la regardait vraiment. Les regards la traversaient, et elle se sentait invisible, même pour Dohor, absorbé dans son rôle de roi.

Seul Ido parut la voir. Il s'approcha du trône, tenant la femme qu'il aimait par le bras. Magicienne réputée, Soana était l'ancienne Conseillère de la Terre du Vent réintégrée dans ses fonctions après le départ de Sennar. Ido offrit une fleur à la jeune épousée ainsi qu'un sourire plein de compréhension. Et pour la première fois depuis le début de cette journée sans fin, Sulana lui rendit son sourire avec sincérité.

Le regard que le gnome adressa à son mari fut, sinon ouvertement hostile, du moins glacé. Dohor parut ne pas s'en rendre compte.

— Notre cher Général Suprême ! claironna-t-il. Relevez-vous, relevez-vous !

— Merci, Votre Majesté, marmonna Ido.

— En vérité, qu'il est étrange de vous voir vous incliner devant moi aujourd'hui, quand hier encore, c'était l'inverse.

Sulana trouva ces paroles de mauvais goût, mais elle les attribua au vin et à l'excitation du moment.

— Ainsi tourne la roue du destin, n'est-ce pas ? Soana se raidit, ce qui n'échappa pas à Sulana.

— Nous vous souhaitons, à vous et à votre épouse, un règne long et pacifique, dit la magicienne avec un sourire.

— Merci, merci, coupa Dohor, vaguement piqué, avant de s'adresser de nouveau à Ido : Quoi qu'il en soit, je n'oublie pas que je suis avant tout un Chevalier du Dragon, et jamais je ne manquerai à mes devoirs militaires. C'est une grande chance pour un royaume d'être gouverné par un guerrier expérimenté, vous ne croyez pas ?

— Si nous étions en temps de guerre, ce serait sans aucun doute fort utile, en effet.

— Bien sûr, mais qui peut prédire quand un conflit éclatera ?

— Je vous remercie encore de nous avoir honorés de cette invitation. Longue vie aux souverains ! s'empressa de conclure Soana en esquissant une révérence.

Ido, troublé, fit de même.

Ils s'éloignèrent, et Sulana constata que la main de son époux tremblait légèrement. Elle se tourna vers lui. Sans un regard pour elle, froid et altier, il souriait déjà à l'invité suivant.

Sulana se changea avec tant de hâte qu'elle exaspéra la servante qui l'aidait.

— Vous allez abîmer votre robe !

Et alors ? De toute façon, elle ne la remettrait plus. Sa nuit de noces l'attendait, et elle ne savait pas si elle devait s'en effrayer ou s'en réjouir.

Pâle, elle pénétra dans la chambre qu'éclairaient une bougie et une splendide lune d'été. La pièce était vide.

Sulana s'immobilisa sur le seuil et scruta le couloir. Il n'y avait pas âme qui vive. Elle rappela sa suivante.

— Où est le roi ?

— Je l'ignore, madame, je ne l'ai pas vu sortir.

Où était donc Dohor ? Qu'est-ce qui pouvait être plus important que son épouse ?

Le dos raide, Sulana s'assit sur le bord du lit, craignant sottement de froisser les draps, et s'arma de patience.

Il faisait nuit noire. Et toujours aucune trace de Dohor. Que s'était-il passé ? Sulana, lassée d'attendre, se promenait à présent dans le jardin. Elle aimait le chatouillement de l'herbe sous ses pieds nus.

En soupirant, elle songea à ses rêves, à ses illusions d'enfance envolés.

Soudain, elle entendit un chuchotement dans son dos. Elle se retourna et s'approcha à pas de loup. À cette heure-ci, l'endroit aurait dû être désert.

Pendant un instant, elle voulut croire que cela pouvait être Dohor. Peut-être l'attendait-il là, peut-être était-ce une surprise. Une pensée certes idiote, mais aussi très douce.

Lorsqu'elle aperçut une ombre entre les haies de buis, sous le saule, son cœur tressaillit. Un murmure. Sa voix ? Non, deux voix. Et deux silhouettes, aussi.

Elle se cacha derrière le saule.

— Et pourquoi n'êtes-vous pas venu à la cérémonie ?

— Ceux de mon espèce n'entrent dans les palais qu'en certaines occasions, qui sont loin d'être aussi joyeuses que les mariages. Partout où nous passons, la mort nous accompagne.

La voix était froide et mesurée, empreinte d'une imperceptible touche d'amusement. L'autre était celle de Dohor. Sulana le reconnut à son rire.

— Je comprends. Eh bien ? Vous avez quelque chose à ajouter ?

— Non, pas dans l'immédiat. Sinon pour me féliciter d'avoir trouvé en vous un jeune homme intelligent et très perspicace.

— Je n'en serais pas là si je ne l'étais pas.

— Et ce n'est qu'un début, n'est-ce pas ?

— Tout à fait.

De nouveau ce rire léger, qui la veille encore lui faisait fondre le cœur et qui à présent la glaçait.

— Il va de soi qu'à l'avenir j'aurai recours à vos services et à ceux de votre secte.

— Je me tiens à votre entière disposition. À condition, bien sûr, que vous respectiez notre marché...

— Mener des recherches sur la Grande Terre ne sera pas un problème.

L'autre homme s'inclina avec élégance.

— Malheureusement, nous n'avons pas de vin pour trinquer à notre alliance.

— Nous le ferons plus tard, lorsque notre collaboration portera ses premiers fruits.

Sulana vit Dohor prendre le chemin du palais. Elle avait les jambes paralysées, mais il fallait qu'elle bouge, qu'elle coure jusqu'à leur chambre. Dieu merci, elle connaissait les lieux bien mieux que son époux.

Elle arriva peu avant lui et s'assit sur le lit, les mains croisées sur les genoux.

Dohor ouvrit la porte avec précaution et resta sur le seuil, interdit.

— Tu ne dors pas ?

Elle ne sut que répondre.

— Je t'attendais...

Il entra et referma la porte.

— Je suis désolé. J'aurais dû te prévenir que j'avais à faire. En vérité, tu as eu tort de m'attendre.

Poli, mais froid. Il passa derrière le paravent pour se changer. Sulana l'entendit verser l'eau de la cruche, ôter son épée... Sans un mot. Quant à elle, une foule de questions se pressaient sur ses lèvres.

Dohor apparut, vêtu d'une chemise et d'un caleçon militaires. Il saisit la bougie posée sur le chevet pour l'éteindre.

— Où étais-tu ?

La question était sortie toute seule.

Dohor se figea.

— Je te le répète, j'avais à faire, murmura-t-il sans se retourner.

— Tu ne veux pas me dire quoi ?

— Cela ne te regarde pas.

Ses doigts s'approchèrent de la mèche. Sulana sentit la moutarde lui monter au nez.

— Je t'ai vu parler avec un homme dans le jardin.

Dohor se retourna vivement vers elle.

— Tu m'as espionné ?

Ses yeux clairs s'étaient brusquement remplis d'un mélange de colère et de crainte.

— J'étais là par hasard...

Il lui attrapa les poignets.

— Et tu t'es mise à m'espionner ! Comment as-tu osé ?

Sulana fut prise de panique. Elle était seule dans sa chambre avec un inconnu, un inconnu qui subitement devenait agressif.

— Je suis venue ici et tu n'y étais pas, bredouilla-t-elle avec des larmes dans la voix. Je ne savais pas si je devais m'inquiéter ou quoi... et je t'ai attendu... mais il était tard... j'étais déçue... et alors... c'est notre nuit de noces..., conclut-elle en le regardant à la recherche d'une lueur de compréhension.

Elle n'en trouva pas la moindre trace.

— Mes faits et gestes ne te concernent pas. Désormais, je suis le roi, et les affaires d'État sont passées entre mes mains.

Dans son cœur, Sulana avait déjà compris ; pourtant, elle refit une tentative.

— Mais à présent, nous sommes mari et femme... Et cet homme... cet homme m'a vraiment fait peur...

Dohor eut un sourire narquois.

— Mari et femme ? Roi et reine, plutôt. Tu étais lasse de régner, et moi je convoitais le pouvoir, voilà tout. Cet homme me mènera loin, très loin, et tu en profiteras aussi.

Il la relâcha à contrecœur, souffla la chandelle et s'allongea en lui tournant le dos.

Sulana resta assise dans le noir, les yeux écarquillés.

— Et ne t'avise pas de me mettre des bâtons dans les roues, tu m'entends ? ajouta soudain Dohor. Nous avons conclu un accord, gare à toi si tu ne le respectes pas !

Il prononça ces mots avec un calme glacial, puis tira les couvertures à lui.

Sulana demeura longtemps immobile, tandis que des larmes silencieuses coulaient sur ses joues.

Elle avait commis une erreur. Mais ce n'est qu'avec le temps qu'elle en mesurerait toute la gravité.

PREMIÈRE PARTIE

Le Saar, ou Grand Fleuve, coule à l'ouest du Monde Émergé et en constitue une frontière infranchissable. Nul n'en connaît précisément l'étendue, mais on raconte qu'en ses points les plus larges ses deux rives sont distantes de sept à huit lieues. Personne ne sait même quelles créatures le peuplent. Tout ce que l'on sait du Saar appartient au monde des fables ou des légendes, parce que tous ceux qui ont tenté de le traverser ne sont jamais revenus.

ANONYME,
DE LA BIBLIOTHÈQUE PERDUE
DE LA CITÉ D'ENAWAR.

1

SUR LE BORD DU MONDE ÉMERGÉ

Le visage dissimulé par la capuche de leurs amples manteaux marron, les trois étrangers arrivèrent à Marva au coucher du soleil. Le village, quelques misérables maisons sur pilotis, se nichait au cœur de la zone marécageuse du Cercle des Marais, autrefois Terre de l'Eau. La jeune fille et le magicien l'avaient quitté deux jours plus tôt.

Des regards inquiets épiaient tous les faits et gestes du trio. Marva était situé à l'écart de toute route commerciale, et l'air stagnant et putride des marais en faisait un lieu assez peu attrayant pour les voyageurs de passage. Il n'y avait même pas de taverne ni d'auberge. Personne ne s'y était arrêté depuis des années, et voilà qu'en l'espace de trois jours, on voyait débarquer cinq inconnus.

Quelque chose ne tournait pas rond.

Les nouveaux arrivants s'engouffrèrent dans la ruelle où se trouvait un atelier de calfatage, l'une des rares activités de cet endroit oublié des dieux.

Bhyf était en train d'enduire de brai une nouvelle coque, quand il les vit apparaître dans l'encadrement de la porte : celui qui devait être le chef devant, et les deux autres, plus grands, derrière.

Pour une raison inconnue, leur air décidé le fit frissonner.

Le chef repoussa sa capuche, et Bhyf poussa un soupir de soulagement en apercevant une femme blonde aux cheveux bouclés et au beau visage parsemé de taches de rousseur.

— Bonsoir, dit-elle en souriant aimablement.

Bhyf retira ses gants tout en l'observant de près et opta pour la prudence.

— Vous désirez ?

— Seulement quelques informations.

Bhyf se raidit. Les vêtements de la femme blonde étaient entièrement recouverts par son manteau usé, mais autour de son cou on distinguait un cercle noir.

— Si je peux vous renseigner…

— Avez-vous vu passer par ici un jeune magicien et une fille menue, habillée en homme ?

Bhyf acquiesça, en surveillant attentivement les deux hommes qui l'accompagnaient. Il n'y avait que la barque sur laquelle il travaillait entre eux et lui.

— Ils sont toujours au village ?

Bhyf recula d'un pas.

— Non, répondit-il.

— Quand sont-ils partis ?

— Hier. Ils ont pris un bateau.

— Et leur destination, vous la connaissez ?

— Pourquoi me posez-vous toutes ces questions ? Je calfate des embarcations et je m'occupe de mes affaires...

— Vous la connaissez, oui ou non ?

La femme blonde ne semblait pas irritée, mais sa voix était coupante.

— Je ne sais rien. Ils étaient les hôtes de Torio, adressez-vous à lui.

Elle fit un signe de la tête et remit sa capuche.

— Mille mercis, vous nous avez été d'une grande aide.

Les trois inconnus sortirent sans ajouter mot. Bhyf remarqua avec inquiétude que ni leurs pas ni leurs manteaux ne produisaient le moindre bruit.

Torio était assis sur le pas de sa porte. C'était un vieillard plutôt robuste, avec l'air un peu obtus de ceux qui ont toujours vécu dans le même lieu sans imaginer qu'il puisse exister ailleurs un monde plus vaste. Il réparait des filets de pêche lorsqu'il entendit claquer des talons. Trois paires de bottes noires s'arrêtèrent devant lui.

— Vous êtes Torio ?

Le vieux leva la tête et aperçut une jolie femme qui lui souriait. Derrière elle, se tenaient deux hommes encapuchonnés, et il eut une étrange sensation.

— Oui, dit-il avec méfiance.

— Nous savons que vous avez hébergé sous votre toit un magicien et une fille habillée en homme. Où sont-ils allés ?

Torio fut sur ses gardes. La jeune fille avait été très claire avec lui avant de partir. « Si on te questionne, tu fais l'ignorant. Tu ne nous as pas vus. Tu ne dois révéler notre destination sous aucun prétexte. »

Il fronça les sourcils.

— On vous aura mal renseignés. Vous n'avez pas regardé autour de vous ? Ce n'est pas franchement un endroit touristique par ici.

Et il se pencha à nouveau sur ses filets pour signifier que la discussion était close.

La femme s'agenouilla à son niveau et le scruta avec intensité.

— Je ne te conseille pas de jouer les malins avec nous…

Torio remarqua ses splendides yeux bleus, clairs et magnétiques. Mais quelque chose dans son regard, et dans le ton subtil de sa voix, lui glaça le sang. Ses mains se mirent à trembler.

— Personne n'est venu chez moi, je vous le répète, et…

Il n'eut pas le temps d'achever sa phrase. Sur un geste de la femme, ses deux acolytes saisirent Torio et le poussèrent à l'intérieur de la maison. Ils refermèrent la porte et le jetèrent au sol, en le maintenant fermement par les bras.

— Mais qu'est-ce qui vous prend… ?

La femme pressa violemment sa botte sur sa bouche. Elle était incroyablement forte pour sa corpulence.

— Dis-nous où ils sont allés.

Torio garda obstinément le silence. Il avait peur, mais pas au point d'oublier la recommandation de la jeune fille.

La femme eut un sourire cruel.

— On dirait que tu n'as pas bien saisi dans quelle situation tu te trouves !

Elle ouvrit son manteau et Torio vit avec horreur une large chemise sous un gilet de cuir noir aux boutons rouges, ainsi qu'un pantalon en chamois sombre. Les deux hommes qui l'accompagnaient étaient vêtus de la même manière. Le vieillard sentit son cœur tambouriner dans sa poitrine. C'était un uniforme qu'il connaissait bien, et que tous les habitants du Monde Émergé redoutaient : celui de la Guilde, la secte des Assassins.

— Je vois que tu nous reconnais, déclara la femme avec un rictus inquiétant.

Toute trace de bienveillance envolée de son visage, elle ressemblait désormais à une créature maléfique.

Elle tira de sa ceinture un poignard à la garde en forme de serpent. Elle se pencha à hauteur du visage du vieil homme et lui appuya la pointe de la lame sur la joue.

Torio commença à respirer avec difficulté. Il n'avait aucun lien avec les deux jeunes gens qui avaient été ses hôtes, ils étaient restés chez lui trop peu de temps pour qu'il puisse se faire une idée sur eux. Mais il connaissait la raison de leur voyage.

« Nous sommes en mission pour le Conseil », lui avaient-ils révélé.

Une mission importante, à n'en pas douter. Il l'avait deviné à leurs discussions, à la gravité des gestes du jeune homme, à sa froide détermination. Assez importante, en tout cas, pour leur donner la force et le courage de franchir le Saar. Il ne les trahirait pas.

— Je ne sais rien d'eux.

La femme devint brusquement sérieuse.

— Je te croyais plus intelligent.

Le coup fut si soudain qu'il en parut indolore. C'est en voyant le sang que Torio se mit à hurler.

— Nous savons que c'est toi qui leur as donné la barque. Où sont-ils allés ?

La réponse lui monta aux lèvres, aussi rapide que le liquide vermeil qui jaillissait de sa blessure, mais Torio parvint à se taire. C'était une question d'honneur, de respect envers ceux qui avaient sollicité son aide.

— Ils ne me l'ont pas dit.

La femme lui entailla l'autre joue. Torio faillit s'évanouir.

— Tête de mule !

— Vers le nord... vers les cascades... murmura le vieil homme.

La femme secoua la tête.

— À d'autres ! Je ne suis pas née de la dernière pluie.

À l'aube, un corps flottait lentement sur l'eau des marais. Rekla était agenouillée sur la rive, avec à côté d'elle une petite fiole remplie de sang mêlé à un liquide vert. Elle récitait ses prières, celles qu'elle avait apprises nuit après nuit dans le temple de Thenaar. Elle joignait si fort les mains que ses doigts étaient tout blancs.

« Pardon, mon Seigneur, pardon ! Accepte ce sang en attendant celui de cette traîtresse que je verserai moi-même dans tes piscines. »

Thenaar ne répondit pas, et son silence accabla Rekla.

— Qu'est-ce qu'on fait ? lui demanda tout à coup l'un des deux Assassins.

Elle se retourna d'un bond et le foudroya du regard.

— Je suis en train de prier !

— Pardonnez-moi, Maîtresse, pardonnez-moi.

Rekla acheva de murmurer sa prière et se releva.

— On les suit, cela me paraît évident.

— Mais ils ont franchi le Saar, Maîtresse, l'entreprise sera ardue... Laissons faire le fleuve. Je connais le Saar et ses courants, ils finiront dans la gueule des poissons.

Rekla le saisit brutalement à la gorge.

— Deux ennemis de Thenaar se promènent en toute quiétude dans le Monde Émergé, et toi, qu'est-ce que tu proposes ? De les laisser détruire ce que nous avons péniblement édifié à grand-peine durant ces innombrables années ?

Elle accentua la pression sur son cou.

— Si ta foi n'est pas assez forte pour cette mission, si par lâcheté tu hésites à donner ta vie pour notre dieu, alors retourne à la Maison. Quant à moi, aucun obstacle ne m'arrêtera. Jamais.

Elle se tourna vers l'autre Assassin :

— Nous devons prévenir Son Excellence. Il est temps que Dohor nous prouve sa fidélité en nous envoyant un dragon.

Ils franchirent les derniers mètres avec l'énergie du désespoir. La bande de terre devant eux apparaissait et disparaissait à mesure que leurs têtes sortaient de l'eau ou s'y enfonçaient. Mais ils y étaient presque, ils ne pouvaient pas renoncer maintenant.

Un cri étouffé obligea Doubhée à se retourner. Non loin d'elle, un bras se tendait hors de l'eau pour demander de l'aide.

Elle fit rapidement demi-tour, plongea. Lonerin, la tête immergée, agitait frénétiquement les jambes. Elle lui passa un bras autour du cou et le ramena à la surface. Ils respirèrent tous les deux un grand coup, et se remirent aussitôt à nager. Derrière eux, le grondement sourd augmentait d'intensité.

— Le monstre remonte ! hurla Lonerin.

Il commença à réciter les paroles de l'enchantement. Très vite, cependant, ses pieds entrèrent en contact avec le fond boueux du fleuve, et au bout de quelques minutes, il parvint à se redresser. Le niveau de l'eau baissa, ils sentirent leurs membres devenir plus légers, et ils se jetèrent sur l'herbe, sans même regarder à quoi ressemblaient ces Terres Inconnues qu'ils avaient finalement atteintes.

Le grondement derrière eux les fit se relever d'un bond. À quelques brasses de la rive, un monstre au corps vert de serpent et à la tête disproportionnée, mi-reptilienne, mi-équine, surgit de l'onde, hurlant au ciel sa rage d'avoir perdu ses proies.

Ils avaient eu la barque à Marva, chez Torio, un pêcheur que leur avait indiqué le Conseil des Eaux. Doubhée ne l'avait guère trouvé intelligent, et Lonerin devait avoir pensé la même chose à en juger par son regard perplexe. Néanmoins, Torio les avait aidés à réunir tout ce dont ils avaient besoin pour leur voyage. Il leur avait fourni du poisson et de la viande séchée, des fruits et une besace pour ranger le tout. Lonerin y avait aussi mis les ampoules qui contenaient la potion indispensable à Doubhée pour tenir en respect la malédiction.

— Il s'agit d'une nouvelle formule que j'ai inventée, avait-il déclaré en les couchant avec délicatesse. L'accoutumance sera moindre qu'avec celle de Rekla.

Doubhée avait lu dans ses yeux l'immense pitié qu'il éprouvait pour elle, et pendant un instant, elle l'avait détesté. Baissant la tête, elle s'était concentrée sur l'équipement qu'elle devait charger sur la barque : ses couteaux à lancer, son arc, ses flèches, et le poignard dont elle ne se séparait jamais. Celui qui avait appartenu au Maître.

Lonerin, quant à lui, avait achevé les préparatifs de la coque.

Tandis qu'il pratiquait les enchantements nécessaires pour rendre l'embarcation plus résistante aux courants du Saar, Doubhée avait pris la direction des marais. Après toutes ces années de solitude, elle ne s'était pas encore habituée à avoir un compagnon de voyage et profitait de la moindre occasion d'être seule.

Elle avait contemplé l'eau immobile, songeant à son passé, au Maître. Sauver sa vie lui semblait un acte imposé, ce n'était pas un désir né de ses entrailles. Elle ne faisait qu'obéir au destin qui avait été tracé pour elle, à un dessein impénétrable qui conduisait de son premier meurtre – celui de

Gornar, un de ses amis d'enfance – jusqu'à ce village des marais.

— Personne n'a jamais traversé le Saar en barque, avait dit Torio d'une voix tremblante le jour de leur départ.

— Nous serons les premiers, l'avait coupé Lonerin. Et en plus, nous reviendrons.

Il ne perdait pas son temps à douter, et Doubhée lui enviait sa confiance en lui. Son horizon à elle était beaucoup plus obscur.

Ils avaient d'abord suivi un petit torrent qui se jetait dans un affluent du Saar, puis avaient continué jusqu'à ce qu'ils rencontrent une gigantesque étendue d'eau : le fleuve.

À sa vue, tous les deux avaient frissonné de peur. Il ressemblait à la mer, à l'océan devant lequel le Maître avait sa maison. Bien sûr, il n'y avait pas de vagues, mais c'était la même immensité. Et puis, il était blanc. Le soleil de la fin du printemps était déjà assez fort pour l'illuminer de reflets éblouissants.

Ils s'étaient immergés dans ses eaux avec révérence, comme s'ils profanaient un territoire sacré. D'ailleurs, n'était-il pas l'égal d'un dieu, ce fleuve qui marquait la frontière entre le Monde Émergé et l'inconnu ?

Ils avaient ramé l'un derrière l'autre, Lonerin donnant le rythme. Ils se repéraient à la lumière de l'enchantement jeté par le magicien sur la proue du bateau : un fin rayon bleuté qui indiquait l'ouest, la direction de l'autre rive.

Les courants étaient violents, et les rames n'avaient pas tardé à devenir de plomb. Lonerin avait accusé la fatigue le premier. Les magiciens n'étaient pas tenus d'avoir une préparation physique. Mais il serrait les dents, et Doubhée admirait sa détermination.

Leur voyage s'était poursuivi sans encombre. Les eaux, apparemment, ne dissimulaient pas de pièges, et au début, ils avaient pensé que le seul véritable obstacle du Saar était son étendue. Mais le ciel au-dessus de leurs têtes était étrangement vide d'oiseaux, et pendant une grande partie de la première journée ils avaient progressé dans un silence absolu.

Ensuite, ils avaient atteint l'île, un cercle parfait au centre du fleuve. Lorsque Lonerin l'avait aperçue, il s'était laissé aller à l'enthousiasme, et Doubhée elle-même avait été tout excitée. Cela faisait deux jours qu'ils erraient sur le fleuve, et toujours aucune trace de la rive opposée. Ils avaient débarqué sans se poser trop de questions, contents de pouvoir enfin poser les pieds sur le plancher des vaches. Mais c'était un endroit étrange. Sa forme était trop précise, et la consistance de sa terre insolite. Pour le reste, c'était une île comme tant d'autres. De l'herbe verte et quelques arbustes bas, à l'un desquels ils avaient attaché la barque.

Épuisés, ils s'étaient endormis aussitôt. Peu après, Doubhée s'était réveillée en sursaut, tous ses sens en alerte. Quelque chose n'allait pas. Elle s'était redressée. La terre sous sa paume était parcourue d'une étrange vibration.

Elle avait secoué Lonerin par l'épaule.

— Que se passe-t-il ? avait-il marmonné, ensommeillé.

Doubhée l'ignorait, mais il lui avait suffi de lever les yeux pour s'apercevoir que l'île était en train de naviguer à contre-courant.

— Elle bouge ! avait-elle hurlé en sautant sur ses pieds.

Lonerin avait bondi à son tour, et tous deux avaient couru à la barque. L'île s'enfonçait rapidement. L'eau léchait déjà leurs chevilles et, en un instant, ils s'étaient retrouvés au milieu du fleuve.

Doubhée avait atteint la première la barque à demi submergée. Une partie des vivres avait disparu, emportée dans les abysses du fleuve.

Elle avait saisi d'une main la corde qui l'attachait et, de l'autre, avait tiré son poignard pour la trancher. La barque s'était éloignée. À grand-peine, Doubhée avait réussi à monter à bord et à hisser son compagnon.

Atterrés, ils avaient regardé derrière eux. Ce qu'ils avaient pris pour une île apparaissait désormais comme un ridicule cercle d'herbe dessiné sur le corps d'un énorme serpent couvert d'écailles vertes qui devenaient blanches sur son ventre, là où, à intervalles réguliers, se dressaient des nageoires jaune vif.

Doubhée avait été parcourue d'un frisson.

— Les rames..., avait murmuré Lonerin, sous le choc. Les rames !

Doubhée s'était penchée pour les attraper, mais la hideuse tête du monstre, mi-équine, mi-reptilienne, avait jailli brusquement devant eux, la gueule ouverte sur une effroyable rangée de dents pointues.

Les terribles mâchoires s'étaient refermées sur eux, et Doubhée avait cru leur dernière heure venue. Malgré elle, elle avait clos les paupières, mais au lieu de la douleur déchirante des dents plantées dans sa chair, elle avait ressenti une violente secousse.

Lorsqu'elle avait rouvert les yeux, Lonerin était debout devant elle et une sphère argentée générée par ses mains entourait la barque.

— Prépare-toi ! avait-il crié. Dès que je lève la barrière, tu essaies de le frapper.

Mais Doubhée était déjà prête.

Dès que la sphère s'était dissipée, elle avait saisi les couteaux à lancer qu'elle dissimulait dans son gilet.

Le tir avait été rapide et précis, et l'arme s'était fichée dans l'un des yeux du monstre. Celui-ci, hurlant de douleur, s'était furieusement cabré. La barque s'était mise à tanguer dangereusement, et Lonerin avait failli passer par-dessus bord. Il avait prononcé en hâte une brève formule, et la barque s'était soulevée dans les airs, les emportant au loin comme sous l'effet d'un vent magique.

Et tandis qu'ils s'éloignaient, Doubhée avait vu la gigantesque créature agitée de soubresauts claquer ses mâchoires dans le vide.

Lorsque Lonerin fut à bout de forces, ils reprirent les rames. Pendant la demi-heure où il avait fait voler la barque, Doubhée l'avait observé en silence, impressionnée par l'effort qu'il déployait pour sauver leurs deux vies.

À présent, elle ramait seule, aussi vite qu'elle le pouvait, en regardant Lonerin exténué, allongé dans le fond de l'embarcation. Elle n'aurait jamais pensé qu'il puisse être aussi puissant, avoir des nerfs aussi solides. Elle-même, qui avait suivi l'entraînement des Assassins, avait tremblé devant le monstre.

— Tu m'as bluffée…, dit-elle enfin, avec une hésitation.

C'était la première fois qu'elle lui faisait un compliment.

Lonerin sourit et ouvrit les yeux.

— C'est grâce à Sennar. Tu as déjà lu ses aventures en mer ?

Doubhée hocha vivement la tête. Enfant, alors

qu'elle vivait dans le village de Selva, sur la Terre du Soleil, et que Gornar n'était pas encore mort, elle s'était prise de passion pour Sennar. Elle avait lu et relu les récits de ses exploits en s'imaginant à ses côtés.

— Il a été le premier à imposer cet enchantement à une barque. Mais il l'a fait avec le navire d'Aïrès, et pendant bien plus d'une demi-heure.

Doubhée se souvenait parfaitement de cet épisode.

— Tu crois que le monstre va revenir ? demanda Lonerin.

Seule certitude, Doubhée l'avait privé d'un œil. Elle ne manquait jamais sa cible. Mais la blessure n'était pas mortelle.

— Je n'en sais rien, admit-elle. Dans le doute, il vaut mieux ne pas s'attarder dans les parages.

Ils avaient continué à ramer toute la nuit, puis la journée suivante, jusqu'à ce qu'une fine bande verte apparaisse à l'horizon

— Terre... murmura Lonerin lorsqu'ils distinguèrent la lisière d'une forêt.

Ils ramèrent avec une vigueur décuplée.

Et puis à nouveau une vague, énorme, surnaturelle, et un rugissement terrifiant dans l'air.

Bien que son cœur battît à cent à l'heure, cette fois Doubhée ne céda pas à la panique.

— Occupe-toi de la barque, dit-elle à Lonerin en lâchant les rames.

Puis elle saisit l'arc qu'elle portait en bandoulière, prit rapidement deux flèches dans son carquois et se mit en position.

Le monstre refaisait surface, titanesque et menaçant, et Doubhée aperçut le puits de sang noir qui avait autrefois été son œil, dans lequel s'enfonçait toujours son poignard. L'autre œil brillait de douleur et de rage.

À cette vue, sa main eut un léger tremblement, mais elle le contrôla. Elle tira, et sa flèche se planta en plein dans le front de la bête. Le monstre émit un terrible cri strident en dressant hors de l'eau son corps démesuré, et à nouveau les vagues se mirent à secouer la barque.

— Fais-la voler ! hurla Doubhée sans quitter l'animal des yeux, sa deuxième flèche déjà encochée.

— Je suis trop fatigué ! répliqua Lonerin d'une voix brisée.

Elle tira encore, et cette fois la flèche atteignit le monstre à la gorge. Le sang jaillit à flots, et la gigantesque créature fut agitée de spasmes.

— Ça y est, siffla Doubhée entre ses dents. Il a son compte.

Mais le monstre donna un autre coup de queue. Quand sa nageoire caudale, jaune et plate, s'abattit, la barque se brisa net.

Doubhée eut à peine le temps de serrer contre elle son arc et son carquois avant de boire la tasse. Une main l'empoigna par les cheveux.

— Nage ! lui ordonna Lonerin, ses mèches noires plaquées sur ses joues pâles.

Ils nagèrent avec l'énergie du désespoir, luttant contre les vagues que suscitaient les convulsions du monstre.

Et finalement, hors d'haleine et exténués, ils abordèrent aux rivages de l'inconnu.

2
DE NOUVEAU EN ACTION

Cher Ido,

Il s'est écoulé beaucoup de temps depuis ma dernière lettre, et j'en ai honte. Je m'excuse. Tu ne mérites pas que je me comporte ainsi avec toi. Il s'est passé beaucoup de choses, des choses désagréables, et qui expliquent mon silence. Tarik est parti.

Tu n'ignores pas que les rapports entre mon fils et moi s'étaient depuis longtemps dégradés, mais j'avais toujours mis cela sur le compte de son jeune âge, et du fait que tous les adolescents détestent leur père... Et puis j'avais espéré qu'il m'aurait aimé quand même, que notre douleur commune et nos liens de sang nous permettraient de surmonter nos divergences. Je me trompais. Il ne s'agit pas d'une banale dispute entre père et fils. Il me hait, je le sens, il ne m'a jamais pardonné ce qui est arrivé, et je le comprends : comment le pourrait-il, lorsque moi-même je ne parviens pas à retrouver la paix ? La vérité, c'est que depuis la mort de Nihal lui et moi n'avons fait que survivre tristement. C'est comme si j'étais mort avec elle, c'est pourquoi je n'ai pas su être un guide pour mon fils, je n'ai pas réussi à le guérir de cette immense blessure qu'il porte dans son cœur. Je l'ai élevé comme une plante que l'on aurait privée de lumière, et il m'a quitté. N'est-il pas tragique de ne voir la vérité que lorsqu'il est trop tard ? Je suis face à mon échec, je le contemple assis à cette table, la lettre devant moi, entouré par la forêt que gagne l'obscurité.

Je vis dans une telle solitude, Ido. Si Nihal était encore là, rien de tout cela ne se serait produit. Je repense aux années que nous avons passées ensemble ici, avec Tarik, et au bonheur qui était le nôtre. Et pourtant j'aurais dû deviner que les gens comme nous n'ont droit ni au repos ni à la paix. Nihal le disait toujours lorsque nous étions encore dans le Monde Émergé.

Mais je m'égare. Ce soir, je me sens comme une barque en proie à des vents contraires, j'ai l'impression de devenir fou. Il vaut mieux que je te raconte tout depuis le début.

Cela a commencé comme d'habitude. Je ne me souviens même plus précisément du motif qui a déclenché notre querelle. Peut-être voulait-il se rendre sur la côte et je lui ai dit non. Il me le demandait parfois, je ne sais pas pour quelle maudite raison, peut-être seulement pour me faire enrager, vu que c'est dans cette région qu'habitent les Elfes. En tout cas, le ton a monté, nous avons déversé tout notre venin l'un sur l'autre…

Nous avons vidé notre sac, nous avons craché sur ces quinze ans passés ensemble. Ensuite, il s'est enfermé dans sa chambre et moi dans la mienne, avec mes livres.

Nous ne nous sommes pas parlé pendant une semaine. Dieux, quel père indigne je suis ! Mais comment aurais-je pu imaginer… Quand il est sorti de sa chambre, il était grave, et j'ai pensé qu'il avait mûri, qu'il venait de devenir un homme sous mes yeux, et que peut-être nous allions finir par nous comprendre. Comme je me trompais ! Il m'a dit qu'il ne me supportait plus, que rester sur les Terres Inconnues le faisait mourir à petit feu, et qu'à son âge sa mère avait déjà clairement en tête ce qu'elle voulait faire de sa vie. Il m'a dit qu'il allait partir, où, il ne le savait pas encore, mais en tout cas loin de moi.

Dans mon stupide orgueil, incapable de prononcer le moindre mot d'amour, je n'ai su que lui imposer ma volonté de père, j'ai hurlé, je l'ai menacé. Sans lui je ne suis rien, Ido, c'est pour cela que j'ai réagi ainsi.

Il est parti en me claquant la porte au nez. Depuis je ne l'ai pas revu. Je l'ai cherché partout. Ces mois durant lesquels tu n'as pas eu de mes nouvelles, je les ai consacrés à fouiller ces maudites Terres de fond en comble. Je suis allé jusqu'au Saar. Il l'a traversé, Ido, j'en suis certain. Il est retourné sur la terre de sa mère, notre terre. Auquel cas, aujourd'hui, il est dans un autre monde. Il n'a plus besoin de moi.

J'ai rebroussé chemin et j'ai essayé d'accepter l'inévitable. Cela n'a pas été facile. Tu es le seul qui puisse me comprendre. Nous avons combattu ensemble contre le Tyran, Ido, mais à quoi cela a-t-il servi ? À quoi notre souffrance a-t-elle servi ? Moi, j'étais sûr qu'au fond de ma douleur, de celle de Nihal surtout, il y aurait eu, sinon le bonheur, du moins la paix. Et au contraire, regarde comment nous avons fini.

Depuis que Nihal est morte, tout est sombre. Tes lettres me parlent toujours de conflits et d'intrigues. Et puis est arrivé ce Dohor, qui ressemble tant au Tyran.

Rien de ce que j'ai fait n'a abouti à quelque chose de bon. J'ai perdu l'usage d'une jambe pendant la guerre contre Aster, et toi, on t'a privé d'un œil. Tout ce sang répandu en vain. Mais peut-être ne partages-tu pas mon pessimisme, toi qui ne cesses de te battre. Tu mourras l'épée à la main. Moi, en revanche, je me sens si vieux et si fatigué…

À présent, j'ai compris le choix de Tarik, et je ne souhaite plus lui imposer ma présence. J'ai abandonné mes recherches. Il y a un moment où un homme doit savoir accepter la défaite. Mais si jamais tu le vois, dis-lui que j'ai compris, et demande-lui de me pardonner de l'avoir rendu malheureux. C'est tout.

Je n'ai rien d'autre à te dire. Je crois que je vais passer un peu de temps à réfléchir, alors ne t'inquiète pas si je ne réponds pas à tes lettres. Même si elle me pèse, ma nouvelle solitude est peut-être aussi mon unique chance de salut.

Transmets mes amitiés à Soana. Je joins à ma lettre une potion qui, je l'espère, la soulagera.

Merci pour tout, mon unique ami.

Sennar.

L'air était frais, la matinée limpide. Un parfait temps d'été. Ido, debout devant le palais de Laodaméa, serrait entre ses doigts la missive au papier jauni et à l'encre délavée.

Au fil des années, les lettres de Sennar étaient devenues peu à peu tristes et pensives – surtout après la mort de Nihal et le début des problèmes avec Tarik – et elles s'étaient de plus en plus espacées, se limitant bientôt à de brèves salutations. Celle qu'il tenait à la main était la dernière vraie lettre qu'il avait reçue du magicien.

Avec le silence de Sennar disparaissait son dernier lien avec le monde qu'il avait aimé. Il y avait des choses dans cette lettre qu'il comprenait mieux dorénavant. Lorsqu'il regardait autour de lui, il voyait seulement de nouveaux visages, qui ne lui évoquaient pas grand-chose : ses compagnons de lutte, qui changeaient presque tous en l'espace d'un an ou deux, les membres du Conseil des Eaux et leurs élèves... Des inconnus pour lui. Désormais, il était un guerrier solitaire, la mort l'avait dédaigné au cours des nombreuses batailles auxquelles il avait pris part, et finalement il avait hérité du rôle du survivant. À présent, lui aussi se sentait vieux et seul.

La brise matinale le tira de ses pensées. Il replia la lettre avec un sourire amer. À maintes reprises, dans le passé, il s'était surpris à penser qu'il avait atteint le terme. Mais chaque fois, un événement inattendu s'était produit. Son histoire d'amour avec Soana, par exemple, près de quarante ans plus tôt. Peut-être que, aujourd'hui encore, c'était ce qui allait se passer.

Il glissa la lettre sous sa tunique. Pour une fois, il avait abandonné sa tenue militaire en prévision de son voyage. Sa tête était mise à prix, il devait se cacher. C'est pourquoi il s'était habillé en marchand. Beaucoup de gnomes de la Terre des Roches faisaient du commerce. À toutes fins utiles, il portait aussi un ample manteau qui couvrait sa silhouette trapue et robuste, avec une belle capuche qui, le cas échéant, pouvait aussi dissimuler ses cicatrices.

Il jeta sa besace sur son épaule, sauta en selle et partit à la recherche de tout ce qu'il restait de Nihal dans le Monde Émergé : son fils, Tarik.

C'est étrange comme il a pris un peu de nous deux... Je voudrais tant que tu le voies, il te plairait. Il a les cheveux roux de son père, à peine plus foncés, mais ses yeux violets sont les miens. Ce que j'aime le plus, ce sont ses oreilles : ce ne sont pas tout à fait des oreilles d'humain, mais elles ne sont pas non plus aussi pointues que celles des demi-elfes. Entre les deux, je dirais. Je les couvrirais de baisers du matin au soir. C'est un miracle, Ido, un miracle ! Tu ne peux pas imaginer à quel point c'est magnifique. C'est une expérience que je voudrais que tu connaisses, toi aussi.

C'est ainsi que Nihal lui avait annoncé la naissance de son fils. C'était un garçon, et il se portait bien. Ensuite, pendant les cinq années qui avaient suivi, elle n'avait cessé de lui décrire combien il était vif, joyeux, éveillé. Ido espérait vraiment le voir tôt ou tard, et au fond de son âme, il était convaincu que Nihal et Sennar finiraient par revenir, parce que leurs cœurs appartenaient au Monde Émergé. Et peut-être en aurait-il été ainsi si Nihal n'était morte. Sennar n'était jamais revenu.

Lorsque le jeune garçon s'était enfui de chez lui, Ido avait songé à se mettre à sa recherche. Il l'aurait retrouvé, lui aurait flanqué deux bonnes claques, et lui aurait expliqué que ce n'était pas une manière de se comporter, qu'il devait retourner auprès de son père. À l'époque, hélas, la situation dans le Monde Émergé était dramatique. Ido, avec l'aide d'Aïrès, la reine de la Terre du Feu, avait dénoncé Dohor au Conseil. Le roi était occupé à chasser les Fammins, ces êtres créés par la Magie du Tyran, de la Terre des Jours où ils étaient allés vivre à la fin de la Guerre. Mais son action s'était retournée contre lui, et Dohor, grâce à ses alliances et à ses appuis, les avait accusés à son tour, la Reine et lui, de trahison. Ido avait perdu son poste de Général Suprême de l'Académie des Chevaliers du Dragon, et on l'avait chassé de l'Ordre. Il avait alors pris la tête des dissidents au régime de Dohor et avait formé un mouvement de résistance sur sa terre natale, la Terre du Feu. Non, vraiment, il n'avait pas eu le temps de se lancer sur les traces d'un adolescent fugueur.

Tandis que son cheval parcourait la plaine en direction de l'est, Ido calcula que Tarik devait avoir environ trente-cinq ans. Il jura intérieurement : pendant que lui-même combattait Dohor, Tarik avait probablement fondé une famille, il avait dû trouver un travail et il était devenu un homme. Il réfléchit quelques instants. Il méritait quand même toujours une ou deux taloches, c'était l'un des rares avantages d'être vieux et grincheux.

Il avait décidé d'entreprendre ses recherches sur la Terre des Jours, parce que c'était là que vivaient les demi-elfes avant d'être exterminés par le Tyran, et que Nihal était une demi-elfe.

S'il avait été à la place de Tarik, en conflit avec son père et en quête de son passé, c'est sûrement là qu'il serait allé. D'autre part, il y avait un vieil ami qui l'aiderait sans doute à glaner des informations sur le garçon. Le réseau de contacts qu'il avait tissé sur la Terre du Feu au cours des dernières années s'était effiloché lorsque la résistance avait été démantelée. C'est pourquoi il avait choisi de s'unir au Conseil des Eaux, qui s'était constitué récemment et dont la nouvelle armée luttait ouvertement contre Dohor. Et, à partir de ce moment-là, il avait presque complètement cessé de porter les armes pour devenir un stratège. En réalité, ce rôle lui plaisait beaucoup :

depuis sa naissance, il n'avait fait que se battre. Mais à l'époque, il était déjà presque centenaire, un âge respectable même pour un gnome, et l'unique œil qu'il lui restait commençait à baisser. Avait-il réellement le choix ? En outre, le Conseil était dans cette phase délicate où il avait besoin d'un homme fort, capable d'insuffler du courage à ses troupes.

Et les années de la guerre qu'il avait menée personnellement lui avaient laissé quelques amis.

Il fit étape sur les Monts du Soleil, dans l'un des anciens sièges de l'Académie des Chevaliers du Dragon. Désormais, la quasi-totalité des chevaliers s'étaient ralliés à la cause de Dohor, qui d'ailleurs s'était octroyé les fonctions de Général Suprême après la disgrâce d'Ido. N'y résidaient plus que des Chevaliers du Dragon Azur, un ordre inférieur qui montait des dragons bleus, plus petits, plus fins et aux corps allongés.

L'endroit avait été transformé en une sorte de quartier général d'où partaient les troupes. La guerre était déclarée entre Dohor et le Conseil des Eaux, et l'affrontement se déroulait pour l'essentiel sur la frontière entre la Terre de la Mer et la Terre du Soleil, non loin de là.

Ido s'y arrêta parce qu'il avait besoin de changer de cheval. Jusque-là, il avait voyagé à bride abattue, ne se reposant que quelques heures la nuit, et la pauvre bête était harassée.

On l'accueillit avec la pompe habituelle, mais il était pressé et ne voulait pas perdre de temps en civilités.

— Il me faut un cheval et des vivres.

— Bien sûr, approuva le général qui l'avait reçu. Peut-être pouvons-nous même vous aider davantage.

Il se trouvait que l'un des chevaliers devait effectuer le lendemain une mission de reconnaissance du côté de la Grande Terre, et qu'il le prendrait volontiers en croupe.

Ido se réjouit. Il gagnait ainsi deux à trois jours.

Depuis que son bien-aimé Vésa était tombé au combat, Ido n'avait plus monté de dragon. Ou plutôt, il s'était juré qu'il n'en monterait plus jamais. Vésa était irremplaçable, et cette promesse était une façon d'honorer sa mémoire.

Vésa était rouge, c'était un dragon commun mais imposant. Celui qui devait le conduire sur la Grande Terre était bleu, et pourtant le gnome ne put s'empêcher d'être ému en l'observant dans l'arène, prêt à partir.

Il vit son reflet dans ses yeux, et songea à ceux de Vésa, éteints depuis longtemps. Il était sur le point de briser sa promesse.

« Pardonne-moi, Vésa. Je suis certain que tu comprends. »

Il poussa un soupir et, d'un bond, il fut en selle. Le dragon ne donna aucun signe d'impatience.

Ido saisit les rênes avec respect. Il ne pouvait pas nier qu'il était heureux de chevaucher de nouveau un dragon. Il y avait si longtemps qu'il n'avait pas senti les dures écailles frotter contre le cuir de son pantalon, le souffle du dragon sous lui, le battement lent et puissant de ses ailes. Tout aurait été parfait si ce corps juvénile et bleu avait pu se transformer comme par magie en celui, rouge et vieux, de Vésa. Il sentit sa gorge se nouer.

Le chevalier était un tout jeune homme, et si Ido avait encore été Général Suprême, il ne l'aurait certainement pas autorisé à se déplacer à dos de dragon.

— Ce n'est pas que je n'aie pas confiance en tes capacités, mais je suis pressé, lui dit-il en serrant les rênes entre ses mains.

— Mais, mon Général, mon dragon n'obéit qu'à moi...

Ido sourit.

— Avant que ma carrière de Général Suprême ne s'achève de la façon brutale dont tu as dû entendre parler, j'ai monté des dragons pendant plus de cinquante ans. N'aie crainte, il se laissera conduire par moi docilement.

Ils atteignirent leur destination au bout d'une journée de voyage. Il s'agissait d'un avant-poste situé aux confins de la Grande Terre. L'endroit était idéal pour franchir la frontière : c'était une région désertique d'où il était facile de passer sur la Terre des Jours sans attirer l'attention.

Ido demeura au campement le temps strictement nécessaire, puis il sauta sur l'étalon qu'on lui avait procuré et se remit en route. Avec la guerre qui faisait rage, le Chevalier du Dragon ne pouvait pas l'accompagner plus loin.

L'étape sur la Grande Terre ne posa aucun problème, et à la frontière avec la Terre des Jours on le questionna à peine. Il se présenta comme marchand, et les gardes, distraits et négligents, ne lui demandèrent même pas d'ôter la capuche qui lui couvrait le visage.

Il les en remercia en silence.

La Terre des Jours avait beaucoup changé depuis l'époque de Nihal. La guerre l'avait de nouveau ravagée, jetant bas les rares cabanes des villages des Fammins.

Une fois ceux-ci chassés, l'ancienne patrie des demi-elfes avait retrouvé une paix relative. Cependant, Dohor saignait le pays à blanc pour financer ses guerres et le train fastueux de sa cour. Les terres avaient été divisées en duchés et réparties entre les généraux qui avaient rendu des services au roi, et qui les dirigeaient en despotes. Un enfer pour les gens du peuple.

Mais c'est Seferdi qui avait connu le sort le plus cruel.

Sous le règne du Tyran, la cité avait été détruite en une nuit, le premier acte de l'extermination systématique des demi-elfes qui ne devait épargner que Nihal. Après la Grande Bataille d'Hiver, qui avait conduit à la défaite d'Aster, on avait d'abord pensé laisser les ruines intactes, en manière de témoignage pour les générations futures. Mais Dohor n'avait pas été de cet avis. Virka, le régent qu'il avait nommé sur cette Terre, avait fait draguer les marécages autour de l'ancienne capitale et les avait transformés en terres cultivables. Seferdi avait été entièrement rasée puis reconstruite, toute trace du massacre perpétré par le Tyran, effacée.

Fin de la mémoire.

À présent, certains jeunes connaissaient vaguement sa tragique histoire, mais la plupart ne se souvenaient de la cité que comme elle était maintenant : une agglomération en briques grises, sur laquelle flottait l'odeur nauséabonde des marais qui l'entouraient autrefois.

Le gnome y entra à la nuit tombée. Cela faisait déjà deux semaines qu'il voyageait, et il commençait à se sentir nerveux : n'aboutir à rien était une chose qui l'avait toujours exaspéré.

Il se rendit directement dans une auberge du centre, sur l'une des places les plus misérables de la cité, où trônait une statue de Dohor, « Libérateur de la Terre des Jours ». Elle avait été décapitée plus d'une fois à l'époque où la résistance de la Terre du

Feu était soutenue avec ferveur bien au-delà de ses frontières. On l'avait donc entourée d'une grille en fer surmontée de pointes et, depuis, le monument était resté intact. Ido savait que ce n'était pas cette mesure qui avait arrêté les dissidents, mais plutôt la sévère répression qui avait été mise en place par Virka dans la région.

L'auberge en question était la plus célèbre de Seferdi : tous les étrangers y atterrissaient tôt ou tard. Si Tarik était passé par la capitale, comme Ido avait des raisons de le croire, il ne pouvait pas ne pas avoir logé ici. Et Nehva, un de ses amis de longue date, en était le patron.

Ils s'étaient connus durant les années de la résistance sur la Terre du Feu. Ils avaient combattu ensemble, jusqu'à ce que Nehva soit capturé au cours d'une opération de guérilla. En sa qualité de commandant dans l'armée des rebelles, on ne l'avait pas exécuté sur-le-champ. Forra, neveu de Dohor et chef des opérations sur la Terre du Feu, s'était contenté de le torturer personnellement pour lui faire cracher les informations qui l'intéressaient. Nehva, serrant les dents et retenant ses cris, s'était comporté en héros et n'avait pas parlé. Quand Ido et les siens l'avaient libéré, il était méconnaissable. Il était entre autres devenu manchot.

C'est à ce moment-là que Nehva avait abandonné la lutte. Dans son état, il ne pouvait plus combattre, et, de toute façon, quelque chose en lui s'était brisé.

Dès lors, il avait quitté la résistance et s'était consacré corps et âme à son auberge.

Ce soir-là, la salle était bondée. La bière coulait à flots et l'air était saturé d'odeurs de nourriture. L'eau à la bouche, Ido s'assit et commanda. Il mangea avec plaisir et but autant de bière qu'il put en avaler. Ensuite, il demeura immobile, l'esprit assailli de souvenirs, jusqu'au départ du dernier client. Il était dans une autre auberge, près de quarante ans plus tôt…

Autour d'eux, la salle résonne de bavardages légers, de rires, de vie. Ils portent un toast.

Elle se tait, caresse du doigt le bord de son verre. Lui ose à peine la regarder, et ses yeux vont sans cesse de son visage au pichet de bière posé devant lui. Le silence entre eux est palpable.

Ce n'est qu'au bout d'un long moment qu'elle relève la tête ; ses yeux brillent.

— Nous sommes deux survivants, n'est-ce pas ?

Il sourit.

Il a toujours été un survivant. Survivant du massacre de sa famille, survivant de l'armée du Tyran et, à présent, survivant de la Grande Bataille d'Hiver. Il a survécu à tout et à tous, et voilà qu'à présent il est jeté au beau milieu d'une paix qu'il n'a quasiment jamais connue.

— Je ne pensais pas que ce serait comme ça. J'ai attendu la paix pendant toutes ces années, et maintenant

qu'elle est là, j'ai l'impression de ne pas pouvoir en jouir, continue Soana.

— C'est ce qui arrive lorsqu'une guerre se termine. C'est la malédiction des survivants. La guerre crée une accoutumance, et après, il paraît impossible de vivre sans l'odeur du champ de bataille, sans la tension du combat.

Soana boit une autre gorgée, comme si elle voulait se donner du courage.

— Je me sens seule. Plus seule que jamais. Ce n'est certes pas la première fois, j'ai eu le même sentiment après la mort de Fen, mais c'est pire depuis que Nihal et Sennar sont partis. Nihal a rempli ma vie pendant de nombreuses années, et il ne me reste que le remords de ne pas avoir été capable d'être une mère pour elle. Alors que justement, je me sens toujours mère, tu comprends ?

Ido hoche la tête.

— Elle est partie, et je me dis : et maintenant ?

Ido s'appuie contre le mur. C'est étrange à quel point ses pensées sont en parfaite résonance avec les siennes. Mêmes sensations, même sentiment de lassitude infinie...

— Et maintenant, qui sait ? Il nous faudra bien apprendre à l'apprécier, cette paix, tout comme nous devrons apprendre à vivre sans Nihal. Et il nous faudra aussi composer avec le temps qui passe, les petits maux de la vieillesse, les trahisons du corps...

— La vieillesse, oui... J'ai l'impression d'être âgée de plusieurs siècles ! C'est comme si j'en avais trop vu. Le massacre des demi-elfes, la folie de Reis, la mort de l'homme que j'aimais, l'explosion de la Forteresse. Je suis

fatiguée... Et en plus, à présent je suis laide, ajoute Soana en rougissant.

Elle ne sait pas pourquoi elle a prononcé cette dernière phrase.

Ido observe les fines rides autour de ses yeux, les légers plis au coin de ses lèvres, et il a un pincement au cœur. Et follement, il imagine une nouvelle jeunesse, un nouveau départ.

— Tu es aussi belle qu'autrefois, plus peut-être. Chaque douleur remodèle tes traits.

Il regrette aussitôt ces paroles. Quel vieillard stupide ! Un vieillard qui joue à l'adolescent.

Elle, au contraire, sourit, pose la main sur la sienne, là, sur la table, et tout se décide à l'instant. Dans le frisson qui le traverse, et qu'il sent partagé.

— Je peux dormir chez toi ce soir, comme au bon vieux temps ? demande Soana.

Il n'a pas besoin d'y réfléchir à deux fois.

— Ma maison est la tienne, tu le sais.

Le patron interrompit brutalement le fil de ses pensées.

Il était plus maigre que dans ses souvenirs, et aussi beaucoup plus âgé. Chauve comme un œuf, il compensait sa calvitie par une longue barbe. La manche droite de sa tunique était repliée. Son visage, lui, n'avait pas beaucoup changé, avec ses joues rougies par l'alcool.

— Il est tard, nous fermons. Vous pouvez dormir

à l'étage, si vous voulez. Nous avons de bonnes chambres.

— C'est plutôt des informations que je désire.

L'homme se mit aussitôt sur la défensive.

— Dans ce cas, je dois vous demander de payer et de partir.

Ido sourit sous cape.

— Je suis pourtant un vieil ami.

Le patron haussa les sourcils, perplexe.

— Quand tu m'as annoncé que tu décrochais, tu m'avais pourtant assuré que tu serais toujours là pour moi.

Nehva pâlit.

— I…

Le gnome posa un doigt sur ses lèvres.

— Un marchand en voyage d'affaires, d'accord ? Voilà ce que je suis.

— Dieux ! ça fait combien de temps… ? Mais comment est-ce que…

Ido l'interrompit à nouveau.

— Moins tu en sauras, mieux ça vaudra. Allons dans un endroit plus tranquille.

Nehva acquiesça et le conduisit derrière le comptoir, jusqu'à son logement. Les deux anciens compagnons s'assirent sur le sol.

Ido ôta sa capuche, révélant la large cicatrice qui barrait le côté gauche de son visage.

Nehva sourit.

— Damnation, tu n'as pas changé d'un poil…

— Et tous mes cheveux blancs, qu'est-ce que tu en fais ? répliqua Ido en indiquant l'une des nombreuses tresses qui ornaient sa longue chevelure, à la manière des gnomes.

Son ami rit de bon cœur.

— Ils étaient déjà gris quand nous combattions sur la Terre du Feu.

— Pas autant, répondit Ido en soupirant.

— Ido... qui l'aurait dit... poursuivit son hôte. On n'entend pas beaucoup parler de toi par ici, excepté sur les affiches avec le montant de la récompense pour ta capture. Je te croyais mort... Qu'est-ce que tu deviens ?

Ido secoua la tête.

— Je pensais que ton bras droit t'avait appris la prudence. Il est préférable que je tienne ma langue. Fais comme si tu ne m'avais pas vu et oublie-moi sitôt que j'aurai passé la porte, d'accord ?

Nehva acquiesça tristement.

— C'est dommage. J'aurais vraiment aimé pouvoir discuter avec toi comme autrefois, ça me manque tant... ici, tout part à vau-l'eau.

— Nehva, je t'écouterais volontiers si je n'étais pas tellement pressé par le temps et si je n'étais pas recherché sur cette Terre. Plus je m'attarde, plus tu cours de risques, toi aussi.

L'aubergiste haussa les épaules.

— Vu comment tournent les choses, peut-être que ce serait un soulagement.

— Ne dis pas de bêtises, cet endroit a besoin de gens comme toi.

Nehva eut un sourire amer.

— Dis-moi comment je peux t'aider.

— Ce n'est pas facile, mais j'ai confiance en ta mémoire. Il paraît qu'un demi-elfe est venu ici, il y a plusieurs années.

— Et tu crois que je ne t'aurais pas prévenu ? Non, ça fait bien longtemps qu'on n'a vu personne de cette race-là dans la région.

— C'était il y a vingt ans, et, en fait, je ne devrais pas parler de lui comme d'un demi-elfe. À l'époque, c'était un adolescent aux cheveux roux et aux yeux violets, avec des oreilles légèrement pointues.

— Ah, lui… alors, si… répliqua Nehva d'un ton catégorique. Je m'en souviens très bien.

— Tu es phénoménal ! Je n'en espérais pas tant.

— Ne mens pas… tu es venu exprès.

— Tu as gardé des souvenirs précis ?

— Ben oui, sinon j'aurais oublié ses traits ! Il en passe du monde par ici, mon ami, tu as dû t'en rendre compte…

— Et alors ?

— Il a séjourné plusieurs jours à l'auberge. Je me souviens de lui parce que, en général, les gens ne s'incrustent pas dans le coin. Le premier soir, il m'a demandé où se trouvaient les ruines. Je lui ai ri au nez et je lui ai expliqué l'histoire. Il s'est pas mal énervé, j'ai même failli le mettre dehors. Il prétendait chercher des traces de la Grande Bataille d'Hiver, alors je lui ai conseillé d'aller sur la Grande Terre où il en trouverait à foison. Il m'a aussi demandé s'il y avait des statues de Nihal dans les parages, et je me suis dit qu'il devait venir d'un endroit vraiment perdu pour n'en avoir jamais vu une seule. Et puis il est parti un matin, après que je lui eus indiqué comment se rendre sur la Terre du Vent.

« La terre de sa mère », songea Ido en se traitant d'imbécile. Il avait commis une grossière erreur d'interprétation.

— Et tu ne l'as plus jamais revu ?

Nehva secoua la tête.

— Jamais. C'était un gamin singulier, si tu veux mon avis. Il avait l'air de ne rien connaître du Monde Émergé.

Ido se donna une tape sur les cuisses et sourit.

— Tu as été extraordinaire, comme toujours.

— Inutile de te demander ce que tu cherches et qui était ce garçon, n'est-ce pas ?

— Exact.

— Dis-moi seulement si cela peut m'attirer des ennuis.

— Je ne pense pas.

Mais au fond, il n'en était pas sûr.

Nehva poussa un long soupir.

— Je ferai semblant de te croire.

Le gnome se leva.

— Je regrette que tu doives partir si vite. Ido, tu m'as manqué, toi et tous nos compagnons. Comme me manquent aussi ces années où nous avions l'impression de pouvoir changer les choses, alors qu'on ignorait si on serait vivant le lendemain. Et puis on avait au moins une cause pour laquelle mourir.

Ido, mélancolique, songea à tous ses hommes tombés au combat. Qu'ils se soient sacrifiés pour une cause juste ne lui apportait aucun réconfort.

— Toi aussi, tu m'as manqué.

Et il le serra vigoureusement dans ses bras.

— Je te jure que je reviendrai et que nous parlerons, d'accord ? dit-il en lui mettant dans les mains l'argent du dîner.

— Laisse-moi t'inviter ! protesta Nehva.

Ido refusa d'un geste.

— Nos retrouvailles valent bien plus que ça.

Il sortit rapidement, sauta sur son cheval et prit la direction de la Terre du Vent, la terre de Nihal et de Sennar.

3

LES PLANS DE LA GUILDE

Comme toujours, l'obscurité régnait dans le temple de Thenaar. La brise qui soufflait au-dehors y résonnait en un long gémissement lugubre.

Les deux hommes étaient assis côte à côte sur le premier banc, le plus proche de l'énorme statue du dieu : une statue en cristal noir qui brillait de reflets sinistres. Le sourire figé dans un rictus malveillant, les cheveux soulevés par un vent invisible, un éclair dans une main et dans l'autre un poignard ensanglanté, Thenaar veillait, menaçant, sur leur conversation.

— Alors ? demanda brusquement le premier homme.

Le second prit le temps d'achever sa prière avant de répondre. En dépit de son grand âge, il avait le corps vif et agile. Quoi d'étonnant ? Yeshol, le Gardien Suprême de la Guilde des Assassins, n'avait jamais cessé de s'entraîner. Plus encore qu'un prêtre, c'était un tueur à gages, le meilleur.

Il se tourna vers son interlocuteur.

Contrairement à Yeshol, Dohor avait le physique imposant d'un meneur d'hommes, les traits accusés et les cheveux si blonds qu'ils en paraissaient blancs. Il régnait sur la quasi-totalité du Monde Émergé. Une entreprise que, jusque-là, seul le Tyran avait menée à bien.

— Tu continues à t'autoriser avec moi des insolences que je ne pardonnerais à aucun autre, dit-il d'un ton méprisant.

Yeshol sourit.

— Mon dieu passe toujours le premier. Mais nous avons fait ce que vous désiriez, déclara-t-il en changeant de sujet.

Il tira de sa poche un anneau ensanglanté et le tendit à Dohor.

Le roi l'examina avec attention à la faible lueur des flambeaux fixés aux murs.

— C'est lui, trancha-t-il, satisfait.

— Nous l'avons tué hier dans une embuscade. Le général Kalhu ne vous causera plus d'ennuis.

Dohor se contenta d'un signe d'approbation, et Yeshol attendit quelques minutes avant d'ajouter :

— Avec votre permission, je vous prierai de nous payer sans délai.

Le roi se retourna brusquement.

— Tu es devenu cupide.

— Préoccupé, corrigea Yeshol. Je vous ai déjà parlé de la fuite d'un Postulant avec l'une de mes Assassins.

Dohor acquiesça avec gravité. C'était une affaire qui le concernait de près. Personne ne savait exactement ce que Doubhée et le jeune homme avaient découvert, ni ce qu'ils comptaient faire de leurs informations.

— Mes hommes sont sur leurs traces, et nous ne doutons pas de les capturer bientôt. Mais nous avons besoin de…

Yeshol hésita un instant, conscient de l'importance de sa requête.

— … d'un dragon, acheva-t-il dans un souffle.

— C'est bien plus que ce que je te dois.

— En effet, mais vous n'avez jamais eu à vous plaindre de nos services, et jusqu'à présent notre pacte ne vous a apporté que des bénéfices, en particulier depuis que nous avons tué Aïrès.

Dohor leva la main.

— Je t'ai déjà payé pour cela, il me semble, et tu oublies qu'Ido, lui, est toujours vivant et qu'il erre dans la nature.

— Je suis certain que nous trouverons très vite les fugitifs. Vous ne serez donc pas privé de votre chevalier très longtemps.

— Nous sommes en guerre, tu comprends ? En guerre. J'ai besoin de chacun de mes hommes.

— Vous pourrez aussi compter sur les miens, si vous nous aidez, je vous l'assure.

Yeshol détestait s'humilier de cette manière, mais pour la gloire de Thenaar il était prêt à ravaler sa fierté et à se prosterner aux pieds de quiconque pouvait lui être utile.

— Tu sais ce que je veux, dit Dohor d'une voix insinuante.

— Vous l'aurez en temps voulu. L'avènement de Thenaar est proche, et alors vous serez son fils bien-aimé.

C'était le mensonge que Yeshol lui répétait depuis de nombreuses années, depuis que leur accord avait été conclu. C'était grâce à Dohor que Yeshol avait remis la main sur les livres de magie d'Aster qui lui avaient permis de ramener celui-ci à la vie, après que le roi les avait fait chercher patiemment sous les ruines de la Forteresse. C'était là que le roi faisait construire sa nouvelle demeure. En échange, le Gardien Suprême lui avait promis qu'au réveil du Tyran il deviendrait le maître du Monde Émergé. Un marché qui jusque-là avait fonctionné à merveille.

— Ne joue pas au plus malin avec moi, je sais que tu me caches une partie de tes plans.

Dohor aurait voulu connaître le rituel qui devait ressusciter Aster, mais Yeshol préférait le tenir dans l'ignorance. Tout comme il évitait aussi soigneusement de lui dire que, Aster vivant, il n'y aurait pas de place pour lui.

Cette fois, cependant, la situation était complexe. Il devait lâcher du lest en échange du dragon.

— Je vous expliquerai la transmigration des âmes dans les corps.

C'était une information qu'il ne lui coûtait pas grand-chose de révéler.

— Ce ne sera qu'un début, j'espère, rétorqua Dohor d'un ton coupant.

— Promis.

Un sourire cruel passa sur le visage du roi, caché dans l'ombre. Il quitta le temple sans ajouter un mot.

Yeshol attendit que la lourde porte se referme derrière lui, puis il se dirigea vers la statue de Thenaar derrière laquelle se trouvait l'escalier secret qui conduisait sous terre, jusqu'à la Maison. Il avait une autre affaire pressante à régler sur-le-champ.

Selon son habitude, Sherva, le Gardien du Gymnase et le maître d'armes de la Maison, pénétra sans un bruit dans le bureau de Yeshol. Aucun autre Assassin ne maîtrisait comme lui les attaques surprises et le combat au corps à corps.

C'était un homme d'une maigreur extrême, avec des membres qu'un entraînement rigoureux avait rendus longs et souples. Sa tête rasée, ses traits émaciés et son regard fuyant lui donnaient l'air insidieux d'un serpent. Et récemment, son visage s'était encore creusé davantage. À cause d'un vague remords, une peur diffuse que lui causait le souvenir d'une conversation compromettante qu'il avait eue quelque temps plus tôt avec Doubhée.

En réalité, Sherva l'avait même indirectement aidée à s'enfuir de la Maison : désespérée, la jeune fille lui avait demandé où se trouvaient les logements des Gardiens, les plus gradés d'entre les Assassins, qui ne dormaient pas au même étage que les autres Victorieux. Et sans bien savoir pourquoi, lui qui ne restait dans la Guilde que par intérêt et qui ne croyait pas en Thenaar, il le lui avait dit.

Peu après, Doubhée s'était évadée.

Depuis lors, c'était l'enfer. Chaque fois que le Gardien Suprême le faisait appeler, il sentait sa gorge se nouer et son cœur accélérer ses battements.

Le maître d'armes s'agenouilla, pâle et grave, devant Yeshol qui resta assis.

— Alors, où en sont tes recherches ?

Sherva poussa un léger soupir de soulagement. Yeshol ne savait rien.

— Nous avons trouvé la maison de Tarik.

— Excellent.

— Il vit avec sa femme, Talya, et son fils San.

— Quel âge a-t-il ? demanda Yeshol en se raidissant.

Sherva releva aussitôt la tête, déconcerté.

— Pardon... ?

— Le fils de Tarik, quel âge a-t-il ?

— Douze ans, d'après nos informations.

Yeshol bondit sur ses pieds, transfiguré.

— C'est un signe du destin, un véritable miracle ! s'écria-t-il, les yeux brillants. Douze ans…

L'Assassin, toujours perplexe, ne voyait pas ce qui, dans cette nouvelle, réjouissait le Gardien Suprême à ce point.

— Tout coïncide parfaitement avec nos plans, murmura Yeshol en caressant amoureusement une statue de Thenaar qui trônait derrière son bureau.

Il effleura ensuite la petite statue d'Aster, dressée entre les pieds du dieu. Sherva la connaissait bien, cette statue, il y en avait des répliques partout dans la Maison, mais dès qu'il posa les yeux sur elle, la lumière se fit dans son esprit. C'était la statue d'un enfant, tel qu'était Aster le jour de sa mort.

Yeshol se rassit.

— Tu n'as jamais entendu parler de l'esprit lié à la chair… dit-il en se penchant vers Sherva. L'âme et le corps, loin d'être séparés, sont étroitement liés l'un à l'autre. L'âme d'un homme ne pourrait jamais entrer dans le corps d'une femme, elle n'y survivrait pas. De la même manière, l'esprit d'un gnome ne peut pas habiter le corps d'une nymphe. C'est pour cette raison que je comptais utiliser le corps de Tarik comme réceptacle pour l'âme d'Aster, car, comme lui, il est le fils d'une demi-elfe et d'un humain. Mais je désire qu'Aster revienne sur la terre au maximum de ses pouvoirs.

Yeshol marqua une pause et ferma les yeux, comme toujours lorsqu'il évoquait le souvenir d'Aster, son ancien maître.

— Or l'esprit d'Aster est resté enfermé pendant quarante ans dans le corps d'un enfant, et ce long séjour a laissé des traces. Pour que son âme puisse vivre longtemps après s'être réincarnée, elle a besoin d'un corps aussi proche que possible de celui qu'il avait de son vivant. Le corps d'un sang-mêlé de douze ans serait idéal. Celui de San.

Sherva opina. Toute cette comédie le laissait de glace. Il se moquait autant du retour d'Aster que de savoir si le règne de Thenaar adviendrait ou non sur la terre.

— Il faut que tu enlèves le garçon, compris ? Ramène-le ici vivant. Quant à son père et sa mère, tue-les.

— Oui, Votre Excellence.

— Choisis qui tu voudras pour t'accompagner, j'ai confiance en ton jugement.

Pour une raison obscure, ce mot, « confiance », fit frémir Sherva.

— Et pars immédiatement.

Le Gardien hocha la tête, croisa les poings sur sa poitrine en guise de salut et se dirigea vers la porte.

— Attends.

Sherva trembla imperceptiblement et se retourna en s'efforçant de maîtriser l'expression de son visage.

— Oui ?

— Nous nous sentons tous fautifs pour la fuite de Doubhée, et c'est une bonne chose. J'ai toutefois l'impression que toi, tu exagères. J'ai remarqué ton regard, ces derniers jours. N'oublie pas que c'est moi qui ai introduit cette traîtresse parmi nous, pas toi. Tu t'es seulement contenté d'exécuter mes ordres. Et quoi qu'il en soit, je suis certain que Thenaar t'a déjà pardonné.

Sherva s'inclina de nouveau et quitta la pièce.

Une fois dehors, il éprouva du dégoût pour lui-même. Les murs de la Maison étaient devenus un piège humide, prêt à se refermer sur lui. Et il avait honte de sa peur, de sa faiblesse.

C'était Doubhée qui, la première, l'avait mis face à ses contradictions.

« Tu restes seulement parce que tu ne penses pas avoir atteint le niveau qui te permettra de tuer Yeshol. »

Et alors la vérité lui était apparue clairement. Il était entré dans la Guilde pour devenir un Assassin, le meilleur de tous, parce que c'est à cela qu'il souhaitait consacrer sa vie. Un jour il combattrait Yeshol et il le tuerait, et alors il aurait la certitude d'être vraiment le plus fort.

Puis les années avaient passé, et même si son corps s'était transformé jour après jour en une formidable machine à tuer, son esprit s'était affaibli. Il n'était jamais devenu plus fort que Yeshol, et il avait plus ou moins fini par accepter de se soumettre à lui, de n'être qu'un Gardien parmi les autres, certes supérieur à un Victorieux, mais rien de plus. Jusqu'à cette conversation avec Doubhée.

Il allait ramener le garçon à Yeshol, mais après ? Que ferait-il après ?

— Enfin !

Rekla se dirigea à grands pas vers le dragon qui venait d'atterrir à quelques brasses devant elle. Un animal comme elle en avait vu tant, sur les champs de bataille où elle allait accomplir ses missions. Il avait l'air plutôt mal en point, à en juger par ses yeux jaunes légèrement voilés et le vert terne de ses écailles. Son dos, lui, était noir, tout comme ses immenses ailes membraneuses. Un croisement avec un dragon noir, ces monstres créés par le Tyran pour les besoins de sa guerre. Mais l'idée de les croiser avec des dragons normaux revenait à Dohor.

Sur sa croupe se tenait un gnome à l'air vulgaire.

— Il en a mis du temps à t'envoyer jusqu'ici, ton patron ! l'apostropha Rekla.

Le gnome descendit sans se presser.

— Le temps qu'il fallait, répondit-il d'un ton insolent en enveloppant Rekla de son haleine chargée de bière.

La jeune femme frémit. Elle détestait dépendre de pareils gens, des Perdants de la pire espèce, à l'existence totalement inutile. Et pourtant, les êtres les plus insignifiants concouraient parfois à la gloire de Thenaar. C'est la seule raison qui la retint de mettre la main à son poignard.

— Alors essayons au moins de nous dépêcher, maintenant, s'impatienta-t-elle.

Elle avait vu leurs traces, sur la grève. Doubhée et Lonerin étaient passés depuis au moins deux jours, une éternité lui semblait-il. Elle avait même cru sentir l'odeur de Doubhée. Il fallait qu'elle la retrouve, cette obsession la dévorait.

— Nous sommes quatre, et mon Vhyl va se fatiguer, rétorqua le gnome, impassible. Nous ne pourrons pas voler à très haute altitude, ni très vite.

Rekla réprima un geste d'agacement.

— Nous serons toujours plus rapides qu'eux, observa Kerav, l'un de ses deux compagnons.

— C'est vrai, admit-elle sans grande conviction. La distance qui la séparait de la traîtresse lui paraissait toujours trop grande.

Le dragon peina à s'élever au-dessus du sol. Après avoir déployé ses ailes dans un effort qui semblait énorme, il dut en battre à plusieurs reprises, soulevant des nuages de poussière.

Rekla songea à Dohor, devant qui Yeshol était obligé de s'incliner. Innombrables étaient les faveurs que la Guilde lui avait faites, parmi lesquelles des missions qu'elle avait elle-même accomplies. Et voilà comment il les remerciait, avec un dragon à demi moribond et un chevalier ivre mort !

Comme l'avait annoncé le gnome, ils ne volèrent qu'à quelques brasses au-dessus de l'eau. Le dragon fatiguait et, de temps en temps, il perdait encore de l'altitude. Au-dessous d'eux, le fleuve blanc s'écoulait, imperturbable, au-dessus d'eux, le ciel était gris et lourd.

Malgré tout, ils comblèrent assez vite la distance qui les séparait des Terres Inconnues. Bientôt, ils aperçurent le rivage opposé, où devait commencer la traque.

— Il faut atterrir, dit Rekla.

Le dragon était idéal pour repérer leurs proies d'en haut, mais il fallait d'abord relever leurs traces pour orienter les recherches, et cela, ses hommes et elle ne pouvaient le faire qu'à terre.

— Ça ne va pas être facile, observa le gnome.

Il fit prendre un peu d'altitude au dragon pour effectuer une rapide reconnaissance, et ce qu'ils virent ne fut pas très encourageant. La rive n'était qu'une fine bande de terre et de boue, plantée d'une épaisse ligne d'arbres, rangés comme des soldats en bordure de fleuve.

— Il n'y a pas assez de place, Vhyl n'arrivera pas à se poser, dit le gnome.

— Va un peu plus loin, alors, ordonna Rekla.

— C'est partout pareil.

— Je te conseille de trouver un moyen de me faire descendre, âne bâté ! jura-t-elle entre ses dents.

— Ce n'est pas possible.

La proximité de ce chevalier répugnant, le ton de sa voix, l'insolence avec laquelle il lui répondait lui firent monter le sang à la tête. Elle tira instinctivement son poignard, et ce n'est que grâce à Filla, son autre compagnon de voyage qui arrêta sa main, que la lame n'alla pas se planter dans la gorge du gnome.

— Lâche-moi, hurla-t-elle, furieuse.

— Pas maintenant et pas comme ça, lui susurra Filla à l'oreille. Patience, Maîtresse.

Rekla se libéra et rengaina son poignard.

— C'est moi qui commande, siffla-t-elle.

Le contact physique la dégoûtait, et plus encore quand un subordonné se permettait de la toucher.

— Approche-toi de la rive, nous aviserons, dit-elle sèchement au gnome.

— Mais le dragon est épuisé. Il doit se reposer !

— Après. Fais ce que je te dis, insista brutalement Rekla.

Le gnome souffla bruyamment, néanmoins il se dépêcha d'obéir. Apparemment, la menace du poignard avait fonctionné.

Le dragon agitait à grand-peine ses ailes au ras de l'onde. Elles l'effleurèrent un instant, et le gnome tira sur les rênes. Puisant dans ses dernières forces, l'animal réussit à se soulever un peu, puis la pointe de son aile s'immergea à nouveau.

Tout à coup, l'aile entière fut attirée sous la surface, tandis que le dragon poussait un rugissement désespéré. Seul le gnome, qui serrait fort les brides, parvint à rester en selle. Rekla tomba à l'eau. Baignée d'écume, elle ne réussit qu'à distinguer un remous vert. Puis tout devint rouge, et elle sentit dans sa bouche un goût familier qui lui remua les entrailles. Le goût du sang.

Lorsqu'elle refit surface, elle était entourée d'eau écarlate. Devant elle, une paire d'ailes se débattait frénétiquement sous l'emprise d'énormes crocs blancs dans des geysers de sang. Rekla vit le gnome émerger de l'eau par intervalles. Son épée à la main, il essayait de sauver son dragon avec l'énergie du désespoir.

— Laisse-le tomber, idiot, hurla-t-elle.

Au même moment, une tête gigantesque sortit de l'eau.

Ses membres disproportionnés évoquaient à la fois un cheval et un serpent. Dans sa gueule hérissée de dents longues et pointues, il serrait le corps du dragon. Terrorisée, Rekla se mit à nager vers la rive de toutes ses forces.

« Pas maintenant, pas avant d'être rentrée en grâce auprès de Thenaar, pas avant d'avoir mis la main sur Doubhée ! »

Elle crut ne jamais atteindre la rive. Derrière elle, elle entendait les hurlements effroyables du gnome. Elle s'agrippa à une racine nue et se hissa sur la berge. Elle était sauvée ! Ses deux compagnons la rejoignirent peu après. Le monstre, sa tête s'agitant dans l'air, déchiquetait le dragon. Quant au gnome, ce puant et grossier Chevalier du Dragon, il avait disparu. Rekla s'en réjouit presque. Mais soudain, un léger scintillement près de l'un des yeux de la bête attira son attention. Malgré la distance, Rekla reconnut un poignard, un poignard qui avait aveuglé l'animal. Puis elle remarqua deux bouts de flèches qui sortaient de son cou et de son front. Une seule personne était capable d'un tel exploit.

— Ils sont passés par ici.

Filla et Kerav se retournèrent, hors d'haleine et les traits marqués par l'horreur. Sa peur envolée, Rekla, galvanisée par la haine, précisa :

— Doubhée est passée par là.

4
LES TERRES INCONNUES

Doubhée et Lonerin restèrent un long moment étendus sur la berge du Saar, incrédules.

Le monstre, blessé, se débattait toujours, et l'eau du fleuve se teintait peu à peu de rouge. Ni l'un ni l'autre n'avait le courage de parler devant ce spectacle terrifiant. Ils avaient échappé de justesse à la mort.

— Nous sommes sauvés, haleta-t-elle.

— Oui. Un beau travail d'équipe, tu ne trouves pas ?

Doubhée se tourna et vit le visage souriant de Lonerin. Elle éprouva un tel soulagement qu'elle s'autorisa un bref sourire avant de se jeter par terre et d'empoigner le sable à pleines mains.

Ils étaient enfin sur la terre ferme. Ils avaient atteint les Terres Inconnues.

Ils se trouvaient sur une bande de terre large de quelques brasses, couverte en partie de vase, et en partie d'herbe. À l'endroit où finissait la rive proprement dite commençait immédiatement la forêt, un enchevêtrement inextricable d'arbres aux branches tordues et aux troncs imposants. Les couleurs étaient incroyablement vives : le marron intense se mêlait au vert aveuglant des feuilles, larges et charnues. De longues lianes entremêlées de fougères géantes et de plantes étranges reliaient les branches entre elles. Doubhée ne reconnaissait aucun arbre. Aucune des espèces qui peuplaient cette forêt n'existait dans le Monde Émergé.

Ils s'enfoncèrent de quelques pas parmi la végétation et s'arrêtèrent, intimidés par le silence oppressant. Pas le moindre chant d'oiseau, ni le moindre bruit de pas furtifs dans les fourrés. C'était comme si la forêt entière était un animal aux aguets, prête à bondir sur sa proie pour la dévorer.

Et puis, il faisait sombre. Les cimes des arbres étaient si étroitement imbriquées que seuls de fins rais de lumière parvenaient jusqu'au sol plongé dans la pénombre. Doubhée et Lonerin ne parvenaient à voir qu'à quelques brasses devant eux. C'était bien l'inconnu dans son acception la plus pure, celui que tous les habitants du Monde Émergé redoutaient et qui les avait tenus à distance pendant des siècles. Devant un tel paysage, ils se sentirent eux aussi inquiets, et décidèrent d'attendre le lendemain pour continuer. Lonerin était épuisé par l'enchantement qu'il avait évoqué, et Doubhée n'était guère plus vaillante. Il valait mieux prendre le temps de faire le point sur la situation.

Assis en tailleur sur la berge, Lonerin tira de son sac les provisions qu'ils avaient pu récupérer. Par miracle, quelques fioles et plusieurs paquets de nourriture s'étaient pris dans les racines des arbres qui plongeaient dans le fleuve.

Quant à Doubhée, elle avait réussi à sauver certaines de ses armes avant que la barque ne soit engloutie : son arc, ses flèches, son poignard et ses couteaux à lancer.

Lonerin s'apprêtait à dresser un inventaire, et elle le regardait, le cœur battant.

— Nous avons perdu un tiers de la nourriture que nous a donnée Torio, annonça le jeune homme. Ce n'est pas un problème. Nous pouvons chasser et cueillir des fruits.

Il leva les yeux pour chercher une confirmation dans ceux de sa compagne ; il n'y lut que de l'angoisse. Il devina immédiatement ses pensées.

— Et nous avons aussi assez de potion, ajouta-t-il.

Ces mots ne semblèrent pas rassurer Doubhée.

— Il en reste à peine la moitié, observa-t-elle froidement.

— Mais nous sommes dans un bois, je peux en préparer d'autre.

— Et comment trouveras-tu les ingrédients nécessaires ?

— Eh bien, je...

Doubhée tendit le doigt.

— Est-ce que tu vois une seule plante dans cette forêt que tu aies déjà vue dans le Monde Émergé ?

— Nous ne sommes qu'à l'orée du bois, ça ne veut rien dire. Il faut s'enfoncer davantage, ce sont des plantes qui vivent dans l'ombre.

Elle lui lança un regard sarcastique.

— Et puis, il suffira de la rationner, ajouta Lonerin. Elle est différente de celle que te donnait Rekla, je te l'ai déjà dit, il en faut moins pour maîtriser la malédiction. Une gorgée tous les quatre jours devrait faire l'affaire. Bien sûr, il faudra que tu y mettes un peu de bonne volonté, toi aussi.

Doubhée fit la sourde oreille et entreprit de ranger dans son sac une partie des provisions répandues sur le sol.

— Tu dois avoir confiance en moi, dit Lonerin en haussant la voix.

Avoir confiance. Ce n'était pas facile, et Doubhée n'était même pas certaine de le vouloir. La dernière personne en qui elle avait eu confiance était le Maître, et sa perte avait été intolérable. Encore maintenant, presque trois ans après sa mort, elle n'arrivait toujours pas à accepter son absence. Mais, là encore, avait-elle le choix ?

— Écoute, ce n'est pas ta faute. C'est que je ne

trouve que des obstacles sur ma route, depuis toujours...

— Je te comprends.

La voix de Lonerin était devenue triste.

— Mais les obstacles sont faits pour être surmontés. Et puis, tu n'es pas seule, et je ferai l'impossible pour te sauver. C'est aussi pour cela que nous sommes là...

Doubhée sourit à part elle. Personne n'avait jamais réussi à la sauver. Peut-être que le salut n'était pas pour elle, même sans la malédiction... Elle hocha tout de même la tête, pour lui faire plaisir. Au fond, pouvait-il comprendre ce qu'elle ressentait vraiment ?

Le jour déclinait, et avant de manger Lonerin décida d'étudier leur trajet du lendemain. Il allait allumer un feu pour le bivouac lorsque Doubhée l'en empêcha.

— Il vaut mieux pas. La Guilde est à nos trousses.

— Tu crois qu'ils savent où nous sommes ? À mon avis, il est fort peu probable qu'ils aient le courage de nous suivre jusqu'ici.

— Rekla l'aura, affirma Doubhée, catégorique. Elle me hait. Rien ne l'arrêtera.

Lonerin, la mine perplexe, sortit le parchemin qu'il gardait dans son sac. Il était sec, il l'avait protégé par un enchantement, et il le déroula sur le sol avec satisfaction.

Plutôt qu'une carte établie par un cartographe,

c'était une simple esquisse faite à la sanguine. Les montagnes étaient représentées par des formes arrondies, les fleuves par des lignes plus ou moins épaisses, et il y avait quelques noms notés çà et là.

— C'est Ido qui l'a faite, à partir des indications qu'il a piochées dans les lettres de Sennar, expliqua Lonerin. Soana lui avait appris comment recevoir des messages avec la magie. Ce sont des enchantements rudimentaires à la portée du premier venu. Ils permettent de transférer sur le papier des paroles envoyées grâce à un sortilège, même par des personnes très éloignées. Il n'est pas nécessaire d'être un magicien pour y arriver, et c'est comme ça qu'Ido est resté en contact avec Sennar pendant toutes ces années. Et ce n'est pas tout. Il a aussi ajouté quelques observations.

Il retourna le parchemin. Le verso était entièrement couvert d'une écriture serrée, tracée avec le même crayon que la carte. Les notes partaient dans tous les sens, sans aucun lien apparent.

Doubhée eut le vertige à la pensée que c'était Ido en personne qui avait rédigé ces lignes. Elle l'avait vu à plusieurs reprises durant les réunions du Conseil des Eaux, et elle avait même parlé brièvement avec lui, sur les remparts de Laodaméa. À ses yeux, cependant, il restait une sorte de créature mythique, le maître de Nihal, le héros qui avait combattu le Tyran.

Lisant les notes et indiquant des points sur la carte, Lonerin se mit à raconter ce qui s'était passé.

— Durant les premières années, Nihal et Sennar ont exploré cette région du monde. Ils ont beaucoup voyagé, mais Sennar n'a jamais été très précis sur l'emplacement des lieux qu'ils visitaient. Quoi qu'il en soit, ils sont passés par cette forêt. Ido se souvient de descriptions d'animaux et de plantes étranges, mais tout est assez vague. Ils se sont déplacés sans suivre d'itinéraire précis jusqu'à ce qu'ils atteignent la côte.

Le jeune homme désigna la mer du doigt.

— Ici vivent les Elfes.

— Tu veux dire les *anciens* Elfes ? demanda Doubhée, ébahie.

On n'avait pas entendu parler de ce peuple depuis des temps immémoriaux, et leur nom lui évoquait les contes racontés au coin du feu, les histoires chuchotées aux enfants pour les endormir.

Lonerin hocha la tête.

— Eux-mêmes. Nihal et Sennar se sont arrêtés par là, ensuite il semble qu'ils aient eu des problèmes. Sennar n'en a jamais parlé clairement, ou du moins Ido ne s'en souvient pas. Toutefois, il craint d'avoir perdu quelques-unes des lettres de cette période, quand il ne maîtrisait pas encore très bien la magie.

— Et la maison de Sennar ?

— À la fin de leurs pérégrinations, Nihal et Sennar se sont installés à la frontière du territoire des Elfes, par ici.

Doubhée observa la carte avec attention. Presque sur la côte. Mais la distance qui les en séparait était difficile à évaluer.

— Lorsque Nihal est morte, Sennar a décidé de couper les ponts avec les Elfes. Une de ses dernières lettres mentionne un lieu dans les montagnes.

Il retourna à nouveau le parchemin et se mit à lire :

— *« Je suis parti me réfugier au pied des montagnes. La mer n'est d'ailleurs pas si éloignée, il m'arrive parfois d'en sentir l'odeur, comme chez moi, sur la Terre de la Mer. Tout autour, il n'y a que des bois. Et plus bas, la baie où le Marhatmat, comme l'appellent les Elfes, se jette dans l'Océan. »*

Le silence tomba entre Doubhée et Lonerin.

— C'est tout, murmura le jeune magicien après quelques instants.

Doubhée repéra le fleuve en question sur la carte.

— Alors, il est par là.

— Oui.

— Au sud-ouest par rapport à notre position. Avec des montagnes au milieu.

Doubhée fit la grimace. Autant chercher une aiguille dans une botte de foin.

Lonerin l'observa et sourit.

— Cache ton enthousiasme !

— C'est juste que la carte me semble un peu approximative.

— Je le sais. Mais c'est tout ce que nous avons, n'est-ce pas ?

Doubhée acquiesça. Soudain, elle se sentit gênée du manque de confiance avec lequel elle abordait ce voyage.

Lonerin rangea la carte dans sa besace.

— La mission est compliquée, je ne le nie pas. Or c'est précisément pourquoi il faut vraiment y croire, et surtout, nous faire mutuellement confiance. Si nous avons franchis le fleuve, c'est seulement parce que nous étions ensemble.

Quelque chose dans ce discours mettait Doubhée mal à l'aise. Ce n'était pas ainsi qu'elle avait vécu jusque-là, ce n'était pas dans cet esprit qu'on l'avait entraînée.

— Tu y crois, Doubhée ? Tu veux bel et bien rencontrer Sennar ? Tu le veux autant que moi ?

Elle trouva étrange que Lonerin lui pose cette question qui l'avait hantée avant de partir.

— Oui, acquiesça-t-elle, sans conviction.

— Alors, reposons-nous. Demain, on affronte la forêt.

Lonerin sourit, puis s'allongea. Doubhée fit de même, et ferma les yeux.

Derrière eux, le bois se murait toujours dans le silence.

Au matin, ils hésitèrent à quitter le rivage. Le bois se dressait devant eux, menaçant, et l'obscurité qui y régnait était une entité presque vivante, palpable.

Lonerin se décida le premier. Il passa son sac sur l'épaule et avança. Les énormes feuilles qu'il avait écartées pour se frayer un passage se refermèrent aussitôt sur lui et il disparut. Doubhée serra instinctivement la garde de son poignard, comprenant soudain ce que signifiait rester seule dans un endroit pareil ; les paroles qu'avait prononcées Lonerin la veille prirent un sens différent. Elle poussa un long soupir et lui emboîta le pas.

Leurs yeux s'habituèrent vite à la faible lumière. Par certains aspects, c'était un peu comme retourner dans le ventre humide de la Maison, ce qui ne leur plut pas du tout : l'antre des Victorieux était un labyrinthe de couloirs creusés dans la roche, à peine éclairés par les flambeaux fixés aux murs à intervalles réguliers. La forêt n'était pas moins humide, et les parois oppressantes qui les entouraient étaient faites de troncs biscornus et boursouflés qui leur barraient le passage. Une autre sorte de dédale obscur.

Rompant la monotonie du vert et du marron, d'étranges fleurs se tendaient parfois vers eux comme des bouches. Elles ressemblaient vaguement aux fleurs lumineuses qui poussaient sur la Terre de la Nuit. Doubhée en avait vu qui grimpaient sur la façade du temple, c'était la première chose qu'elle avait remarquée en le quittant.

Mais si ces dernières émettaient une pâle luminescence, celles-là brillaient de couleurs aveuglantes : leur rouge blessait les yeux, leur jaune et leur bleu étaient incroyablement intenses.

Lonerin tira d'une poche de son pantalon une fine aiguille qu'il serra dans sa main.

— Regarde bien.

Il était inquiet, même s'il essayait de ne pas le montrer.

Il récita à mi-voix quelques mots, auxquels les arbres firent un écho lugubre. Puis il ouvrit la paume.

Un vif éclat bleuté en jaillit, qui transperça la forêt.

— L'ouest est par là, dit Lonerin en souriant.

Il expliqua à Doubhée que c'était un enchantement somme toute banal, du genre de celui qu'il avait évoqué sur la barque, et qu'il serait leur guide dans ce lieu.

Doubhée se sentit rassurée. Pendant un instant, tous deux eurent l'impression de ne plus être seuls.

Les premiers jours, seul le bourdonnement des insectes brisa le silence oppressant.

Ces invertébrés étaient insolites, même s'ils évoquaient vaguement ceux du Monde Émergé. Un matin, un coléoptère à la carapace multicolore leur coupa la route en agitant la myriade de petites pattes sous son corps rond, tandis qu'un gros papillon jaune à six ailes les émerveillait de son vol léger et harmonieux. Un autre jour, un ver grand comme la paume passa devant eux en se tortillant de manière grotesque tout en les fixant de ses huit yeux noirs.

Pour le reste, pas même un souffle de vent.

Une seule fois, ils entendirent une espèce de cri lointain, un rugissement grave. Il leur parvint très atténué, mais le silence était si absolu qu'il les fit tressaillir.

Lonerin regarda autour de lui avec inquiétude, Doubhée étreignit son arc. Ils restèrent immobiles quelques instants, tendant l'oreille.

— C'était un dragon, souffla Lonerin.

Il se demanda d'où il pouvait venir. Il y avait des dragons dans cette région du monde ? Sennar n'en avait jamais parlé.

Doubhée frissonna. Il y avait quelque chose de menaçant dans ce cri, et sans savoir pourquoi, elle pensa à la Maison, à Rekla.

Doubhée se sentait constamment épiée. Certes, depuis que la malédiction l'avait frappée, elle n'était plus jamais vraiment seule. Du fond de ses entrailles, la Bête l'observait continuellement, prête à profiter du moindre instant de faiblesse. Mais là, ce n'était pas la Bête qui la regardait. La sensation était plus vague, plus diffuse. Les feuilles, les branches, les fleurs avaient des yeux. Des milliers d'yeux pointés sur eux.

De temps en temps, Lonerin consultait la carte avant de poursuivre. Un geste inutile, mais Doubhée devinait que cela lui permettait de reprendre confiance. Ses efforts pour garder son sang-froid étaient héroïques. Même elle, qui avait été entraînée à tout endurer, avait du mal à supporter ce lieu hostile.

Comme si l'atmosphère inquiétante ne suffisait pas, bientôt la chaleur devint intolérable. Lonerin fut contraint d'ôter sa tunique et de se promener torse nu tandis que Doubhée ne garda que son gilet.

Le soleil se levait et descendait au-dessus de leurs têtes, presque toujours caché par l'épais feuillage des arbres, sauf lorsqu'ils traversaient une clairière. Alors, l'explosion brutale de lumière les aveuglait, et durant quelques minutes d'angoisse, étourdis par ce changement subit, ils ne savaient plus s'orienter.

C'était comme se déplacer dans un endroit privé d'espace et de temps, toujours identique à lui-même et menaçant. Une situation éprouvante pour les nerfs.

Lonerin, dont l'inquiétude croissait, sortait la carte de plus en plus souvent, observant anxieusement l'aiguille. Doubhée aurait voulu lui dire une parole d'encouragement, mais elle n'était pas du tout préparée à ce genre de situation. Elle ne s'était jamais occupée que d'elle-même, et dans le passé, la seule personne qui lui ait jamais témoigné un semblant d'affection était le Maître. Comment réconfortait-on quelqu'un ? Comment faisait-on pour se soutenir l'un l'autre ? Lonerin en était capable, mais elle, elle ignorait tout de cet art.

Un après-midi, près d'une semaine après leur arrivée sur les Terres Inconnues, Doubhée perçut des sortes de murmures confus, comme des voix sourdes qui chuchotaient des paroles incompréhensibles. La Bête aiguisait ses sens, c'était l'unique aspect positif de la malédiction. Au début, elle pensa que son imagination lui jouait des tours.

Mais Lonerin s'immobilisa, dressant l'oreille.

— Tu entends ?

— Oui, répondit Doubhée.

Mais à peine leurs voix brisèrent-elles le silence que les bruits se turent.

Lonerin resta sur le qui-vive.

— Tu as une idée de ce que c'était ?

Son front était emperlé de sueur, et pas seulement à cause de la chaleur. Il était pâle.

— C'est une forêt… répliqua Doubhée. Ce n'est pas étonnant qu'il y ait du bruit. Ce qui est anormal, c'est plutôt que nous n'en ayons pas entendu jusqu'ici.

Il la considéra quelques secondes sans bouger, puis reprit sa route.

Tout à coup, le vent se leva et le bruissement des feuilles dans les branches parut assourdissant à

Doubhée. Devant elle, Lonerin ralentit ; on aurait dit que les cimes des arbres s'étaient mises à parler.

Cette fois, les sons étaient plus forts. Des rires. Des chants, peut-être.

Doubhée se figea. La Bête dans ses entrailles restait tapie, comme d'habitude. S'il y avait eu du danger, elle se serait manifestée.

— Il y a quelque chose là, autour…

— Lonerin, tout va bien, je t'assure…

Le jeune homme ne semblait pas convaincu.

— Tu veux que je passe devant ?

Lonerin secoua la tête, vexé.

— C'est moi qui ai la carte et la boussole.

Les voix continuèrent, mais ils poursuivirent leur chemin comme si de rien n'était.

C'était comme si la forêt s'était soudain peuplée de créatures invisibles qui se moquaient d'eux, cachées derrière chaque buisson. Pourtant, il n'y avait personne. Doubhée regardait partout et ne voyait rien. Lonerin, lui, marchait de plus en plus vite.

— Donne-moi un poignard.

— Tu ne sais pas t'en servir.

— Inutile d'être un guerrier pour se servir d'un poignard.

— Tu risquerais de te blesser. C'est toi qui nous guides, mais c'est moi qui nous protège, n'est-ce pas ainsi que nous avons réparti les rôles ?

— Il y a quelque chose.

— Si c'est le cas, je m'en occupe.

À nouveau, des chuchotements. Doubhée frissonna. Sur le sol, les ombres des feuilles s'allongeaient lentement, le soleil n'allait pas tarder à se coucher. Il était plus prudent de faire halte.

— Arrêtons-nous, proposa-t-elle.

Lonerin fit la sourde oreille.

— Lonerin ! hurla-t-elle.

Elle dut courir pour le rattraper. Elle le saisit par le poignet, et sous ses doigts, elle sentit ses muscles trembler.

— Oui, oui, dit-il en baissant les yeux d'un air embarrassé. Tu as raison.

Pendant qu'ils dînaient, les murmures continuèrent. Ils étaient partout, et plus proches qu'avant. Le vent leur apportait des paroles, et le soleil, complice, disparut derrière l'horizon pour laisser place à la nuit.

— Non, nous ne pouvons pas rester ici, il faut partir, s'écria brusquement Lonerin à la fin de leur frugal repas.

Il fourra rageusement le reste des provisions dans sa besace, et Doubhée n'osa pas le contredire. Elle s'était trompée, c'était une erreur d'avoir fait halte, et à présent elle avait peur, elle aussi. Dans l'obscurité, les voix étaient encore plus effrayantes : certaines résonnaient comme un long chant mélancolique ponctué de pleurs ; les autres, comme des murmures accusateurs qui les harcelaient.

Ils ne s'étaient jamais déplacés de nuit, et ils marchèrent côte à côte. Lonerin rangea l'aiguille et fit apparaître un globe phosphorescent qui jeta des ombres lugubres sur le bois.

— Là !

Doubhée indiqua quelque chose au loin, et Lonerin se retourna d'un bond. Il eut à peine le temps d'apercevoir une ombre courir à travers les arbres.

— Un animal, dit-elle, le souffle court. Un maudit animal, rien d'autre.

Elle tira son poignard. Mais la Bête se taisait toujours.

— Il faut partir, et vite ! répéta Lonerin.

À la lueur du globe, son visage semblait encore plus pâle. Doubhée approuva d'un signe de tête.

Ils hâtèrent le pas. Leurs pieds faisaient crisser l'épais tapis de feuilles sèches, et les branches claquaient sur leur passage.

Et toujours les chuchotements, les rires et les pleurs, de plus en plus forts.

Tout à coup, Lonerin aperçut une forme évanescente, comme une volute de fumée qui se coulait entre deux troncs d'arbres.

— Ce n'était pas un animal, dit-il d'une voix entrecoupée.

Il accéléra encore l'allure, et Doubhée le suivit sans se poser de questions. Son cœur tambourinait dans sa poitrine.

Une autre volute se forma près de la première, puis une autre encore et alors ils distinguèrent des visages de femmes, figés en des masques tragiques. Ils venaient vers eux et s'enroulaient autour de leurs corps, en les regardant avec les yeux vitreux des morts. Ils étaient faits d'air, comme les spectres.

L'un d'eux s'approcha de Doubhée et la traversa. Glacée jusqu'à la moelle, elle hurla, en brandissant son poignard devant elle.

Dans son affolement, elle faillit toucher Lonerin, et le jeune homme l'attrapa par le bras. Ils coururent à perdre haleine vers l'endroit de la forêt qu'éclairait le globe. Les visages les pourchassaient, enveloppant leurs jambes.

Lonerin trébucha et roula sur le sol, entraînant Doubhée dans sa chute. Le globe lumineux s'éteignit, et ils se retrouvèrent plongés dans des ténèbres d'encre.

Au même moment, les murmures se transformèrent en cris aigus, et les gémissements devinrent assourdissants. La Bête se mit à rugir à l'intérieur de Doubhée. En un éclair, elle revit le massacre qu'elle avait été forcée d'accomplir – les corps lacérés dans le bois – la première fois que la malédiction s'était manifestée, et elle éprouva le même mélange de terreur et d'excitation. Son esprit vacillait, éperdu, et son corps, lui, réclamait du sang. Quelque chose dans ce lieu, dans cette situation, sentait la mort, et c'était une odeur que la Bête reconnaissait.

Elle entendit Lonerin hurler, puis elle vit un éclair d'un rouge aveuglant. Les murmures s'éteignirent et les présences disparurent. Ensuite ce fut le silence.

Doubhée chercha à tâtons la main de son compagnon et réussit à lui toucher l'épaule.

— Ce sont des esprits, mais dans le Monde Émergé il n'y en a pas de semblables, bredouilla Lonerin, hors d'haleine. Je les ai chassés avec un feu magique. Pas pour longtemps, hélas.

Doubhée sentit la Bête se calmer. Ce n'avait été qu'un coup de griffe, mais terrible.

— Qu'est-ce qu'on doit faire maintenant ?

— Allumer un feu. Ils redoutent les flammes.

— Si les hommes de la Guilde sont à nos trousses, ils vont nous repérer, objecta Doubhée.

Elle sentit le souffle chaud de Lonerin sur sa joue.

— Tu préfères que les esprits reviennent ?

Ils instaurèrent des tours de garde. Doubhée se porta volontaire pour le premier.

— Je te tiens compagnie, déclara Lonerin avec un sourire forcé. D'ailleurs, je doute de trouver le sommeil.

Ils s'allongèrent côte à côte près du feu, les nerfs à fleur de peau.

— Au moins, nous aurons quelque chose à raconter à notre retour, plaisanta-t-il, mais Doubhée ne sourit pas. Tout ira bien, ajouta-t-il pour la tranquilliser.

— D'où tires-tu ton énergie, ton assurance ? s'étonna Doubhée. Nous sommes dans un endroit inconnu, peuplé par on ne sait quelle race de fantômes, seuls, et…

— J'ai un objectif. J'accomplis une mission dont dépend le sort de beaucoup de gens, et à laquelle je me consacre corps et âme. À quoi bon perdre du temps à penser que ça pourrait mal tourner, que je pourrais échouer ?

Doubhée le regarda, touchée par ses mots et son expression. C'était la première fois qu'elle rencontrait quelqu'un d'aussi déterminé, avec un vrai but dans la vie. Dans son monde, elle n'avait connu que des êtres qui se laissaient porter par les courants. Comme elle.

— Et toi aussi tu devrais penser à ce que tu feras de ton existence quand tu auras trouvé Sennar, quand tu seras délivrée de la malédiction. Parce que ça arrivera. Si tu le veux, ça arrivera.

« Rien de ce que j'ai voulu n'est jamais arrivé ! Gornar est mort, mes parents m'ont abandonnée, même le Maître m'a laissée seule ! »

Elle avait envie de crier. Pourtant, elle préféra croire, même pour un court moment, que les paroles de Lonerin pouvaient être vraies. L'illusion était douce, elle la berçait, elle ne voulait pas la rompre.

Elle esquissa un sourire, une étrange gratitude fit briller les yeux de Lonerin.

— Dors, maintenant, c'est moi qui vais veiller, dit-il.

— Mais le premier tour, c'est le pire, et puis je suis habituée aux longues veilles, protesta Doubhée.

— Je suis terrorisé, ça te va ? Je n'arriverais pas à dormir. Toi, par contre, tu as l'air exténuée, et puis cette chose t'a transpercé le corps. Dors.

Doubhée se laissa convaincre. Le rugissement de la Bête l'avait épuisée, en effet, même si elle refusait de l'avouer à Lonerin de crainte de voir resurgir de la pitié dans ses yeux. La confiance qui illuminait son regard était si réconfortante…

Elle ôta le poignard de sa ceinture et le lui tendit.

— Au cas où, dit-elle avec un sourire.

Ils marchaient dans les sous-bois, se taillant une route avec leurs poignards. Derrière eux, ils ne laissaient que feuilles coupées et branches cassées. Ils s'éclairaient à la lueur d'une torche que portait Filla. Rekla avait décidé qu'ils avanceraient aussi de nuit, ne dormant que quelques heures.

« Nous n'avons plus de dragon, et ils ont au moins trois jours d'avance sur nous. Il faut rattraper le temps perdu.

— Cette terre pullule de dangers, ils mourront même sans notre intervention, avait observé Kerav.

— Non ! avait hurlé Rekla avec rage. C'est moi qui dois la tuer, c'est moi qui dois verser le sang de cette bâtarde dans les piscines de Thenaar. »

On aurait dit un loup sur les traces de sa proie. Elle était infatigable.

Ce soir-là, ils escaladèrent une petite colline pour avoir une vue d'ensemble du territoire. Lorsqu'ils arrivèrent au sommet, la lune était haute dans le ciel. C'était la première fois qu'ils la voyaient depuis le début de leur voyage, et Filla s'arrêta pour la regarder, l'air hypnotisé.

— Aide-moi à grimper à cet arbre, lui ordonna sèchement Rekla, mue par un pressentiment.

Quand elle atteignit les dernières branches, elle sourit et remercia intérieurement Thenaar.

— Tu as fait une erreur, jeune fille, une erreur fatale, chuchota-t-elle à l'obscurité.

À peine visible à la lueur de la lune, un mince filet de fumée s'élevait à l'horizon.

5

SALAZAR

En pénétrant sur la Terre du Vent, Ido éprouva une étrange sensation. Pendant longtemps il n'y était venu qu'afin de rendre visite à Nihal et Sennar. Lorsqu'ils étaient partis, cette contrée avait presque disparu pour lui, pour réapparaître tragiquement quand le gnome Gahar, le roi de la Terre des Roches, l'avait envahie. À l'époque, Ido était encore Général Suprême, et on l'avait envoyé au combat. Ç'avait été une guerre inutile. Au terme de cinq ans de boucherie, le Conseil avait reconnu le protectorat de Gahar sur cette Terre. Rien d'étonnant à cela : on avait découvert par la suite que le gnome avait scellé une alliance secrète avec Dohor.

Après cela, Ido n'avait plus eu envie de livrer bataille. La mort de ses hommes avait perdu tout sens, sa propre lutte lui semblait vaine, et il avait compris : le Monde Émergé, tel qu'il l'avait connu, touchait à sa fin.

Mais il n'y avait pas que du sang dans ses

souvenirs. Il avait fini par s'attacher à la Terre du Vent, à ses steppes immenses, à ses bois. Et les Tours-Cités, caractéristiques de ce pays, le fascinaient. Il s'agissait d'énormes tours qui contenaient chacune une ville entière, avec ses habitations, ses boutiques, ses temples, et même un jardin central. Ido aimait s'asseoir devant sa tente au coucher du soleil pour contempler l'horizon parfaitement plat, sur lequel se dressaient leurs silhouettes élancées.

Il avait vaguement espéré tout retrouver intact. La steppe, d'ailleurs, était la même. Il n'y avait là aucun arbre à brûler, aucune montagne à percer pour en extraire du cristal noir ou du métal afin de fabriquer lances et épées. C'est pour cette raison que la main de Dohor y était passée sans faire trop de dégâts.

Mais il suffit à Ido d'arriver en vue de Salazar pour mesurer combien la réalité était différente de ses souvenirs. Sa tour avait été coupée en deux, et prise d'assaut par une foule de petites maisons en pierre rouge. Les Tours-Cités, closes sur elles-mêmes, avaient donc dû céder.

Il n'y avait pas d'enceinte, et Ido entra sans difficulté. Il emprunta des ruelles identiques à celles de n'importe quelle ville du Monde Émergé, et se dirigea vers ce qu'il restait de la tour. Désormais, elle n'abritait quasiment plus que des boutiques. Les habitants vivaient dans les maisons agglutinées à son pied, exception faite de quelques nostalgiques et de

Perka, l'Ancien qui gouvernait la ville. La partie supérieure de la tour avait été fermée, et le puits central qui accueillait autrefois un potager et un jardin n'existait plus. Les derniers étages étaient occupés par le palais de Perka. C'était un ex-soldat, comme la plupart des Anciens de cette terre, des hommes qui s'étaient emparés de la ville et de ses alentours par la force et le sang. Mais d'après la rumeur, Perka, lui, semblait au moins honnête.

La tour était un spectacle désolant. Apparemment, personne n'avait cherché à la reconstruire après la guerre. Les survivants s'étaient contentés d'occuper ses ruines, les aménageant à peine pour pouvoir y vivre.

TRAÎTRES. DANGEREUX CRIMINELS. Des affiches placardées partout sur les murs promettaient des récompenses. L'une d'elles montrait la tête d'Ido, avec dessous un montant exorbitant et l'inscription : ENNEMI DE LA PATRIE, TRAÎTRE AU ROI.

Ido établit ses quartiers dans une auberge au pied de la tour. Il la choisit parmi les plus misérables, peu désireux d'éveiller l'attention. Le patron se montra aussi discret qu'on pouvait l'espérer et, en échange, le gnome ferma les yeux sur les couvertures pleines de punaises et l'odeur de moisi qui régnait dans sa chambre. Il avait connu pire et, de toute façon, il n'y restait guère. Il sortait enquêter dès le lever du soleil.

Le gnome n'était pas vraiment sûr que Tarik, désorienté et à la recherche de son passé, se soit installé là. Il ne pouvait qu'imaginer ce qu'il aurait fait à sa place : le jeune garçon devait alors éprouver une sorte d'admiration pour sa mère, et il était probable qu'il ait eu envie de se retirer sur la terre où elle avait vécu ses premières années. Il commença par faire le tour des tavernes et des marchés, en observant tout et en posant des questions. Il écumait surtout les bas-fonds : il savait par expérience que c'était là qu'il glanerait le plus d'informations et y passerait inaperçu.

Les deux premiers jours, il rentra bredouille. Salazar était plus que jamais un lieu de transit. Les gens ne s'y attardaient pas et ceux qui y résidaient s'occupaient de leurs affaires.

Le soir du troisième jour, en proie au découragement, Ido fit un saut à « La plus ancienne auberge de Salazar », comme le prétendait l'enseigne.

Il y entra seulement pour boire, mais après sa troisième chope de bière, il décida de tenter le coup. Il héla une des serveuses, une jeune fille plantureuse aux joues rebondies et aux yeux vifs.

— Est-ce que tu as déjà vu traîner par ici un garçon roux, avec des yeux violets et des oreilles un peu bizarres ? lui demanda-t-il en souriant.

La serveuse fronça les sourcils en s'efforçant de se souvenir. L'expression qui apparut sur son visage la rendit encore plus jolie.

« Si je m'étais moins occupé de guerre et davantage des choses de la vie, j'aurais pu avoir une fille comme elle », songea Ido avec un soupir.

— Il y a un homme… je ne sais pas s'il est roux, presque tous ses cheveux sont gris, bien qu'il soit encore jeune, je crois… Mais il a de splendides yeux violets.

Ido écouta avec attention. Mais il n'y avait pas que les demi-elfes qui avaient les yeux violets.

— Où habite-t-il ?

— Dans la tour, c'est un des rares. Avec sa famille.

— Il est marié ?

La jeune fille fit signe que oui.

— Et il a même un fils.

— Tu saurais me dire où je peux le trouver ?

— Bien sûr ! répondit-elle avec un sourire amical. Au quatrième étage au-dessus de la vieille porte, le troisième couloir après l'escalier. C'est la seule maison intacte, les autres sont des ruines. Moi, je mourrais de peur là-bas, il doit y avoir des fantômes… Quand il est arrivé, il a beaucoup insisté pour avoir cette maison, d'après ce que m'a dit mon père.

C'est cette remarque qui convainquit Ido.

« Mon père et moi, nous vivions au-dessus de la porte, c'est pour cela que les Fammins nous ont si vite trouvés », lui avait raconté Nihal un jour, en parlant de la prise de Salazar par les troupes du Tyran.

Il posa sa chope de bière et jeta quelques pièces sur la table.

— Le reste est pour toi. Tu n'imagines pas à quel point tu m'as été utile.

Il sourit à la jeune fille et sortit aussitôt.

Son intuition lui soufflait que c'était Tarik.

Il n'était pas capable d'attendre le lendemain, et d'ailleurs, cela n'aurait pas été sage. La Guilde aussi cherchait Tarik, et il valait mieux risquer de se faire envoyer au diable pour avoir réveillé un inconnu au beau milieu de la nuit plutôt que d'avoir une mauvaise surprise le jour suivant. Il parcourut rapidement les couloirs de Salazar, caressant la garde de son poignard sous son manteau.

Il n'avait jamais vu Tarik, mais il l'avait souvent imaginé. Était-ce réellement lui qu'il allait trouver ?

Une fois dépassé l'étage des boutiques, fermées à cette heure-ci, l'obscurité s'intensifia, percée çà et là par des flambeaux qui jetaient une faible lueur sur les murs de brique. Ido essaya d'aiguiser sa vue.

Il était déjà venu dans cet endroit, bien des années plus tôt, il s'en souvenait. Il avait toujours eu une excellente mémoire, et le temps ne l'avait pas entamée. Ce n'était d'ailleurs pas surprenant pour un gnome, race résistante aussi bien aux blessures infligées par l'ennemi qu'aux injures de la vieillesse. Il se laissa guider par ses souvenirs à travers les couloirs.

Jusqu'à ce qu'il entende quelque chose. Il s'arrêta. Tendit l'oreille.

Un cri au loin, celui d'une femme !

Il dégaina son épée et se mit à courir dans les ténèbres presque totales, exception faite du rayon de lune qui entrait par les fenêtres situées au fond du couloir. Trop peu de lumière, surtout pour son œil mal en point.

C'est peut-être justement à cause de cet œil qu'il ne les aperçut qu'au dernier moment : deux taches sombres, dont l'une semblait tenir quelque chose de plus clair entre les bras.

— Halte !

La première ombre le dépassa en un éclair, l'autre eut un moment d'hésitation. Ensuite, quelque chose étincela dans le noir.

Ido leva son épée et réussit de justesse à intercepter le poignard, qui tomba sur le sol en résonnant sur le pavé.

Il n'avait pas achevé son mouvement qu'il ressentit une vive douleur à l'épaule. Sans y prêter attention, il bondit vers la silhouette sombre. Celle-ci s'écarta prestement, mais pas assez pour éviter le fendant d'Ido qui lui effleura le flanc.

Dans un mouvement fluide, l'ombre tourna sur elle-même, passa derrière le gnome et, lui enserrant le cou d'un bras, pointa de l'autre l'arme contre sa gorge. Ido joua de sa petite taille. Il se baissa, arrondit le dos et réussit à se dégager. Il se retourna et frappa un nouveau coup latéral avec son épée, mais son adversaire lui avait glissé entre les doigts. Un poignard siffla dans l'air, et Ido l'esquiva en se baissant encore une fois. Lorsqu'il se releva, la silhouette noire avait été avalée par l'obscurité. On n'entendait même pas un bruit de pas.

Il s'appuya contre le mur, hors d'haleine.

« Damnation, je n'ai plus l'âge pour ce genre d'exercice ! »

Il porta la main à l'épaule et cria de douleur. Un petit couteau à lancer, resté planté entre la chair et le tissu de sa manche. Il serra les dents et l'arracha.

« Des Assassins ! Des maudits Assassins de la Guilde ! »

Il n'y avait aucun doute. C'était eux.

Il se remit à courir dans le noir et tâcha de s'orienter grâce aux indications de la jeune serveuse.

Ce fut plus facile que prévu. Une lumière brillait au fond d'un couloir, émanant d'une cheminée ou de bougies allumées dans une maison, qui faisait miroiter quelque chose de luisant sur le sol.

Ido ralentit, un goût de bile dans la bouche. Il aurait reconnu cette odeur entre mille… Une flaque de sang s'étalait à ses pieds.

Comme au ralenti, il avança vers la lumière. Une maison dont la porte était ouverte, une maison misérable au milieu des ruines, et un homme qui essayait désespérément de se traîner dehors.

Il regarda le gnome avec d'intenses yeux violets.

« À l'aide », voulut-il crier, mais sa voix se brisa, et il s'effondra sur le seuil.

Ido était arrivé trop tard.

Ido alla chercher de l'aide et eut le plus grand mal à trouver un prêtre au beau milieu de la nuit. Celui-ci entra dans la maison de mauvaise grâce, ce qui était compréhensible : il y avait du sang partout, les rares meubles étaient fracassés et deux corps gisaient à terre, celui de Tarik à l'entrée, et un autre, celui d'une femme, dans la pièce principale. Pour cette dernière, à l'évidence, il n'y avait plus rien à faire.

Tarik, lui, semblait avoir encore une chance. Toutefois, le prêtre garda l'air sombre.

— Faites l'impossible, murmura Ido.

Il l'assista de son mieux, mais dès qu'ils eurent déshabillé Tarik, il se rendit compte qu'il faudrait un miracle pour le sauver. Une colère aveugle, incontrôlable, l'envahit.

Tandis que le prêtre appliquait des herbes et récitait des formules, Ido retourna le poignard de la Guilde entre ses mains. Ils l'avaient pris de vitesse.

Après plusieurs heures d'efforts inutiles, le prêtre se leva.

— J'ai fait l'impossible comme vous me l'avez demandé, je crains cependant qu'il ne voie pas l'aube.

C'est déjà inespéré qu'il soit encore en vie. Je suis désolé.

Ido lui posa une main sur l'épaule.

— Vous n'avez rien à vous reprocher.

L'homme s'en alla en promettant de revenir le lendemain matin, pour soigner Tarik s'il était toujours vivant, pour l'enterrer s'il était mort.

Ido se campa au milieu de la chambre vide. Il devait conserver sa lucidité. Pourquoi ceux de la Guilde avaient-ils voulu tuer Tarik ? N'auraient-ils pas plutôt dû l'emmener et se servir de lui pour ressusciter Aster ? Peut-être que les deux hommes essayaient en réalité de s'opposer à la secte, et qu'ils n'avaient pas trouvé d'autre moyen que de supprimer Tarik ? Non, ceux qu'il avait rencontrés dans le couloir étaient des Assassins, sans l'ombre d'un doute.

Tarik s'agita dans son délire et bredouilla quelque chose. Il ouvrit les yeux ; son regard était voilé, lointain, mais il se posa un instant sur le gnome qui s'était approché. Le même violet que les yeux de Nihal. Ido eut l'impression de la revoir.

— San… souffla Tarik, en s'adressant cette fois au gnome. Mon fils, San…

Il voulut dire autre chose, en fut incapable. Son regard devint à nouveau flou, et il referma les yeux.

Ido frissonna. Dans l'affolement, il avait complètement oublié l'existence du jeune garçon !

Par acquit de conscience, il fouilla les autres pièces. La tache claire qu'il avait aperçue dans les bras de l'Assassin lui revint à l'esprit. La Guilde avait enlevé San. Pour une raison inconnue, elle l'avait préféré à son père.

Ido aurait dû partir sans perdre une seconde sur les traces de l'enfant, mais il ne pouvait pas abandonner Tarik. Le cadavre de sa femme était dans l'autre pièce, et lui râlait sur son lit. Il ne pouvait le laisser mourir seul. Il attendrait l'aube.

Il s'assit à son chevet et observa tristement sa lente agonie. La mort d'un homme jeune avait pour lui quelque chose d'insupportable. Il en avait vu mourir beaucoup, sur la Terre du Feu, et ne s'y était jamais habitué. Il avait beau se répéter qu'aucun d'eux ne mourait vraiment puisque ses compagnons continuaient la lutte, et qu'il était mort pour une noble cause. Rien ne lui apportait la paix. La seule chose qu'il pouvait faire, c'était assister à leur vain combat, en leur serrant la main et en leur prodiguant des paroles de réconfort…

Tarik était comme eux. La respiration laborieuse, il appelait sa femme et son fils. Talya. Talya et San…

Il ressemblait beaucoup à Sennar, peut-être plus encore qu'à sa mère. Ses cheveux étaient gris, mais son visage avait conservé un aspect juvénile, comme l'avait dit la serveuse de l'auberge. Les mêmes traits volontaires que son père, et des oreilles semblables à la description de Nihal. Étranges. Ni celles d'un homme ni celles d'un demi-elfe.

Il y avait beaucoup de choses qu'Ido aurait voulu lui dire. Que son père lui avait pardonné, comme il le lui avait demandé dans sa lettre quelque vingt ans plus tôt, ou qu'il retrouverait son fils au péril de sa vie. Et pas seulement pour sauver le Monde Émergé. Peut-être aurait-il suffi qu'il lui parle de ce qu'avait représenté sa mère pour lui. La meilleure des élèves, une de ses rares amies, et surtout, une fille.

Ido s'apprêtait à parler lorsque Tarik rouvrit brusquement les yeux. Il semblait plus conscient, mais en même temps, quelque chose en lui était déjà loin, comme si c'était déjà son fantôme qui revenait.

Ido lui saisit la main, se pencha vers lui.

— Comment te sens-tu ? lui murmura-t-il.

S'il n'avait pas épuisé ses larmes bien des années plus tôt, il se serait mis à pleurer.

Tarik se tourna lentement vers lui, le teint cendreux, et il répéta le même mot :

— San ?

— Il va bien. Ils ne toucheront pas un seul de ses cheveux, je te le promets.

— Je veux le voir.

— Ils l'ont emmené. Je vais aller le chercher, ne crains rien.

Les larmes se mirent à couler en silence sur les joues de Tarik.

— Ramène-le-moi… je t'en prie… ramène-le-moi…

— Je te le jure.

Il respirait de plus en plus péniblement.

— Et venge Talya. Venge-la pour moi.

Ido acquiesça, sans lâcher sa main. Il savait alors, il avait tout vu.

Dans le silence de la maison, on n'entendit soudain plus que sa respiration haletante.

— Je suis Ido, Tarik, dit le gnome.

Il le regarda fixement. Un éclair de stupeur traversa ses yeux violets.

— Le maître de ma mère…

— Lui-même.

Malgré sa faiblesse, Tarik réussit à sourire.

— Je voulais être comme elle… J'ai essayé pendant un temps…

— Ne parle pas si ça te fatigue.

Il devait ne pas l'avoir entendu, car il reprit :

— Je ne supportais pas que mon père reste sans rien faire de l'autre côté du Saar. Elle, elle était morte pour nous, elle avait tout donné au Monde Émergé.

Il s'interrompit encore, eut une violente quinte de toux et s'efforça de respirer plus profondément.

— Mais ici… tout était différent de ce qu'elle m'avait raconté, et je… je n'ai rien à voir avec ma mère.

Il fit une nouvelle pause.

— Je voulais venir combattre avec toi.

Ido eut un sourire amer.

— Tu as vu ce que ça a donné ? Nous n'avons toujours pas vaincu. Mais nous avons encore le temps, pas vrai ? Et le combat n'est pas fini.

— Je t'ai même cherché, ensuite j'ai connu Talya et…

— Tu as fait le bon choix, le coupa Ido. Chacun a sa propre route, et la tienne était celle-là.

Tarik demeura quelques instants silencieux.

— C'est mon père qui t'envoie ? demanda-t-il enfin.

Sa voix n'était plus désormais qu'un souffle.

— Non. J'étais venu pour vous protéger, toi et San.

En prononçant ces mots, Ido sentit la colère l'envahir à nouveau. Belle protection, en vérité !

— Dommage. J'aurais aimé le revoir.

Ido saisit l'occasion.

— Il m'a écrit, pendant toutes ces années, jusqu'à ton départ. Dans sa dernière lettre, il m'a demandé de ne pas te chercher, mais de te dire, si jamais je te voyais un jour, qu'il t'avait compris.

Tarik ne répondit pas. Ido approcha son visage du sien.

— Tu m'entends, Tarik ? Il t'a compris, comme je suis certain que tu l'as compris, toi aussi. Et il te demande pardon.

Tarik sourit, et serra plus fort sa main. Il ne parla plus jusqu'à l'aube. Sa respiration devint de plus en plus faible, son visage de plus en plus blanc. Mais sur ses lèvres, le sourire ne s'effaça pas.

Le soleil n'était pas encore levé lorsqu'il mourut.

Un nouvel adieu, une nouvelle mort. Cette fois, Ido n'avait même pas connu celui dont il avait tenu la main. Il se sentit écrasé par le poids de tous les moments semblables à celui-ci qu'il avait vécus jusque-là. Mais il y avait une chose qu'il pouvait encore faire, pour lui, pour Tarik, pour Nihal et tous les autres. Il y a très longtemps, il s'était juré de continuer la lutte malgré le découragement, et ce n'était pas maintenant, après tout ce sang et cette souffrance, qu'il allait se dérober.

6

PLUIE

Après l'épisode des esprits dans le bois, le voyage redevint plus tranquille. Les êtres surnaturels se manifestèrent encore le lendemain au coucher de soleil, et durant la nuit Doubhée et Lonerin montèrent à nouveau la garde. Ensuite, les esprits disparurent complètement. En contrepartie, les sons revinrent. Le vent se remit soudain à siffler dans les branches, et les fougères à s'agiter au passage d'animaux invisibles. Puis le timide chant d'un oiseau, et enfin, comme des voix inconnues, des chants lointains... Même si le silence n'était plus absolu, la forêt n'en était pas moins inquiétante. La pénombre était constante, et Doubhée et Lonerin se sentaient constamment épiés.

— C'est comme si le bois nous observait... Au début, il nous a repoussés, puis il a lancé sa horde d'esprits à nos trousses. Maintenant que nous avons surmonté l'épreuve, on dirait qu'il nous étudie, et que les moindres buissons sont habités de présences muettes qui nous regardent vivre, commenta Lonerin.

Doubhée sourit.

— Tu es un vrai poète !

Le jeune homme rougit.

— La magie, c'est l'étude de la nature, de ses habitants et de ses lois. Peut-être que c'est pour cela que j'y vois de la poésie.

Doubhée aurait voulu pouvoir partager cette vision des choses. Son monde à elle était bien trop concret. Seul y importait de survivre : manger, boire, respirer...

Lonerin, au contraire, lui montrait qu'il y avait autre chose, tout un univers dont elle se sentait totalement exclue.

Un matin à l'aube, Lonerin se réveilla et constata que Doubhée n'était pas là. Il s'inquiéta aussitôt. Il valait mieux ne pas s'éloigner l'un de l'autre dans leur situation, et en outre, ce jour-là, elle devait prendre une gorgée de potion.

Il l'appela, et comme il n'obtint aucune réponse, il se mit à la chercher aux alentours.

Il marcha longtemps avant de la repérer. Il l'aperçut d'abord au loin, une silhouette noire, comme la première fois. Elle évoluait entre les arbres avec des mouvements rapides et élégants, complètement absorbée en elle-même, en tenant dans la main quelque chose de brillant qui dessinait des arcs dans l'air clair du petit matin.

Lonerin n'avait jamais vu un Assassin en action. Il savait que Doubhée avait tué pour la Guilde et qu'elle l'avait déjà fait auparavant, mais il n'avait jamais assisté à son entraînement.

Il y avait quelque chose de fascinant dans sa grâce féline, dans sa manière de faire danser son poignard les yeux fermés. C'était la mort dans un habit que Lonerin ne connaissait pas. Pas celle qui rôdait sur les cadavres qu'il avait vus enfant dans la fosse commune où la Guilde avait jeté sa mère après l'avoir sacrifiée à Thenaar. Une mort ensorcelante.

« Voilà comment se déplaçait celui qui a tué ma mère », songea-t-il.

Une bouffée de colère remonta du fond de son âme, entraînant avec elle les souvenirs lancinants d'un passé secret. Sa haine pour la secte qui lui avait pris sa mère était une constante inéluctable dans sa vie, contre laquelle il luttait sans répit. C'est pour cela qu'il s'était consacré à la magie. Il avait une mission personnelle à accomplir.

Il songea que même si Doubhée avait été forcée d'entrer dans la Guilde, à présent elle était toujours l'une d'entre eux. Cette pensée le mit mal à l'aise. Il se sentit troublé, irrité, et il se dépêcha de l'appeler, en faisant semblant d'arriver à l'instant.

— Je me demandais ce que tu étais devenue.

Doubhée se retourna vers lui, surprise.

— J'ai besoin de m'entraîner de temps en temps. Exercer mon corps me fait du bien, c'est une vieille habitude, dit-elle, et elle lança son poignard sur un arbre à quelques brasses de lui. Je ne pensais pas que tu serais si matinal.

Elle alla reprendre son poignard. Sa main tremblait légèrement.

« C'est l'effet de la malédiction », se dit aussitôt Lonerin. Et il ne put s'empêcher d'observer :

— Mais ça, ce n'est pas un entraînement de voleuse. Tu t'exerces encore aux techniques de meurtre ?

Elle resta interdite.

— Oui, je te l'ai dit, ça me détend. C'est ce que le Maître m'a enseigné.

— Ah oui, il était dans la Guilde, lui aussi, n'est-ce pas ?

Doubhée acquiesça. Lonerin faillit ajouter quelque chose, mais il se retint.

Ils se fixèrent en silence pendant quelques secondes ; après quoi, ils retournèrent ensemble vers leur bivouac.

— Tu détestes les Assassins, et pourtant tu t'entraînes comme eux...

Lonerin se mordit aussitôt la langue, mais il n'arrivait pas à calmer l'irritation qui l'avait saisi dans le bois.

Doubhée encaissa le coup et fit semblant de rien. Elle s'assit par terre et but un peu d'eau à la gourde.

— C'est l'enseignement de mon Maître, dit-elle ensuite en le regardant.

— Un Victorieux.

— Il avait quitté la Guilde.

— Sans avoir pour autant cessé d'être un Victorieux. Un peu comme toi.

Cette fois, Doubhée se raidit. Elle se pencha pour prendre un morceau de pain et Lonerin vit que sa main manquait d'assurance. Il en fut presque satisfait.

« Je l'ai blessée, je l'ai enfin touchée. »

Mais tout de suite après, il eut peur de lui-même.

— Pardon, dit-il vivement. Cela m'a inquiété de ne pas te trouver en me réveillant ce matin, et puis, cet endroit me donne des frissons, je n'arrive pas à oublier les esprits de l'autre nuit.

— Je ne suis pas une Victorieuse, murmura Doubhée.

— Non, bien sûr que non, répondit-il, les yeux baissés.

Elle s'approcha de lui et colla son visage contre le sien.

— Je n'ai jamais été une Victorieuse, et je ne le serai jamais. Quand nous nous sommes enfuis de la Maison et que j'ai refermé cette porte derrière moi, je l'ai fait pour toujours.

Devant l'intensité de son regard, Lonerin sentit sa colère s'évanouir.

Soudain, il ne savait plus comment se comporter envers elle. Jusque-là, cela avait été facile : c'était sa compagne de voyage, ils se soutenaient et s'encourageaient l'un l'autre, mais maintenant... Maintenant il était tenté de croire que ce qu'elle lui avait dit un jour à propos de la Bête qui dormait en elle était vrai : « C'est la pire partie de moi-même qui remonte à la surface. » Cette partie qui la rendait victime et bourreau, et qui l'attirait et le repoussait à la fois.

— Excuse-moi, dit-il avec sincérité. Je comprends ta situation. C'est juste que, tout d'un coup, je t'ai vue sous un jour différent, et que je t'ai prise pour ce que tu n'es pas. Quelque chose m'a rappelé les Assassins auxquels j'ai eu affaire dans la Guilde, et je hais la Guilde, ça te va ? Elle fait partie des choses de ce monde que je voudrais détruire de mes mains.

Doubhée baissa les yeux.

— Peut-être que tu ne t'es pas trompé, au fond. Je suis toujours une Enfant de la Mort...

Sa voix était amère, et son regard froid et désespéré transperça Lonerin de part en part. À présent, c'était lui qui était gêné.

— Ce sont des superstitions, s'écria-t-il avec fougue.

— C'est ça, dit Doubhée avec un sourire feint. Mais tout à l'heure, tu as vu une tueuse en moi, n'est-ce pas ?

— Ce que j'ai vu n'a aucune importance !

— Ça en a pour moi, répliqua-t-elle avec véhémence.

— Les gens comme toi, comme moi, les gens normaux, peuvent seulement être des victimes de la Guilde, jamais des complices. Et je sais de quoi je parle.

Il la regarda droit dans les yeux, puis il détourna la tête avant qu'elle puisse lire dans les siens les traces de son tragique passé.

Lui aussi avait ses secrets, des secrets qu'il n'arrivait pas à lui confesser.

Ils reprirent leur route sans poursuivre la discussion.

Au bout de quelques heures de marche, ils aperçurent soudain quelque chose s'agiter dans les fourrés. Ils s'arrêtèrent, et Doubhée posa la main sur son arc.

La forêt était à nouveau plongée dans le silence. Les rayons du soleil formaient des taches de lumière sur le feuillage.

Le cri d'un oiseau au-dessus de leurs têtes les fit sursauter, et sans qu'elle ait le temps de réagir, Doubhée vit une ombre d'une couleur indéfinie foncer sur elle à toute allure.

La jeune fille ressentit un violent élancement à l'abdomen, son arc vola au loin, et elle tomba à terre. Étendue sur le dos dans les feuilles mortes, elle entendit encore l'un de ces chants absurdes, comme les pleurs d'un enfant, et Lonerin qui l'appelait.

Elle se redressa rapidement en serrant son poignard. Elle l'avait toujours à portée de main, c'était la première chose que le Maître lui avait enseignée. Sans se soucier de la douleur, elle roula sur elle-même dans la direction de la créature qui l'avait attaquée. Elle avait bien calculé, car elle se retrouva juste à ses côtés. Ce qu'elle vit la laissa perplexe : devant elle se tenait un animal extraordinaire ; son corps ressemblait vaguement à celui d'un très grand bouc, mais ses pattes étaient celles d'un félin, armées de griffes acérées. Ses yeux étaient caprins, avec des pupilles liquides et horizontales, mais il avait des dents grosses et larges, disproportionnées par rapport à sa gueule étroite. Et enroulée sur son énorme tête, une paire de cornes menaçait Lonerin de près.

Ce devait être ces mêmes cornes qui l'avaient frappée…

Elle n'était pas arrivée au bout de sa pensée que l'animal chargea une nouvelle fois, avec ses cornes qui tournoyaient à toute vitesse sur elles-mêmes.

La scène que Doubhée avait devant les yeux semblait trop absurde, trop irréelle pour être vraie.

Le hurlement de Lonerin lui affirma le contraire. L'animal l'avait heurté de plein fouet.

— Doubhée ! Tu rêves ou quoi !

Aussitôt, la jeune fille serra la garde de son poignard et bondit. Il ne lui fallut qu'un instant pour redevenir elle-même, la tueuse, la chasseresse. La

Bête enfouie dans son corps insufflait de l'énergie à chacun de ses mouvements.

Elle essaya d'abord de surprendre l'animal par-derrière, mais ce dernier se retourna brusquement, avec une agilité qu'elle n'aurait pas soupçonnée. Elle se mit sur la défensive et évita sa contre-attaque de justesse : une de ses cornes lui effleura la cheville, laissant une marque rouge sur sa peau.

Elle tenta encore de riposter à deux reprises, sans résultat. L'animal se précipita à nouveau, lançant vers elle ses pattes avant, dont les griffes terrifiantes brillaient dans la pénombre. Doubhée ne savait plus quoi faire. Ses cornes et ses pattes se mouvaient sans aucune coordination, ce qui rendait ses attaques complètement imprévisibles.

Elle réussit à esquiver les suivantes en sautant sur le côté, mais elle finit par trébucher sur une racine. Elle tomba, les paumes des mains sur le sol, tandis que la créature fondait sur elle. Doubhée ressentit une frayeur incontrôlable et ferma instinctivement les yeux.

Elle les rouvrit en entendant la voix de Lonerin qui criait quelque chose.

La créature mi-bouc mi-félin était devant elle, immobile, la patte droite suspendue dans l'air, les cornes bloquées en pleine course. Doubhée ne prit pas le temps de s'interroger sur ce miracle ; l'instinct eut le dessus : son corps s'élança, et sa lame s'enfonça dans le poitrail de l'animal. Celui-ci s'effondra sans même un gémissement, mort.

Derrière lui se tenait Lonerin, la main tendue et le front couvert de sueur.

— C'est un petit truc qu'on apprend quand on est gamin : *lithos*, ça s'appelle, ça paralyse l'ennemi.

Doubhée essaya de se relever, mais elle était essoufflée. Elle ramassa son arc et se pencha sur l'animal. Il avait les yeux ouverts et la regardait encore avec hostilité.

— Qu'est-ce qui t'a pris de nous attaquer ? murmura-t-elle.

Lonerin haussa les épaules.

— Encore une preuve que cet endroit est absurde et n'obéit à aucune règle. Tu entends ?

Il leva l'index. Le bois se taisait.

— Ils ont tout observé. Ils nous étudient, Doubhée, je te l'ai déjà dit.

Il lui tendit la main et indiqua sa jambe.

— Tout va bien ?

Doubhée inspecta sa cheville. Rien de sérieux, tout comme le coup dans l'abdomen.

Elle hocha la tête et attrapa la main de Lonerin pour se relever.

— Et toi ?

— Heureusement, tu es intervenue pile au bon moment et je ne me suis pas fait mal…

Il sourit d'un air malicieux, et Doubhée lui rendit son sourire.

— En tout cas, nous ne mourrons pas de faim. C'est une aubaine, non ? On était justement à court de provisions ! ajouta le jeune homme.

Ils se mirent à dépecer l'animal.

— Que dirais-tu de « capricornagriffe » ? s'exclama bientôt Lonerin.

— Quoi ?

— Le nom de ce nouvel animal.

— « Boucalynx » ? hasarda-t-elle timidement.

— Oui, mais ses griffes sont si impressionnantes qu'elles méritent d'être mises en valeur. Et puis, il était bien plus grand qu'un lynx.

— « *Capricornus Griffus* », alors.

Lonerin éclata de rire, et Doubhée esquissa un bref sourire. Elle ne participait pas vraiment au jeu, elle était concentrée sur sa tâche.

— Tu sais y faire, observa le jeune homme.

— Encore un des infinis enseignements de mon Maître, marmonna Doubhée sans lever les yeux.

Lonerin se tut. Puis, brusquement, il ajouta :

— Il a beaucoup compté pour toi, n'est-ce pas ?

Doubhée se raidit imperceptiblement.

— Il m'a sauvé la vie. J'errais sans but après que mon village m'avait bannie, à cause de la mort d'un de mes camarades. À force de marcher au hasard, j'ai atterri dans un village où s'étaient arrêtés des soldats. L'un d'eux a voulu me faire du mal. Le Maître l'a tué.

Parler de cet homme avait donné à ses yeux un éclat inhabituel. Ensuite, le voile de tristesse qui quittait rarement son regard réapparut.

« Un jour, je ferai disparaître ce voile de tes yeux pour toujours », se surprit à penser Lonerin.

— J'ai vécu avec lui pendant sept années, durant lesquelles il a été tout pour moi. Au début, il ne voulait pas de moi, il avait peur que je sois un poids. C'est pour cela que je lui ai proposé de devenir son élève. S'il acceptait de m'initier au métier d'Assassin, il ne pourrait plus me renvoyer. C'est avec beaucoup de réticence qu'il a entrepris mon apprentissage. Et il ne m'a pas appris seulement à tuer : il m'a expliqué la vie. Je lui dois tout. C'est même lui qui au bout de toutes ces années m'a dit que je ne devais plus jamais tuer.

Lonerin l'écoutait avec intérêt, mais elle remarqua son expression distante, presque détachée.

— Tu m'as dit que c'était toi qui l'avais tué.

Doubhée ne réagit pas. Il y avait des moments comme celui-ci où elle se sentait prête à se dévoiler complètement.

— La Guilde me cherche depuis toujours. Il y a deux ans, elle m'a trouvée, et le Maître a tué l'homme qui était sur mes traces. Il l'a fait pour moi.

Elle marqua une légère pause puis reprit :

— Il a été blessé, et nous nous sommes enfuis.

Soudain, les mots étaient de plus en plus difficiles à prononcer.

— Je le soignais. Je connais bien les herbes. Et lui, un jour, il a mis du poison dans son cataplasme.

Lonerin se sentit submergé par une vague de tristesse.

— Doubhée, je ne…

— Il m'a laissé une lettre où il disait qu'il était fatigué de vivre, et qu'il le faisait pour me sauver, poursuivit-elle sans l'écouter. Il voulait m'instiller l'horreur du meurtre en même temps que me soustraire à la Guilde. Mais la vérité, c'est qu'il est mort à cause de moi. C'est moi-même qui ai posé le cataplasme sur la plaie. C'est moi qui l'ai tué.

Lonerin l'étreignit impulsivement. Elle resta inerte, à la fois abandonnée et absente.

— Ne parle pas, murmura-t-il.

Il se sentit soudain très proche d'elle. Lui aussi avait perdu un être cher, et ils étaient unis par la même sourde rancœur envers la Guilde. Mais il y avait autre chose dans l'émotion qu'il ressentait.

Doubhée se libéra et se remit au travail.

— Je… je suis désolé, bredouilla Lonerin.

Doubhée continua à découper l'animal avec des gestes rapides et précis. Sa voix était à nouveau distante :

— C'est la vie. L'histoire de ma vie.

Un brusque coup de tonnerre mit fin à ce moment d'intimité inattendu. La lumière déclinait. À travers les cimes des arbres, on entrevoyait de gros nuages noirs et lourds de pluie.

— Le temps est en train de changer, observa Lonerin. Il faut trouver un abri, ou bien la viande sera perdue.

Ils rassemblèrent leurs affaires et cherchèrent en hâte un refuge.

Le tonnerre gronda encore plusieurs fois, après quoi la pluie commença à tomber. Doubhée et Lonerin se mirent à courir.

Ils étaient trempés jusqu'aux os lorsqu'ils découvrirent une grotte, peut-être la tanière d'un autre animal… Lonerin y entra le premier en reconnaissance.

La lumière de son enchantement éclaira les parois, d'où pendaient des racines qui s'enfonçaient ensuite dans le sol. De toute évidence, un arbre poussait juste au-dessus de la caverne.

— La voie est libre, dit-il.

Ils allumèrent un feu et mangèrent un peu de viande. Elle n'était pas si mauvaise, et ils avaient tous les deux une faim de loup.

Dehors, la clarté semblait avoir été engloutie par l'obscurité. La pluie battante avait levé un rideau de brouillard sur la forêt, et seules les feuilles des arbres les plus proches étaient visibles.

Malgré tout, l'atmosphère était plus sereine. Peut-être était-ce le simple fait d'être seuls dans ce lieu clos, à manger et à se reposer, ou peut-être parce que le bois et son étrangeté étaient relégués au-delà des limites de la tanière. Mais le fait est que Doubhée sentit la tension baisser, et elle se permit même de rire au spectacle de Lonerin qui parlait la bouche pleine en postillonnant à qui mieux mieux. Elle oublia presque l'épisode de la matinée, cette étreinte impétueuse qui l'avait autant effrayée que réchauffée.

La pluie ne cessa pas de tout l'après-midi. Doubhée et Lonerin restèrent assis devant le feu en essayant de se sécher. Lonerin en profita pour faire le point sur la carte d'Ido. Ils étaient en route depuis plus de dix jours, et ils avançaient finalement assez vite dans la direction où était censée se trouver la maison de Sennar.

Doubhée l'observa pendant qu'il traçait des signes au crayon et qu'il lisait les notes du gnome sur le verso du parchemin. Il lui rappela le Maître, le soin avec lequel il aiguisait ses armes, la concentration qu'il mettait dans son travail. Elle sentit le léger frôlement du papier sous sa chemise, là où elle gardait, à même la peau, la lettre que le Maître lui avait écrite avant de mourir. Elle se demanda si l'eau l'avait abîmée, et elle eut envie de la sortir.

Mais elle se retint. Elle était gênée de le faire devant Lonerin : elle aurait dû lui expliquer, et elle lui en avait déjà trop dit.

La nuit finit par tomber, et le crépitement de la pluie s'amplifia encore.

— Quoi qu'il arrive, demain il nous faudra repartir, observa Doubhée, les yeux fixés sur l'obscurité épaisse qui régnait au-dehors.

— C'est difficile de marcher sous une pluie pareille.

— Ce n'est pas une bonne idée de rester au même endroit plus que nécessaire. Je suis sûre que les Assassins nous suivent.

— Tu les as sentis ?

Elle secoua la tête.

— Je n'ai pas besoin de les sentir. Tu peux me croire, ils sont à nos trousses.

— Alors ils rencontreront les mêmes obstacles que nous ; tu verras, avec un peu de chance, nous réussirons à les éviter.

Doubhée aurait voulu être aussi optimiste, mais ses yeux tombèrent sur le symbole de la malédiction, le signe de son lien avec la Guilde, qui palpitait légèrement sur son bras.

— Comment ça va ? Ma potion est meilleure que celle de Rekla ?

La jeune fille couvrit instinctivement le symbole avec sa main. Elle n'aimait pas qu'il lui pose des questions à ce sujet.

— Oui, excellente même, je dirais.

— Peut-être qu'il vaut mieux que je jette un coup d'œil.

Il fit mine de se lever, mais Doubhée l'arrêta.

— Ne t'inquiète pas. C'est par réflexe que je l'ai regardé. Tout va bien.

— Ça, c'est à moi d'en décider.

Il remonta sa manche avec autorité et observa le symbole. Doubhée détestait tous ces examens. Depuis que la Bête habitait en elle, c'était toujours comme ça : régulièrement un magicien ou un prêtre arrivait, et son corps cessait de lui appartenir ; il devenait une sorte de livre dans lequel chacun lisait des mots différents.

— Ça a l'air d'aller, en effet, mais peut-être que tu peux quand même en boire une gorgée, si tu ne te sens pas au mieux de ta forme ?

Doubhée dégagea son bras.

— Il ne reste pas beaucoup de potion, et je t'ai dit que j'allais bien.

— Je voulais seulement t'aider.

Il avait l'air mortifié, mais Doubhée n'arrivait pas à accepter sa compassion.

— Écoute, tu m'as demandé d'essayer de croire en cette mission, et c'est ce que je fais. Maintenant, c'est moi qui vais solliciter une faveur : garde pour toi ce regard de pitié que tu me réserves chaque fois qu'on parle de mon état.

Son expression était dure, peut-être trop.

— Je n'ai pas pitié de toi. Je te l'ai dit, je cherche seulement à t'aider.

— Alors contente-toi de le faire, le coupa-t-elle.

Elle ne supportait pas d'être confrontée à sa propre faiblesse, elle qui avait traversé tant de souffrances pour apprendre à être forte, presque insensible.

— Il n'y a pas de honte à être faible, de temps en temps, et encore moins à savoir compter sur les autres.

Doubhée se sentit piquée au vif. Était-ce vraiment cela qui la gênait, au fond ? Compter à nouveau sur quelqu'un, après tout ce temps ?

Elle ne répondit pas. Elle appuya son visage sur ses bras croisés et se mit à fixer obstinément le feu. Pour elle, la discussions était close.

— Ton orgueil ne m'empêchera pas de t'aider, ajouta Lonerin d'une voix décidée.

Le village, Selva. Sa mère et son père. Mathon, le garçon qui lui plaisait tant. Ils sont loin. Leurs voix si faibles qu'elle ne les entend pas. Il y a aussi Gornar, son compagnon de jeu.

Doubhée les regarde vivre sans elle, comme si elle n'était jamais née. Le Maître est avec eux, à l'aise. Il ne devrait pas être là. Il n'est jamais allé à Selva, il appartient à une autre vie. Il parle avec sa mère, il rit avec elle.

« Combien de fois ai-je vu le Maître rire ? Presque jamais. »

Pourtant il rit, il a l'air heureux. Il fait la cour à sa mère, cela saute aux yeux. Ça la rend folle, folle de jalousie ; elle voudrait s'interposer entre eux, les interrompre. Elle n'y arrive pas. Ses membres sont lourds, et même au prix d'un énorme effort, elle ne parvient pas à bouger un muscle. Alors, elle assiste impuissante à la scène. Le Maître berce dans ses bras le fils de sa mère, celui qu'elle a eu après la mort de son père de l'homme avec qui elle a refait sa vie, à Makrat. Le Maître lui donne un baiser sur la joue, en riant malicieusement, et Doubhée se sent déchirée.

Elle essaie de hurler, et n'émet pas le moindre son.

Lonerin s'approche du Maître et lui parle. Ses mains sont lumineuses, comme sous l'effet de la magie.

Il y a quelque chose qui ne va pas dans cette scène, dans la présence simultanée de ces morts et de ces vivants qui n'ont rien à voir les uns avec les autres, et Doubhée voudrait pouvoir détruire ces images par la seule force de sa pensée.

Soudain, une ombre gigantesque s'abat sur eux. La Bête. Doubhée sait que c'est elle, et qu'elle va les tuer tous, les avaler et les plonger pour toujours dans l'obscurité. Il ne restera rien d'eux, pas même un souvenir. La peur la fait trembler. Personne n'a perçu le danger, tout dépend d'elle. Il n'y a qu'elle qui puisse mettre fin à ce cauchemar et les sauver tous.

Elle tente de remuer les jambes, en vain car elle est enchaînée. Elle veut crier, mais sa gorge est nouée. Elle a envie de pleurer, mais ses yeux sont secs.

Elle n'a plus de corps, seulement une âme, indistincte et impalpable, qui voyage quelque part. La terreur prend le dessus. Puis une voix au loin crie son nom :

— Doubhée ! Doubhée !

Lonerin secouait violemment Doubhée pour la réveiller, sans succès.

Tout était arrivé à l'improviste.

Elle s'était endormie, et lui était resté assis devant le feu, pensif. Si ses paroles lui avaient fait mal, elles l'avaient aussi poussé à réfléchir. Était-ce bien de la compassion, ce nœud qu'il sentait depuis quelques jours au fond de son estomac ? Était-ce de la compassion, ce désir brûlant de la sauver ?

Tout en regardant les flammes, il jouait avec le petit sac de velours qui contenait les cheveux de Theana. C'était une élève du Conseiller Folwar, comme lui. Ils étudiaient ensemble la magie. Avant de partir pour sa mission au sein de la Guilde, il l'avait embrassée en croyant qu'il y avait des liens spéciaux entre eux. C'est à ce moment-là qu'elle lui avait donné cette mèche.

Ensuite, Doubhée était arrivée dans sa vie, et Theana n'était plus qu'un pâle souvenir.

Il avait tourné la tête vers Doubhée et l'avait regardée dormir. Très vite, il s'était aperçu que quelque chose n'allait pas. Elle respirait mal, son souffle était irrégulier, saccadé.

Il s'était précipité vers elle, et aussitôt, il avait été assailli par un parfum étrange, enivrant, qui l'avait enveloppé dans une soudaine torpeur. Ses yeux s'étaient embués, ses paupières étaient devenues lourdes.

Il s'était éloigné de Doubhée, la main sur sa bouche. En regardant mieux, il avait aperçu une légère fumée violette autour d'elle, provenant apparemment des racines sur lesquelles elle était allongée.

En dépit de son ignorance en botanique, il avait immédiatement deviné que cette étrange odeur émanait de ces racines. Il avait arraché un morceau de sa tunique et l'avait placé sur sa bouche, tandis que ses muscles s'engourdissaient peu à peu. L'arbre devait sécréter une substance vénéneuse qui avait empoisonné Doubhée.

Il l'avait tirée par les jambes, en prenant soin de ne pas toucher aux racines, et il l'avait traînée dehors, sous la pluie encore violente. À présent, il cherchait par tous les moyens à la réveiller.

— Doubhée ! Doubhée !

Il n'obtint aucune réponse. Il la gifla, toujours sans résultat. Son cœur se mit à accélérer ses battements.

Il la secoua de nouveau avec l'énergie du désespoir et remarqua alors que sa respiration était régulière.

Sa poitrine se soulevait et s'abaissait calmement. Cependant, elle n'avait pas repris conscience.

Il passa en revue tous les enchantements qui lui venaient à l'esprit, mais il ne savait pas grand-chose sur les plantes. Il se maudit intérieurement une bonne centaine de fois, tout en essayant de garder son sang-froid.

Soudain, il entendit une voix et il se tourna aussitôt vers la forêt.

Lonerin resta immobile quelques instants. Peut-être la panique lui avait-elle joué un tour ?

La forêt ressemblait à un gigantesque tambour sur lequel la pluie battait avec force. Comment distinguer quoi que ce soit au milieu de tout ce fracas ?

Et puis, sans doute possible, il distingua un bruit de pas et de feuilles froissées.

« Damnation ! »

Il se releva, saisit Doubhée par les bras et la hissa à grand-peine sur son dos. La boue rendait le terrain glissant et la pluie l'aveuglait. Dans l'obscurité, il discerna un rideau de roseaux. Il s'y précipita, et se cacha derrière avec Doubhée.

Il s'agenouilla et attendit, priant pour s'être trompé. Il n'y avait probablement personne, il avait dû être victime d'une hallucination… mais il valait mieux être prudent.

Il sentit son cœur tambouriner dans sa poitrine tandis que l'averse le trempait jusqu'aux os.

Pendant un long moment, il n'y eut plus que le bruit de la pluie qui tombait à torrents et des coups de tonnerre au loin. Puis ils arrivèrent.

À travers les roseaux, Lonerin entrevit trois paires de bottes noires qui s'enfonçaient dans la boue, et le scintillement fugitif des poignards que reflétait la faible lumière qui filtrait à travers les arbres. Ils portaient de longs manteaux marron dégoulinants d'eau, et Lonerin n'eut pas besoin de réfléchir pour savoir qui ils étaient.

Des Victorieux, des Assassins. La Guilde les avait retrouvés !

— Ils sont passés par ici, dit Rekla.

Lonerin serra les dents.

— Et ils sont entrés là-dedans.

Rekla s'engouffra dans la grotte, les deux hommes à sa suite.

Combien de temps allaient-ils rester à l'intérieur ? Et que se passerait-il quand ils en ressortiraient ? Doubhée ne bougeait toujours pas, et il ne se sentait pas capable de les affronter seul.

Mû par l'instinct de survie, il bondit hors de sa cachette et cria une formule. Aussitôt, ce fut comme si la terre était avalée vers l'intérieur de la grotte. En quelques secondes, elle la remplit entièrement, et l'entrée de la caverne disparut.

Lonerin entraperçut Rekla, le visage rageur, qui

le foudroyait du regard en l'abreuvant d'injures. Puis sa voix et ses yeux furent engloutis sous la terre.

Le vacarme de la pluie emplit à nouveau les alentours. Lonerin se mit à trembler malgré lui. Il y avait sûrement encore du gaz à l'intérieur, et de toute façon, s'ils touchaient les racines, il s'en dégagerait d'autre. Mais il ne leur faudrait pas longtemps pour comprendre et pour trouver une solution.

Il regarda Doubhée, recroquevillée sur le sol.

Ils devaient fuir.

7

À L'OMBRE DES FEUILLES D'ARGENT

Lonerin hissa Doubhée sur ses épaules et se mit à courir aussi vite que ses jambes le lui permettaient.

Il n'avait pas le temps de réfléchir à un plan. La priorité était de s'éloigner de la grotte.

La pluie continuait à tomber à verse, et le sol n'était plus qu'un marécage boueux. Il trébucha sur une racine et s'affala tête la première dans la gadoue. Il se redressa, claquant des dents.

Il regarda autour de lui et ne vit que le paysage habituel : les feuilles, les arbres, le ciel impitoyable… Il était inutile de continuer ainsi au hasard.

« Calme-toi, calme-toi… »

Il sortit l'aiguille de sa poche et prononça la formule. La faible lumière bleutée indiqua une direction derrière lui. Il s'était trompé.

« Non ! »

Il chargea à nouveau Doubhée sur son dos et reprit sa course.

— Doubhée ! Doubhée, tu es réveillée ?

Le fracas du tonnerre couvrit sa voix.

— Je t'emmène au sec ! Ne t'inquiète pas.

En réalité, il n'avait aucune idée de l'endroit où ils allaient. Son seul guide était ce faible rayon bleuté qui se perdait au milieu des fleurs charnues et des feuilles. Et il n'avait pas d'autre choix que de le suivre.

Bientôt, la forêt s'épaissit encore, et Lonerin sentit ses genoux céder. Marcher avec Doubhée sur ses épaules relevait de l'exploit, mais il devait continuer pour la mettre à l'abri.

Les branches lui fouettaient le visage, et il fut obligé de se baisser. Au bout d'un certain temps, il s'aperçut qu'il était entré dans un tunnel sombre et étroit formé par les plantes. Il s'arrêta, décontenancé. Il n'arrivait pas à comprendre où il se trouvait ni comment il y était arrivé. Pourtant l'aiguille indiquait qu'il était dans la bonne direction. Il hésita. Au moins, la végétation le protégeait de la pluie. À un étrange fourmillement dans ses mains, il devina que quelque chose attirait sa boussole, comme un enchantement. Mais son intuition lui disait qu'il n'y avait pas de danger et il décida de se remettre en route.

Il fit glisser Doubhée de ses épaules et la posa avec délicatesse sur le sol. Ensuite, il la prit par le bras et commença à la traîner.

Le tunnel se resserra encore et il dut avancer à

quatre pattes ; à ce stade, faire demi-tour aurait été impossible. Il n'avait plus d'autre issue. Brusquement, la panique le submergea : il se sentait piégé, il était au bord du désespoir, et le vacarme de la pluie au-dessus de lui le rendait fou. Il hurla jusqu'à s'en faire mal à la gorge. C'est alors qu'une lumière aveuglante apparut. Il se protégea les yeux de son bras. Lorsque ses yeux se furent adaptés, il découvrit une vision enchanteresse.

Devant lui s'étendait une clairière protégée par une barrière d'arbres et d'arbustes, au centre de laquelle se dressait un arbre gigantesque aux feuilles argentées d'où émanait une vive lumière orangée. De son tronc clair et robuste partaient des centaines de branches couvertes de feuilles aux reflets chatoyants, qui diffusaient une douce lueur sur la végétation alentour. Bien qu'il n'y eût pas le moindre souffle de vent, elles étaient agitées par un léger frémissement. C'était comme si l'arbre était vivant, qu'un flux ininterrompu d'énergie circulait entre la terre et lui.

C'était un Père de la Forêt. C'était lui qui, par sa magie, avait attiré l'aiguille dans le tunnel. Lonerin sourit, émerveillé. Nul ne les trouverait, nul n'oserait leur faire de mal dans un endroit pareil.

Quelque chose lui effleura la jambe, le tirant de sa rêverie. Doubhée, les yeux perdus, avait rampé jusqu'à lui et le regardait d'un air douloureux.

— On a réussi, lui dit-il.

Doubhée était incapable de se déplacer seule, et elle n'avait pas encore recouvré toute sa lucidité. Elle se souvenait vaguement d'avoir sombré dans un sommeil agité de rêves bizarres. Elle avait essayé de se réveiller, mais elle était sous l'emprise d'une terrible torpeur. Elle avait tout de même réussi à deviner que celle-ci devait être provoquée par un poison. Ensuite, elle avait eu l'impression d'être ballottée dans tous les sens avec quelque chose de dur qui lui appuyait sur l'estomac, ce qui lui avait donné une terrible envie de vomir. Rien d'autre. Où étaient-ils et comment y étaient-ils arrivés ?

Lonerin l'adossa contre l'arbre gigantesque. La lumière était étrange et lui brûlait les yeux. Elle observa son compagnon de voyage et le trouva épuisé : ses traits étaient tirés et ses mains tremblaient. Mais elle ne comprenait pas pourquoi. Le poison devait probablement continuer à couler dans ses veines et l'empêchait de suivre le fil de ses pensées. Elle ferma les yeux et tenta de se concentrer, d'interroger son corps pour savoir quel était l'antidote approprié.

« Difficulté à contrôler les membres et la parole. Vue trouble. Confusion mentale. »

Les symptômes défilaient dans son esprit, identiques à ceux de tant d'autres poisons du Monde Émergé.

— Ne t'inquiète pas, moi, je sais ce qu'il te faut.

Doubhée ouvrit les yeux et vit confusément Lonerin dégainer son poignard et le planter dans le tronc de l'arbre derrière elle.

Elle sentit un tremblement le parcourir, comme une contraction douloureuse, puis Lonerin tendit vers elle ses mains jointes.

— Bois.

Elle ne fit pas d'histoires et avala avidement le liquide laiteux qu'elles contenaient. Il coula doucement dans sa gorge. De l'ambroisie. Le remède à tous les maux. Elle n'en avait jamais bu, parce que c'était rare d'en trouver dans le Monde Émergé. Les Pères de la Forêt étaient sacrés, on ne pouvait les solliciter que dans des circonstances très graves, et puis l'ambroisie était le patrimoine exclusif des elfes-follets, eux seuls choisissaient à qui en dispenser. Ce qui n'était pas le cas sur cette terre, apparemment.

Elle appuya sa tête contre le tronc ; elle se sentait déjà mieux. Lonerin s'assit près d'elle. Son visage fut la dernière chose qu'elle vit avant de sombrer dans l'obscurité.

Doubhée ne savait pas pendant combien de temps elle avait dormi, mais lorsqu'elle se réveilla, elle se sentait encore engourdie et elle avait la bouche pâteuse.

Lonerin était toujours près d'elle.

— Salut ! dit-il en souriant, juste avant d'éternuer.

— Tu te sens mal ? lui demanda Doubhée avec une voix rauque qu'elle ne reconnut pas.

Il secoua la tête, sans cesser de renifler. Il lui tendit un autre bol d'ambroisie.

Doubhée le regarda. Elle n'avait pas l'habitude qu'on prenne soin d'elle de cette façon, ni qu'on veille sur sa santé. Depuis quand n'était-ce pas arrivé ? Elle revit sa mère lui apporter du bouillon chaud dans son lit, lui toucher le front ; et le Maître, qui la soignait en appliquant sur ses blessures les mêmes cataplasmes d'herbes que ceux qui allaient le tuer des années plus tard. Elle pensa à Jenna, son seul ami à Makrat, à ses draps propres, aux pommades qu'il préparait pour elle.

— C'est toi qui en as besoin, tu es en train de prendre froid, s'écria-t-elle.

Lonerin fit un geste pour dire que cela n'avait pas d'importance et la fixa d'un air sévère.

— Si tu ne la bois pas, je la renverse par terre.

Doubhée résista un peu, puis elle finit par céder et but une gorgée.

— Maintenant, c'est ton tour, et après, tu me racontes tout.

Lonerin obtempéra. Il prit l'ambroisie, puis il lui parla de Rekla, du poison, de la grotte, et de leur fuite jusqu'à la clairière.

Doubhée l'écouta avec une extrême attention.

— Rekla et ses hommes vont continuer à nous suivre, conclut-elle.

— Je n'en suis pas si sûr, regarde dans quel état tu es !

— Rekla est la Gardienne des Poisons de la Guilde, elle connaît toutes les plantes.

— Mais celle-là n'existe pas dans le Monde Émergé.

Doubhée esquissa un petit sourire sarcastique.

— Ce type de poison provoque des hallucinations et des désordres du système nerveux, il peut même parfois paralyser la respiration. La plante qui le produit compte peu, car il n'y a qu'un seul groupe de substances qui cause des symptômes de ce genre. Et je peux déjà te dire que ses effets se soignent avec des infusions de feuilles bleues et des cataplasmes de cerfeuil.

Lonerin eut l'air épaté.

— Tu t'y connais en botanique !

Elle rougit.

— Quand j'aidais le Maître dans son travail, il me donnait parfois de l'argent, et je m'achetais des livres sur les plantes…

Le jeune homme la dévisagea.

— Tu n'es pas faite pour être une tueuse, ni une voleuse. Et je parle sérieusement.

Il y avait une telle conviction dans son regard que Doubhée détourna les yeux. C'étaient les mêmes mots que ceux que lui avait dits le Maître, des années plus tôt, et elle se rembrunit. Elle aurait voulu répliquer, mais lorsqu'elle se retourna, Lonerin n'était plus là.

Un peu plus loin, des branches bougeaient : il s'était sans doute enfoncé dans le bois pour chercher les plantes de l'antidote.

Elle aurait voulu le suivre, mais elle était encore trop faible pour se lever et elle resta blottie contre l'arbre.

Lonerin revint peu après. Il avait trouvé du cerfeuil et en avait fait un emplâtre.

— Il ne fallait pas.

— Tu ne guériras jamais si je ne le fais pas, et si tu ne guéris pas, ma mission n'avance pas. Je le fais pour moi, comme tu aimes tant le dire.

— Tu pourrais me laisser ici.

— Toi, tu le ferais ?

Doubhée ne répondit pas. C'était vraiment bizarre pour elle de dépendre de quelqu'un, mais après tout, quel mal y avait-il à feindre de croire qu'elle n'était plus seule ? La Bête, la Guilde, Rekla, c'étaient des pensées qu'elle voulait laisser de l'autre côté de la clairière. Au moins pendant quelques heures.

Rekla… Maintenant que Lonerin l'avait bernée, elle ne s'accorderait plus un instant de répit. Mais elle, Doubhée, serait-elle en état de l'affronter ? Ils étaient trois, d'après ce que Lonerin avait dit. Peut-être qu'elle aurait eu ses chances contre les deux Assassins, mais contre Rekla ? Non, c'était au-dessus de ses capacités.

Elle serra nerveusement le fourreau de son poignard. Son cœur battait fort dans sa poitrine.

Il fallait qu'elle se rétablisse vite. Même au pied du Père de la Forêt, ils n'étaient pas en sécurité.

L'enterrement fut expéditif. Rekla et Filla creusèrent une fosse à peine assez profonde et ils y jetèrent le corps inanimé de Kerav.

Ils l'avaient échappé belle, ils avaient tous failli mourir d'asphyxie là-dedans. Ce maudit magicien avait été rusé, et rapide. La grotte était encore pleine de gaz et cet imbécile de Kerav s'était appuyé sur les racines en toussant.

Rekla avait tout de suite compris ce qu'il fallait faire, mais sa tête s'était mise à tourner, et son esprit s'était embrouillé. Elle aussi ressentait les effets du poison. C'est seulement l'énergie du désespoir et la conscience de sa mission qui lui avaient donné la force de creuser à mains nues et de trouver une issue. Le corps secoué de spasmes, elle avait entrepris de chercher les ingrédients de l'antidote, en mélangeant des plantes qu'elle avait emportées dans sa besace. Et finalement, ses efforts avaient été récompensés. Elle avait réussi à sauver sa vie et celle de Filla. Pour Kerav, il était trop tard.

Au moins, il avait eu une fin rapide et indolore. Rekla s'en était occupée personnellement. Elle savait comment tuer sans faire souffrir. Et elle n'avait pas oublié de recueillir un peu de son sang pour le rapporter à la Maison.

La Gardienne des Poisons n'éprouvait rien de particulier pour cet homme, elle déplorait simplement la mort d'un Victorieux. C'est ce qu'on lui avait enseigné à la Guilde : on estimait ses compagnons d'armes, mais seul Thenaar était digne d'être aimé. Pour le reste, l'amour n'existait pas, et le sexe ne servait qu'à donner naissance à d'autres Victorieux. L'amitié, elle, n'était qu'une illusion, seule la camaraderie était acceptable.

Qui avait été Kerav ? Quelqu'un attendrait-il en vain son retour à la Maison ?

Cela n'avait aucune importance. Rekla ne lui enviait qu'un privilège : maintenant il était sous terre, dans le règne sanglant de Thenaar, et il pouvait contempler sa présence.

« Mon Seigneur, parle-moi… »

Une fois de plus, le dieu se mura dans le silence.

Le souvenir du magicien qui s'était infiltré parmi eux la faisait bouillir de rage. Doubhée, elle la tuerait calmement, elle répandrait son sang goutte à goutte dans la piscine au pied de son dieu, mais ce garçon, c'était un divertissement qu'elle s'accorderait ici même, sur les Terres Inconnues. Elle serra si fort les poings que ses ongles s'enfoncèrent dans sa chair.

Lonerin et Doubhée s'arrêtèrent pour la nuit près d'un lac. Il était rempli d'une eau cristalline et il y coulait une petite cascade. Depuis des jours, ils marchaient pratiquement sans pause pour mettre le plus de distance possible entre eux et les Assassins de la Guilde. Mais ce soir-là, épuisés et assoiffés, ils décidèrent de dresser le camp.

C'est Lonerin qui se jeta à l'eau le premier, entraînant Doubhée avec lui par surprise.

Après tout ce qui leur était arrivé, s'amuser était quelque chose de si inattendu et pourtant de si naturel, qu'un sourire sincère retroussa les lèvres de Doubhée.

Lonerin la regarda plonger et refaire surface, le menton au ras de l'eau. Il aurait voulu voir ce sourire plus souvent. Et il ressentit à nouveau ce violent désir de la sauver, à tout prix.

Une fois sortie du lac, Doubhée s'endormit. Peut-être était-ce à cause du bain, ou de la fatigue, mais pour une fois Lonerin eut l'impression qu'elle dormait tranquillement.

Il s'installa près du feu, la carte dépliée devant lui. À côté des notes tracées par Ido, il avait ajouté les siennes. Au fond de lui, il n'avait pas tout à fait renoncé à l'idée de rentrer un peu comme un explorateur, avec une belle carte à offrir aux cartographes.

Ce n'est que lorsqu'il fut épuisé qu'il consentit à s'allonger. Il s'étira et se tourna vers le lac. La lune reflétait son disque parfait sur la surface immobile de l'eau, à quelques brasses de la cascade. C'était un lieu enchanteur. Lonerin eut soif et l'envie le prit d'aller boire à la source. Leurs gourdes étaient pleines, mais depuis combien de temps ne s'était-il pas penché au-dessus d'un ruisseau ?

Il contempla timidement l'onde lisse. C'était presque un péché de la troubler pour boire.

Il était assis sur le bord, indécis, lorsqu'une silhouette sombre entourée d'un fin halo de lumière émergea peu à peu de l'eau.

« J'ai dû m'endormir sans m'en apercevoir », pensa-t-il.

Une tête plate apparut, puis un long cou posé sur d'étroites épaules d'enfant.

Le silence devint total, même la cascade se tut.

Lonerin était comme hypnotisé, entièrement concentré sur la créature mystérieuse qui le regardait du centre du lac. Il aurait voulu s'approcher, la toucher. Il *savait* qu'il devait le faire.

Il se leva, et pendant que ses pieds se déplaçaient avec précaution sur l'herbe, la créature marcha silencieusement vers la rive, sans créer la moindre vague. L'eau restait complètement immobile et le disque rond de la lune était toujours intact dans le ciel.

À mesure qu'il avançait, Lonerin distinguait de nouveaux détails : sa bouche était en réalité une sorte de bec, tandis que ses yeux, petits et lumineux, évoquaient ceux d'un reptile. Il avait l'air inoffensif, avec cette ridicule tête plate, entourée d'une couronne de poils hérissés.

Le jeune homme était maintenant assez proche pour le toucher et continuait à le regarder fixement. Puis soudain, tout disparut : la nuit, le bois, le lac. Il n'y eut plus que le néant, lui, et l'étrange créature.

Lonerin ne s'aperçut de rien. Lorsqu'un froid glacial et la sensation de quatre membres l'enserrant dans un étau le ramenèrent à la réalité, il était déjà trop tard. Il essaya de hurler, mais sa bouche se remplit d'eau. La créature était maintenant juste devant lui, son museau grimaçant à quelques centimètres de son visage. Son air inoffensif avait laissé place à deux yeux cruels et à une rangée de dents aiguës.

Un parfait idiot, voilà ce qu'il était. Il s'était laissé ensorceler, et à présent, cette espèce de volatile aquatique était en train de l'attirer au fond de l'eau. Pourtant, il avait lu des tonnes de livres qui mettaient leur lecteur en garde contre les pièges de créatures de ce genre !

Le manque d'oxygène et la certitude d'être perdu l'affolèrent. Il tenta vainement de se libérer. La bête avança la tête pour le mordre, et Lonerin sentit la terreur lui broyer l'estomac.

Puis il y eut un drôle de gargouillis, une plainte sourde, et une main le tira au sec.

Il atterrit à plat ventre sur la rive, recrachant de l'eau à mesure qu'il remplissait ses poumons d'air.

— Tout va bien ?

La voix triste de Doubhée sembla à Lonerin le plus beau son du monde.

Il bascula sur le dos, la respiration haletante, et hocha la tête. Doubhée tenait son arc à la main. Il s'était fait piéger comme un débutant, et il ne supportait pas de se montrer à elle sous cet angle.

— Je ne sais pas ce que c'était, mais tu vises sacrément bien, bougonna-t-il.

Doubhée sourit, soulagée.

— C'était mon tour de te sauver la vie, plaisanta-t-elle.

Et elle lui tendit la main pour l'aider à se relever.

Lonerin la fixa intensément, et pendant un instant, il sentit son cœur s'embraser.

8
DUEL AU CLAIR DE LUNE

C'était déjà le soir quand Sherva décida de s'arrêter. Il descendit de cheval et respira à pleins poumons l'air frais qui annonçait une nuit sans lune. Il avait du sang de nymphe dans les veines, et son enfermement dans la Maison bridait son désir de vivre au milieu de la nature. Il regarda longuement le paysage aride et désolé. Des arbres abattus, des collines pelées par les incendies, où se dressaient ici ou là les squelettes de plantes calcinées. C'est tout ce qu'il restait de la Forêt après la Grande Guerre et le passage de Dohor. Il suffisait vraiment de peu de chose pour détruire ce que la vie avait mis des centaines d'années à créer.

Il se tourna vers Leuca, son compagnon d'armes, qui était encore en selle, l'enfant ligoté devant lui. Il lui fit signe de mettre pied à terre :

— Nous sommes à découvert, protesta Leuca, n'importe qui pourrait nous voir.

— C'est un lieu protégé, et puis c'est un ordre.

Leuca obtempéra et descendit de cheval avec l'enfant. Sherva était un Gardien, le grade le plus élevé parmi les Victorieux, et il lui devait obéissance.

Le maître d'armes s'approcha d'un tronc majestueux noirci par les flammes. Son écorce était racornie, et ses branches sèches se tordaient en un dernier spasme. C'était là tout ce qu'il restait du Père de la Forêt de Nihal, le puissant arbre célébré dans les *Chroniques du Monde Émergé*. Au milieu du tronc se trouvait une cavité, celle-là même où Nihal avait plongé la main pour voler le Cœur qui devait libérer les huit Terres du Tyran.

Sherva l'effleura et s'agenouilla à son pied.

« Protège mes pas, ô arbre sacré ! Veille sur ma nuit et mon sommeil, enveloppe-les d'obscurité. »

Sa mère et la tradition des nymphes lui avaient appris à respecter les grands sages comme les Pères de la Forêt. Dans sa vie vouée à l'art de la mort, il n'y avait pas de place pour Thenaar ni pour aucune divinité. Mais il avait foi dans les esprits purs et nobles vénérés par son peuple.

Tandis que Leuca attachait à un arbre la corde qui retenait le prisonnier, Sherva observa l'enfant avec curiosité. Bâillonné, les yeux rouges et gonflés, les joues sales et sillonnées de larmes, il le fixait, et le Gardien lut dans ce regard une haine profonde qui lui plut. Il avait certaines caractéristiques physiques des demi-elfes : des cheveux d'un noir bleuté, des oreilles légèrement pointues, mais c'est surtout dans son expression que Sherva perçut à quel point le sang elfique courait dans ses veines. Rien à voir avec son père, un demi-homme sans nerfs, qu'il s'était donné la peine de tuer de ses mains. Peut-être que cet enfant servirait vraiment les plans de Yeshol…

— Enlève-lui son bâillon, dit-il enfin.

Leuca le regarda d'un air dubitatif. Ce petit garçon le mettait mal à l'aise, et il aurait préféré prendre plus de précautions. C'était un Assassin, lui aussi, et il tenait à exécuter sa mission sans encombre. S'arrêter dans cette plaine était déjà risqué, alors, libérer ce mioche…

— Mais, Seigneur…

— Il nous le faut vivant, n'est-ce pas ? Et pour rester en vie, il a besoin de boire et de manger. J'ai dit « enlève-lui son bâillon ».

Leuca s'exécuta.

Quand il eut dénoué l'étoffe, l'enfant lui mordit la main de toutes ses forces. Un cri s'éleva et Sherva sourit à part soi.

— Maudite engeance ! s'exclama Leuca en lui administrant une claque qui lui fendit la lèvre.

Sherva s'approcha de lui à une vitesse fulgurante et lui bloqua la main avant qu'il puisse frapper de nouveau l'enfant.

— Yeshol le veut entier, tu m'as compris ? siffla-t-il en lui tordant le poignet.

Leuca, suant à grosses gouttes, acquiesça.

« C'est sûr, cela t'est facile de dominer des faibles comme Leuca, mais Yeshol ? »

Sherva hésita un instant, puis il relâcha son compagnon d'un air irrité et se pencha vers le garçon. Du sang lui coulait de la bouche, et il reniflait bruyamment. Il pleurait, mais ne se plaignait pas. Il continua à le scruter d'un air furieux, et l'Assassin sourit de nouveau.

— Ce n'est pas en me regardant de travers que tu arriveras à me tuer.

Il sortit un morceau de fromage de son sac et le lui tendit.

— Voilà pour aujourd'hui. Si tu es sage, demain tu auras le double.

Le garçon jeta rageusement le fromage par terre et se mit à hurler.

— Je ne veux rien de toi, sale assassin !

Et il lui cracha au visage.

Sherva, impassible, approcha sa tête de celle de l'enfant et lui dit froidement :

— Écoute-moi bien, petit morveux : je peux te tordre le cou quand je veux. Et tu ne pourras rien faire pour m'en empêcher, comme n'ont rien pu faire non plus tes parents. Souviens-t'en.

L'enfant fit une grimace de dégoût, et Sherva l'attrapa par les cheveux et ajouta, en prenant soin de bien détacher ses mots :

— Ton mépris ne me touche absolument pas.

Mais maintenant tu vas manger parce que j'ai besoin de toi vivant.

Il ramassa le morceau de fromage et le fourra de force dans sa bouche, qu'il maintint fermée avec son autre main jusqu'à ce qu'il ait avalé. Ensuite, il le regarda d'un air satisfait et tendit le fromage à Leuca en lui faisant signe de continuer.

Sherva ne les quitta pas des yeux. Il éprouvait un secret plaisir à voir l'obstination de ce garçon brisée de manière brutale. Il savait que c'était une jouissance de lâche et ne cherchait même pas à le nier. Depuis que Doubhée s'était enfuie, sa vie entière avait sombré dans la mesquinerie.

« Tu restes seulement parce que tu ne penses pas avoir atteint le niveau qui te permettra de tuer Yeshol. »

Ces paroles l'obsédaient, elles lui rappelaient sans cesse qu'il avait manqué son but. Doubhée avait raison, il ne se sentait pas de taille, et voilà pourquoi il s'était porté volontaire pour cette mission. Faire plier ce garçon était une façon comme une autre d'oublier sa faiblesse.

— Ça suffit, remets-lui son bâillon, ordonna-t-il à Leuca.

L'enfant continua à gémir pendant tout le temps du repas qu'il prit avec son compagnon.

— Et le gnome ? demanda Leuca après avoir avalé sa dernière bouchée.

Sherva revit aussitôt la silhouette de celui qui leur avait tenu tête dans la tour. Il n'avait aucune idée de qui il pouvait être, mais la facilité avec laquelle il s'était libéré de sa prise était impressionnante. Comme le couloir était sombre, il n'avait pas pu distinguer ses traits.

— Peut-être était-ce un habitant de Salazar, quelqu'un qui passait par là par hasard.

— Mais il nous a vus.

— Si je n'ai pas réussi à le voir, j'ai du mal à croire que lui nous ait vus.

— Mon Seigneur, cette partie de la tour était plutôt déserte, et je crains que…

D'un geste, le Gardien lui imposa le silence.

— Nous nous occuperons de lui quand il deviendra un vrai problème.

Leuca se tut, mais Sherva savait que son compagnon avait eu la même idée que celle qui venait de lui traverser l'esprit. Un gnome qui excellait dans l'art du combat… Un seul correspondait à cette description : Ido.

Il préféra ne plus y penser. Dans l'immédiat, ils devaient poursuivre leur route. Il voulait achever sa mission, ramener le garçon à la Maison, et continuer à courber la tête jusqu'au moment où il ferait lui-même couler le sang de Yeshol sous son poignard.

Cette pensée, qui l'avait tant de fois exalté durant les longues nuits sous terre, ne lui procura pas le plaisir habituel et ne l'aida pas non plus à trouver le sommeil. À l'ombre du Père de la Forêt, c'était plutôt le monde des nymphes qui lui venait à l'esprit, ce monde qu'il avait longtemps contemplé de loin, et dont il avait toujours été exclu. Il était un sang-mêlé, le fruit d'amours impures et interdites. Comme cet enfant, attaché à un arbre à quelques pas de là, qu'il entendait ravaler ses larmes et ses sanglots.

Lui non plus ne dormait pas.

Ido attendit que le prêtre vienne veiller le corps sans vie de Tarik pour se lancer à la recherche d'indices. Il ne pouvait pas s'attarder, il devait suivre les Assassins tant que leurs traces étaient encore fraîches. Dans les couloirs, leurs empreintes se confondaient déjà avec celles des marchands et des habitants de la tour, mais Ido avait un avantage : il savait qu'ils se dirigeaient vers la Terre de la Nuit et qu'ils prendraient le chemin le plus court.

Il monta à cheval et partit au galop à travers la steppe.

Une rage aveugle l'étreignait. Trente ans passés à combattre, trente années de guerre au cours desquelles il avait vu couler le sang des êtres qui lui étaient le plus chers, et s'il échouait maintenant, tout aurait été inutile. Il serra les dents. Il sauverait cet enfant coûte que coûte. Il savait que ses adversaires étaient rapides et rusés – la Guilde formait bien ses hommes – et qu'il ne serait pas facile de les trouver. Néanmoins, il examina le sol avec soin : ses années de clandestinité sur la Terre du Feu avaient développé ses talents de chasseur.

Il trouva les traces de deux cavaliers en route vers la Forêt, deux cavaliers qui avançaient au trot. De toute évidence, ils ne pensaient pas être suivis. Ido sourit.

Ils ne l'avaient sûrement pas reconnu, ou alors, ils le sous-estimaient.

Il se jeta à leurs trousses en songeant à l'insolite de la situation. Dans le passé, cela avait toujours été lui la proie ; pendant des années, il n'avait cessé de se cacher dans le ventre de la Terre du Feu, ne sortant à découvert que pour les actions de guérilla et se méfiant de tout le monde. Et voilà que soudain les rôles s'inversaient, il devenait le prédateur.

Il atteignit la Forêt le soir, tandis que le coucher du soleil refermait sur le ciel de cristal l'une des premières splendides journées d'été. Il s'arrêta un instant à l'orée du bois, là où la steppe sur laquelle il avait combattu si longtemps mourait entre les premiers arbres.

Il descendit de cheval et y pénétra à pied. À présent, la tâche devenait plus difficile. Une forêt était un véritable dédale de pistes, et il ne devait pas se laisser distraire : surtout ne pas penser à Tarik, ni à sa femme baignant dans une mare de sang ni à tous les souvenirs de guerre que cet endroit lui évoquait.

Ce n'est qu'à la nuit tombée qu'il trouva enfin ce qu'il cherchait. Il repéra dans une petite clairière les restes d'un campement nocturne, des cendres enfouies sous la terre et, près d'un arbre, des morceaux de corde. Ils s'étaient arrêtés là, c'était certain, et avaient dissimulé leurs traces sans trop de soin, ce qui signifiait qu'ils ne soupçonnaient pas qu'on les suivait.

Le gnome fouilla rapidement les alentours. Il connaissait bien ce lieu, Sennar en avait parlé dans le livre où il racontait son voyage avec Nihal. Il trouva le Père de la Forêt et caressa son écorce noire et rugueuse. Il n'avait jamais été un amoureux de la nature. Il appréciait certains paysages, mais il restait hermétique à leur langage. Quant aux bois, ils demeuraient pour lui une énigme indéchiffrable. Pourtant, dans le silence de cette clairière, il réussit à percevoir la puissance millénaire du Père de la Forêt. Il imagina Nihal extraire la huitième pierre de son tronc, la dernière, celle qui avait activé le talisman du pouvoir et qui avait permis la destruction du Tyran. Qui sait si elle ne s'était pas sentie aussi perdue que lui-même à cet instant ? Une étrange ironie parcourait toute cette histoire. Le petit-fils de Nihal se retrouvait ligoté à l'endroit précis où quarante ans plus tôt, sa grand-mère avait sauvé le Monde Émergé. Ido détacha ses mains du tronc et reprit sa route.

Tant qu'il resta dans la Forêt, il ne progressa pas à la vitesse qu'il espérait. Son cheval avançait avec difficulté, les traces étaient confuses, et lui-même commençait à fatiguer. Son corps de vieux gnome réclamait du repos, et l'espace d'un instant, il songea à quel point il serait agréable de pouvoir remonter le temps et sentir à nouveau dans ses veines la force de la jeunesse. Cette pensée le rendit d'une humeur exécrable. Il détestait s'abandonner à la nostalgie, et traverser ces lieux chargés de mémoire ne l'aidait certes pas.

Le deuxième jour, il longea la frontière de la Terre des Roches, *sa* terre. À nouveau, les souvenirs l'assaillirent avec violence, ceux de l'enfance cette fois, et il fut tenté de dévier brièvement de sa route. Puis l'image de San le ramena à la raison. Les Assassins avaient toujours un jour d'avance sur lui, comme si le temps qu'il avait passé au chevet de Tarik était irrécupérable. Toutefois, il ne s'avoua pas vaincu pour autant. Il éperonna son cheval et poursuivit sa route.

Son obstination fut bientôt récompensée. Aux portes du désert de la Grande Terre, il repéra des traces fraîches. L'écart qui les séparait avait diminué. La joie lui redonna du cœur au ventre et sans perdre un instant, il repartit au galop. Ils n'étaient plus très loin.

Sherva était inquiet. Il n'aimait pas voyager sur la Grande Terre, son sang y percevait trop nettement la sourde plainte des arbres qu'on y avait abattus. Et puis maintenant, ils y étaient vraiment à découvert. Il avait beau se répéter qu'ils n'avaient rien de particulier à craindre, et que, de toute façon, il n'y avait pas d'autre route, il le sentait dans ses tripes. Quelqu'un les suivait. Le gnome.

— S'il arrive, qui de nous l'affrontera ? lui demanda brusquement Leuca ce soir-là.

Ils n'avaient pas allumé de feu. Sherva avait préféré rester dans l'obscurité. D'ailleurs la lune était haute et traçait des ombres nettes sur la terre battue. L'enfant, lui, était à bout de forces. Ils l'avaient encore obligé à manger, il avait pleuré, il avait résisté, il avait perdu. À présent il dormait, et Leuca ne lâchait pas le bout de la corde qui le ligotait.

— Toi, répondit-il, en comprenant immédiatement à qui se référait son compagnon. Moi, je m'occuperai de l'enfant.

Leuca tressaillit légèrement, et Sherva ne put pas le blâmer. Leur bref affrontement à l'intérieur de la tour leur avait suffi à tous deux pour se rendre compte qu'il s'agissait d'un guerrier hors du commun. Peut-être était-il plus juste qu'il l'affronte lui-même, finalement ; il était un Gardien de la Guilde, et ce serait l'occasion de mettre sa puissance à l'épreuve. Puis il se ravisa. Même si ce gnome était bel et bien Ido, la perspective de combattre un guerrier qui avait peut-être été autrefois extraordinaire, et qui n'était plus qu'un vieillard appartenant à une époque révolue, ne le stimulait guère. Non, sa mission était de protéger l'enfant, et il se cantonnerait à cette tâche.

La nuit était tombée sur la Grande Terre. Ido observa les traces. Les deux Assassins étaient maintenant tout proches. Il descendit de cheval et chercha en vain un endroit où l'attacher.

— Si tu étais comme Vésa, tu m'aurais tranquillement attendu ici sans bouger, dit-il en regardant le cheval droit dans les yeux. Malheureusement, tu n'es pas un dragon, mais si je ne te trouve pas en revenant, je te jure que j'irai te chercher et que je te transformerai en chair à pâté. C'est clair ?

Le cheval le fixa d'un air inexpressif. Ido songea aux profonds yeux jaunes de Vésa, et à la dernière fois qu'il les avait vus... Il laissa tomber la bride et posa la main sur son épée.

Il ne lui fallut pas longtemps pour les apercevoir. Deux chevaux, trois silhouettes étendues sur le sol. Son cœur se mit à tambouriner dans sa poitrine. L'un d'entre eux était San, le petit San, tout ce qu'il restait de Nihal dans le Monde Émergé.

Il regarda la lune basse à l'horizon. Il était tard, ils devaient dormir profondément. Du moins l'espérait-il.

Il commença à ramper. Parvenu à quelques pas d'eux, il crut reconnaître l'homme qui l'avait attaqué dans la tour : même corps efflanqué, mêmes bras longs et maigres. Ido ne voyait pas son visage parce qu'il était de dos, mais en face de lui se trouvait l'autre tueur à gages. Un type plutôt quelconque. Il tenait une corde à la main, celle avec laquelle était attaché l'enfant.

Il regretta de ne pas avoir de poignard ; ils étaient deux, et il n'avait que son épée. Il se dirigea avec précaution vers San. Son cœur battait si fort qu'il semblait vouloir lui perforer le thorax, mais son esprit était calme, ses mains ne tremblaient pas.

Il était sur le point d'attraper la corde, quand soudain un bras le saisit par-derrière et le souleva de terre. La réaction des deux hommes fut d'une rapidité confondante. Pendant que l'un l'immobilisait, l'autre se leva d'un bond, prit l'enfant sous le bras et disparut dans l'obscurité. Ido n'entendit que le hennissement d'un cheval et le bruit de sabots qui s'éloignaient au galop.

« Damnation ! »

Mais ce n'était pas le moment de se lamenter. L'Assassin qui le retenait posa sa lame sur sa gorge. Le gnome lui assena un violent coup de coude et parvint à se dégager. Il retomba, les pieds sur la terre noire, prêt à se lancer à la poursuite de San, quand l'homme se planta à nouveau devant lui, son poignard à la main.

Ido grinça des dents et dégaina son épée.

— Ôte-toi de là, tu ne m'intéresses pas.

L'autre esquissa un sourire et lui sauta dessus. Ido s'écarta vivement et se fendit ; son adversaire esquiva sans peine et se retrouva à nouveau derrière lui.

Le gnome se retourna pour le frapper, mais il disparut d'un bond. Un éclair brilla dans l'obscurité. Ido fit volte-face et la lame du poignard scintilla à nouveau à un cheveu de son visage.

Il était fort. Agile, surtout. Ido était habitué à jouer du poignet et à bouger le moins possible lorsqu'il combattait. Les mouvements fluides et imprévisibles de cet homme le désorientaient.

La situation n'avait pas beaucoup évolué : ils étaient face à face, l'homme baissé avec son arme à la main, et lui, l'épée au poing. Ido jeta un rapide coup d'œil à la ceinture autour du torse de son ennemi et qui contenait ses couteaux à lancer. Il lui en restait quatre, et il devait l'empêcher de les utiliser. Cette fois, c'est lui qui passe à l'offensive. L'homme s'écarta et porta de nouveau les mains à sa poitrine, mais Ido dévia brusquement la trajectoire de son coup ; la ceinture avec les couteaux tomba sur le sol, et l'Assassin jura entre ses dents.

De sa main libre, il tira un deuxième poignard et avança vers lui à pas rapides, en alternant les coups avec les deux mains. Pourtant, le gnome ne se laissa pas impressionner. Le plaisir du combat en lui était vivace, intact. L'excitation faisait vibrer chaque fibre de son corps.

Comme autrefois, ses perceptions se dilatèrent, et le temps s'étira à l'infini. Ido pouvait faire ce qu'il voulait, il le sentait, il tenait son adversaire dans sa main.

Enfin, l'homme tenta le coup qu'il attendait : une fente latérale, du côté de son œil aveugle. Ido baissa son épée et lui lacéra la main.

L'homme hurla de douleur, et Ido en profita pour pointer sa lame sur sa gorge. Il était jeune, plus encore que Tarik. Peut-être même était-ce lui qui l'avait tué... Le gnome sentit la haine monter en lui.

« Retiens-toi, vieil idiot », se sermonna-t-il.

— Quel chemin comptiez-vous prendre ?

L'Assassin s'enferma dans un silence obstiné. C'était prévisible. Les membres de la Guilde étaient des fanatiques, et Ido était bien placé pour savoir que les idées étaient capables de transformer le plus lâche des hommes en héros.

— Je sais ce que vous tramez, dit-il sur un ton menaçant.

— Ido... s'écria l'autre avec un sourire qui avait l'air d'une grimace, dans la lumière sinistre de la lune descendante.

— En personne.

— Mon compagnon n'est pas comme moi. Même si tu le rattrapes, tu ne le vaincras jamais.

— On verra.

Et le gnome enfonça son épée jusqu'à la garde dans la poitrine de son adversaire.

Désormais, il serait sans pitié.

DEUXIÈME PARTIE

3 décembre

J'ai trouvé la fille que je cherchais. Elle était seule dans le bois, au bord de l'épuisement. Elle est plutôt jolie et frêle, mais elle fait déjà preuve d'un extraordinaire talent pour la chasse. Et surtout, elle boit mes paroles. Quand je lui ai parlé de Thenaar et de son destin, ses yeux se sont illuminés. Je sens quelque chose en elle, une force, une détermination hors du commun. Je suis certain qu'elle deviendra une fervente Victorieuse. Elle s'appelle Rekla.

EXTRAIT DU JOURNAL DU VICTORIEUX MIRO.

9
LA FIN DE LA MISSION

« Ne jamais se fier aux apparences. Et ne jamais baisser sa garde. Mais dans tous les cas, tu finiras toujours par commettre une erreur, c'est inévitable. »

Lonerin écoutait patiemment les enseignements du Maître de Doubhée, toujours fou de rage de s'être laissé avoir comme un imbécile.

Assis sur la rive du lac, les joues rouges de honte, il feignait de regarder ailleurs.

Doubhée, elle, avait un mauvais pressentiment. L'air autour d'eux vibrait étrangement, et elle sentait la Bête s'agiter dans son ventre. Ils ne pouvaient pas perdre davantage de temps. Ils devaient se remettre en marche.

Assez vite, le terrain devint plus escarpé, signe qu'ils approchaient des montagnes. Ils étaient dans la bonne direction, et Doubhée commença à se sentir vaguement excitée. Cela faisait si longtemps qu'elle avait cessé d'espérer qu'elle ne savait plus ce que cela voulait dire.

Lonerin s'assit en tailleur sur le sol et sortit une nouvelle fois la carte. Elle s'installa à côté de lui, épiant sur son visage l'expression avide et infatigable qui s'y peignait chaque fois qu'il la regardait. Elle le vit tracer au crayon le chemin qu'ils avaient parcouru.

— Ça fait pas mal de route, tu ne trouves pas ?

Doubhée acquiesça. Cependant, le voyage était loin d'être fini. D'après la carte, ils devaient encore trouver le canyon et l'entrée des carrières, et elle n'avait aucune envie de retourner sous terre. La Maison lui avait suffi. L'enthousiasme qui l'avait saisie quelques minutes plus tôt s'évanouit et son visage redevint sérieux.

Ils marchèrent toute la matinée sous un soleil de plomb, puis, d'un coup, la forêt s'éclaircit et ils se retrouvèrent dans un vaste espace sans arbres, où soufflait une brise légère. Depuis le début de leur périple, presque un mois plus tôt, c'était la première fois que leur regard balayait librement l'horizon. Et il y avait de l'herbe. Un champ couvert de fleurs splendides.

Doubhée s'y aventura à pas lents, émerveillée par tant de beauté. Elle s'agenouilla, pendant que Lonerin explorait les environs.

— Par là, c'est le vide, dit-il en indiquant un

point vague vers la droite. Il y a un précipice, et je crains que nous ne soyons obligés de chercher un autre chemin…

Mais Doubhée ne l'écoutait pas. Le parfum de ces fleurs lui rappelait Selva, son village natal, et le souvenir de l'endroit où elle avait passé son enfance ouvrit la porte à d'autres images. Tout aurait pu être différent, après tout… C'était la première fois qu'elle remettait son destin en question. Elle avait toujours cru que ce qui lui était arrivé était écrit depuis toujours, que le cours cruel de sa vie était inéluctable. Peut-être était-ce l'influence de Lonerin qui lui faisait voir les choses autrement, son enthousiasme, son esprit vif.

En proie à ces pensées, elle baissa un instant sa garde.

Lorsqu'elle sentit la poigne d'acier sur sa bouche, il était déjà trop tard. Elle essaya de hurler, mais la main de son agresseur étouffa son cri.

Elle tordit le cou au maximum, ainsi que le lui avait enseigné Sherva, et réussit à libérer sa bouche un court instant.

— Lonerin !

Le jeune homme se tourna vers elle, puis la lame d'un couteau à lancer fendit l'espace illuminé de soleil et il tomba à genoux.

— Non !

La Bête en elle rugit, et, emplie d'effroi, elle prit conscience de la situation : les hommes de la Guilde étaient là. Rekla ne lui laisserait aucune chance. Elle devait l'abattre. Doubhée se dégagea et s'élança vers Lonerin, mais un coup de pied en pleine face la jeta à terre. Aveuglée par la douleur, elle ne ressentit plus qu'une terrible nausée.

Quand elle reprit ses esprits, Rekla était au-dessus d'elle. Exactement comme lorsqu'elle refusait de boire sa potion et que la Gardienne des Poisons la regardait se débattre sur le sol, en proie aux convulsions causées par la Bête. Elle la haïssait plus que jamais. Ses boucles blondes, les taches de rousseur sur son nez, son sourire d'adolescente, tout en elle lui faisait horreur. Elle voulut attraper un de ses poignards, mais Rekla appuya sa botte sur sa poitrine, lui coupant le souffle.

— Pas de blagues !

Doubhée ne cria pas. Elle ne voulait pas lui donner cette satisfaction. Quand elle tenta de lui attraper le pied pour la déséquilibrer, Rekla lui planta un poignard dans l'épaule. La douleur fut atroce.

— Tu as envie de jouer, Doubhée ? D'accord, mais c'est moi qui m'occupe des divertissements.

Elle la tira violemment en l'agrippant par son gilet, et, d'un geste rapide et fluide, elle lia ensemble ses poignets et ses chevilles avec une corde.

— Profite bien du spectacle. Toi, nous te voulons vivante, mais lui non.

Doubhée trembla. Lonerin était à genoux comme elle, du sang coulait de son flanc droit, et le compagnon de Rekla lui barrait toute issue. Il n'avait pas l'air de souffrir, mais elle eut du mal à le reconnaître : ses yeux brûlaient d'une haine qu'elle ne lui avait jamais vue.

Elle essaya une nouvelle fois de se libérer, et ne parvint qu'à rouler sur le sol.

Rekla était capable de tout pour voir la souffrance dans les yeux d'un de ses ennemis, elle le savait par expérience, et elle ne s'en priverait pas avec Lonerin. Et elle ne pouvait pas l'accepter. Pas lui, son compagnon de voyage, celui qui l'avait protégée et soignée, et qui avait même risqué sa vie pour elle.

Elle se mit à ramper sur le sol malgré la douleur qui lui brouillait la vue. Elle voulait s'approcher, tenter au moins quelque chose. Rekla était maintenant à un pas de Lonerin, et bien qu'elle lui tournât le dos, elle imaginait son sourire mauvais. Elle savait combien elle avait dû attendre ce moment. À présent, rien ne l'arrêterait.

Un cri déchira soudain l'air torride. « Lithos ». Doubhée reconnut aussitôt l'enchantement invoqué par Lonerin. L'Assassin debout derrière lui s'immobilisa à l'instant, et le magicien en profita pour se libérer de son étreinte. Doubhée assista à la scène le cœur battant : bien que désarmé, peut-être pouvait-il s'en sortir par la magie ? L'espoir fut de courte durée : au moment où il allait prononcer une autre formule, Rekla s'avança vers lui et lui assena un puissant coup de poing dans la mâchoire. Lonerin tomba à terre en poussant un gémissement.

— Imbécile ! Tu crois vraiment pouvoir utiliser ces ridicules tours de passe-passe avec moi ? dit Rekla d'un air amusé. J'ai connu le grand Aster et Yeshol a été mon maître, tu es un ver de terre à côté d'eux !

Pour toute réponse, Lonerin se tourna vivement et lui décocha un croche-pied. Il se releva encore une fois et tenta de courir se cacher dans les fourrés qui bordaient le précipice, mais sa blessure le faisait trébucher à chaque pas. Une lame siffla dans l'air, et il s'effondra à quelques centimètres du gouffre.

Rekla se tourna vers Doubhée en plissant la bouche d'un air satisfait. La jeune fille se débattit, et les cordes qui entravaient ses poignets s'enfoncèrent dans sa chair. Elle voulait la Bête. Maintenant. Elle avait besoin de sa force destructrice et de sa soif de sang, elle voulait qu'elle tue. Hélas, la potion la retenait. Elle ne pouvait rien faire. Elle avait échoué encore une fois.

— Il est long le chemin vers la tombe, pour qui a tenté de me tuer, dit Rekla à Lonerin.

Le jeune homme respirait péniblement, mais il y avait encore une étincelle dans ses yeux.

— Tu ne me tueras pas, siffla-t-il entre ses dents, la voix pleine de colère.

Et dans un dernier élan, il lui attrapa la cheville,

roula sur lui-même et se laissa tomber dans le vide, l'entraînant avec lui.

— Noon ! hurla Doubhée, de toute la force de ses poumons.

Elle ne pouvait pas croire que cela se terminait ainsi. Lonerin, le précipice...

Cela faisait un mois qu'ils voyageaient ensemble. Un mois qu'ils partageaient leurs repas et leur repos, un mois qu'ils affrontaient les dangers et marchaient côte à côte sur les Terres Inconnues. Et pourtant, elle avait souvent regretté sa solitude d'autrefois... Cette pensée la rendit furieuse contre elle-même. Au même moment, elle vit une main s'agripper au bord du gouffre. « Lonerin... »

Puis une masse de cheveux blonds surgit du néant. L'enchantement avait désormais cessé, et Filla courut secourir Rekla. Il n'y avait aucune trace de Lonerin.

« Seule. »

Doubhée était de nouveau seule. À l'intérieur d'elle s'ouvrit un gouffre aussi profond que celui qui venait d'engloutir Lonerin. Elle ferma les yeux.

Des coups de poing, des coups de pied, des gifles. Encore et encore. Frapper cette fille, l'anéantir, pour effacer l'humiliation.

— Ça suffit !

C'est la voix de Filla, plus que sa main sur son épaule, qui l'arrêta. Personne à part Yeshol n'avait jamais élevé le ton de cette manière avec elle. Surtout pas un simple subordonné comme Filla. Rekla se retourna d'un bond, ivre de rage.

— Son Excellence nous a demandé de la ramener vivante, dit-il en baissant les yeux.

Doubhée gisait inerte sur le sol, le visage tuméfié, les mains crispées sur son ventre. Dans sa soif de sang et de vengeance, Rekla était sur le point de désobéir aux ordres de Yeshol et, pire encore, aux commandements de son dieu. Elle tomba à genoux.

« Pardon, mon Seigneur, pardon ! »

Mais elle n'éprouva pas la sensation de bien-être que lui procurait d'habitude la prière, et elle n'entendit pas non plus la voix bienveillante de son dieu lui parler, la rassurer.

— Tout va bien, je suis certain que Thenaar comprend.

Filla, penché sur elle, la regardait gentiment, presque avec pitié. Ce regard la remplit de dégoût pour elle-même.

Elle sauta sur ses pieds et le repoussa rudement.

— Ce n'est pas à toi d'en décider !

Elle devait retrouver son calme. Ne jamais, jamais se montrer faible devant un inférieur.

— En route !

— Mais il faut soigner la fille, ou bien elle risque de ne pas arriver vivante à la Maison, objecta Filla.

— On s'en occupera ce soir ! éclata Rekla. Au moins, dans son état, elle ne nous échappera pas.

C'est déjà arrivé une fois, ne courons pas le risque que cela se reproduise.

Ils reprirent aussitôt la route et ne s'arrêtèrent qu'au coucher du soleil, après une longue marche forcée.

Filla insista encore une fois.

— La blessure pourrait s'infecter, et alors on serait dans un beau pétrin.

Rekla céda à contrecœur. Elle avait honte de l'admettre, mais dans le fond de son cœur elle savait qu'elle voulait la mort de cette fille.

Ils s'assirent sous la lumière pâle de la lune. Le bois était silencieux.

Rekla sortit de la nourriture, et Filla la regarda d'un air interrogateur.

— Nous d'abord, elle ensuite. Tu sais ce qu'elle nous a fait subir ? Kerav est mort par sa faute, et elle s'est enfuie de la Maison pour comploter notre perte, ne l'oublie pas ! Elle mérite bien de souffrir.

Ce n'est qu'à la fin de leur repas que Rekla s'occupa de Doubhée.

Avec des gestes précis, elle tira de sa besace une série de fioles contenant les substances les plus courantes et les principaux instruments qu'elle utilisait pour ses philtres. C'était la première fois qu'elle préparait un remède pour un ennemi, et cela lui fit un drôle d'effet. Il aurait suffi d'une goutte de plus de mandragore pour que Doubhée meure dans d'atroces souffrances. Sa main trembla au moment du dosage, mais elle ne se trompa pas.

Filla l'observait d'un air soucieux. Peut-être avait-il peur d'elle, ou plus simplement ne la comprenait-il pas. D'ailleurs personne ne la comprenait, à l'exception de Yeshol et de Thenaar. Elle était un être à part, et cela la condamnait à la solitude.

Elle tendit la potion à Filla de mauvaise grâce.

— Donne-la-lui, toi.

Il la prit en hésitant, et Rekla s'éloigna pour ne pas le voir soigner la prisonnière. Elle s'enfonça dans le bois à la recherche d'un lieu isolé et s'agenouilla.

— J'ai commis une erreur, mon Seigneur. Cependant, j'ai obéi à tes lois durant de nombreuses années, et je t'ai toujours été fidèle. Je t'en supplie, cesse de te taire. Ton silence me tue. Je paierai pour racheter ma faute, je paie déjà. Mais toi, parle-moi, dissipe ces ombres qui me cachent ta lumière.

Elle attendit, les poings serrés sur la poitrine. La forêt demeura silencieuse. Peut-être était-ce trop tard, peut-être son péché était-il irréparable ?

— *Bientôt.*

Un infime murmure, dans l'obscurité des bois.

Rekla ouvrit les yeux.

— Encore, je t'en prie ! Parle-moi encore !

Cette fois personne ne répondit, mais ce seul mot lui avait suffi. Le pont était jeté, tout redeviendrait comme avant. Dès que le sang de Doubhée aurait coulé goutte à goutte dans la piscine, Thenaar la prendrait à nouveau dans ses bras et la consolerait.

Rekla éclata d'un rire terrible au milieu de ses larmes.

Pendant longtemps, il n'y eut rien d'autre que la douleur et les ténèbres. Et puis il y eut des sensations confuses. Des mains brusques sur son corps, deux voix qui prononçaient des mots qu'elle ne comprenait pas, la fraîcheur d'une pommade sur son épaule, encore des nausées.

Et des rêves. Le Maître qui lui parlait.

« Il ne faut jamais baisser sa garde, toujours rester vigilant. »

La même phrase, répétée à l'infini.

« Oui, Maître.

— Dans ce cas, pourquoi t'es-tu laissé distraire ? »

Ensuite, des fleurs, des milliers de fleurs à perte de vue, et Lonerin volant au-dessus d'elles, avec un drôle de sourire et des yeux pleins de haine.

Lorsqu'elle se réveilla, l'aube pointait à peine.

— Comment te sens-tu ?

La voix de Lonerin ! Qui sait ce qu'il avait pu se passer cette fois et de quelle manière il avait réussi à la sauver. Elle était sur le point de sourire quand, en se retournant, elle vit le visage d'un inconnu.

Elle n'arrivait pas à lui donner d'âge, mais son corps semblait jeune et athlétique. Il était entièrement vêtu de noir.

— Qui es-tu ?

Sa voix était brisée, et elle avait une douleur affreuse à la gorge.

— Ton sauveur, répondit une voix féminine.

Une voix que Doubhée reconnut immédiatement. Le souvenir de ce qui était arrivé la frappa avec la violence d'un coup de poing. Lonerin était mort.

La nausée devint insupportable, et elle vomit le peu qu'elle avait dans l'estomac. Ses pieds et ses mains étaient ligotés et elle ne pouvait pas se lever. C'est l'homme qui l'aida, pour éviter qu'elle ne s'étouffe.

Rekla entra brusquement dans son champ de vision.

— On dirait que j'y ai été un peu fort, dit-elle avec un petit sourire.

Et elle lui mit sous le nez un bol plein d'un liquide qui sentait le clou de girofle. Doubhée serra les lèvres.

— Bois ça ou je te le fais avaler de force.

Doubhée avait les yeux voilés de larmes et elle avait conscience de ne pas avoir un aspect très menaçant, mais elle soutint le regard de Rekla. Elle ne voulait pas baisser la tête devant la femme qui avait tué Lonerin.

— À ta guise.

L'homme l'attrapa par-derrière et l'obligea à s'asseoir, tandis que la Gardienne des Poisons lui faisait ingurgiter la mixture qu'elle avait préparée.

Doubhée n'eut pas l'énergie de résister. Son corps ne lui obéissait plus.

Sur un signe de Rekla, l'homme la lâcha d'un coup, et elle se retrouva par terre, le ciel rose au-dessus de sa tête. Un spectacle unique. Si Lonerin avait été là, il se serait étendu à côté d'elle, et il aurait sûrement dit une plaisanterie. Elle ferma les yeux, et deux grosses larmes roulèrent sur ses joues.

— Ne me dis pas que tu pleures à cause de ton ami, au moins ? s'écria Rekla.

Doubhée rouvrit les yeux et la regarda avec férocité.

— Ne prononce pas son nom… murmura-t-elle d'une voix rauque.

Rekla leva la main comme si elle voulait la gifler, mais elle se contenta d'un sourire narquois.

— C'est vrai, tu n'as jamais été des nôtres, sans quoi tu aurais déjà compris qu'un Perdant n'est qu'un morceau de viande. Thenaar seul importe.

Ce jour-là, au moins, ils la laissèrent en paix. Le remède qu'ils lui avaient donné lui embrouillait les idées et la plongeait dans un étrange état d'hébétude. Ils l'avaient sûrement droguée pour éviter qu'elle ne leur oppose trop de résistance.

La Bête à l'intérieur d'elle se taisait aussi : Rekla avait dû ajouter à sa préparation quelques gouttes de potion pour l'assoupir. Elle avait sûrement conscience que si elle se réveillait, ce serait un problème pour eux.

Doubhée se sentait complètement piégée. Elle songea encore une fois à Lonerin : c'était à cause d'elle qu'il était mort, lui aussi. Elle s'était pourtant juré de ne plus jamais s'attacher à personne, et finalement, il s'était passé la même chose qu'avec Jenna. Lui aussi l'avait soutenue et protégée, et cela avait failli lui coûter la vie. Mais si elle avait été capable de sauver son vieil ami, il n'en avait pas été de même pour Lonerin.

Il ne lui restait plus qu'à tuer Rekla et à finir ses jours ici, au milieu des bois, en attendant que la Bête la dévore. Ainsi son existence, si inutile et si nuisible, se terminerait enfin.

D'ailleurs, elle n'avait jamais eu vraiment envie de se sauver. C'était Lonerin qui le voulait, pour tous les deux, et cette volonté avait disparu avec lui.

Doubhée dissimula son visage et se mit à pleurer en silence.

10

LE DON DE REKLA

Étendue dans l'obscurité, Rekla veillait. Elle repensait au moment où, quelques heures plus tôt, elle avait perdu la tête et roué Doubhée de coups de pied. En le faisant, elle avait presque failli compromettre sa mission, et pourtant, il y avait quelque chose de doux dans ce souvenir, la même sensation que celle qui la tenait maintenant éveillée. Elle écoutait la respiration de la jeune fille et y guettait les signes de sa souffrance. Car elle souffrait, elle le savait. Et cette certitude lui faisait du bien.

Elle n'arrivait même pas à se souvenir de la première fois où elle avait ressenti du plaisir à la souffrance d'autrui. C'était un trait si profondément enraciné dans sa nature qu'elle avait oublié comment cela avait commencé.

Peut-être était-ce par jeu ? Dans le village de la Terre de la Mer d'où elle venait, il lui arrivait parfois de suivre les garçons plus âgés. Elle n'était pas très populaire parmi eux, c'est pourquoi elle se contentait de les épier de loin, sans jamais se mêler à eux. De temps en temps, quand ils s'ennuyaient, elle les voyait s'en prendre aux animaux, ou aux insectes. Elle les regardait couper les pattes des grillons, arracher les ailes des papillons, elle les écoutait rire.

Il y avait quelque chose dans ce spectacle qui la fascinait. La fuite désespérée des victimes, leur impuissance, et la volonté de vivre qu'ils continuaient à manifester en refusant obstinément de se soumettre à la torture.

Alors elle se mit à faire la même chose, toute seule. Elle comprenait que pour les autres c'était différent. Buly, Granda et leurs amis ne se livraient à ce genre de jeux que lorsqu'ils étaient en bande, c'était une sorte de rituel de groupe. Ils en riaient tous ensemble, ils se sentaient forts. Mais elle, elle ne faisait partie d'aucun groupe. Pour une raison inconnue, elle n'arrivait pas à se lier avec qui que ce soit. Elle était trop timide pour entamer une conversation, et la peur d'être inférieure aux autres, la crainte de dire ou de faire ce qu'il ne fallait pas la paralysait. Mais surtout, c'était le reste du monde qui ne voulait pas d'elle. Parce qu'elle ne parlait jamais, et que tous savaient ce qui se passait chez elle. Sa famille avait mauvaise réputation, on connaissait son histoire. Il n'y avait qu'elle, Rekla, qui refusait encore d'accepter la vérité.

Observer l'agonie des petits animaux qu'elle capturait devint un subtil plaisir solitaire. Une distraction. À sa mère, elle racontait qu'elle allait jouer avec ses amis. Sauf qu'elle n'avait pas d'amis. Elle sortait aux mêmes heures que les autres enfants, mais elle n'allait pas avec eux. Elle se cachait derrière un mur en ruine, ou dans un maquis isolé. Et là, elle poursuivait ses jeux.

« On m'a dit qu'on ne te voyait jamais avec les autres », lui avait lancé un jour sa mère.

Rekla avait rougi.

« C'est la mère de Buly qui me l'a dit. Quand ton père saura que tu lui racontes des mensonges, il se mettra en colère contre moi. Il me frappera, tu comprends ? Alors fais en sorte de te comporter comme tous les enfants de ton âge, et ne me mens plus jamais. »

Rekla n'avait pas répondu. Elle ne parlait jamais beaucoup avec sa mère. Elle n'aurait pas su quoi lui dire. C'était une étrangère pour elle. D'aussi loin qu'elle se souvienne, elle ne l'avait jamais embrassée ni prise dans ses bras. Elle s'occupait d'elle d'une manière froide et détachée, comme s'il s'agissait d'un devoir auquel elle se pliait avec répugnance, et elle ne lui adressait jamais la parole si ce n'est pour lui recommander de ne pas faire enrager son père. Et avec lui, c'était encore pire. Il était beaucoup plus vieux que sa mère, et son haleine puait toujours la bière. Il n'était pas rare qu'il lève la main sur elle pour la punir de quelque bêtise, et généralement, quand il était fatigué de frapper sa fille, il s'en prenait à sa femme.

Dans ces moments-là, Rekla s'enfermait dans sa chambre et se bouchait les oreilles pour ne pas entendre les hurlements qui provenaient de l'autre côté du mur. Et puis tout s'arrêtait d'un coup. Sa mère se recroquevillait dans un coin et son père sortait boire un énième verre. Jusqu'à la fois suivante.

Le comportement de ses parents avait longtemps été inexplicable pour elle. Et puis un jour, elle avait entendu par hasard un garçon qui parlait d'elle à un autre.

« Tout le monde sait que ses parents ne voulaient pas d'elle. Un soir, il y a des années, son père a pris sa mère de force. Elle le méprisait parce que c'était un vieux pochard colérique, mais le fait est qu'elle est tombée enceinte et que ses parents l'ont obligée à se marier pour étouffer le scandale. »

Lorsqu'elle les avait entendus rire tous les deux, Rekla n'avait pas pu s'empêcher de réagir. Elle était sortie de sa cachette, les poings serrés et la rage au cœur.

« Ce n'est pas vrai ! avait-elle crié avec conviction.

— Et alors pourquoi est-ce qu'ils te traitent comme ça ? avait rétorqué le garçon qui était en train de parler d'elle. Tu es née par erreur, tes parents ne voulaient pas de toi, et ça n'a pas changé ! Tout le village le sait. »

Là, c'était trop. Ils s'étaient battus, et après les coups de ce garçon, Rekla avait encore dû subir la punition de son père. Les yeux pleins de larmes, elle avait vu sa mère qui, les épaules courbées, assistait de loin à la scène sans une ombre de pitié.

Malgré tout, Rekla ne voulait pas y croire. Pour elle, ce n'était que des mensonges.

Très vite, les insectes ne lui suffirent plus. Elle s'était lassée d'étudier leur agonie, que désormais elle connaissait par cœur. Elle avait besoin d'autre chose.

Elle apprit toute seule à chasser. Des chasseurs, il y en avait peu dans son village, les habitants étaient pour la plupart des agriculteurs et des pêcheurs. Mais de temps en temps, les jours de fête, certains d'entre eux se rendaient dans le maquis, pour y capturer des oiseaux ou d'autres animaux de petite taille.

Rekla restait à distance. Elle n'osait pas s'approcher, et d'ailleurs elle n'en avait pas envie. Il n'y avait rien d'intéressant chez les gens, et elle préférait apprendre les choses dans son coin, à l'abri des regards indiscrets.

Elle découvrit qu'elle était douée. Elle se faufilait dans l'herbe sans le moindre bruit, et elle fabriquait elle-même ses armes et ses pièges. Au début, elle se contenta du seul plaisir de la chasse. Tuer les animaux l'amusait. Mais une fois qu'ils étaient morts, ils perdaient tout intérêt. Elle ne pouvait pas les ramener chez elle pour les manger : son père n'aurait sûrement pas apprécié qu'elle se consacre à des passe-temps aussi peu adaptés à une petite fille. Elle finissait donc par les enterrer avec tous les honneurs.

Ensuite, elle passa aux pièges. Elle les capturait vivants, ou les observait parfois pendant qu'ils tentaient d'échapper à ses ingénieux traquenards. Et puis, elle pouvait jouer avec eux avant de les tuer.

C'était un étrange et terrible plaisir. D'un côté, elle sentait clairement que ce qu'elle faisait était mal, elle en éprouvait même un certain dégoût. La vue du sang lui levait le cœur, et quelque part, toute cette souffrance la touchait. Et pourtant c'était justement ce qui lui plaisait : la douleur qu'elle sentait au fond de son estomac, la répulsion qu'elle éprouvait pour elle-même tandis qu'elle s'amusait à torturer ses proies. Se sentir inutilement forte, et terriblement mauvaise. Voilà ce qu'elle cherchait, dans les gémissements de ces bêtes : trouver la confirmation de ce que les gens murmuraient dans l'ombre. Elle était méchante, maudite.

Lorsqu'on la surprit, ce jeu durait déjà depuis longtemps. Elle avait toujours pris soin de ne pas laisser de traces. Quand elle lavait ses mains souillées de sang dans l'eau du torrent, elle souriait de soulagement. Le rouge s'en allait avec le courant, et elle redevenait propre.

« Je ne le ferai plus, c'est la dernière fois », se disait-elle.

Mais au bout de quelques jours, ça la reprenait. Elle faisait semblant de se joindre aux jeux des autres enfants, et puis elle s'enfonçait tête basse dans la forêt. Elle était si silencieuse que les autres avaient fini par avoir peur d'elle.

Mais pas sa mère, qui la suivit un jour et se cacha derrière des branches pour découvrir à quoi s'amusait sa fille. Lorsqu'elle comprit, elle s'approcha d'elle, les yeux emplis d'horreur.

« Qu'est-ce que tu es en train de faire ? »

Pour la première fois de sa vie, c'est elle qui la frappa. Et pendant qu'elle la battait, elle lui répétait qu'elle était un monstre, que ce qu'elle faisait n'était pas digne d'un être humain.

Toutefois, elle ne le dit pas à son mari, par peur de recevoir une raclée. Elle enferma Rekla dans sa chambre pendant plusieurs jours et la priva de nourriture.

Rekla ne pouvait pas lui donner tort. Elle sentait qu'elle le méritait. Mais il était déjà trop tard. Ce qui avait commencé comme un stupide jeu d'enfant était devenu une obsession. Pourtant, elle voulait vraiment changer. Allongée dans le noir sur son lit, elle se jura de ne plus le faire.

Elle essaya de toutes ses forces d'être normale. De vivre comme les autres, avec leurs problèmes ridicules et leurs rires idiots. Mais elle ne pouvait pas.

D'ailleurs, il n'y avait pas de place pour elle au village. Parce qu'elle avait été méchante, et qu'elle avait fait des choses horribles. C'est ce qu'avait dit sa mère. Eh bien, pourquoi ne pas continuer ? Pourquoi ne pas reprendre ce stupide jeu qui était la seule chose qui lui procurait un peu de réconfort ?

Elle rechuta. Et sa mère la surprit à nouveau, probablement heureuse d'avoir enfin trouvé un prétexte pour la battre.

C'est alors qu'elle commença à se punir elle-même. Elle plongeait ses mains dans l'eau glacée jusqu'à ce qu'elles deviennent rouges et qu'elles perdent toute sensibilité. Dans l'obscurité de sa chambre, elle s'obligeait à rester à genoux, jusqu'à en pleurer de douleur. Et elle se répétait sans cesse : « Je ne le ferai plus jamais, plus jamais. »

Mais ça ne marchait pas. Et plus elle voyait ses parents se haïr, et la haïr, et moins elle trouvait la force de sortir de cette spirale infernale.

Un soir, elle entra dans la salle à manger après une dispute de ses parents. D'habitude, elle restait à écouter sa mère qui ramassait les débris et les jetait en sanglotant, et elle attendait que tout retourne à la normale, que toutes les traces de la scène de ménage disparaissent. Elle rêvait de pouvoir faire la même chose avec ses mauvais souvenirs : les ramasser un à un et les jeter pour toujours, les effacer de sa mémoire comme s'ils n'avaient jamais existé. Ce soir-là, au contraire, elle n'avait pas sommeil et elle était sortie de sa chambre, poussée par quelque chose qu'elle ne comprenait pas.

La pièce était dans un chaos indescriptible. Une chaise brisée, une marmite renversée. Et puis, des taches de sang, et les fragments d'une bouteille fracassée contre un mur. Rekla s'était penchée et en avait ramassé un. Le rayon de lune qui filtrait par la fenêtre l'avait fait briller de mille reflets bleutés. Il était magnifique. Elle l'avait serré entre ses doigts et avait ressenti une douleur aiguë. La paume de sa main était devenue rouge vif et ce spectacle l'avait fascinée. Elle avait serré encore plus fort le morceau de verre, impatiente de sentir le sang chaud couler sur son poignet puis le long de son bras. Elle méritait de souffrir ainsi. Et elle aimait ça.

Elle se fit probablement surprendre exprès par son père. Elle voulait mettre fin à cette histoire, trouver enfin le repos. Un jour, elle commit l'imprudence de jouer près de la maison, et son père la trouva, les mains pleines de sang.

Il la traîna par les cheveux à l'intérieur, aux pieds de sa mère, cramoisi de colère et ivre de bière.

« Regarde à quoi s'amuse ta fille, ce monstre que j'ai eu la bonté d'élever ! Elle égorge des lapins dans le bois ! D'ailleurs, qu'est-ce que je pouvais attendre d'une bonne à rien comme toi, à part une fille pareille ? »

Peut-être que ça ne fut pas pire que les autres fois. Sa mère qui s'enfuyait en criant, lui qui la poursuivait, les chaises qui cognaient sur le sol.

Et elle dans un coin, les mains collées sur les oreilles. Et pourtant, elle entendait tout ce qu'ils disaient.

« Je t'ai sauvée de la honte en acceptant de t'épouser ! Personne ne t'aurait prise, et moi je l'ai fait, alors que je me moquais bien de toi et de cette stupide gamine ! »

« Ce n'est pas vrai, ce n'est pas vrai ! »

Rekla appuya plus fort ses mains sur ses oreilles, et les paroles de ses parents se mélangèrent avec celles du garçon.

« Je ne l'ai jamais voulue ! hurlait sa mère. Et je ne voulais pas non plus de toi ! C'est toi qui t'es jeté sur moi ! »

Et entre deux sanglots, elle avait continué, impitoyable :

« Tu crois que je n'ai pas essayé d'avorter avant que ce soit trop tard ? J'ai tout fait pour m'épargner ce calvaire ! Que ce jour soit maudit ! Que vous soyez maudits, elle et toi ! »

« Ce n'est pas vrai, ce n'est pas vrai ! »

Rekla ouvrit ses yeux embués de larmes, et la seule chose qu'elle réussit à distinguer fut un léger scintillement sur la table.

Comme avec le morceau de verre, cet éclat

l'envoûta. C'était le couteau avec lequel sa mère coupait les légumes.

Ses parents ne s'aperçurent même pas qu'elle s'était levée. Elle prit le couteau parce que c'était ce qu'il fallait faire pour que tout disparaisse – son père, sa mère, et même la vérité sur cette histoire absurde et tragique.

Et elle frappa. Deux fois, et son père tomba, face contre terre. Sa mère la regarda avec tant de haine que Rekla n'oublia jamais ce regard. Pour elle, un seul coup suffit ; ensuite les hurlements se turent et le silence retomba sur la maison. Un étrange silence qui avait le goût de la paix. Rekla se mit à pleurer sans bruit.

Elle s'enfuit. Après ce qu'elle avait fait, il n'y avait plus moyen de revenir en arrière.

Elle utilisa sa connaissance de la chasse pour survivre, en errant de maquis en maquis. Son visage apparut sur les murs des maisons, dessiné sur les affiches qui recherchaient les criminels. Les gens la regardaient en secouant la tête. Maintenant ils savaient tous qui elle était et de quoi elle était capable.

« Je suis méchante. »

Si l'homme était arrivé un jour plus tard, elle serait morte. Elle aurait cessé de lutter et elle se serait laissée mourir. Elle avait douze ans, et plus la moindre envie de vivre. L'énormité de son acte l'accablait.

L'homme s'était glissé derrière elle sans faire de bruit, et quand elle s'était retournée, terrorisée, il avait souri.

« N'aie crainte, je ne te trahirai pas. »

C'était la première fois depuis qu'elle était née qu'on ne lui voulait pas de mal. L'émotion fut trop forte, et toute la douleur des dernières années se concentra en pleurs désespérés, tandis que l'homme la serrait contre lui.

Il était entièrement vêtu de noir, et il se déplaçait avec agilité et élégance. Il disait qu'il était un Victorieux, et il portait sur lui un poignard noir, avec une garde en forme de serpent, et toute une myriade d'autres armes.

« Je te connais, Rekla, je sais tout de toi. Je sais que tu as tué tes parents, et aussi que tu aimes l'odeur du sang. »

Elle rougit et baissa les yeux d'un air coupable.

L'homme lui prit le menton entre les doigts et lui releva la tête.

« Tu n'as aucune raison d'avoir honte. Regarde-moi dans les yeux. »

Elle obéit en hésitant.

« Tu as un don, Rekla, et ce que tu as accompli est extraordinaire.

— Je suis méchante… Tout le monde le sait au village », dit-elle en ravalant ses larmes.

L'homme secoua la tête avec véhémence.

« Tu es spéciale. Les imbéciles appellent cela méchanceté, et les sages justice. Sans que tu le saches, mon dieu, Thenaar, a agi à travers toi pour manifester sa gloire. »

Ces paroles suffirent. C'était un dieu qui actionnait ses mains, et sa malédiction était un don. Ses yeux s'illuminèrent.

C'est ainsi qu'elle connut Thenaar et qu'elle apprit qu'elle était une Enfant de la Mort. Elle comprit qu'elle avait eu tort de se considérer comme maudite pendant toutes ces années. Quel horrible malentendu, et que de souffrance inutile ! Elle avait seulement été choisie par Thenaar, le créateur des Victorieux. Son destin était de tuer ceux qui ne croyaient pas en lui, ceux qu'il n'avait pas choisis. Elle lui offrirait leur sang, jusqu'au jour où il reviendrait.

Et puis, elle était spéciale, c'était l'homme qui l'avait dit. Parce que même parmi les Victorieux et les Assassins, il n'était pas courant de prendre autant de plaisir à tuer. Elle n'avait plus à se sentir coupable, et elle n'avait plus aucune raison de s'infliger de punitions. Au contraire, elle devait se réjouir d'avoir été distinguée par le dieu. Toute l'angoisse de son enfance se dissipa d'un coup, et Rekla éprouva une sérénité nouvelle. Ses parents lui apparurent pour ce qu'ils étaient : des êtres mesquins et insignifiants, et elle se félicita de les avoir tués.

Thenaar devint tout pour elle. Le dieu l'avait élue, et elle se dévouerait à lui corps et âme. Il serait sa raison de vivre, elle lui dédierait chacun de ses souffles, et elle assisterait à sa gloire sur le Monde Émergé.

Thenaar la récompensa bientôt. Cela se produisit un jour que Rekla priait à genoux devant sa statue. Ce ne fut qu'un faible murmure, mais dans le silence de son esprit elle entendit quelques mots. Le dieu lui parlait. Elle en pleura d'émotion, et le supplia de ne jamais l'abandonner. En échange, elle se donnerait toute à lui.

Et, de fait, les années passèrent et Rekla occupa un rôle toujours plus important au sein de la Guilde, jusqu'à faire partie des Anciens.

Elle s'était familiarisée avec les poisons et avait étudié la botanique dans des livres écrits par Aster lui-même. Son triomphe avait été le philtre de jouvence. Elle l'avait conçu elle-même, et en était particulièrement fière. Une potion assez difficile à fabriquer, qu'elle n'utilisait que sur elle, et dont elle gardait jalousement le secret. Ce n'est pas la vanité qui la poussait. Elle se moquait d'être belle, son corps n'était qu'une machine, un poignard entre les mains de Thenaar. Elle le faisait pour son dieu. Elle voulait le servir au maximum de ses forces jusqu'à son dernier instant. La mort viendrait de toute façon, mais elle la cueillerait jeune et vive comme autrefois, aussi efficace, aussi fatale.

Elle avait eu une vie heureuse. Parce que son existence avait eu un but. Son enfance n'avait été qu'un long tâtonnement dans l'obscurité, mais depuis qu'elle avait connu Thenaar, sa vie s'était illuminée, et son chemin était apparu droit, sûr. Elle savait qu'au fond de toutes ses souffrances il y avait son dieu, et qu'il serait toujours là.

Ensuite, Doubhée était arrivée et Rekla avait accepté sans réticence de devenir son guide. L'idée d'avoir une personne à son entière disposition et totalement soumise à elle l'excitait. C'était sa fuite qui avait tout ruiné. Elle l'avait vécue comme un échec personnel. Doubhée lui avait été confiée, et elle lui avait filé sous le nez. Mais si cela n'avait été qu'un simple sentiment de culpabilité, elle s'en serait remise. Malheureusement, c'était bien autre chose.

Quand on avait découvert que Doubhée s'était échappée, Rekla avait couru au temple, désespérée. Elle s'était jetée à terre, les mains tournées vers le ciel.

« Pardonne-moi, Thenaar, je t'en supplie, pardonne à ton esclave incapable ! Parle-moi, dis-moi ce que je dois faire, et je serai ta main ! »

Mais aucune parole, aucun réconfort n'était venu de là-haut. Seulement le silence.

Elle passa de longues heures en pénitence et en prière, mais tout fut inutile. Thenaar se taisait, indigné, et Rekla était à la torture. Elle s'était portée volontaire pour retrouver Doubhée parce qu'elle pensait que c'était la seule façon d'apaiser la colère de son dieu. Et elle avait tout de suite pensé à sacrifier le jeune homme qui accompagnait la fugitive, mais lui aussi avait réussi à lui échapper, lui aussi l'avait humiliée.

La Gardienne des Poisons était ivre de rage, une rage qu'elle avait en partie réussi à assouvir sur Doubhée en la rouant de coups. Mais cela n'avait pas suffi.

Ce soir-là, elle avait versé deux gouttes de plus dans sa potion. Et maintenant elle attendait de l'entendre gémir.

Lorsque la première plainte arriva à ses oreilles, Rekla sourit.

11

CAPTIVITÉ

Au milieu de la nuit, Doubhée perçut une présence à ses côtés. Elle souleva les paupières avec difficulté, et vit deux points lumineux briller dans l'obscurité. Comme toutes les fois où Lonerin et elle s'étaient sentis observés par quelque animal dans les buissons. C'était la même sensation. Rekla avait des yeux de bête fauve.

— Je t'ai entendue gémir, dit-elle.

Sa voix était d'un calme glacial. Doubhée éprouva du dégoût pour cette femme, mais malgré elle, elle fut saisie par l'envie irrépressible de lui demander le remède. Elle serra les dents pour empêcher les paroles de passer la barrière de ses lèvres.

— Je sais ce que tu veux, déclara Rekla en souriant.

Elle tira une petite ampoule de son sac et la lui agita sous le nez. Doubhée sentit la Bête s'agiter violemment au fond d'elle.

— Ça te fait envie ? dit Rekla d'une voix mielleuse.

Une traîtresse comme toi ne la mérite pas. Tu mérites seulement de souffrir.

Et elle garda l'ampoule entre ses doigts. Elle était satisfaite, son philtre agissait.

— Au fait, il y a un petit quelque chose en plus dans la potion que je t'ai donnée, c'est pour ça que tu es si mal. Je dois te ramener au temple vivante, mais personne ne m'a précisé dans quel état.

Doubhée frémit. Cela expliquait ses horribles vertiges.

— Je n'en veux pas, murmura-t-elle.

— Ah non ? Pourtant, je suis sûre que si tu pouvais bouger, tu me l'arracherais des mains.

Cette fois Doubhée fut envahie par la colère. Elle ne pouvait plus s'abaisser à ce point seulement pour sauver sa vie. Plus maintenant qu'elle avait vu un autre monde au-delà des murs de sa prison. Et peu importait que ce monde lui soit fermé. Il existait.

— Je vais te laisser mariner un peu, poursuivit Rekla. Jusqu'à demain matin. Ou peut-être un peu plus.

— Nous ne pourrons pas repartir si je vais mal, répliqua Doubhée.

Rekla haussa les épaules avec indifférence.

— Mon dieu me demande de ne pas te tuer sur-le-champ, et j'obéis. Cependant, je ne crois pas qu'il s'offensera de cette petite satisfaction que je m'octroie. Tu sais que c'est un grand plaisir pour moi de te voir souffrir.

Doubhée tenta vainement de libérer ses mains, liées derrière son dos.

— Pourquoi est-ce que tu te comportes comme ça avec moi ?

Rekla sembla sincèrement étonnée.

— Pour mon dieu.

— Mais je n'ai rien à voir avec lui ! hurla Doubhée. J'essaie juste de sauver ma vie.

— Même si c'était vrai, tu as voulu tromper Thenaar, et c'est une faute impardonnable.

La Gardienne des Poisons s'approcha d'elle et effleura légèrement sa blessure à l'épaule. Doubhée ne put retenir un cri. Rekla lui mit la main sur la bouche.

— Chut, si tu continues, tu vas réveiller Filla, et ce moment n'est rien que pour nous deux.

Doubhée ferma les yeux. Elle ne supportait pas le contact de sa main sur elle.

— Il n'y aura pas de salut pour toi, Doubhée. Yeshol a cru que tu étais une Enfant de la Mort, mais tu as renié ta nature. Et comme rien ne lui échappe, il t'a transformée en machine à tuer pour servir notre cause.

Doubhée secoua rageusement la tête.

— Je n'ai jamais été l'une des vôtres, et je ne le serai jamais !

— La Bête est des nôtres, la Bête est Thenaar ! C'est moi qui ai préparé l'aiguille, Doubhée, celle qui t'a injecté la malédiction. Je l'ai donnée de mes propres mains au garçon. Il était conscient qu'il allait mourir, mais il l'a fait quand même, parce qu'il savait que c'était son destin.

Doubhée lui décocha un coup d'œil furieux.

— Et le tien est celui de l'agneau sacrificiel. Thenaar t'a utilisée autant qu'il l'a pu. Tu en as versé du sang pour lui, et beaucoup.

L'horreur que provoquèrent ces paroles surpassa toute autre douleur.

Rekla s'approcha encore davantage, et Doubhée frissonna en sentant son souffle sur son cou.

— C'est moi-même qui te tuerai. La piscine se remplira de ton sang, pendant que la Bête te dévorera de l'intérieur. Et il n'y aura plus aucune potion pour te sauver, Doubhée.

Elle lui sourit d'un air mauvais.

— Toi et Thenaar ne faites qu'un. Et tu le serviras jusqu'à la fin, que tu le veuilles ou non.

Doubhée sentit la peur lui broyer les tempes, mais il y avait autre chose au fond d'elle, quelque chose de nouveau.

— Non ! hurla-t-elle encore. Je ne suis pas à Thenaar ! Et je ne mourrai pas de ta main dans cette maudite piscine ! Je ne vous appartiens pas !

La gorge lui brûlait, et sa voix rauque et douloureuse résonna dans l'obscurité de la nuit. Un oiseau vola au-dessus d'elle.

Filla apparut quelques secondes plus tard, son

poignard à la main : apparemment, tout ce tapage avait fini par le réveiller.

— Elle est en train de délirer, dit Rekla.

— Qu'est-ce qu'elle a ?

— C'est à cause de ses blessures. Demain matin, elle ira mieux. Retourne dormir.

L'homme hésita un instant.

— Je t'ai dit d'aller dormir, siffla Rekla.

Filla s'éloigna lentement, et elle demeura immobile, les yeux fixés sur Doubhée.

— Nous verrons bien si tu es à Thenaar ou pas.

Elle serra les poings et se dirigea vers sa couche.

Doubhée ne réussit pas à s'endormir. Elle avait mal partout, mais il lui semblait qu'une petite partie du poids qui pesait sur son cœur avait disparu. Elle avait enfin pris une décision. Une décision soudaine, née de la douleur et de la frustration.

Pendant presque dix ans, elle avait vécu sans rien attendre, sans tenter d'influencer le moins du monde le flux incessant des événements. Parce que résister n'avait aucun sens, et que peut-être ce qui arrivait était juste.

Mais est-ce qu'il était juste de se laisser dévorer par la Bête sans réagir ? Était-il juste de regarder sa vie se consumer sans rien faire ? Et le Monde Émergé ? Ses milliards d'habitants méritaient-ils cela ?

Non ! Elle avait quitté la Maison pour toujours et elle n'y remettrait jamais les pieds.

Lonerin ne lui avait pas seulement laissé sa haine. Avant de mourir, il avait souri. Elle était fermement décidée à continuer, pour lui aussi, et elle réussirait. Elle le devait ! Enfin, elle avait un but.

La lumière du jour apparut sur le rose sombre du ciel, et un coup de pied ramena Doubhée à la réalité. Rekla, au-dessus d'elle, la regardait d'un air furieux. Elle changea brutalement ses bandages, puis elle jeta quelques herbes dans un bol et lui fit boire le mélange. Ensuite, elle vérifia les liens de ses poignets et de ses chevilles, et la chargea sur les épaules de Filla.

— Pas de blague, hein ? dit-elle en l'attrapant par les cheveux et en lui tirant violemment la tête en arrière. Sinon tu sais ce qui t'attend.

De toute façon, Doubhée était trop mal en point pour tenter de leur fausser compagnie. Et puis, la potion de Rekla lui embrumait l'esprit. Il lui fallait absolument trouver un moyen de rester lucide si elle voulait réussir à élaborer un plan pour s'enfuir. Sans compter qu'elle devrait aussi voler quelques fioles de potion pour la Bête. Rekla avait vidé la besace de Lonerin et en avait transféré le contenu dans la sienne. Elle la gardait toujours en bandoulière, et la serrait dans ses bras la nuit.

Ils voyagèrent tout le jour, et Doubhée feignit d'être encore plus abrutie qu'elle ne l'était. Elle voulait étudier ses adversaires, déceler leurs points faibles. Lorsqu'ils firent une pause pour la soigner, elle remarqua que Filla la traitait avec une certaine gentillesse. Il n'était pas comme Rekla, peut-être même éprouvait-il de la pitié pour elle. C'était un couple mal assorti, étrange que Yeshol les ait mis ensemble... Quoi qu'il en soit, elle devait chercher son appui.

Elle passa la nuit suivante à examiner la situation. Elle était épuisée, et chaque fois que le sommeil se faisait sentir, elle se tournait légèrement du côté de son épaule blessée. Ce n'était pas la meilleure façon de guérir, mais c'était très efficace pour ne pas s'assoupir.

Ses deux ennemis, eux, étaient plongés dans le sommeil. Depuis une heure ou deux, la respiration de Filla était plus lourde, alors que Rekla, elle, se réveillait à intervalles réguliers pour jeter un coup d'œil aux alentours. Au moindre bruit inhabituel, elle saisissait son poignard et ses yeux s'ouvraient en grand.

Et surtout, elle ne lâchait jamais son sac.

Un peu plus tard dans la nuit, Doubhée la vit se réveiller en sursaut et se lever. Elle tremblait. Doubhée ferma à moitié les paupières pour ne pas se faire repérer. La Gardienne se mit à fouiller nerveusement dans sa besace, les épaules agitées de spasmes. Elle semblait étrangement vieillie, comme desséchée. Même son visage avait quelque chose de différent. À la lumière de la lune, Doubhée nota que sa peau était pleine de rides. Elle eut une illumination. Toph, le compagnon que Yeshol lui avait adjoint pour son premier travail dans la Guilde, l'avait dit : « Je l'ai vue de loin... elle était courbée, et sa peau... c'était comme si elle avait retrouvé son vrai âge d'un coup. » Rekla utilisait une potion pour rajeunir.

Doubhée ouvrit les yeux, observa attentivement. Elle ne craignait plus d'être découverte, Rekla semblait trop occupée pour surveiller sa prisonnière. Elle tira finalement une ampoule de son sac, et la jeune fille essaya d'imprimer ses caractéristiques dans son esprit. Rekla la porta à ses lèvres et la vida d'un trait. Son corps fut secoué d'un dernier tremblement, puis ses épaules se redressèrent, son front redevint lisse et elle retourna s'étendre près du feu.

Doubhée, elle, sourit dans l'ombre. La nuit lui avait porté conseil.

À l'aube, Rekla lui décocha son habituel coup de pied dans les côtes. Doubhée fit semblant de se réveiller et la regarda avec un air de défi si manifeste que Rekla la frappa à nouveau pour la punir.

Filla l'arrêta encore une fois en l'attrapant par les épaules.

— Laissez, je m'en occupe.

— Ne me touche pas ! hurla Rekla en se dégageant avec violence.

— Pardonnez-moi... pardonnez-moi, mais calmez-vous !

Il y avait une curieuse forme d'empressement dans les gestes de l'Assassin, à laquelle Rekla répondait avec ennui, mais en même temps avec un certain naturel. Ils devaient travailler ensemble depuis longtemps.

— Tu me provoques, marmonna Rekla avec hargne. Mais quand j'enfoncerai mon couteau dans ton cœur, tu ne me regarderas plus comme ça !

Elle cracha par terre et s'éloigna.

Filla attendit quelques instants, puis il se pencha vers Doubhée.

— Pourquoi est-ce que tu t'obstines à la faire enrager ? souffla-t-il.

Doubhée ne sut pas quoi répondre. Son regard était triste. Il semblait sincèrement préoccupé.

— Il y a une rivière par là, tu veux te rafraîchir un peu ?

— Tu es fou ou quoi ? se récria Rekla.

— Il y a un risque d'infection.

La voix de Filla tremblait. Il avait peur.

— Fais attention à ne pas te laisser embobiner. Elle doit encore respirer en arrivant à la Maison, rien de plus.

— Si ça continue, elle pourrait ne pas arriver du tout.

Rekla se mit à marcher de long en large comme un fauve en cage. Filla avait raison, encore une fois. C'était elle qui refusait obstinément d'alléger les souffrances de Doubhée. Elle finit par hocher la tête.

Filla aida la jeune fille à se lever en la tirant rudement par les épaules, comme pour bien montrer qu'il n'agissait pas par pitié. Cependant, Doubhée devina que Rekla lui ferait payer ce traitement de faveur. Ce soir-là, elle devrait se débrouiller pour ne pas boire la potion.

Une fois debout, elle fut prise de vertiges.

— Appuie-toi sur moi, lui dit Filla.

C'était étrange d'entendre un Assassin prononcer ces mots. Les membres de la Guilde prêtaient rarement attention à leur prochain.

— Ma Maîtresse est seulement nerveuse, lui chuchota-t-il à l'oreille. Évite de l'irriter.

Ils firent quelques pas, et Doubhée aperçut une source limpide.

— Allez, dépêche-toi, marmonna Filla. C'est seulement pour lui laisser le temps de se calmer que je t'ai amenée ici. Si elle te faisait du mal avant d'arriver à la Maison, elle s'en repentirait amèrement.

Soudain, Doubhée comprit. Filla adorait Rekla, et tout en veillant sur elle, il tempérait son ardeur et sa violence.

Elle se pencha et faillit tomber en avant. Elle était incroyablement faible, et ce n'était sûrement pas ça qui l'aiderait à fuir. En relevant la tête, elle vit son reflet dans l'eau. Elle ne se reconnut pas. Elle était couverte d'ecchymoses, et une partie de son visage était gonflée. Rekla avait fait du beau travail, en effet.

Elle plongea la tête dans l'eau et la sensation du froid piquant sur sa peau lui fit du bien. Elle eut envie de s'immerger entièrement, mais une main l'attrapa par les cheveux et la tira en arrière.

— Tu es folle ? Tu veux mourir ou quoi ?

Doubhée détourna les yeux.

Filla l'aida à nettoyer sa plaie, et ensuite, il l'enduisit de baume.

— Ne te berce pas d'illusions, lui déclara-t-il d'un air sévère. Si je te garde en vie, c'est uniquement pour que ma Maîtresse puisse assouvir sa vengeance à l'intérieur de la Maison.

Doubhée remarqua que le récipient qui contenait le mélange était en verre. Elle fit un mouvement imperceptible, et le flacon échappa des mains de Filla et se brisa sur le sol. Vive comme l'éclair, Doubhée en ramassa un morceau.

Filla soupira, agacé.

— C'est égal, j'avais terminé, dit-il en la relevant.

Doubhée glissa discrètement l'éclat de verre dans sa poche.

Le soir venu, Doubhée ne put éviter de boire la potion. Un goût amer lui envahit la bouche : Rekla y avait encore ajouté quelque chose. Elle réussit tout de même à en faire couler un peu en buvant, mais la quantité qu'elle avala suffit à lui faire passer une autre nuit d'enfer. Avant de se coucher, Rekla resta un long moment près d'elle, à se repaître de ses gémissements. Doubhée décida de s'enfuir au plus tôt.

Le lendemain matin, c'est Filla qui lui donna la potion. Sa main était nettement moins ferme que celle de Rekla, et sa détermination à la faire souffrir bien moindre. Une partie du liquide se renversa pendant qu'elle buvait, et elle recracha l'autre quand Filla s'éloigna. Avec aussi peu de potion dans le corps, elle pouvait tenter de fuir. Elle résolut de le faire le soir même.

La chance fut de son côté.

Ce jour-là, ils dressèrent le camp plus tard que d'habitude, et l'obscurité tomba vite. Une fois Rekla et Filla endormis, Doubhée sortit le morceau de verre et se mit à trancher ses liens. Puis elle se leva sans un bruit.

La tête lui tournait. Elle s'appuya contre un arbre et s'obligea à rester debout. Elle n'était pas au mieux de sa forme, mais elle n'avait pas le choix.

Elle ramassa quelques pierres et s'approcha des deux Assassins.

Au premier pas qu'elle fit, Rekla tressaillit.

« Doucement, pas trop vite ! »

Il lui fallut plusieurs minutes pour arriver assez près de Rekla. Elle pouvait compter une à une ses taches de rousseur, observer ses lèvres à peine entrouvertes, ses joues de jeune fille. Cette vision lui inspira un désir de tuer comme elle n'en avait jamais ressenti jusque-là.

Elle s'agenouilla, et l'herbe bruissa. Rekla remua légèrement les paupières, son sac serré entre ses bras. Doubhée entreprit de tirer les ampoules une à une, en les remplaçant chaque fois par une pierre.

Elle avait le front baigné de sueur. Chacun de ses gestes devait être fluide, précis et délicat. Ses mains se mirent à trembler. Rekla s'agitait. Si elle se réveillait, tout serait perdu. Doubhée poursuivit sa tâche, les bras endoloris, puis elle s'éloigna comme une ombre.

Elle poussa un long soupir et inspecta son butin : deux fioles de potion contre la Bête – c'était bien peu – et trois ampoules semblables à celle que Rekla avait bue la nuit précédente. Elle les déboucha et répandit leur contenu par terre. Elle ne pouvait pas la tuer, mais elle pouvait la forcer à mourir dévorée par ses années.

Ensuite, il y avait le poignard, son poignard, celui de son Maître. Elle l'avait récupéré ! Elle le glissa dans sa ceinture, et lorsqu'elle le sentit contre elle, elle fut emplie d'une énergie nouvelle.

Enfin, elle passa les herbes en revue. Elle les connaissait toutes. Et l'une d'elles faisait justement son affaire.

Il lui fallut peu de temps pour préparer le mélange, en utilisant l'une des ampoules vides.

Rekla gémit et se retourna dans son sommeil. Elle devait faire vite. Avant d'ajouter le dernier ingrédient, elle se couvrit le visage avec une main. Une légère vapeur s'exhala de l'ampoule, et cela suffit à lui donner le vertige.

Elle retourna sur ses pas et versa délicatement un peu de la mixture sur l'herbe, près de Filla. Ensuite, elle posa l'ampoule à moitié pleine à côté du visage de Rekla et se redressa lentement. La potion agirait assez longtemps pour lui permettre de mettre quelques lieues entre eux et elle.

Elle s'éloigna à reculons. Puis, quand Rekla et Filla disparurent de sa vue, elle se mit à courir.

Elle était libre.

12
UN GNOME ET UN ENFANT

Sans perdre une seconde, Ido prit le cheval de l'homme qu'il venait de tuer, tout frais de la soirée de repos que les Assassins lui avaient accordée, et se lança au secours de San. Le sang bouillait dans ses veines.

Il remercia le ciel d'être sur la Grande Terre : cette fois, les empreintes de l'autre cavalier étaient nettes. La distance qui les séparait était minime, et lui était plus léger. Il ne tarderait pas à le rattraper. L'Assassin se dirigeait apparemment vers les ruines de la Forteresse. Elle avait été autrefois la colossale demeure d'Aster : une tour énorme, faite de cristal noir, visible de chacune des Huit Terres vers lesquelles elle tendait de longues ramifications semblables à de monstrueux tentacules. Elle avait été détruite au cours de la Grande Bataille d'Hiver, et pendant longtemps, le lieu qui l'abritait était resté un champ de ruines, couvert de fragments de cristal noir.

Puis Dohor, une fois assis son pouvoir, avait décidé d'y faire construire un palais. Depuis, le territoire grouillait d'esclaves, Fammins, gnomes et humains, qui déblayaient les décombres. Si c'était vraiment là que l'Assassin se rendait, cela signifiait qu'il ne ramenait pas l'enfant à la Guilde, mais à Dohor en personne. Ido éperonna son cheval. Pourquoi n'apercevait-il toujours pas le fuyard ? Leurs traces continuaient à s'étendre à perte de vue à l'horizon.

Enfin, il distingua un point noir. Il se frotta les yeux. Il n'avait pas dormi depuis des jours, et il commençait à en ressentir les conséquences. Non, ce n'était pas une hallucination. Le point noir était toujours là.

— Allez, mon vieux, un dernier effort, encouragea-t-il sa monture.

À mesure qu'il approchait, le point noir prenait de plus en plus nettement les formes d'un cavalier. C'était eux. Ido mit la main à son épée, impatient d'avoir sa revanche. Soudain, il remarqua que l'animal avançait d'une manière étrange. Il ne trottait pas, il marchait tranquillement au pas, le cou baissé.

« C'est sûr, avec deux personnes en croupe et une course pareille, il doit être harassé. »

La distance entre eux se réduisit rapidement, et c'est alors qu'Ido comprit.

— Maudit bâtard, siffla-t-il entre ses dents.

Il s'arrêta et poussa un long cri vers le ciel. Le cheval était seul.

Ils lui avaient filé sous le nez, et il s'était laissé avoir comme un débutant. Toute la nuit, il n'avait fait que suivre un maudit canasson lâché dans le désert.

Ido poussa encore un cri, et son cheval se cabra. Il serra les rênes. Il devait rester calme. Il avait toujours pensé que la vieillesse l'assagirait, or il devenait de plus en plus impétueux et irascible. Il obligea patiemment son cœur à ralentir et ses muscles à se relâcher.

« Réfléchis… Maintenant ils sont à pied. Et tu sais où ils vont. À deux, dans le désert et sans cheval, ils n'ont pas pu trop s'éloigner de l'endroit où tu as croisé leur chemin hier… »

Il fit demi-tour et repartit à bride abattue.

Ce n'est qu'après le lever du soleil que Sherva s'autorisa à regarder derrière lui. Il n'était pas certain que sa ruse ait fonctionné. Apparemment, tout s'était déroulé à merveille. Il n'y avait aucune trace du gnome.

L'enfant gisait inerte sur ses épaules. C'est lui qui avait posé le plus de problèmes. Quand il l'avait soulevé du sol, il s'était débattu comme un diable, obligeant Sherva à recourir à la manière forte : il l'avait assommé d'un coup de poing. Mais s'il voulait le ramener à Yeshol, il devrait le rendre inoffensif plus longtemps. Et le Gardien Suprême le voulait vivant. L'espace d'un instant, il avait pensé l'abandonner là, en plein désert. Plus de prisonnier, plus de Guilde. Ou bien il aurait pu se présenter à Yeshol avec sa tête. Et là, il aurait enfin cessé de se mettre à genoux devant un dieu qu'il détestait. Mais cela aussi, ce n'était qu'une vague chimère.

En soupirant, il avait tiré de sa poche l'ampoule que Rekla lui avait donnée avant de partir. « Ce philtre le fera tenir tranquille au moins une journée », lui avait-elle expliqué.

Sherva avait tourné le garçon et lui avait ouvert la bouche. Un petit filet de sang en sortait. Il lui avait probablement cassé une dent en le frappant, mais pour lui c'était un détail insignifiant. L'important, c'était que le liquide coule dans sa gorge.

À présent, il était fatigué, il devait s'arrêter afin de reprendre des forces. Il posa le garçon sur le sol et prit sa gourde pour boire. San l'observait, les yeux mi-clos, et malgré sa torpeur, il y avait de la haine dans son regard.

Sherva se planta au-dessus de lui.

— À cette heure-ci, ton sauveur est sûrement mort. Inutile de me regarder de cette façon.

Le garçon ne lui répondit pas, occupé à lutter contre les effets de la potion pour rester conscient. Rien à dire, il avait du caractère.

Sherva ne s'en soucia plus ; il se versa un peu d'eau sur la tête, et le remit sur ses épaules sans tarder. Il devait continuer à avancer, le gnome était peut-être déjà sur leurs traces.

Ce n'est qu'à l'aube du lendemain qu'Ido localisa l'endroit où l'Assassin avait abandonné sa monture. Il avait été très habile, sautant de selle en pleine course. Il devait être d'une agilité hors du commun. Deux corps tombant du dos d'un cheval auraient dû laisser une empreinte profonde sur la terre. Et ce n'était pas le cas. Ido arrêta sa monture, pensif. Le truc qu'avait utilisé l'Assassin était bête comme chou mais efficace, et l'homme avait tout calculé dans les moindres détails : le temps qu'il faudrait à Ido pour retrouver la bonne piste, et le fait qu'à ce moment-là le vent aurait déjà effacé en partie leurs empreintes.

« Voilà comment agit un Victorieux », conclut-il.

Et il éprouva une certaine admiration pour cet Assassin. C'était un adversaire à sa mesure.

« Si tu as été entraîné à ne pas laisser de traces, moi, en revanche, j'ai appris à repérer même les plus subtiles. »

Et il se mit à remonter attentivement la piste.

L'homme avait toujours l'avantage sur lui, mais sa direction n'avait pas changé. Et Ido la connaissait.

Le besoin de sommeil devenait plus pressant, et son cheval était fourbu. Ido n'avait pas cessé de le pousser à la limite de ses forces pendant une autre nuit.

Mais à présent les traces étaient fraîches, et le gnome savait reconnaître un pas court et traînant. L'Assassin était fatigué, lui aussi. Il portait toujours l'enfant sur ses épaules, et ce poids avait dû l'épuiser.

« Combien pèse un garçon de douze ans ? »

Il n'en avait aucune idée. Il n'avait pas eu d'enfants, et il en éprouvait parfois du regret. Quelqu'un lui avait dit un jour qu'une existence sans enfants n'avait aucun sens, et les dieux seuls savaient à quel point il aurait souhaité en avoir un de Soana. Mais le destin avait voulu qu'ils se rencontrent alors qu'il était déjà vieux.

« Moi aussi, j'étais déjà trop vieille, sourit doucement Soana, à ses côtés.

— Alors j'aurais dû me décider plus tôt. Parce que je t'aime depuis longtemps, avant que tu ne veuilles enfin de moi. »

Ido tendit la main pour lui caresser la joue, mais il perdit l'équilibre et vit le sol s'approcher dangereusement de son nez. Il eut à peine le temps de s'agripper aux rênes.

Il avait rêvé. Sans s'en apercevoir, il avait sombré dans le sommeil.

« Vieil idiot… », se dit-il, et il se donna quelques claques sur le visage.

Il encouragea sa monture et accéléra encore le rythme pour rester éveillé. Bientôt, il découvrit des empreintes fraîches. Cette fois, il les tenait.

Il abandonna le cheval à son sort et se mit à ramper sur le sol jusqu'à ce qu'il les distingue nettement au milieu de l'obscurité. L'homme lui tournait le dos, et sa tête chauve brillait à la lueur de la lune. L'enfant était étendu sur le sol à ses côtés. Il avait l'air épuisé, et il l'observait. Ido le regarda fixement et mit un doigt sur ses lèvres. Puis il se remit à ramper sur le sable, tandis que San le suivait des yeux en retenant son souffle.

À présent il était si proche qu'il sentait l'odeur de la sueur de l'Assassin. Il porta la main à son épée. À cet instant, l'homme se retourna brusquement. Il avait déjà son poignard à la main et s'apprêtait à frapper son adversaire à la gorge. Ido eut à peine le temps de sauter sur ses pieds et de dégainer son épée.

Ils s'étudièrent un moment, l'arme au poing.

— Tu es rapide, observa l'Assassin.

« Avec ce nez crochu et cette bouche fine, il a l'air d'une vipère », pensa Ido.

— Toi aussi, je dois dire.

Soudain, l'homme brandit son poignard vers la poitrine de son ennemi, qui avait baissé sa garde. Ido s'écarta, et le coup lui transperça le flanc. La douleur contracta tous les muscles de son corps.

« Damnation ! Résiste, mon vieux ! »

Il fondit sur lui avec son épée, mais l'homme se glissa dans son dos et lui passa une corde autour du cou. À demi suffoqué, Ido fit appel à ses dernières forces et le frappa avec la garde de son épée. L'homme relâcha un peu son étreinte, et Ido en profita pour le frapper encore. Il ne fit toutefois que l'égratigner, et l'autre pointa à nouveau son poignard vers lui.

Malgré ses réflexes ralentis, Ido parvenait encore à parer avec une certaine efficacité, mais sa vue commençait à se brouiller. Dans toute cette obscurité, il se raccrocha au scintillement du poignard.

Avec un immense effort pour ignorer la douleur, il empoigna son épée à deux mains et l'abattit furieusement sur son adversaire. Il l'atteignit de plein fouet, et sentit sa lame s'enfoncer dans sa chair. L'Assassin émit un faible grognement, se plia en deux, et son poignard lui tomba des mains.

« Cette fois j'y suis peut-être arrivé », pensa Ido.

Il s'approcha. L'homme le regarda en souriant. Avant qu'il ait le temps de réagir, l'Assassin tourna vivement sur lui-même et se retrouva à nouveau derrière lui. D'une brutale poussée, il le jeta au sol et Ido sentit son genou appuyer contre son épaule. La douleur au thorax fut lancinante.

« Vaincu par la fatigue et la vieillesse, quelle mort idiote ! »

L'Assassin serra ses mains autour de sa gorge. Ses bras tremblaient légèrement, signe que la blessure qu'Ido lui avait infligée était profonde. Puis, tout à coup, la pression se relâcha, et le gnome entendit un bruit sourd. Incrédule, il respira profondément.

— Ça va ?

C'était la voix d'un enfant. Un visage sale et deux yeux brillants entrèrent soudain dans son champ de vision. San. C'était San qui avait frappé l'Assassin. Et maintenant il se tenait devant lui, tremblant, pâle et l'air bouleversé.

— Du calme, du calme, murmura Ido autant pour lui-même que pour le garçon.

— Je l'ai frappé à l'épaule, je ne sais pas s'il est mort…

Ido supposa qu'il n'était que blessé et ne tarderait pas à reprendre ses esprits.

— Vite ! Aide-moi !

Le garçon le tira par le bras et le gnome sentit sa blessure s'ouvrir. Mais la douleur la plus forte était à la poitrine. Peut-être avait-il une côte fêlée. Il ne resterait pas conscient encore très longtemps.

— Enlève ta chemise, déchire-la, et fais-en une longue bande. Il faut enrayer l'hémorragie.

San sanglotait, paniqué. Il exécuta néanmoins tout à la perfection, et Ido remarqua que lorsqu'il touchait ses plaies, il n'éprouvait aucune douleur, au contraire. Il ne perdit pas de temps à se demander pourquoi, ni comment l'enfant s'était libéré de ses liens. Ils devaient partir sans délai.

Monter à cheval fut un supplice.

— Mets-toi derrière moi, c'est toi qui vas nous

guider. Suis cette étoile rouge qui brille à l'horizon. Elle indique l'ouest, là où se trouve la Terre du Feu. Dès qu'il fera jour, tu verras le Thal, un gros volcan… Tu dois aller dans sa direction, toujours.

San était secoué de spasmes, la peur avait vaincu ses dernières forces.

— Le temps presse, San ! Va ! souffla Ido. Il faut que je dorme, San, que je reprenne des forces. Demain, je tiendrai les rênes.

L'enfant resta silencieux, puis il hocha la tête. Il frappa le cheval des talons et ils partirent enfin.

San pleurait toujours, mais il lui avait redonné confiance. C'était un enfant très courageux, et Ido sombra dans le sommeil, le sourire aux lèvres.

Il se réveilla brusquement en sentant la morsure du soleil sur le visage. Et puis, une lumière, violente, insupportable.

« Peut-être que c'est ça, le fameux au-delà des prêtres. Soana ne va pas tarder à venir me chercher… »

Mais un douloureux élancement au thorax lui fit comprendre qu'il n'était pas encore mort, et peu à peu, sa vue s'éclaircit.

Les yeux entrouverts, il distingua un paysage qu'il connaissait bien : le majestueux Thal dressé devant lui, le désert brûlant de sa terre. Il ressentit une étrange chaleur au ventre et baissa les yeux. L'enfant avait soulevé sa chemise et tenait la paume légèrement au-dessus de sa blessure. Elle était entourée d'une sorte de halo lumineux.

— Bonjour… murmura le gnome.

Ce fut comme si San avait été piqué par une tarentule. Il retira vivement sa main et sauta en arrière.

— Je ne faisais rien de mal, je le jure !

— Tout va bien, j'ai seulement dit « bonjour », répliqua le gnome, déconcerté.

L'enfant semblait tétanisé.

— En général, on a coutume de répondre.

— Bon… bonjour, balbutia San.

Ido avait l'esprit embrumé, il ne pouvait pas se concentrer sur tous les mystères qui gravitaient autour de ce garçon.

— Bravo ! dit-il. Tu as réussi.

San rosit. Il était plutôt grand pour son âge, et ses cheveux n'avaient qu'une discrète teinte bleutée. Mais ses yeux, même gonflés par les pleurs et le sommeil, étaient ceux de son père. Et de Nihal, sa grand-mère qu'il n'avait pas connue.

Le gnome palpa son bandage. Il était sec, l'hémorragie avait cessé, mais la brûlure au thorax lui rappela sa côte fêlée. Quoi qu'il en soit, c'était à lui de guider le cheval.

San lui tendit les rênes.

Pendant quelque temps, ils continuèrent à avancer sous le soleil impitoyable de la Terre du Feu. Ido n'y était pas venu depuis trois ans, mais on aurait dit que des siècles s'étaient écoulés. C'était là sa véritable patrie, où il avait si peu vécu, la Terre promise pour laquelle il avait versé son sang, et qu'il n'avait jamais réussi à protéger. C'était un lieu trop chargé de mémoire pour lui, et il fut heureux que San rompe le silence.

— Où allons-nous ?

— Tu sais où nous sommes ?

Ido le sentit secouer la tête.

— Je n'ai jamais quitté la Terre du Vent. Mon père ne veut pas. Il ne *voulait* pas, se reprit-il, accablé.

— Nous sommes sur la Terre du Feu. Nous allons dans un endroit sûr que je suis le seul à connaître. Là, je me remettrai sur pied, et toi aussi ; tu en as besoin, d'après ce que je vois.

Il hésita légèrement.

— C'est un coup de poing qui t'a fait ça ?

— Quand je me suis retrouvé seul avec cet homme, j'ai essayé de me libérer. Il m'a jeté par terre et m'a frappé très fort. Il m'a cassé une dent.

— On essaiera de te faire soigner. Nous ne sommes plus très loin de l'aqueduc.

— L'aqueduc de Nihal ? demanda San avec curiosité.

Dans sa bouche, le nom de Nihal avait la même saveur que quand d'autres personnes le prononçaient, rien de plus : c'était le nom d'une héroïne, un personnage de légende.

— Oui, exactement.

San appuya la tête sur son épaule. Ses joues étaient humides.

— Je n'aurais jamais cru y aller un jour. Papa m'en parlait souvent.

Ido sentit les mots lui venir aux lèvres malgré lui.

— J'ai tenté l'impossible pour le sauver, mais il était trop tard.

Le garçon se redressa.

— Tu l'as vu ?

— Je suis resté près de lui jusqu'à sa mort.

— Et maman ?

— Elle était déjà morte quand je suis arrivé.

San enfouit son visage dans son épaule et se mit à sangloter violemment. Ido aurait aimé le prendre dans ses bras pour le consoler, mais ils devaient d'abord se mettre à l'abri.

Il se contenta donc de poser la main sur son épaule, sans se soucier de la douleur que ce mouvement lui causait, et l'étreignit avec force. Il aurait voulu pleurer, lui aussi.

13
UN VOYAGE SOLITAIRE

Doubhée courait à perdre haleine dans la forêt. Les effets du soporifique se dissiperaient à l'aube, et elle n'avait que quelques heures pour semer ses bourreaux.

Elle était mal en point, ses jambes étaient faibles, sa respiration saccadée, et pourtant, elle était euphorique. La décision qu'elle avait prise sous l'impulsion de la rage et de la frustration l'avait transformée. Elle se sentait libre, peut-être pour la première fois de sa vie. La Bête, son destin inéluctable et la mort ne l'effrayaient plus. Elle brûlait d'accomplir une action d'éclat, qui donnerait un sens à sa fuite.

Elle ne s'arrêta qu'en milieu de matinée, et but avidement à sa gourde. Ensuite, elle appuya ses mains sur ses genoux pour reprendre son souffle. Le bois autour d'elle ne lui semblait plus si hostile ; peut-être même les esprits l'aideraient-ils à trouver la bonne route…

Soudain, elle ressentit une violente morsure à

l'estomac. La Bête réclamait. Elle chercha l'une des fioles de Lonerin dans sa besace, et elle éprouva une sensation étrange en la prenant dans sa main. C'était tout ce qui lui restait de lui. Un legs très précieux et en même temps si dérisoire... Il lui manquait terriblement. Elle s'aperçut avec effroi qu'elle n'arrivait à se souvenir de lui qu'au moment de sa chute dans le précipice, comme si cette dernière image avait effacé toutes les autres – toute cette haine qu'elle avait entrevue alors dans ses yeux. Bien qu'ils aient vécu ensemble pendant un mois, Doubhée se rendit compte qu'au fond elle ne le connaissait pas. Et il demeurerait pour toujours un mystère. La mort était survenue trop tôt. Comme toujours.

« Comme avec le Maître. »

Elle s'arracha à ses pensées. Elle disposait de très peu de potion et elle devait arriver jusqu'à Sennar. Les paroles que Lonerin lui avait dites au début de leur voyage résonnaient dans son esprit, aussi catégoriques que des ordres : « J'accomplis une mission dont dépend le sort de beaucoup de gens, et à laquelle je me consacre corps et âme. À quoi bon perdre du temps à penser que ça pourrait mal tourner, que je pourrais échouer ? »

Doubhée inspira à fond et se remit en marche.

En parcourant en sens inverse le chemin qu'elle avait fait avec Rekla et Filla, elle arriva devant le précipice où était tombé Lonerin. Le cœur serré, elle entreprit de chercher fébrilement une trace dè lui : un lambeau de vêtement, une empreinte, n'importe quoi qui aurait pu lui redonner espoir. Mais elle ne trouva rien. C'était comme si la terre l'avait déjà oublié.

Elle s'approcha en hésitant du bord du gouffre, et elle vit le sourire serein de Lonerin ; il y avait de l'héroïsme dans la manière dont il avait affronté la mort. En bas, le torrent courait, impétueux, et elle remarqua sur une pierre une petite tache de sang, que l'eau n'avait miséricordieusement pas effacée.

Désormais, elle était vraiment seule. Elle ne savait pas où aller, et elle n'avait plus la carte d'Ido pour la guider. Elle s'en souvenait vaguement, pas assez pour s'orienter. Quelle direction suivaient-ils ? Quelle route devait-elle prendre ? Elle regarda autour d'elle. Rekla était déjà sûrement sur ses traces, et elle brûlerait toutes les étapes pour la rattraper et prendre sa revanche. Cette pensée lui donna la sensation d'être dans un piège, et son sang se glaça dans ses veines. Elle s'était abandonnée trop vite à l'enthousiasme.

Elle resta sur le bord du précipice, incapable de bouger. C'était exactement comme après la mort du Maître. Seule elle n'était rien. Elle ne pouvait que ramper et survivre misérablement, en suivant le cours que le destin avait tracé pour elle.

Elle repensa au dernier moment avec Lonerin, à son visage penché sur la carte, au léger bruit de ses pas sur l'herbe tandis qu'il allait inspecter le gouffre dans lequel il était tombé.

« Par là, c'est le vide. Il y a un précipice, et je crains que nous ne soyons obligés de chercher un autre chemin… » Ces paroles résonnèrent dans son esprit comme si Lonerin était derrière elle, en train de les lui répéter.

Un autre chemin… ? Où ça ?

Les montagnes. C'était là qu'ils allaient. Le terrain devenait plus escarpé. Et puis le précipice. Elle se rappela soudain qu'un jour Lonerin avait parlé de gorges. Voilà ce qu'elle devait chercher. Et si elle ne les trouvait pas, elle escaladerait les montagnes. Cette fois, rien ne l'arrêterait.

Elle essuya rageusement ses larmes et se leva.

Lorsque Rekla sentit les pierres sous ses doigts, la tête lui tournait encore. Elle aperçut au loin des morceaux de corde coupée, un éclat de verre qui brillait dans l'herbe. Elle reprit brutalement pied dans la réalité : la fille s'était encore échappée et Thenaar ne lui parlerait plus jamais. Elle serait à nouveau seule, comme quand elle était enfant.

Elle renversa l'ampoule de soporifique que Doubhée avait laissée près d'elle et se leva d'un bond. Elle connaissait bien ce mélange, même le plus incompétent des Assassins savait le préparer. Son contenu se répandit sur le sol, et il se dissipa dans l'air.

Filla était appuyé contre un arbre, haletant. La drogue semblait avoir été plus efficace sur lui, et il avait du mal à reprendre ses esprits. Mais lorsqu'il la regarda, Rekla vit dans ses yeux un sentiment de culpabilité qui la fit enrager.

— Tout ça c'est ta faute, murmura-t-elle entre ses dents.

Il continua à la fixer, comme s'il attendait impatiemment sa punition.

— Tu n'as rien remarqué pour le morceau de verre, et tu n'as même pas été capable de lui faire boire la potion correctement.

— Si, répondit simplement Filla, l'air presque soulagé.

Rekla se jeta sur lui et le frappa de toutes ses forces. C'était cela dont elle avait besoin, sentir l'odeur du sang.

Filla accueillit les coups de poing et les coups de pied sans broncher. Rekla avait raison, c'était sa faute. Mais ce n'était pas seulement par désir d'expiation qu'il acceptait passivement les coups. Sa Maîtresse avait besoin de quelqu'un sur qui passer ses nerfs, et il était heureux d'être l'instrument par lequel elle retrouverait la paix.

Lorsque Rekla se calma enfin, elle s'assit sur le sol et observa le visage gonflé de Filla avec un plaisir aigu.

— Debout, lui ordonna-t-elle.

Filla obéit. Il chancelait, mais il la regardait avec un mélange d'affection et de pitié.

— Maintenant nous nous mettons à sa poursuite, et nous ne nous arrêterons pas tant que nous ne l'aurons pas trouvée. Nous ne mangerons pas, nous ne boirons pas, nous nous contenterons de courir.

Filla acquiesça.

— Et si tu me retardes, je t'abandonnerai.

— Bien sûr. Priorité à la mission, répondit-il d'une voix tremblante.

Il savait que Rekla ne plaisantait pas, et il avait peur d'elle.

Elle le dévisagea, puis elle plongea la main dans sa besace.

La potion de l'éternelle jeunesse avait disparu. Il suffirait de quelques jours pour que les rides la défigurent et que sa chair se flétrisse. Elle serra les poings en songeant au énième affront que cette fille lui faisait subir. Bah, au fond, peu importait. Elle avait encore sa foi pour la soutenir, et elle vaincrait.

Pendant trois jours, Doubhée erra au hasard. Elle ne s'accordait que quelques heures de repos la nuit, pendant lesquelles elle restait vigilante, la main sur son poignard.

Pour s'orienter, elle essayait de suivre la course du soleil, mais le feuillage des arbres le lui masquait. Elle devait aller vers l'ouest, c'était à l'ouest que se trouvaient les montagnes.

De jour en jour, son espoir s'amenuisait. Le destin s'obstinait à empêcher ses désirs et ses plans de se réaliser, elle n'avait pas la moindre idée de l'endroit où elle était, et le bois autour d'elle ignorait superbement sa douleur. Ou plutôt, il se moquait d'elle avec ses grosses fleurs qui s'ouvraient sur son passage en grimaçant, ses arbres tordus qui lui barraient le passage. Toutefois, Doubhée ne décelait aucun danger. Elle qui ne croyait pas en l'au-delà ni en aucun dieu, elle se demanda si les plantes qui l'entouraient pouvaient abriter les âmes des morts. Elle pensa à Lonerin. Comme ce serait réconfortant qu'il se transforme en souffle pour venir un instant à ses côtés. Sa gorge se serra.

Enfin, elle distingua le contour des montagnes à l'horizon. Il lui fallut encore deux jours pour trouver l'entrée des gorges. Elle sonda sans répit la paroi rocheuse, fouillant le moindre trou, la moindre crevasse. Lorsqu'elle aperçut une étroite fente qui coupait la montagne de haut en bas, elle poussa un soupir de soulagement et s'y engouffra sans se poser davantage de questions. Ce n'était peut-être qu'un cul-de-sac, mais elle était prête à tenter sa chance.

C'était bien une gorge. Doubhée n'en avait jamais vu de pareille, même sur la Terre des Roches. Ses parois étaient hautes d'au moins une centaine de brasses, mais la distance qui les séparait était à peine suffisante pour s'y frayer un passage. Tantôt elle devait progresser en biais, tantôt elle devait se glisser dans des boyaux étroits et sombres sans avoir la certitude de revoir la lumière. Ce n'est que dans les points les plus larges, et seulement à midi, qu'elle parvenait à entrevoir le soleil. Tout le reste de la journée, la gorge était plongée dans un crépuscule surnaturel, et Doubhée ne savait pas trop où elle mettait les pieds.

Elle ne tarda pas à perdre complètement le sens de l'orientation. La gorge se ramifiait, s'élargissait par endroits en des passages qui conduisaient à d'autres boyaux. Au premier carrefour, elle s'arrêta quelques instants pour réfléchir, mais il n'y avait rien qui puisse l'aider à choisir son chemin : autour d'elle, il n'y avait que des parois rocheuses, des cailloux humides, et le silence. Par la suite, chaque fois qu'elle rencontrait une bifurcation, elle se fiait au hasard, à l'instinct.

Peu à peu, les parois autour d'elle devinrent plus froides, plus sombres, tapissées çà et là de mousse, signe que l'eau devait y ruisseler l'hiver. L'obscurité et le silence de plus en plus oppressant rappelaient à Doubhée son séjour dans l'antre de la Guilde. La Bête s'agitait dans son estomac, et il lui semblait presque sentir la main de Thenaar au-dessus de sa tête.

Avec une partie des herbes de Rekla et une mèche d'amadou, elle se fabriqua des torches rudimentaires pour éclairer les passages les plus difficiles. Elle déchirait l'étoffe de son manteau, l'enroulait autour d'une flèche, et l'embrasait.

Un jour, elle traversa une caverne plus étendue que les autres, et elle marcha une douzaine d'heures d'affilée sous la terre. Lorsque les galeries où elle s'engouffrait aboutissaient à des impasses, elle retournait sur ses pas, le souffle haletant, en espérant retrouver le passage principal. Tout se ressemblait tant ici…

Au bout d'un temps infini, elle atteignit une vaste salle rocheuse. De son toit pendaient d'innombrables stalactites, grosses comme des piliers ou fines comme des flèches. Certaines touchaient même les stalagmites qui montaient du sol. Le son de l'eau qui modelait ces formes était clair, cristallin, et la torche allumait au passage des éclats féeriques.

Doubhée regarda autour d'elle avec perplexité. Il n'y avait plus de lumière du soleil, plus d'herbes avec lesquelles se nourrir, ni même aucune forme de vie. Elle aurait pu continuer à errer ainsi pendant l'éternité sans jamais trouver de sortie.

« Chercher une issue en vain, c'est l'histoire de ma vie », se dit-elle. Et sans savoir pourquoi, elle éclata d'un rire nerveux et désespéré qui résonna d'une paroi à l'autre, transformé par l'écho en un long pleur.

« Lonerin, où es-tu… ? »

Une vibration sourde la tira de ses pensées. Doubhée tendit l'oreille, incapable d'en identifier la nature.

Elle scruta anxieusement les ténèbres. Rekla l'avait-elle déjà rattrapée ? Cela n'avait pas l'air de bruits de pas, mais Doubhée céda à la panique et s'engouffra dans le premier passage venu. Elle avançait à tâtons dans l'obscurité épaisse, sa torche à bout de bras, quand elle remarqua un scintillement au loin.

La sortie !

Elle se mit à courir, pleine d'espoir, et la terre sous ses pieds vibra à nouveau. Très vite la clarté devint intense, et Doubhée plissa les paupières en attendant de sentir la chaleur du soleil sur sa peau.

Lorsqu'elle rouvrit les yeux, elle était dans une nouvelle caverne. Devant elle coulait une cascade d'eau limpide qui dévalait une paroi avant de se jeter dans un petit lac. De toutes parts, de gigantesques cristaux transparents, jaunes et bleus, reflétaient la lumière de la torche, illuminant par un jeu de miroirs l'immensité de ce lieu souterrain. Il était d'une beauté impressionnante, mais c'était encore un cul-de-sac. Doubhée ne voyait d'issue nulle part.

C'était vraiment la fin, le dernier acte de son entreprise. Elle allait mourir de solitude, oubliée de tous, dans ce lieu d'une beauté déchirante. Elle laissa tomber son flambeau, serra les poings et éclata en sanglots.

— Je ne serai jamais à toi, tu m'entends ? hurla-t-elle. Je ne serai jamais à toi, Thenaar, et quand je mourrai, sois certain que je ne descendrai pas non plus dans ton maudit royaume !

Sa voix résonna longtemps, amplifiée par l'écho.

Doubhée se recroquevilla dans un coin de la grotte, abattue. De temps en temps, le grondement sourd revenait, et chaque fois elle croyait que c'était Rekla et s'apprêtait à libérer la Bête pour l'affronter.

Tout à coup, elle eut envie de se baigner, de se purifier, de s'immerger complètement dans l'eau comme elle le faisait sur la Terre du Soleil, à la Fontaine Obscure, après avoir commis un vol. L'eau glacée la régénérait. Maintenant qu'elle ne voyait plus que la mort devant elle, elle ressentait le désir irrépressible de le faire une dernière fois.

Elle se leva et marcha pieds nus jusqu'au bord du lac. L'eau était noire, exactement comme à la Fontaine Obscure. Claire à la surface, elle se perdait dans l'obscurité. Une obscurité impénétrable qui la fascinait.

Elle se pencha et y plongea la tête. Lorsqu'elle rouvrit les yeux, elle ne vit plus que ses cheveux qui flottaient doucement autour de son front ; et le noir en dessous d'elle, qui l'appelait.

Elle ne résista pas. Son corps s'immergea en ne soulevant que quelques petites vagues, et Doubhée s'enfonça dans les ténèbres. Elle battit des pieds pour descendre encore, puis elle s'immobilisa, le sang fouetté par l'eau glacée. Elle était en paix avec elle-même. L'obscurité lui semblait toujours plus attirante.

Cette pensée suffit à libérer la Bête. Aussitôt, l'instinct reprit le dessus : ses jambes et ses bras s'agitèrent frénétiquement, la Bête l'empêchait de glisser lentement vers la mort. Au prix d'un suprême effort de volonté, Doubhée s'enfonça encore, le poids de ses armes ajouté à celui de ses vêtements trempés l'entraînait vers le fond. C'est alors qu'elle eut l'impression que quelqu'un la prenait dans ses bras. Elle n'eut pas le courage de se débattre. Elle s'abandonna à cette étreinte qui, pour une raison inconnue, lui paraissait familière.

« C'est le Maître qui vient me chercher », pensa-t-elle.

Puis sa chute prit fin. Elle commença à remonter, la pression dans ses oreilles diminua et l'eau se réchauffa. Sa tête creva la surface. Elle prit une longue inspiration et l'air lui remplit douloureusement les poumons. Elle sentit qu'on la traînait sur la rive.

— Tu vas bien ?

C'était une voix familière. Une voix dont la tristesse lui serra le cœur.

Elle ouvrit les yeux. Elle ne s'était pas trompée.

14
RENCONTRES

— Il faut s'arrêter, Maîtresse.

Rekla fit la sourde oreille et continua à marcher devant Filla, imperturbable, les épaules voûtées, le pas parfois incertain, à travers la gorge dans laquelle ils s'étaient engouffrés. Elle avait déjà trébuché deux fois, et la seconde, elle s'était fendu la lèvre.

— Maîtresse !

Filla la saisit par le poignet et, accablé de tristesse, sentit sous ses doigts les os fragiles, la peau fripée.

— Je t'ai dit cent fois de ne pas me toucher ! hurla-t-elle en se dégageant.

Elle avait à présent le corps d'une femme de plus de soixante-dix ans – son âge véritable – alors que son visage résistait encore, et l'image de cette tête plantée sur un corps frappé de décrépitude avait quelque chose de grotesque et de tragique à la fois. Et déjà les rides lui sillonnaient le cou, le desséchant comme un tronc d'arbre mort, ses joues se creusaient, ses yeux se couvraient d'un léger voile. Quant à ses longs cheveux, ils avaient blanchi sur les pointes, tandis qu'ils étaient encore blonds à la racine.

Filla l'attira à lui en lui enserrant la taille avec ses deux mains.

— Il faut vous reposer, ou bien vous ne serez pas en état de combattre.

Le temps avait été impitoyable avec Rekla, mais il la trouvait toujours aussi fascinante, et sa souffrance la lui rendait encore plus désirable. Elle avait été son maître, il avait grandi à ses côtés sans jamais la voir vieillir, et son admiration d'enfant s'était muée en adoration. Pour elle, plus que pour Thenaar, il aurait donné sa vie.

— Je ne manquerai jamais de force pour servir mon maître, répliqua Rekla avec rage.

Elle essaya une nouvelle fois de se dégager, mais Filla l'en empêcha, malgré la vigueur inattendue dont elle faisait encore preuve, sans doute grâce à son entraînement.

— Si vous continuez comme ça, vous allez vous tuer avant de la trouver, et alors à quoi est-ce que cela aura servi ?

— Tu ne peux pas comprendre, personne ne peut comprendre, siffla Rekla, les yeux fiévreux. Je suis différente de vous tous, Thenaar seul me connaît. C'est pour lui que je dois avancer, et si je meurs en essayant de lui plaire, ce sera une mort glorieuse.

— Je comprends votre désir, et je sais que c'est le silence de Thenaar qui vous anéantit, rétorqua Filla en la regardant droit dans les yeux.

Rekla demeura quelques instants interdite. Personne n'avait jamais soupçonné la raison de sa souffrance.

— Ne te permets plus jamais de me parler d'égal à égal ! s'exclama-t-elle, outrée. Jamais !

Et elle le gifla.

Filla ne cilla même pas.

— Thenaar a besoin que vous le serviez, pas que vous mouriez. Ce n'est pas en perdant la vie sur les traces de cette fille que vous regagnerez ses faveurs.

Rekla serra les poings et baissa les yeux. Sa respiration devint bruyante, et Filla devina qu'elle refoulait ses larmes.

— Laissez-moi vous porter, dit-il avec une impétuosité inattendue.

Rekla releva la tête, stupéfaite.

— Je serai vos jambes, et je courrai plus vite que vous n'avez jamais couru, je vous le jure ! Mais reposez-vous maintenant, je vous en prie.

Un éclair de gratitude passa dans les yeux bleus de la Gardienne des Poisons. Puis son expression se durcit à nouveau, et un sourire sarcastique se dessina sur ses lèvres.

— Tu me crois si faible que ça ? Une pauvre vieille à bout de forces, une larve, incapable de se rendre utile à son dieu, voilà ce que je suis pour toi ?

Au comble de l'exaspération, Rekla poussa un hurlement terrible qui fit vibrer les parois de la gorge. Un rocher se détacha du sommet qui les surplombait et roula jusqu'à leurs pieds. Aucun des deux ne bougea.

— Je désire seulement vous aider, rien d'autre. Vous avez été trahie, c'est par la ruse que l'on vous a réduite à cet état. Avec mon corps, je peux vous permettre de reprendre ce qu'on vous a ôté.

Le cœur de Filla battait à tout rompre. Rekla garda le silence pendant un temps qui lui sembla infini, puis elle esquissa un sourire, presque de connivence.

— Soit. Mais ne me demande pas de m'arrêter, jamais. Je ne peux pas.

Filla, dissimulant sa joie, hocha la tête et s'inclina profondément devant elle.

— Je le sais, Maîtresse, je le sais.

Doubhée cligna des yeux une ou deux fois. La torche s'était consumée et il faisait sombre, terriblement sombre.

— On peut savoir ce que tu essayais de faire ?

Doubhée tressaillit. Elle aurait reconnu cette voix entre mille. Ses yeux finirent par percer l'obscurité et elle le vit : la tunique déchirée là où le couteau de Rekla avait frappé, le visage peut-être plus maigre et plus pâle, et les yeux verts, intenses, pleins de vie.

— Tu te sens mieux ?

Lonerin s'approcha pour la scruter, et Doubhée lui sauta au cou, oubliant ses membres engourdis par le froid et l'angoisse qui l'avait poussée à se jeter à l'eau quelques minutes plus tôt. Elle n'avait jamais été aussi heureuse.

— Doucement, murmura-t-il, mais elle ne l'entendait pas, et elle le serra encore plus fort.

Sa peau avait une odeur extraordinaire, Doubhée ne s'était jamais rendu compte à quel point il sentait bon. Elle inspira à fond, grisée.

Lonerin la serra lui aussi avec force. Cela faisait si longtemps qu'il avait envie de le faire, parce qu'elle lui avait manqué, bien sûr, et parce que, enfin, tout se mettait en place.

De joie, ils se laissèrent tomber ensemble sur les durs rochers qui bordaient le lac, et Doubhée, toujours incrédule, releva la tête pour dévisager son compagnon. C'était un miracle, un miracle sans nom ! Le jeune homme la fixa avec intensité, puis, brusquement, il l'embrassa avec fougue.

Doubhée se figea, interdite.

Ce baiser la prenait au dépourvu, et aussitôt, un tourbillon d'émotions l'emporta. L'image du Maître lui revint à l'esprit, comme si pas un seul jour ne s'était écoulé depuis cette nuit-là, cinq ans plus tôt, et se superposa à celle de Lonerin. Dans son trouble, elle ne savait plus à qui étaient ces mains qui lui caressaient doucement le visage. Mais elle se laissa faire : c'était juste, elle le sentait, et d'ailleurs, elle ne désirait rien d'autre. Elle lui rendit son baiser, et s'étonna de le faire avec autant d'assurance. Lonerin lui chuchotait des paroles qu'elle ne comprenait pas, mais qui la berçaient. Elle s'abandonna, suspendue entre passé et présent.

— Je t'aime, chuchota-t-il.

Doubhée ouvrit les yeux. Dans la pénombre de la caverne, le visage de Lonerin ressemblait vraiment à celui du Maître. Ses cheveux sentaient le sel, et Doubhée se rappela la maison sur l'océan, quand le vent faisait trembler les poutres du toit. Sa voix était comme le ressac, et ses souvenirs se mirent à parler devant ses yeux.

« Maître… »

C'est seulement alors qu'elle se demanda si ce qu'ils faisaient était mal. De toute façon, elle ne pouvait plus revenir en arrière, maintenant que la métamorphose était complète, que les choses étaient comme elles auraient toujours dû être.

Une larme coula sur sa joue, que Lonerin essuya délicatement de la paume.

— Ne pleure pas…

Elle secoua la tête, le bruit de la mer dans les oreilles et l'image du Maître devant elle.

Après, le monde lui sembla un lieu silencieux et ouaté.

C'était donc cela qui arrivait quand un homme et une femme se rencontraient, cet amour qu'elle n'avait jamais connu ? C'était comme un rêve dont elle n'aurait jamais voulu se réveiller. Elle sentait déjà confusément qu'il ne serait pas facile de revenir à la réalité, et qu'elle devrait répondre à des questions qui peut-être ne lui plairaient pas. Mais pour le moment, elle n'était plus seule. Elle appartenait à quelqu'un, et les baisers de Lonerin étaient une marque de cette appartenance, si douce et rassurante. N'était-ce pas au fond tout ce qu'elle avait cherché depuis la mort du Maître ?

Elle s'assit par terre et passa la main sur les bandes que Lonerin avait mises sur ses blessures. Une sur l'épaule, légèrement tachée de sang, et l'autre à l'abdomen.

— Elles n'ont pas encore cicatrisé, il faudrait les recoudre… murmura-t-il.

Son visage était empreint d'une expression nouvelle, un air serein et satisfait.

— Mais je suis moins mal en point que j'en ai l'air, ajouta-t-il.

Doubhée se leva aussitôt, fouilla dans sa besace et revint vers lui en souriant.

Il s'immobilisa.

— Qu'est-ce que tu as ? demanda-t-elle, troublée.

— Tu es… très belle.

Elle rougit et posa sur le sol de petits bols remplis d'herbes ainsi qu'une aiguille avec du fil.

— C'est inutile ! s'exclama Lonerin en écarquillant les yeux.

Il tira de sa poche une petite ampoule et la lui agita devant les yeux.

— Tu la reconnais ? dit-il avec un sourire.

— De l'ambroisie…

— Sans elle, je serais mort.

Doubhée fut inflexible. Malgré les protestations du jeune homme, elle retira délicatement ses bandages et découvrit les deux plaies. Elles étaient bien soignées, compte tenu des circonstances.

— Tu vois ? Un vrai travail de prêtre.

— Pas là, dit-elle en touchant un point qui ne s'était pas encore refermé.

L'abdomen de Lonerin se contracta violemment sous l'effet de la douleur.

— Heureusement qu'il y avait le fleuve en dessous. Quand j'ai vu Rekla avancer vers moi, j'ai cru ma dernière heure arrivée. Je n'avais jamais été blessé avant, tu comprends ?

Lonerin chercha ses yeux en espérant y trouver un peu de compréhension, mais Doubhée était absorbée dans sa tâche.

— Je ne sais pas comment Rekla a réussi à se dégager. Je me souviens seulement que quand elle s'est agrippée au bord du précipice, sa cheville m'a échappé et je suis tombé. J'ai mis du temps à toucher l'eau, et le choc a été terrifiant. Après, j'ai perdu connaissance, et quand je suis revenu à moi, il y avait du bleu partout autour de moi, je ne savais plus où était la surface, et mes blessures me faisaient atrocement souffrir. Finalement, j'ai réussi à m'accrocher à un rocher et je me suis traîné jusqu'à la rive. C'était une petite plage rocheuse. J'ignore combien de temps je suis resté là. À un moment, je me suis de nouveau évanoui, mes forces m'avaient complètement abandonné.

Doubhée coupa le fil avec les dents, puis elle passa l'index sur la dernière couture, une ligne de quelques points à peine. Lonerin étouffa une plainte.

— Pas mal ! plaisanta-t-il en examinant la plaie. Mais ne sois pas trop fière de toi, j'avais déjà presque tout fait.

Doubhée sourit timidement. Elle se pencha à nouveau sur ses herbes et Lonerin observa son visage pâle et concentré, encore marqué par les coups qu'elle avait reçus durant sa captivité. Quelques auréoles violettes ici ou là, la trace rouge d'une entaille... Il pensa avec rage à ce que Rekla avait dû lui faire subir, à ses traits délicats déformés par la douleur. Et pourtant c'était vrai, il la trouvait belle, même dans cet état.

— Continue, lui dit-elle en relevant la tête.

— Euh... Pour une raison obscure, les dieux ont apparemment décidé de me sauver. Je suis resté encore un jour et une nuit entière sur cette plage, livré au froid et au vent. Je ne pouvais pas me servir de la magie pour me remettre sur pied, j'étais trop faible. L'ambroisie a été mon seul salut. Et puis, je me suis beaucoup reposé. Je pensais sans cesse à toi, je me demandais si tu étais toujours vivante... ç'a été terrible.

Doubhée le regarda avec une telle intensité qu'il dut baisser les yeux. Ensuite, elle posa sur ses plaies le cataplasme qu'elle avait préparé. Il était frais, sa main délicate, amoureuse. Lonerin se laissa enivrer par cette sensation.

— Comment as-tu fait pour me retrouver et pour savoir que j'étais vivante ?

Le regard de Lonerin se posa aussitôt sur son bras, là où s'étendait le signe rouge de la malédiction. À cette vue, son cœur se serra et il éprouva un violent désir de la prendre dans ses bras.

— Le sceau.

Doubhée le dévisagea d'un air interrogateur.

— Je perçois la magie, tous les magiciens en sont capables. Le sceau n'est pas un enchantement banal, il est beaucoup plus fort. Et il existe des formules qui permettent de suivre la trace magique qu'il laisse derrière lui. J'en ai utilisé une pour te retrouver. Cela n'exige pas une grande énergie.

Doubhée alla se laver les mains dans le lac.

— Et toi, qu'est-ce que tu avais l'intention de faire quand je suis arrivé, tout à l'heure ?

La jeune fille s'immobilisa.

— Tu étais sous l'eau, et tu ne donnais pas l'impression de vouloir remonter.

Sans un mot, Doubhée se releva et revint vers lui.

— Et c'était quoi cette haine que tu avais dans les yeux quand Rekla et Filla nous ont attaqués ? répliqua-t-elle.

Lonerin resta interdit.

— Quel est le rapport ?

— Pour moi, il y en a un.

— Tu te dérobes à ma question.

— Toi aussi.

Lonerin la scruta pendant quelques instants et finit par soupirer.

— Qu'est-ce qui est arrivé après que je suis tombé ?

Doubhée s'assit sur le sol, les jambes croisées, et se mit à raconter. Elle fut concise, comme à son habitude, mais Lonerin perçut derrière ses mots toute la souffrance qu'elle avait dû endurer. Les tortures de Rekla, la captivité, et puis la solitude, l'errance dans le bois.

— Tu as été très courageuse, lui dit-il à la fin de son récit. J'étais sûr que tu continuerais.

Doubhée sourit modestement.

— Je n'allais nulle part, tu l'as vu toi-même, j'étais sur le point de tout laisser tomber.

Lonerin secoua la tête.

— Tu n'étais pas si loin du but, j'ai vérifié la direction. Nous sommes tout près, je le sens.

Doubhée sourit distraitement, et le jeune homme l'attira alors contre lui et l'embrassa. Elle lui rendit son baiser, mais Lonerin sentit qu'elle était légèrement distante et qu'une partie d'elle souffrait.

« Un jour, je l'arracherai à toute cette souffrance, je la délivrerai de la Bête et je la libérerai de la Guilde. Je la sauverai, et elle ne sera plus qu'à moi. »

15

DANS LES ENTRAILLES DE LA TERRE DU FEU

Ido fit faire halte à son cheval, et San sortit de son assoupissement. Depuis que le gnome avait repris la situation en main, ils ne s'étaient pas arrêtés une seule fois, et ils étaient tous les deux à bout de forces.

Le garçon se frotta les yeux et regarda autour de lui. Même sans le voir, Ido imaginait sans peine son air déconcerté devant l'immense désert parsemé d'arbres rabougris au milieu duquel trônait le Thal, enveloppé d'un nuage de cendres et de fumée.

— Descends le premier, dit-il. Sans ton aide, je n'y arriverai jamais.

San obéit sans poser de questions. Il se fiait aveuglément à lui.

Le gnome atterrit sur le sol au milieu d'une flopée de jurons, et il dut rester quelques instants plié en deux avant de trouver la force de se redresser. Dès qu'il se sentit mieux, il se mit à inspecter le sol.

— Qu'est-ce que tu cherches ?

— Un signe. J'en ai laissé un il y a quatre ans, il devrait y être encore.

Il explora pouce par pouce la terre autour de lui jusqu'à ce qu'il finisse par trouver ce qu'il cherchait. Il sourit et montra à San l'étrange bout de tissu qui venait d'affleurer sous ses doigts, à peine visible dans le sable. Il l'avait utilisé pendant la résistance pour camoufler les entrées secrètes de l'aqueduc de la Terre du Feu. Il était composé d'une fibre particulière, que Soana avait autrefois traitée avec un philtre magique pour en renforcer l'invisibilité.

— Attrape l'autre extrémité, et à trois, tire.

L'étoffe vint sans trop de difficulté et Ido crut reconnaître l'odeur de Soana. Un fragment de seconde, il fut transporté à des lieues de là, sur la terre où les souvenirs avaient encore la consistance de la réalité.

— Qu'est-ce que c'est ? demanda San.

La toile avait mis au jour un escalier qui s'enfonçait sous la terre. L'enfant le regardait bouche bée, et le gnome ne put s'empêcher de sourire. Ils faisaient tous cette tête-là la première fois qu'il les emmenait à cet endroit, à l'époque de la guerre contre Dohor.

— Tu vas voir, répondit-il en passant devant.

L'eau courait dans un lit large d'une paire de brasses et presque aussi profond, bordé d'un remblai où l'on pouvait tout juste marcher à deux. Ido et San avançaient d'un pas rapide, à la faible clarté de leur torche. De temps en temps, des ramifications secondaires transportaient l'eau ailleurs, vers quelque grande ville, ou vers le Passel, le fleuve de la Terre des Roches qui alimentait la Terre du Feu. Malgré la chaleur et l'humidité, Ido se sentait chez lui.

Il se souvenait du moindre recoin. Chaque boyau lui semblait un vieil ami, et il s'y engouffrait sans hésiter, en tâtant les parois du bout des doigts. Tout était identique à ce jour où, trois ans plus tôt, la résistance avait été écrasée et l'aqueduc de la Terre du Feu, qui en était la base, évacué. À la fin de la guerre, Dohor avait par mesure de précaution fait inonder certains conduits, mais ce réseau de canaux était trop vaste pour être entièrement détruit. D'ailleurs, presque personne ne savait avec exactitude sur quelle distance s'étendait ce labyrinthe souterrain. Ido, si. C'était sa patrie, et il connaissait par cœur les passages encore praticables et sûrs.

Bientôt, ils débouchèrent dans une salle immense, illuminée par la lumière naturelle qui filtrait à travers une frise creusée dans la voûte.

Il y en avait plusieurs, dans l'aqueduc, toutes camouflées à l'extérieur par des pierres et des buissons. C'était une ancienne citerne, dont les parois abritaient des petites cavernes sombres et des galeries : les maisons des rebelles.

Maintenant qu'il était inhabité, l'endroit ressemblait plus à une crypte qu'à un haut lieu de la résistance. Et pourtant les souvenirs d'Ido le repeuplèrent en un instant de compagnons d'armes, d'amis, de femmes et d'enfants. Dans son esprit, les petits trous noirs brillèrent d'une douce lueur, et, comme des fantômes, ils lui restituèrent cette communauté vivante et désordonnée où avait vécu Soana. Elle aussi, il se la rappelait parfaitement, le front en sueur, et ce sourire toujours plus fréquent sur les lèvres, tandis qu'elle conduisait les enfants des rebelles à l'école ou qu'elle augmentait la puissance des armes par sa magie. Depuis qu'elle était morte, il n'avait rien trouvé au monde qui puisse rivaliser avec sa beauté.

— C'est merveilleux...

Ido se retourna brusquement. San contemplait la salle en tournant sur lui-même, le nez en l'air.

— C'est l'aqueduc, n'est-ce pas ? demanda-t-il, les yeux brillants.

Ido acquiesça.

— Il est tel que papa me l'avait décrit. Les livres disent que ma grand-mère y est venue quand elle cherchait la septième pierre du talisman. C'est un endroit mythique ! Il disait toujours que quand il était jeune il rêvait de le visiter... Eh bien, ça me fait un drôle d'effet d'être là !

Le gnome sourit tristement.

— Tu dois savoir que jusqu'à il y a trois ans, ce lieu grouillait d'humains, de nymphes et de gnomes qui s'étaient alliés pour combattre Dohor. Puis tout s'est arrêté, et voici les uniques vestiges de cette aventure.

Il soupira et guida San vers les habitations.

Elles étaient plutôt sommaires : quelques meubles, des niches pour les torches dans les murs, aucune ouverture vers l'extérieur et des plafonds bas. Juste la hauteur nécessaire à un homme normal pour se tenir debout. Les lits étaient creusés dans les parois et couverts de matelas en paille.

Tout était resté dans le même état que le soir où la résistance avait dû rendre les armes. Une chaise était renversée dans un coin, des livres étaient ouverts sur une table. La réserve, elle, empestait les légumes pourris ; les fruits secs et la viande séchée étaient encore mangeables.

Ido sourit : là-dessous, ils étaient en sécurité.

— Maintenant, à nous deux !

San le regarda sans comprendre.

Le gnome le conduisit dans une chambre et s'installa sur un lit avec l'impression d'être au paradis.

— Il faut que tu refasses mon bandage. Dans le coffre, là derrière, il devrait y avoir des bandes. C'est ici que logeait le prêtre du campement.

San l'ouvrit et un nuage de poussière se dispersa dans la chambre. Il toussa, puis plongea dans le coffre jusqu'à mi-buste. Il en réémergea assez vite, le sourire aux lèvres.

— Parfait. Il ne nous manque que de l'eau !

Le gamin, visiblement heureux de se rendre utile, se précipita dans la citerne pour remplir le seau qu'il avait trouvé.

Suivant à la lettre les indications d'Ido, il se débrouilla à merveille avec les bandages.

Une fois la blessure mise à nu, Ido l'observa d'un œil expert. C'était une entaille profonde, et il jura entre ses dents.

— Je crains que tu ne doives aussi me recoudre, si tant est que nous dénichions du fil et une aiguille…

San pâlit.

— C'est vraiment nécessaire ? s'écria-t-il sans le regarder.

— Hélas, oui, San, mais ce n'est pas aussi terrible que tu crois. Tu en es tout à fait capable.

L'enfant resta silencieux, le regard baissé et les joues rouges.

— Peut-être qu'il y a un autre moyen…

— Et ce serait quoi ? demanda le gnome, perplexe.

— Mon père ne voudrait pas…

Ido caressa sa longue barbe.

— Parle clairement. Tu vois une autre solution ?

San hocha la tête.

— Alors, vas-y !

Le petit garçon poussa un long soupir, se lava les mains, puis les posa délicatement sur la blessure. Le gnome se contracta instinctivement, mais presque aussitôt, il se sentit envahi par une sensation de bien-être inattendue. Il en demeura muet d'étonnement. San avait fermé les yeux, et une légère clarté émanait de ses mains.

— Tu es un magicien…

San écarquilla les yeux, et retira aussitôt les mains.

— Je ne suis pas un magicien !

Il semblait épouvanté.

— San, tu as le pouvoir de soigner par imposition des mains ! Ce sont les magiciens qui font ce genre de choses, d'habitude !

— C'est pour ça que papa ne voulait pas, il disait que les gens bavarderaient.

Ido réfléchit. Tarik s'était fâché avec Sennar, peut-être que cette réaction à l'égard des talents de son fils venait de là…

— D'accord, comme tu veux. Mais j'ai besoin de tes soins, San, s'il te plaît…

Il lui sourit. Le garçon, d'abord réticent, revint enfin vers lui.

Ido avait souvent été soigné par des magiciens, et il avait appris à évaluer leur pouvoir de guérisseur au soulagement qu'il ressentait. C'était une manière plutôt grossière de le mesurer, mais cela fonctionnait. Selon ce critère, San devait être plutôt puissant, même s'il était évident qu'il n'avait suivi aucun apprentissage. Son talent devait être naturel. Ido l'observa pendant qu'il opérait, le visage contracté dans un effort de concentration qui laissait deviner sous ses traits d'enfant l'adulte qui s'esquissait déjà. Il éprouva une bouffée de tendresse.

— Tu es Ido, n'est-ce pas ? murmura brusquement San.

Le gnome, surpris, acquiesça.

Le regard de l'enfant s'illumina.

— J'en étais sûr.

— Et à quoi l'as-tu compris ?

— À tout. À la façon dont tu as combattu ce type habillé en noir, et au fait que tu m'aies conduit ici…

San fit une pause, puis il bomba le torse :

— Moi, je suis le petit-fils de Nihal.

— Comment crois-tu que je connaisse ton nom ?

Le gamin perdit aussitôt de sa superbe.

— Oui, bien sûr… je n'y avais pas pensé… bredouilla-t-il en se remettant à soigner la blessure.

Son front s'était couvert de petites gouttes de sueur. Il était fatigué, l'effort qu'il faisait devait être énorme, pourtant il continuait comme si de rien n'était. Il y eut un moment de silence, et Ido remarqua que son visage s'était assombri.

— Mon père, dit-il enfin, la voix légèrement tremblante, il ne voulait pas que j'utilise ces pouvoirs bizarres.

Ses épaules s'étaient voûtées et il avait le regard vide.

— Ça suffit, tu vas t'épuiser… dit le gnome.

San s'écarta et regarda ses mains, les yeux voilés de larmes. Ido devina qu'il devait se sentir coupable de ce qui était arrivé. Sans réfléchir, il le serra contre lui. Peu importait que sa blessure l'élance ou que sa côte fêlée le tourmente. Cet enfant avait besoin de pleurer, il ne pouvait pas garder son chagrin à l'intérieur de lui.

San se raidit, puis il appuya sa tête sur l'épaule du gnome, et Ido sentit couler une larme. Sans dire un mot, il caressa ses cheveux bleus, en essayant d'accompagner ses pleurs par une respiration calme et profonde.

— Papa me parlait sans cesse de ma grand-mère. Il connaissait toutes ses aventures, celles des livres et celles qu'on entendait dans les rues. Il me disait qu'elle avait voyagé jusqu'au-delà du Saar, et il me parlait aussi de son enfance. L'hiver, il me racontait ses histoires près du feu, et dehors, sous les étoiles, l'été. J'adorais ça.

San, assis les jambes croisées sur le sol, se balançait légèrement pour évacuer la tension qu'il avait encore dans le corps. Il regardait par terre, et de temps en temps il reniflait. Il avait beaucoup pleuré, mais les larmes l'avaient soulagé. Maintenant il avait envie de parler.

— Je crois savoir pourquoi mon père refusait que j'évoque ma grand-mère et mes mains lumineuses, dit-il. Il ne voulait pas d'ennuis, tu comprends. À Salazar, il ne se mêlait pas aux gens, maman et moi non plus. Personne ne savait rien de nous, nous étions normaux. Moi, parfois, je pensais à ma grand-mère et à tout ce qu'elle avait fait, et je me disais que si ça s'était su, peut-être que je serais entré directement à l'Académie.

— Et ton grand-père ? Te parlait-il de lui ?

San secoua la tête.

— Jamais. Pourtant, Sennar m'intéressait drôlement. Il a écrit un tas de livres célèbres, je les ai tous lus. C'est là que j'ai appris certains de mes trucs.

Ido tendit l'oreille.

— Par exemple ?

— Par exemple, faire faire ce que tu veux aux animaux. Il suffit de deux mots pour les hypnotiser. C'est chouette, non ? Sauf qu'une fois papa m'a surpris. Je l'avais fait avec une poule pour épater mes copains. J'ai reçu la raclée de ma vie. Mon père m'a interdit de recommencer, sous prétexte que la magie était dangereuse.

« Tu haïssais donc tellement ton père, Tarik ? Au point de l'effacer de ton existence et de celle de ton fils ? »

Ido frissonna.

— En revanche, il était d'accord pour que je me batte à l'épée. Il aimait bien, même. Un jour, j'entrerai à l'Académie, tu sais ? Cela faisait déjà un moment que papa cherchait quelqu'un pour m'apprendre. Même si maman était contre.

« Tu as modelé ton fils selon tes désirs, en étouffant en lui la magie et en exaltant son goût pour la bataille. Tu ne portais pas Nihal dans ton cœur, hein, Tarik ? »

L'ombre impalpable du père de San s'interposa entre Ido et le petit garçon.

— Mais toi, ma grand-mère, tu l'as connue ! Tu dois sûrement pouvoir me raconter plein d'histoires sur elle !

Ido se demanda brusquement combien il y avait encore de personnes vivantes qui avaient connu Nihal. En tout cas, aucune d'elles ne la connaissait aussi bien que lui.

— Comment était-elle ? Depuis toujours, j'essaie de l'imaginer. Est-ce qu'elle ressemblait à ses statues ?

— Elle était plus menue et, surtout, elle n'avait pas cette expression cruelle qu'on lui fait arborer.

San rit.

— Je m'en doutais ! Cette tête féroce… Je connais presque par cœur les *Chroniques du Monde Émergé*, et en les lisant, je me l'étais imaginée autrement.

Il fit une pause et ajouta :

— Ce qui est fou, c'est qu'elle aussi avait peur. Comme nous, n'est-ce pas ?

— Oui. Et c'est une leçon que j'ai été le premier à lui apprendre.

San fit une moue étonnée, et Ido remarqua combien il ressemblait à sa grand-mère. Il la revit, assise à ses pieds, comme lui. Il décelait en eux la même inquiétude sourde, la même insatisfaction profonde, le même élan de vie.

— Elle a été comme une fille pour moi, reprit Ido. Je lui ai tout appris, la manière de se comporter sur un champ de bataille, et le moment où l'on doit respecter la terreur que l'on éprouve à guerroyer.

San était suspendu à ses lèvres, et les yeux d'Ido se voilèrent.

— Je t'en prie, raconte-moi une de tes aventures ! Tu es une légende, tu sais ? J'ai lu un tas de choses sur ton compte. Papa ne croyait pas que tu avais trahi le Conseil des Rois, il me le disait quand nous étions seuls, et moi non plus d'ailleurs, mais je le gardais pour moi, évidemment. À Salazar, ils sont tous pour Dohor, je ne voulais pas m'attirer d'ennuis.

Malgré la fatigue et la faim qui lui tiraillait l'estomac, Ido ne se fit pas prier. Au fond, le passé était tout ce qui lui restait.

— Prends du fromage et deux pommes dans mon sac. Peut-être qu'en mangeant les souvenirs me reviendront…

San sourit et sauta sur ses pieds.

Il passa une partie de la nuit à le régaler d'histoires. Il avait un répertoire d'aventures inépuisable.

Des récits de guerre, de peur, d'amour… Sa vie avait été riche en anecdotes, et elle continuait de l'être tandis que son corps, lui, comme une carte, enregistrait blessure après blessure. San l'écoutait avec enthousiasme en oubliant de manger, riant ou pleurant selon les circonstances. Il était déjà très tard quand il commença à lutter contre les premiers signes de fatigue. Ses paupières devinrent lourdes, et Ido modula le ton de sa voix pour l'inciter au sommeil. Ensuite, il le fit allonger sur son lit et resta près de lui jusqu'à ce qu'il soit endormi. Il avait les yeux encore gonflés d'avoir tant pleuré, mais son expression était enfin sereine.

Ido le regarda en silence, et se jura que maintenant qu'il l'avait trouvé, il ne laisserait jamais plus personne le lui enlever. Personne ne toucherait un cheveu de sa tête ; du moins, tant qu'il serait vivant.

San se révéla un infirmier attentionné. Il changeait les bandages d'Ido deux fois par jour, préparait les repas, et le soignait avec ses pouvoirs magiques, même s'il était évident qu'il les utilisait avec un certain malaise. Pour Ido, c'était comme faire un bond dans le passé. Avec San, il retournait au temps de l'Académie, quand il enseignait et que Nihal était déjà partie en mission.

Un soir, San s'ingénia à préparer une soupe avec des racines qu'il avait trouvées dans la besace d'Ido. Il resta penché sur le foyer pendant plus d'une heure et demie, sa chemise trempée de sueur à cause de la chaleur du feu et de celle qui régnait en raison de la proximité du Thal. Puis il la lui apporta au lit et attendit qu'il la goûte.

Ido porta la cuillère à sa bouche et joua un peu la comédie. Il renifla, souffla pour chasser la fumée, prit l'air perplexe. San guettait sa réaction avec anxiété. Le gnome s'amusait tant qu'il l'aurait bien laissé trépigner encore un peu, mais il finit par avaler sa cuillerée. La soupe, quoiqu'un peu liquide, était savoureuse.

— Excellente, dit-il.

Le garçon poussa un long soupir de soulagement et se mit à manger à son tour. Ils dînèrent en silence, s'observant à la dérobée, puis Ido jugea le moment idéal pour avoir une discussion sérieuse.

— Est-ce que tu t'es demandé qui étaient les hommes qui t'ont enlevé ? l'interrogea-t-il à brûle-pourpoint.

San tressaillit. Il était appuyé sur le lit, prêt à écouter le récit de nouvelles aventures, et il ne s'attendait visiblement pas à cette question. Il secoua la tête.

— Ils faisaient partie de la Guilde des Assassins. Tu sais qui ils sont, n'est-ce pas ?

Ido lut la réponse dans ses yeux avant même qu'il ne dise un mot. La peur que suscitait ce nom était universelle.

— Qu'est-ce qu'ils me veulent ? s'affola San.

— Ils veulent ton corps. Pour ceux de la Guilde, le Tyran est un prophète qui déclenchera la fin du monde. Pour le ressusciter, ils ont besoin d'un corps. Son âme a déjà été réveillée, et maintenant il ne leur manque plus qu'un élu à sacrifier.

San médita l'information pendant quelques instants.

— Mais pourquoi moi ?

— Parce que tu es un demi-elfe, répondit abruptement Ido.

San porta les mains à ses oreilles.

— En réalité, tu n'es pas exactement un demi-elfe, seul ton père l'était, mais ça leur suffit. Et tu as douze ans, l'âge…

— … l'âge qu'avait le Tyran quand il est mort, termina San.

Ido opina. Le garçon avait l'esprit vif.

— On m'a envoyé te chercher. Enfin, en vérité, je ne connaissais même pas ton existence. Seulement celle de Tarik, parce que ton grand-père m'avait écrit à son sujet, et j'étais convaincu que c'était lui que désirait la Guilde.

— Mais comment es-tu si sûr que c'est bien cela qu'ils veulent ?

— Le Conseil des Eaux a infiltré un magicien dans la Guilde. Celui-ci a réussi à ramener avec lui une fille qui appartenait à la secte et qui nous a tout dévoilé.

San avait l'air bouleversé, à juste titre. Une semaine plus tôt, il habitait encore dans la tour de Salazar, où il menait une existence ordinaire, et voilà qu'il se retrouvait plongé dans une intrigue qui risquait de conduire à la ruine du Monde Émergé.

— Tu connais le Conseil des Eaux ?

San fit non de la tête.

— Il est constitué des représentants des magiciens, des généraux et des souverains du Cercle des Marais, ainsi que ceux du Cercle des Forêts et de la Terre de la Mer, qui se sont unis en une fédération pour tenter de s'opposer à Dohor.

San avait du mal à le suivre.

— C'est un peu comme le Conseil des Mages auquel appartenait ton grand-père, poursuivit Ido sur un ton aussi calme que possible. Sauf qu'il n'y a pas que des magiciens qui en sont membres. Moi, j'en fais partie, par exemple.

San hocha la tête. Il se souvenait d'avoir lu quelque chose là-dessus dans les *Chroniques du Monde Émergé*.

— Lonerin, le magicien dont j'ai parlé tout à l'heure, a été envoyé dans la Guilde par le Conseil lui-même. Nous voulions percer ses projets à jour, car nous la soupçonnions d'avoir conclu une alliance avec Dohor.

San sembla scandalisé.

— C'est difficile à croire, en tout cas pour

quelqu'un qui ne connaît pas le roi aussi bien que moi, mais c'est la vérité.

Ido s'arrêta pour reprendre son souffle.

— Tu dois connaître l'histoire des demi-elfes ?

— Mon père m'en a parlé. Les persécutions du Tyran, ma grand-mère qui était la seule survivante... c'est cette histoire, non ?

— Oui. Il y avait une prophétie, qui annonçait que le Tyran serait tué par un demi-elfe. C'est pour cette raison qu'il les a tous exterminés. Nihal et Aster ont seuls échappé au massacre. Maintenant Nihal est morte, et toi et ton père étiez les seuls à avoir encore du sang de demi-elfes. C'est un peu compliqué, mais l'âme d'une personne ne peut être insufflée que dans un corps le plus semblable possible à celui qu'elle possédait de son vivant. Je te le dis comme me l'ont expliqué les magiciens, d'accord ?

San l'écoutait, les sourcils froncés.

— Toi qui as du sang de demi-elfe et qui as le même âge que le corps du Tyran quand il est mort, tu es le réceptacle idéal.

Ido pensa aux étranges pouvoirs de San, et il se demanda si Yeshol était aussi au courant de ce détail, ou s'il s'agissait d'une inquiétante coïncidence.

Le garçon avait pâli.

— Et donc, ils me traquent toujours ?

Ido acquiesça.

— Ne t'inquiète pas. Je suis là pour te protéger, et même si je ne te parais pas très en forme, je peux t'assurer que dès que je serai remis sur pied, je me battrai comme un lion. Et puis nous avons d'autres projets. Le magicien et la fille de la secte sont allés voir ton grand-père.

Cette fois, San écarquilla les yeux.

— Mais mon grand-père est mort ! s'exclama-t-il.

Ido en resta comme deux ronds de flan.

L'enfant vit son air désorienté et débita à toute allure :

— Mon père m'a dit que ma grand-mère était morte jeune, et que mon grand-père l'avait suivie de près dans la tombe… Il est mort au combat, je crois, ou bien de douleur, je ne sais pas trop… Quand mon père a quitté sa maison, mon grand-père n'était déjà plus là ! Si ces deux personnes dont tu parles se sont lancées à sa recherche, eh bien, elles ne risquent pas de le trouver.

Ido réfléchit. Il n'avait pas le choix, il devait lui dire la vérité.

— J'ai reçu une lettre de Sennar quelque temps après que ton père s'est enfui de chez lui, et quelques-unes encore après, murmura-t-il.

San avait changé de couleur.

— Il est vivant, San, ou du moins il l'était jusqu'à il y a quelques années. Ton père est parti parce qu'il en avait décidé ainsi.

— C'est impossible. Quelqu'un d'autre a dû t'écrire, peut-être mon père lui-même, pour t'éviter de souffrir.

— Il m'a dit des choses que lui seul pouvait savoir.

Ido vit les mains de l'enfant blanchir tant il les crispait.

— Ce n'est pas possible, je te dis. Mon père m'a raconté la vraie histoire, il n'avait aucune raison de me mentir.

Ido soupira.

— San… ton père et ton grand-père… ils ne s'entendaient pas très bien, tous les deux. Peut-être que c'est pour cela que…

San sauta sur ses pieds, rouge de colère et de douleur.

— Mon père ne m'aurait jamais menti !

— Il avait sans doute ses raisons, répliqua Ido sans se laisser démonter.

Maintenant que le garçon avait laissé exploser sa rage, il serait plus facile de lui parler.

— Ne me traite pas comme un enfant, siffla San.

— Alors ne te comporte pas comme tel.

San serra les dents. Ido l'avait blessé dans son orgueil.

— Que crois-tu donc savoir sur mon père et ma mère ? cria-t-il. Tu n'as même pas été capable d'arriver à temps pour les sauver ! Ces Assassins m'ont emmené pendant que tu restais planté là à regarder, et sans moi, cet homme t'aurait tué !

Il l'avait dit méchamment, avec la claire intention de blesser. Ido le vit s'en repentir aussitôt, mais il resta immobile, les mâchoires contractées et le regard déterminé.

Le gnome, lui, ne baissa pas les yeux. C'étaient des choses auxquelles il avait déjà pensé lui-même et que, depuis ce soir-là à Salazar, il s'était répétées des milliers de fois. Dites par San, elles étaient encore pires, mais il ne voulait pas se laisser accabler.

— Je ne suis qu'un maudit vieillard, et peut-être as-tu raison, dit-il enfin d'une voix calme. J'ai commis une erreur, et deux personnes sont mortes. Tu ne peux pas imaginer à quel point j'en suis désolé, San. Alors, que devrais-je faire ? Abandonner ? Non. Je poursuivrai ma mission, et je continuerai à faire mon devoir qui est de te protéger. Et je te jure que cette fois je n'échouerai pas. Je suis vieux, certes, mais je suis un guerrier.

À présent, San sanglotait, les joues écarlates et les poings serrés. Il gardait la tête basse pour ne pas croiser son regard, et il murmurait des paroles indistinctes.

Ido se sentit soudain fatigué de voir tant de douleur partout.

— Je balaierai la Guilde de mes propres mains, et tout redeviendra comme avant ! déclara San d'une voix farouche.

— Oui, et après tu resteras seul au milieu d'un tas de ruines et tu te demanderas à quoi ça a servi.

— Mais je dois agir ! répliqua le garçon, suffoqué par la colère.

C'était incroyable comme tout se répétait, comme sa souffrance faisait écho à celle de sa grand-mère. Ido en eut presque peur.

Il l'attira à lui et lui étreignit les épaules avec force.

— San, ce n'est pas cela la vie. Crois-moi, ça passera, aie confiance !

L'enfant détourna la tête, refusant d'entendre raison.

— Tous sont morts sous mes yeux, poursuivit le gnome. Amis, ennemis, alliés… la femme que j'aimais, ma famille, et même mon dragon. Je suis seul, San, je n'ai personne avec qui partager des anecdotes – comme la fois où Nihal s'est saoulée pendant sa fête d'investiture, le jour où elle est devenue Chevalier du Dragon. Personne non plus qui ait le même sang que moi dans ses veines, personne avec qui je puisse partager mes combats. Je suis seul face à mon passé, tu comprends ? Et pourtant je suis là, San, parce que finalement le temps emporte tout sur son passage. Tu es jeune, il coulera de l'eau sous les ponts, et tu accepteras que les événements t'aident à mûrir.

San le regarda avec les yeux brillants, emplis de l'innocente fraîcheur des garçons de son âge. Il s'abandonna entre ses bras.

— Je ne voulais pas te dire toutes ces horreurs…

— Je sais, dit Ido en souriant.

Le garçon hocha la tête, et Ido le serra plus étroitement contre lui.

Ce soir-là, San dormit près de lui.

16

LES SEIGNEURS DES TERRES INCONNUES

Doubhée observa la petite fiole à la lueur de la flamme magique. Lonerin, profondément endormi à quelques pas d'elle, ne s'était aperçu de rien. Elle, au contraire, s'était réveillée tôt, comme la veille.

Cela faisait déjà plusieurs jours que la Bête ne lui laissait aucun répit, mais cette fois, le tremblement qui avait secoué tout son corps était plus puissant. Elle avait besoin de prendre de la potion, tout de suite.

Elle contempla le reste de liquide blanchâtre et poussa un soupir. L'autre fiole qu'elle avait dérobée à Rekla était tombée au fond du lac quand elle avait plongé.

Elle s'en était rendu compte peu après ses retrouvailles avec Lonerin. Elle ne lui en avait pas encore parlé, de crainte qu'il ne l'accable de cette sollicitude qui l'agaçait tant. Elle ne souhaitait pas être consolée, elle voulait rester seule avec sa colère et pouvoir se reprocher ce geste puéril qui lui avait coûté très cher. C'était stupide d'avoir voulu en finir.

Et puis surtout sa relation avec Lonerin avait changé, et elle se sentait bizarre, ou plutôt, *différente.*

Quelle absurdité ! Quand elle l'avait vu, elle avait eu l'impression de toucher le ciel, et en plus du compagnon de voyage elle avait cru trouver en lui un amoureux. Et pourtant, elle avait de nouveau une impression de solitude totale. Toute la force qu'elle avait ressentie au premier instant avait disparu. Il n'y avait plus qu'elle, la Bête et la potion.

Elle ôta le bouchon et but une gorgée. Le liquide lui coula doucement dans la gorge, et elle eut envie d'en boire davantage. Peut-être qu'une petite goutte de plus pousserait la Bête à retourner se terrer au fond de son corps, et qu'ainsi elle pourrait à nouveau apprécier le monde, et Lonerin ? Malheureusement, elle ne pouvait pas se le permettre. Elle referma les lèvres et éloigna la fiole de sa bouche. Il en restait à peine plus de la moitié. Deux, trois semaines maximum, et la Bête serait libre.

L'angoisse l'envahit. Que ferait-elle alors ? Elle se frotta les yeux, puis se tourna vers Lonerin, en quête de réconfort. Son visage était à peine visible dans la pénombre, mais, de loin, il lui rappela Mathon. Quand elle était amoureuse de lui, enfant, le seul fait de le regarder lui remuait l'estomac. Et là, elle n'éprouvait absolument rien. Elle observa encore un moment sa poitrine qui se levait et s'abaissait au rythme de sa respiration, mais c'était comme s'il n'était pas là. La sensation d'être brusquement séparée de lui la remplit de douleur.

— Il n'est pas temps de prendre la potion ?

Lonerin s'était arrêté et s'était tourné vers elle, le visage en partie illuminé par le globe bleuté qui s'élevait au-dessus de la paume de sa main. Ils étaient en train de parcourir un boyau bas et étroit.

— Je l'ai déjà prise, répondit-elle en évitant son regard. Hier matin, pendant que tu dormais.

— Et il en reste combien ?

Précisément la question que Doubhée redoutait.

— Assez.

— Ce n'est pas une réponse, protesta le jeune homme. Et l'autre bouteille ?

Il avait une intuition étonnante pour tout ce qui avait trait à la malédiction. Y compris les mensonges. Il savait toujours comment elle allait, quand elle sentait la Bête s'agiter en elle, quand elle avait besoin de prendre la potion.

— Je t'ai dit qu'il y en avait assez.

Lonerin la regarda avec dureté.

— Si tu le permets, j'aimerais bien en décider moi-même. Je suis magicien, après tout.

— Je crois que j'ai perdu une des ampoules dans le lac, avoua-t-elle enfin, l'air coupable. Hier matin, j'en ai pris une gorgée, et il en reste encore pour quelques semaines.

L'expression de Lonerin se radoucit. Il l'attira à lui et la serra dans ses bras.

— On trouvera un moyen, ne t'inquiète pas. Je te l'ai promis...

Doubhée sentait la chaleur de son souffle dans son cou, elle savait que son élan était sincère, mais elle demeurait froide et insensible. Elle se méprisa. Qu'étaient devenus les sentiments qu'elle avait éprouvés le soir où ils s'étaient aimés ?

— Oui, murmura-t-elle en gardant le visage appuyé dans le creux de son épaule.

— Tout cela finira, et alors toi et moi nous aurons la vie que nous méritons, n'est-ce pas ?

Lonerin la regarda avec tendresse, puis il l'embrassa sur les lèvres. Doubhée le laissa faire et, en se séparant de lui, elle prit ses mains entre les siennes, comme pour lui demander de l'aide. Son geste fit sourire Lonerin. Il se retourna, alluma de nouveau entre ses doigts l'aiguille lumineuse qui indiquait l'ouest et se remit en marche.

Ils avançaient depuis un bout de temps dans le réseau de galeries, lorsqu'une vibration secoua le sol. C'était un bruit sourd, grave, qui semblait provenir des entrailles de la terre.

Ils s'arrêtèrent et tendirent l'oreille. L'obscurité de la grotte parut soudain plus épaisse à Doubhée, au point de la faire suffoquer. Aucun doute : les sens de la Bête étaient en alerte. Sa vue, son ouïe, la force soudaine dans ses muscles. La jeune fille était déjà prête à bondir, mais curieusement, la Bête ne réagissait pas. À cet instant, la terre trembla de nouveau. Cette fois, le bruit semblait venir d'au-dessus de leurs têtes.

— Espérons que ce ne soit pas encore une des surprises de ces maudites terres, dit Lonerin.

— Je ne crois pas, je ne perçois aucun danger, répondit Doubhée en haussant les épaules.

— Permets-moi de te faire remarquer que tu n'en percevais pas non plus quand les esprits nous ont attaqués.

Lonerin lui adressa un sourire malicieux qui la fit rougir.

— Oui, mais j'ai fini par m'en rendre compte, que je sache, répliqua-t-elle, en faisant mine de bouder.

— Je dois le reconnaître, admit Lonerin en imitant la voix d'un vieux sage.

C'était étrange de jouer ainsi avec lui, d'expérimenter cette nouvelle intimité, et Doubhée se sentit mal à l'aise.

« Je devrais arrêter de me poser tant de questions et essayer de vivre ce que la vie me propose. Peu importe que je me sente détachée ou non, Lonerin est tout ce que j'ai. »

Le soir, ils dormaient enlacés, et le souffle de sa respiration l'apaisait. Le matin, il la saluait par un baiser sur les lèvres, et elle ne se dérobait pas. Elle pensa qu'il suffisait d'attendre, que bientôt tout serait à nouveau comme le premier soir. Que Lonerin deviendrait pour elle ce que le Maître avait été en son temps : un guide, un compagnon.

Les vibrations diminuèrent peu à peu, comme si ce qui les avait provoquées s'éloignait. Ils décidèrent de continuer, en avançant avec précaution. Le boyau était encore long, et ils ne pouvaient pas s'arrêter maintenant.

Au bout de quelques jours, ils distinguèrent enfin un point lumineux au bout du tunnel. La sortie de la grotte ! Doubhée sentit son cœur battre plus fort.

Elle n'en pouvait plus de toute cette obscurité, elle avait hâte de revoir la lumière. Mais en même temps, elle la craignait. Au cours des dernières heures de marche, les vibrations avaient à nouveau augmenté de fréquence et d'intensité, et la Bête avait commencé à s'agiter.

Lonerin sortit la carte désormais complètement fripée et à demi effacée par l'eau, et il vérifia leur itinéraire. En effet, ce ne pouvait qu'être la sortie, l'autre côté de la montagne.

— Tu sais ce que ça signifie ?

Doubhée ne répondit pas, elle attendit qu'il le dise lui-même.

— Que nous ne sommes plus très loin de la maison de Sennar.

Revigorés, ils se remirent en marche sans plus se soucier de l'étrange vibration ni de la peur. L'air devenait plus frais à mesure qu'ils approchaient de la sortie et leurs pas s'allongeaient. Ils couraient presque lorsque Doubhée se figea brusquement.

— Qu'est-ce qui te prend ?

— Il y a quelque chose.

Elle le sentait sous ses pieds, dans l'air, autour d'elle.

— Écoute, dit-elle en levant l'index.

Lonerin obéit, mais il n'entendait rien.

Doubhée ferma les yeux.

— Une espèce de grognement lointain... ou plutôt, un rugissement. Un, deux, tout un tas... Il y a quelque chose là dehors, Lonerin, dit-elle en rouvrant les yeux.

— C'est probable, mais ça ne change rien : nous devons y aller.

— Je ne suis pas en train de te dire qu'il faut rester ici. Seulement qu'il faut faire attention.

— D'accord, dit-il en se remettant en route.

Doubhée l'attrapa par le bras.

— Je passe la première.

— Il n'en est pas question, c'est moi le guide !

— Nous n'avons plus besoin de ton enchantement pour trouver la sortie. Notre pacte demeure inchangé, dit fermement Doubhée. Toi, tu nous guides, et moi je nous protège.

Une lueur de mécontentement brilla dans les yeux de Lonerin, puis il acquiesça.

Doubhée prit son arc, en tira une flèche et se mit devant Lonerin.

— Quoi qu'il arrive, je protège tes arrières, lui chuchota-t-il à l'oreille en lui effleurant la nuque.

Doubhée sourit, serra plus fort son arc et avança.

De la mousse apparaissait à présent sur la pierre, d'abord blanche et malsaine, puis de plus en plus verte et vigoureuse. Enfin, les parois scintillèrent sous l'éclat du soleil, les éblouissant. Cela faisait plus d'une semaine qu'ils étaient sous terre.

Mais même aveuglée, Doubhée percevait parfaitement l'extérieur. La sensation qu'elle avait éprouvée dans le tunnel s'était renforcée, et elle continuait à sentir les vibrations régulières sous leurs pieds, toujours plus proches. C'étaient des pas. Des pas d'animaux gigantesques.

Elle encocha sa flèche. Ils étaient maintenant si près de la sortie que Lonerin avait fait disparaître le globe lumineux. Doubhée observa la couleur indéfinissable de sa chemise dans la lumière du jour, et s'étonna qu'elle puisse être si sale et en si piteux état. À l'extrémité de son champ visuel, elle aperçut le visage de Lonerin. Il était très pâle et semblait épuisé. Tout ce qu'ils avaient vécu pendant ces derniers jours avait prélevé son tribut sur leur corps.

Soudain, l'air fut déchiré par un effroyable

rugissement qui les cloua sur place. La jeune fille leva instinctivement son arc et le brandit devant elle.

— Prends mon poignard, je me sentirai plus tranquille, souffla-t-elle.

Le jeune homme ne se le fit pas répéter, et le son strident de la lame sortant de son fourreau brisa le silence absolu qui avait suivi ce bruit assourdissant.

Doubhée avança avec précaution et s'arrêta au seuil de la grotte. Elle prit une profonde inspiration et sortit d'un bond.

La chaleur du soleil l'enveloppa et une myriade de parfums frappa ses narines. Elle se jeta au sol, les yeux encore à peine habitués au jour.

Rien.

Elle tenait toujours son arc tendu devant elle, les muscles contractés sous l'effort. C'était exactement comme quand elle chassait avec le Maître, quand elle l'aidait pour son travail. Le souvenir fut si lancinant qu'il lui coupa le souffle. Elle sentit une main lui toucher le bras, et pendant un instant, elle fut certaine que c'était lui.

Elle tourna les yeux, et ne vit que Lonerin qui rampait lui aussi sur le sol, son poignard serré dans sa main, le regard calme. Elle éprouva une étrange désillusion. Elle s'obligea à se concentrer sur ce qui l'entourait, mais il lui fallut un peu de temps pour comprendre où ils étaient.

La grotte s'ouvrait au sommet d'un escarpement rocheux qui se perdait dans une vallée entièrement recouverte d'arbres. L'impression était celle d'une étroite fissure tapissée de velours vert. Un sentier pierreux trop régulier pour être naturel.

Doubhée rampa sur les coudes jusqu'au bord du précipice pour avoir une meilleure vue sur la vallée. Elle ne vit rien d'autre que du vert, des cimes d'arbres entrelacées, et de larges feuilles charnues. Puis, brusquement, la terre vibra comme sous l'effet d'un séisme, et un souffle chaud lui effleura le visage. Lorsqu'elle leva la tête, deux naseaux fumants la reniflaient avec curiosité. Un dragon !

Sa tête, qui mesurait au moins une brasse, avait un museau allongé qui s'élargissait au niveau des oreilles en une ample crête osseuse. Ses écailles étincelantes étaient marron foncé, presque noires à la base. La crête, blanche, était veinée de rouge.

Malgré la peur qui la paralysait, Doubhée contempla ses yeux avec fascination : flamboyants, rouge vif, profonds comme un gouffre qui invitait à s'y plonger, un abysse millénaire du haut duquel l'animal contemplait le monde avec un suprême détachement.

Le dragon, lui, la regardait fixement, comme s'il l'étudiait. Sa respiration était maintenant imperceptible, et l'air autour de lui, immobile.

Puis Doubhée sentit Lonerin lui toucher l'épaule, et elle le vit qui avançait à genoux vers le dragon, avec sur le visage cette expression confiante et imperturbable qu'elle admirait tant. À cet instant, elle sut avec certitude que c'était à cette expression qu'elle avait cédé la première fois dans la grotte. Parce que Lonerin était quelqu'un qui décidait, qui n'avait jamais peur des choix.

Comme en rêve, elle le vit tendre la main vers le dragon, qui recula légèrement la tête.

Lonerin s'arrêta, l'air tranquille. Il n'avait pas du tout peur, et il le montrait. Le dragon parut presque amusé, une lueur étrange passa dans ses yeux, quelque chose qui ressemblait à de la complicité. Il écarta la main du magicien d'un coup de museau, sans la moindre hostilité. Lonerin s'inclina avec humilité devant lui, la tête contre le sol.

Doubhée ne comprit pas la signification de ce geste, mais au-delà de toute explication rationnelle, elle sut qu'elle devait se prosterner elle aussi. Elle se sentit vulnérable, sans défense. Si le dragon avait décidé d'attaquer, elle ne l'aurait même pas vu.

Elle releva imperceptiblement le nez, et du coin de l'œil, elle vit l'animal s'approcher lentement de Lonerin et lui toucher la tête de la pointe du museau. Il vint vers elle et fit de même avec une égale délicatesse, et ce contact l'émut sans qu'elle sache pourquoi. Les immenses yeux rouges la fixèrent une dernière fois, puis le dragon disparut derrière le rebord du précipice.

Lonerin soupira et appuya le visage contre la roche ; Doubhée le regarda, sidérée par son sang-froid.

— Tout est bien qui finit bien ! À mon avis, les Terres Inconnues ont décidé de nous laisser en paix.

— Tu crois que nous avons réussi à nous faire accepter par lui ? souffla Doubhée.

— Oui. Les dragons sont les plus anciens habitants du Monde Émergé, ils en sont les véritables maîtres. Ce dragon possède cette terre, elle lui appartient de droit, et nous, nous étions en train de la violer. Disons qu'en nous prosternant devant lui, nous avons gagné un séjour dans cette vallée !

Après cette rencontre, Doubhée et Lonerin s'engagèrent sur le sentier pierreux. La vallée était d'une beauté indicible, une sorte de paradis sauvage et perdu peuplé de dragons qui allaient et venaient partout. En quelques minutes, ils en comptèrent cinq. Plus petits que ceux des Terres Émergées, leur gabarit rappelait plutôt celui des dragons azur. Mais ils différaient de ces derniers par leur couleur, et surtout par leurs ailes minuscules, attachées à leurs omoplates comme des moignons. Elles n'étaient sûrement pas capables de soutenir le poids de leurs énormes corps en vol, mais elles avaient tout de même une certaine grâce : diaphanes, quasi transparentes, elles donnaient une impression d'extrême fragilité.

Le plus surprenant était de voir ces dragons ramper sur les parois rocheuses comme des lézards. Ils montaient et descendaient le long de la falaise, s'y accrochant grâce aux puissantes griffes qui armaient les trois doigts de chacune de leurs pattes. Elles étaient longues comme la main, aiguisées et robustes, et elles s'enfonçaient dans la pierre à la manière d'un harpon. Chaque fois qu'ils avançaient, la roche tremblait. C'étaient les mystérieux pas que Doubhée et Lonerin avaient entendus durant leurs derniers jours sous la terre.

Ils durent s'habituer à la proximité des mastodontes. Il était difficile de se maintenir en équilibre sur l'étroit sentier avec les vibrations qu'ils provoquaient, et leur présence ne laissait pas d'être inquiétante. Depuis le premier contact, ils ne témoignaient plus aucun intérêt pour ces deux créatures minuscules qui parcouraient leur territoire, et pourtant Doubhée continuait à se sentir une intruse qu'une entité indéfinissable épiait.

Au-dessus et au-dessous d'eux deux autres sentiers plus petits apparaissaient et disparaissaient sans arrêt, s'unissant parfois au leur pour grimper vers le bord du précipice, ou pour plonger vers la forêt verdoyante.

Alors qu'ils cheminaient paisiblement, un terrible rugissement déchira l'air. La terre trembla sous leurs pieds, et Lonerin se pencha pour voir ce qui se passait en bas.

De nouveaux rugissements saturèrent l'air. Les dragons semblaient en proie à une vive agitation. L'un d'eux, plus fort que les autres, provoqua une énorme secousse, et Doubhée sentit ses pas à quelques brasses en dessous d'eux. Quelque chose les rendait fébriles, et ils ébranlaient la roche si violemment qu'un pan entier de la paroi s'effondra.

Comme dans un cauchemar, Doubhée vit Lonerin disparaître derrière une pluie de pierres.

— Lonerin ! hurla-t-elle.

Le jeune homme se retourna péniblement, une main tendue vers elle, la bouche ouverte pour l'appeler. Puis, plus rien. Devant Doubhée il n'y avait plus qu'une montagne d'éboulis.

Elle allait bondir à sa recherche quand une voix la coupa net dans son élan.

— À ta place, je ne m'occuperais pas de lui.

En un éclair, elle revit le moment où elle était sortie de la grotte avec Lonerin.

« Je n'ai pas mon poignard. »

17

LE DÉMON DE LA HAINE

— Les voilà !

Rekla fit un signe, et Filla s'arrêta aussitôt. Il la posa par terre avec délicatesse. Désormais, elle n'était plus que l'ombre d'elle-même, mais son corps résistait aux ravages des ans. Ils se penchèrent tous les deux au-dessus de la ligne de faîte : Doubhée et Lonerin parcouraient un étroit sentier juste en dessous d'eux. Ils étaient légèrement en arrière par rapport à la position des deux jeunes gens, ce qui leur donnait une bonne longueur d'avance.

— Pour une fois tu t'es bien débrouillé, s'écria Rekla.

Le choix de la porter sur les épaules s'était révélé payant. Filla avait donné toute son énergie, et il avait marché le plus vite possible. À présent il était épuisé, mais ils avaient réussi à combler la distance qui les séparait de Doubhée.

— Ils sont deux, le magicien et la fille, observa l'Assassin. Comment est-ce possible… ?

Rekla, elle, l'avait deviné dès qu'ils avaient repéré leurs traces.

— Nous n'avons jamais retrouvé son corps, siffla-t-elle d'un ton railleur.

Filla soupira. Il était à bout de forces, et Rekla était affaiblie par le manque de potion. Jamais elle ne pourrait vaincre deux ennemis.

— Je m'occuperai du garçon, Doubhée est pour vous.

— Il n'en est pas question. Tu es exténué.

— Ce n'est qu'un magicien, pas un guerrier. Il est à ma portée, Maîtresse. Doubhée, elle, est à vous. Vous assouvirez ainsi votre juste vengeance. Mais pour en jouir pleinement, vous aurez besoin de vous battre en combat singulier.

À ces paroles, les yeux de Rekla devinrent brillants. Elle le regarda longuement, et Filla eut tout le loisir de contempler son visage dévasté par la vieillesse, le réseau de rides sur son cou et l'opacité de ses yeux. Il l'aimait quand même, et plus qu'avant.

— Merci.

Rekla le dit en détournant la tête, presque avec timidité, et Filla sentit son cœur fondre.

— Je n'ai jamais eu d'élève qui m'ait servie avec autant de dévouement, ajouta-t-elle.

Filla inclina la tête, submergé d'une joie irrépressible, enivré d'un désir ardent. Sans trop penser à ce qu'il faisait, il saisit Rekla par les épaules, et avant même qu'elle puisse protester, il colla sa bouche sur ses lèvres sèches et crevassées une fraction de seconde. Il vit ses yeux pleins de stupeur, et pour éviter qu'elle n'éclate de colère, il lui murmura :

— Gagne aussi pour moi.

Et il s'enfuit en courant.

Juste avant que la paroi ne s'effondre, Lonerin s'élança contre le flanc de la montagne. Il entendit Doubhée l'appeler. Aveuglé par la poussière, il fut obligé de se plaquer à la roche pour ne pas tomber. Puis le vacarme cessa, les cris des dragons eux-mêmes s'éteignirent, et tout devint presque trop silencieux. Lonerin, lui, avait encore les oreilles pleines du fracas de l'éboulement, et il se sentait étourdi.

— Doubhée, appela-t-il en toussant.

Il n'avait pas encore fini de prononcer son nom qu'une poigne de fer lui saisit la gorge. Un vague reflet s'approcha de lui, et il ne dut son salut qu'à un réflexe.

La formule de l'enchantement sortit de sa bouche en un murmure étouffé, mais elle fut tout aussi efficace. La lame s'arrêta net sur la fine bulle d'argent qui était apparue autour de son corps, et Lonerin vit la main tendue qui tenait la garde en forme de serpent, au-dessus d'une lame noire.

La main sur sa gorge hésita, et il en profita pour se contorsionner et faire face à son agresseur.

Il n'avait pas peur. Il pensa à Doubhée, de l'autre côté de la paroi rocheuse, qui attendait son aide. Il pensa à la nuit qu'ils avaient passée ensemble, et à la manière dont elle avait été traitée pendant sa captivité. Enfin, il se souvint de sa mère, de son corps jeté dans la fosse commune. Et il comprit qu'il ne désirait rien d'autre que combattre.

« Je vais enfin régler mes comptes. Ensuite, je serai libre, et Doubhée avec moi. »

Il dégaina le poignard qu'elle lui avait donné avant de sortir de la grotte et se mit en garde. Il avait pris quelques leçons d'escrime au cours de son apprentissage, mais il ne s'était jamais entraîné. Et puis, il ne tenait pas une épée mais un poignard. Il se dit que cela ne faisait pas une grande différence, et qu'il s'agissait simplement de laisser libre cours à son instinct…

Ces pensées l'avaient distrait, et l'Assassin lui porta un coup brutal. Lonerin ressentit une terrible brûlure près de l'oreille gauche et, serrant les doigts sur le poignard, il le pointa vers son adversaire.

L'Assassin eut un sourire ironique.

— Qu'est-ce qui se passe ? Tu joues les tueurs maintenant ?

Il leva en l'air la main qui tenait son arme, comme pour frapper, mais c'était une feinte. Un couteau à lancer fendit l'espace en direction de Lonerin. Le magicien mit une main devant lui et prononça fermement un mot ; le bouclier d'argent se matérialisa à nouveau une fraction de seconde. Le couteau rebondit sur l'obstacle et, cette fois, c'est l'Assassin qui dut l'éviter. Aussitôt, Lonerin prit son élan et courut vers lui en criant de toute la force de ses poumons. Cependant, ses mouvements étaient trop maladroits pour atteindre leur cible : son adversaire avait l'agilité d'un chat, celle de Doubhée, celle d'un Victorieux. Il sautait rapidement, esquivait. Un nouveau couteau. Un autre coup. Lonerin réussit à le parer en se déplaçant latéralement.

— Nous sommes plutôt vif, à ce que je vois… dit Filla d'une voix railleuse.

Les deux adversaires s'étudièrent pendant quelques secondes. Lonerin, essoufflé, étreignait convulsivement le poignard entre ses mains. Mais contre toute attente, l'Assassin ne semblait pas plus en forme. Il respirait péniblement lui aussi, et il avait le front en sueur.

« Il est à bout. Je peux m'en sortir », songea Lonerin.

Cette pensée dut illuminer son regard d'une nouvelle détermination, car l'homme laissa échapper un rire moqueur.

— Tu crois vraiment pouvoir me tuer ?

Lonerin resta silencieux, mais une voix en lui répondit « oui ».

— Ce n'est même pas la peine d'essayer. Je ne te laisserai jamais passer de l'autre côté ! cria Filla.

Ma Maîtresse a besoin d'être seule, elle a un rendez-vous particulier avec ta petite amie.

À ces mots, Lonerin fut pris d'un vertige. Comment avait-il pu ne pas faire le lien ? Si cet homme était devant lui, c'est que Rekla, elle, s'occupait de Doubhée. Elle était en danger... il devait se dépêcher. À ce moment précis, l'Assassin s'avança vers lui et le frappa avec le couteau qu'il venait de tirer. Lonerin réussit à parer l'attaque, mais à chaque coup il reculait d'un pas.

Soudain, Filla fit une manœuvre inattendue et la lame noire effleura le flanc de Lonerin. Un mot monta instinctivement à ses lèvres, et Filla cria de douleur. Lonerin rétablit la distance de sécurité.

Il l'avait fait. Il n'arrivait pas à y croire. Sans même y penser, comme la chose la plus naturelle du monde.

« J'ai prononcé une formule interdite. »

Il regarda avec effroi l'homme à genoux devant lui, les yeux écarquillés, le visage déformé par la douleur. Il serrait sa main droite contre lui, celle qui tenait auparavant son couteau. Elle était carbonisée, et l'Assassin grinçait des dents pour ne pas hurler.

Lonerin n'éprouva pas d'horreur pour lui-même, il était plutôt étonné de la facilité avec laquelle il avait enfreint l'un des plus importants enseignements de son Maître. « Il t'arrivera peut-être de penser que les formules interdites sont un raccourci, ou bien qu'elles sont ta seule issue, mais c'est un leurre. C'est une magie qui prélève toujours une partie de ton âme », lui avait souvent répété Folwar. Et pourtant le jeune homme éprouvait une sorte de satisfaction : il avait enfin réussi à blesser un Victorieux, il était aussi fort qu'eux. C'était comme si toutes ces années passées à étudier et à se mortifier pour essayer de devenir meilleur ne pouvaient conduire qu'à ce moment de suprême libération.

L'Assassin eut un sourire féroce.

Lonerin, mû par l'instinct, hurla et se rua sur lui. Même blessé, son adversaire était d'une rapidité redoutable, et en quelques mouvements, il l'accula à la paroi rocheuse. Sans hésiter, le jeune magicien prononça une nouvelle fois la formule interdite. Filla roula sur le sol jusqu'au bord du précipice. Dans un dernier effort, il parvint à s'arrêter *in extremis*. Il se releva tant bien que mal, en appuyant tout le poids de son corps sur une jambe. Lonerin en profita pour crier un autre enchantement. Aussitôt, le bras de l'Assassin devint dur et livide, et se pétrifia jusqu'au coude. Lonerin allait esquisser un sourire de triomphe lorsqu'il se rendit compte qu'il avait commis une erreur : certes, le bras était réduit à l'impuissance, mais maintenant qu'il était de pierre, il était aussi insensible à la douleur.

L'Assassin rit à pleine gorge.

— Merci pour le cadeau.

De son bras blessé, il assena un coup d'une force inouïe à Lonerin, qui dut se jeter sur le sol pour l'éviter. Filla brandit rageusement un poignard et le magicien eut à peine le temps de bouger la tête avant que la lame ne s'enfonce jusqu'à la garde dans la roche. Un rugissement lointain résonna à travers la vallée. L'Assassin serra sa main valide autour de son cou, et, avec une poigne de fer, il le souleva de terre.

— Finissons-en, siffla-t-il, le nez collé contre le sien.

Lonerin était sur le point de s'évanouir. Il n'était pas habitué à se battre, et l'affrontement au poignard suivi des deux formules interdites l'avait vidé de ses forces. Mais il fallait qu'il s'en sorte. Il avait été jusqu'à vendre son âme, il ne pouvait pas renoncer maintenant.

Il bougea lentement la main et toucha la blessure sur son épaule. Ce n'était qu'une légère coupure, suffisante toutefois pour maculer de sang le bout de ses doigts. Il leva ensuite sa main vers le visage du Victorieux, en récitant une formule à voix basse. Les gouttes vermeilles se transformèrent aussitôt en longs filaments serrés comme des cordes qui s'enroulèrent autour de l'Assassin et l'enfermèrent dans un étau, l'obligeant à lâcher prise. Lonerin se retrouva libre, et glissa le long de la paroi en s'éraflant le dos. Filla avait bien failli l'étrangler. Il toussa plusieurs fois en essayant de respirer. Mais il ne s'accorda que quelques secondes pour reprendre ses forces, après quoi il se redressa, en proie à une rage incontrôlable.

L'Assassin gisait sur le sol attaché par les bras, et il se contorsionnait en hurlant des insultes.

Le spectacle réjouit le magicien. Il avait vaincu l'un des meurtriers de sa mère, et à présent celui-ci se débattait comme un insecte pris dans la toile d'une araignée.

« Il est à moi, je peux en faire ce que je veux. Il a essayé de me tuer, mais je l'ai battu. Et maintenant je peux l'achever, j'ai toutes les raisons de le faire, et personne ne pourra m'en blâmer. »

Il serra son poignard, tremblant d'excitation. Le sang rendait sa main poisseuse, mais cela n'avait pas d'importance. L'Assassin lui cracha dessus en essayant de lui dire quelque chose ; Lonerin posa le pied sur sa poitrine et l'écrasa violemment.

— Tais-toi !

Il n'avait jamais tué personne, mais en cet instant une furie meurtrière l'habitait. Il avait passé sa vie à étouffer sa haine pour la Guilde, et au moment crucial, il comprenait qu'il s'était menti à lui-même. Pas un seul jour ne s'était écoulé sans qu'il éprouve le désir secret d'exterminer la secte qui avait tué sa mère.

« J'ai le droit de me faire justice. Quelqu'un doit payer pour toute cette souffrance. Je n'ai pas réussi à sauver ma mère, mais pour Doubhée, il est encore temps. Je dois le faire ! »

Il leva son arme. L'homme à ses pieds ne témoigna aucune peur, au contraire, il avait le regard de quelqu'un qui allait finalement être libéré. Puis Lonerin suspendit son geste. Quelque chose l'empêchait de franchir le pas.

— Qu'est-ce qu'il y a ? Tu te dégonfles ? ricana Filla.

« Fais-le, fais-le maintenant ! »

La lame brillait, et le corps du jeune magicien n'était qu'un frémissement.

« Vas-y ! »

Lonerin hurla, et il enfonça la lame dans le sol, à un cheveu de la tête de l'homme.

— Non ! Tu ne me feras pas devenir ce contre quoi j'ai lutté ma vie entière !

Il avait crié avec tant de violence que sa gorge était douloureuse. Il tomba sur le sol, et se couvrit le visage avec ses mains. Il était désespéré. Mais il ne le tuerait pas. Il ne pouvait pas, sans quoi toutes ces années n'auraient servi à rien.

Il entendit l'homme rire près de lui. D'un rire amer et sombre.

— Lâche, murmura-t-il.

Lonerin répondit en gardant les yeux fixés sur le sol.

— Tu ne peux pas comprendre. C'est justement

ça, la grande différence entre toi et moi. Tu ne peux et tu ne pourras jamais comprendre.

— C'est toi qui ne peux pas comprendre, répliqua l'homme en regardant le ciel au-dessus d'eux.

Lonerin se retourna et le dévisagea, incrédule. Puis un cri inhumain retentit.

18

SOUVENIRS ENFOUIS

Ido se réveilla tôt. San, à côté de lui, dormait d'un sommeil calme et serein.

Il se sentait en forme. Les soins de l'enfant avaient agi de manière extraordinaire, et la force naturelle de sa race avait fait le reste. Encore quelques jours, et il pourrait repartir. Dans l'immédiat, il éprouvait le besoin de faire une promenade dans le nid de la résistance, seul.

Il en avait envie depuis qu'il avait mis le pied dans l'aqueduc. Ses souvenirs le tourmentaient, et l'idée d'un pèlerinage dans ce lieu chargé de mémoire l'attirait. Revoir les lieux où il avait combattu et souffert, mais aussi où il s'était réjoui, serait un réconfort.

Il entama son périple par son logement, une simple caverne creusée dans la roche. Il contempla le lit qu'il avait partagé pendant des années avec Soana. En face, se trouvait la salle où il réunissait ses hommes pour leur donner des ordres et planifier avec eux les actions de guérilla. Et puis l'armurerie, remplie d'épées à demi rouillées, les lances, les armures éparses.

Tout était vide et silencieux. Pourtant, Ido se souvenait très bien des visages de ses compagnons, et même de la façon dont chacun d'eux était mort. Une longue suite d'enterrements, des corps transpercés par les lames, des moribonds en pleine agonie.

Ses pas le conduisirent ensuite jusqu'à la grande arène. C'était une ancienne citerne. Les résistants avaient inventé un mécanisme qui permettait à son toit de s'ouvrir. Au-dessus s'étendait un désert brûlant entouré de montagnes, où personne ne risquait de soupçonner son existence.

Ido entra et inspira à pleins poumons l'air qui s'y trouvait. Il sentait encore l'odeur de Vésa, de son corps immense enfermé là-dessous pendant les longs temps morts entre deux batailles. Il se souvenait comme il frémissait quand il montait sur son dos et lui disait qu'ils allaient combattre. C'était de là qu'ils avaient pris leur dernier envol ensemble, le jour où la résistance avait été écrasée et l'aqueduc pris.

Le bruit de ses pas résonne à ses oreilles. Ido a déjà dit à ses hommes de fuir, mais les soldats de Dohor continuent à les chercher dans tout l'aqueduc. Il réussit à atteindre l'arène, il est hors d'haleine, exsangue, et la blessure à son bras l'élance douloureusement. Il s'arrête net. Devant lui, un cimetière d'hommes carbonisés, au milieu duquel se dresse Vésa, son dragon, qui l'attend, le regard fier.

Dès qu'il le voit, Vésa pousse un rugissement, et Ido lui sourit, ému. Son destrier a résisté bravement, et encore une fois ils vont combattre ensemble.

Ido court à sa rencontre, ils doivent fuir au plus vite. En s'approchant, il voit que lui aussi est blessé. Des lances ont réussi à égratigner sa peau coriace et ses ailes, mais c'est une entaille particulièrement profonde à la patte qui l'inquiète.

— Qu'est-ce qu'ils t'ont fait, mon vieux Vésa ?

Le dragon baisse son museau jusqu'à lui, souffle légèrement.

Ido le caresse avec délicatesse.

— Maintenant nous allons partir ensemble. Tu verras, je te ferai soigner par le meilleur magicien du monde. Nous nous cacherons dans le Cercle des Marais, et nous leur rendrons la monnaie de leur pièce.

Il court vers le dispositif d'ouverture : trois niches sous la paroi de roche mobile du toit. En temps normal, il faut trois hommes pour actionner le mécanisme, mais sa force suffit pour ouvrir le toit à moitié. La puissance de Vésa fera le reste.

Ido grimpe avec difficulté. Sa vue commence à se brouiller, sa blessure saigne abondamment. Il réussit tout de même à atteindre l'une des niches. Au centre il y a un gros levier en bois, relié à une grande roue dentelée. Le gnome qui la contrôlait gît sur le sol, une lance fichée dans le corps. Ido se contente de le pousser. Ce n'est pas le moment d'avoir pitié.

Il attrape le levier et tire de toutes ses forces.

La douleur dans son bras le transperce, mais finalement, le levier se déplace, et avec un vacarme infernal, la roche s'ébranle.

Ido se laisse tomber en arrière et atterrit lourdement sur le dos de Vésa. L'animal essaie déjà de forcer le passage. Ses énormes muscles sont tendus, ses pattes arquées avec leurs griffes enfoncées dans la roche. Il perd beaucoup de sang, et une odeur métallique emplit la salle.

— Encore un effort et nous y sommes. Tiens bon, Vésa !

La roche continue à glisser et coulisse suffisamment pour leur livrer passage, mais l'animal s'effondre sur ses pattes arrière, épuisé.

Tout autour, les hurlements des combats et le bruit des épées s'intensifient.

— Ça y est, tu as réussi ! Vas-y !

Mais Ido ressent la fatigue mortelle de son dragon, identique à la sienne. Ils n'en peuvent plus, ils ont atteint leurs limites.

— Allez ! l'encourage-t-il, et le dragon déploie ses ailes et s'élève à grand-peine dans les airs.

La lumière du soleil les aveugle, devant eux le Thal crache du feu et des cendres. Mais le ciel semble dégagé.

Vésa bat ses ailes puissantes, et en un instant ils sont en altitude, avec l'air qui sent le soufre et la chaleur des volcans qui leur brûle les poumons.

Pour la première fois de sa vie, Ido a la sensation que cet endroit lui appartient. Il a lutté pour ce pays, il s'est caché dans ses entrailles, il a combattu au côté de son peuple, et à présent cette terre de feu et de roche est vraiment son foyer.

« Je te l'arracherai, Dohor, je te l'arracherai et je lui rendrai sa splendeur d'antan », se dit-il.

Il commence déjà à se détendre, les yeux rivés sur leur destination lointaine, quand il sent les muscles de Vésa se raidir sous ses cuisses tandis que monte un rugissement aigu.

Soudain, ils se mettent à descendre en chute libre, et l'une des ailes du dragon se fige. Ido s'agrippe aux écailles du dos, et il lui suffit d'un coup d'œil pour comprendre. Une morsure. Une morsure a brisé l'aile de Vésa.

Ido est fou de rage. Juste derrière lui, un maudit dragon, petit, frétillant, monté par un tout jeune cavalier.

— Accroche-toi !

Il éperonne Vésa, mais c'est inutile. À bout de forces, le dragon tente en vain d'exploiter les courants aériens avec son aile valide. Alors il déploie son membre blessé pour ralentir la chute. Son rugissement se transforme en un sourd mugissement de douleur. Ido sent la colère lui remuer les entrailles et l'aveugler.

Il se tourne et voit le cavalier arriver sur lui. Son dragon semble assez jeune, lui aussi, et presque aussi inexpérimenté que son maître. Il tient sa lance tendue devant lui, et Ido devine ce qu'il a l'intention de faire. Le sourire du vainqueur est déjà imprimé sur son visage, il rêve sûrement de rentrer à la base avec sa tête, la tête du terrible Ido.

Le gnome bondit sur ses pieds en se maintenant en équilibre sur la croupe de Vésa. Le jeune cavalier lève le bras et prend son élan comme prévu.

Ido se baisse, puis s'agrippe au harnais du dragon ennemi lorsqu'il passe près de lui. Le garçon, médusé, le regarde pendant qu'il se hisse, agile comme un furet, sur la selle derrière lui.

— Non !

Il n'a pas le temps d'en dire davantage : Ido lui tranche la gorge et le sent se débattre dans les affres de l'agonie, puis devenir inutile entre ses bras. Il le jette dans le vide d'un coup de pied, et reste seul sur le petit dragon qui a saisi la queue de Vésa entre ses dents et la tire avec violence. Ido hurle sa rage et enfonce son épée jusqu'à la garde dans son flanc. L'animal rugit, lâche sa proie, mais réussit encore à cracher un jet de flammes vers Vésa.

— Maudit !

Ido, ivre de fureur, nauséeux, s'accroche au cou du dragon qui se débat. Il glisse vers le bas, là où il sait que son épée trouvera la voie la plus facile. Il hurle et frappe encore, une fois, deux fois… Il se tient seulement avec son bras blessé, et son épaule lui fait souffrir le martyre. Cela n'a pas d'importance. Cet animal a frappé Vésa, il doit payer.

Au bord de l'inconscience, Ido se sent tomber. Le dragon doit être mort. Il se laisse aller. A-t-il le choix ? Peut-être qu'il mourra lui aussi, mais il mourra en combattant, et c'est assez. Il mourra en vengeant Vésa, qui plus est. Il sourit.

Puis une secousse, et tout s'arrête. Sa chemise se serre autour de sa gorge, l'étranglant à moitié. Et tout autour de lui, comme un souffle chaud. Ido comprend immédiatement.

— Vésa, murmure-t-il.

Le dragon l'a rattrapé au vol avec ses dents et lui a sauvé la vie, une fois de plus.

Il le pose par terre avec délicatesse, puis Ido entend un bruit sourd. Quand il se tourne, il voit son dragon affalé sur les rochers, la tête sur le sol.

Il respire faiblement, son ventre se lève et s'abaisse irrégulièrement, et son sang se confond avec le rouge de sa peau écailleuse.

Ido ne peut pas, ne veut pas y croire. Il se lève aussi vite que ses blessures le lui permettent et se déplace lentement autour de son dragon pour l'examiner.

L'aile droite est tranchée, et la membrane entre les os complètement lacérée. La queue, elle, est déchiquetée par les morsures, le ventre couvert de brûlures dégage une âcre odeur de roussi.

Ido a compris, mais il ne peut pas l'accepter. Il s'agenouille près de son dragon et lui caresse la tête.

— Tout va bien, Vésa, tout va bien. Sûr qu'ils t'ont mis dans un sale état, mais on va s'en tirer, pas vrai ? Comme toujours. Tu as vu comme je t'ai vengé ?

Il caresse frénétiquement la petite crête sur son museau, et ses mains se couvrent de sang.

— Tout va bien. On se repose un peu, et on y va, d'accord ?

Il sent les larmes lui monter aux yeux. Vésa le fixe d'un regard éteint. Pour la première fois, Ido y lit quelque chose qui ressemble à de la peur, ou à de la résignation. Vésa est en train d'abandonner.

— Non, Vésa, damnation, non ! J'ai besoin de toi, tu comprends ? Tu ne dois pas renoncer !

Mais ses yeux ne s'allument pas, comme ils le font toujours quand il l'appelle. Il a souvent été blessé auparavant, et chaque fois, chaque maudite fois, quand il lui disait que tout irait bien, Vésa semblait lui répondre d'un regard pour le rassurer. Oui, tout rentrerait dans l'ordre, parce qu'ils s'appartenaient l'un à l'autre depuis une éternité, parce qu'ils en avaient vu de toutes les couleurs ensemble, et parce qu'ils étaient eux.

Ido colle sa tête sur celle du dragon, si près qu'il peut voir la moindre écaille de sa magnifique peau rouge ; son cœur bat à tout rompre dans sa poitrine et tout tourne autour de lui. Il se penche et plonge ses yeux dans ceux de Vésa.

— Vésa, je t'en supplie, résiste… Moi, je ne cède pas, ils m'ont malmené, moi aussi, mais je me suis vraiment battu cette nuit, comme toi. Tu es tout ce qui me reste, ne me laisse pas…

Tout à coup, le dragon le fixe intensément, et c'est soudain comme si Ido avait un homme devant lui.

— Je dois partir.

— Tu ne peux pas me laisser ! répète Ido en hurlant à s'en briser la voix. Ne me fais pas ça !

— Il y a un temps pour tout. Et le mien s'arrête aujourd'hui.

— Non ! Tu te rappelles quand je venais te voir à la fin de chaque bataille, et que je te disais que cette fois, j'allais raccrocher ? Mais je ne l'ai pas fait ! Tu ne peux pas m'abandonner toi aussi, tu ne peux pas !

Les yeux de Vésa s'éteignent à nouveau, sa respiration, si puissante autrefois, devient de plus en plus faible.

— Laisse-moi partir.

Ido se met à pleurer comme un petit garçon. Le souffle de Vésa a toujours scandé pour lui le temps de la bataille. Il se concentrait sur lui pour se calmer, et quand il l'entendait haleter à la fin du combat, c'était le son de la victoire. Quand il voyageait de campement en campement, au contraire, il s'endormait au rythme de ce souffle. Et maintenant, ce n'est plus qu'un souffle près de s'éteindre.

C'est plus qu'il n'en peut supporter. Un chevalier sans dragon n'existe plus, un chevalier sans dragon devrait avoir la décence de mourir.

Il relève la tête et plonge à nouveau dans le regard de Vésa, il ne le quitte plus. Il le regarde s'éteindre lentement, jusqu'à ce que le rideau de ses paupières soit entièrement tombé, et que sa respiration meure tout à fait. Il essaie de l'appeler encore une fois, il essaie de le secouer et même de le frapper, mais il sait parfaitement que c'est fini, et pour toujours. Les poings crispés, Ido pleure sans retenue, ses dernières larmes de guerrier.

Ido soupira. Encore des souvenirs. Des souvenirs gravés trop profondément dans sa mémoire. L'image de Vésa étendu sur le sol lui était longtemps restée devant les yeux, et elle était revenue le tourmenter chaque fois qu'il avait vu un dragon. Le Chevalier du Dragon en lui était mort ce jour-là.

À présent, il était prêt. Il lui restait une ultime étape à franchir, une ultime visite à accomplir pour clore ce passé glorieux et tragique, et c'était la plus importante.

Il se remit à marcher à travers l'aqueduc. Il avait été en partie inondé au moment de l'attaque par les hommes de Dohor, et bientôt l'eau lui arriva presque à la taille. Mais il continua, mû par un désir irrépressible.

Enfin, il la vit. Une pierre ronde, d'une brasse de diamètre, appuyée sur la paroi. Sa partie inférieure était plongée dans l'eau. Elle était décorée d'une fresque de fleurs et de feuilles stylisées, un motif que l'on trouvait souvent dans les aqueducs et qui était un témoignage de l'art de ses ancêtres.

Le gnome s'approcha lentement, hypnotisé. Trois ans qu'il contenait sa douleur. Depuis quand ne l'avait-il pas pleurée ?

Il posa la main sur la pierre tombale de Soana, suivit la fresque jusque sous l'eau, et accueillit les larmes presque avec joie.

Ido descend en silence dans sa chambre. Il sait que c'est maintenant que va avoir lieu le dernier acte.

Devant l'entrée, il trouve Khal, le prêtre qui a assisté Soana durant les derniers mois de sa maladie. Son expression parle pour lui.

Ido s'arrête, les bras ballants ; il ne se sent pas prêt. Il entend vaguement les paroles du prêtre, comme si elles lui parvenaient de très loin.

— Je crois qu'il n'y a plus rien à faire, Ido. Je suis désolé. La maladie a complètement envahi les poumons, et à ce stade, notre magie est impuissante.

— Combien de temps encore ? demande-t-il dans un souffle.

Khal baisse les yeux.

— Dis-le-moi, crache Ido avec colère.

— Peut-être jusqu'à demain matin.

C'est fini. Il n'y a plus de place pour les faux espoirs, pour les rêves chimériques. Demain à l'aube, les années que le destin leur a accordées auront atteint leur terme.

Ido entre dans la chambre les yeux baissés, sur la pointe des pieds.

— Ce n'est pas la peine d'être si silencieux. Je ne dors pas.

La voix de Soana est faible. Ido s'efforce de relever la tête pour la regarder. Il aime jusqu'à l'aspect que lui a donné la maladie, sa pâleur mortelle, sa peau rendue diaphane par la fièvre, ses lèvres fines et fendillées.

— Viens, finissons-en.

Elle semble sereine. Elle s'en va tranquillement, comme pour l'un des nombreux voyages de sa vie, en le laissant seul, incapable de se faire une raison.

Ido s'approche, s'assoit à ses côtés, et trouve enfin le courage de la regarder. Il s'attarde sur le moindre détail de son visage, sur ses yeux creusés et cernés, sur son cou d'une extrême maigreur, sur sa peau ridée.

« C'est ainsi que je me la rappellerai tout le reste de ma vie ? Comme un corps malade cloué dans un lit ? » se demande-t-il.

Il n'arrive pas à retenir ses larmes.

Soana ferme les yeux, reprend son souffle.

— Je t'en prie, ne pleure pas.

— Et qu'est-ce que je devrais faire alors ?

Elle ne répond pas.

Ido lui prend la main, la serre. Combien de fois a-t-il répété cette scène ? Jusqu'à la nausée. Mais durant toutes ces années de guerre, il n'a jamais pensé qu'il la vivrait un jour avec Soana. Il a préféré penser qu'une flèche, un poignard, l'épée ou le poison seraient arrivés avant, et que c'est elle qui veillerait son corps. Mais le destin n'a pas été aussi clément avec lui.

— Ne sois pas triste, poursuit Soana, le souffle court. Nous avons eu nos années, et elles ont été un splendide cadeau, tu ne trouves pas ? J'ai fait tout ce que j'avais à faire, je n'ai aucun regret.

— Si je ne t'avais pas emmenée avec moi sous la terre, ici dans l'aqueduc, si je n'avais pas continué à faire l'imbécile, à courir encore et toujours après la guerre…

Elle balaie ses protestations d'un geste de la main.

— Je suis venue ici de mon plein gré, Ido.

Il secoue la tête. Il ne veut pas céder.

— Si je t'avais déclaré mon amour plus tôt, nous aurions eu plus de temps.

Soana sourit.

— Mais nous en avons eu, du temps, et pas mal, finalement.

Pour lui, ces années ont passé comme un rêve. Il embrasse sa main, la serre encore.

Il pense que la mort d'un être aimé n'est jamais une chose naturelle, c'est toujours un crime, un véritable vol. C'est comme perdre un membre : on ne peut pas s'y résigner. Peut-être qu'en réalité c'est seulement la vie, mais si cela fonctionne ainsi, alors la vie est injuste, et sans doute ne mérite-t-elle pas d'être vécue.

— Ne m'oblige pas à partir avec la douleur de te laisser au désespoir.

Ido sent qu'il n'a plus de mots.

— Si tu le veux, tu peux dépasser aussi cela. Mais tu dois le vouloir, tu comprends ?

Les larmes continuent à couler en silence des yeux du gnome et elles mouillent la main de Soana. De l'abysse où il se trouve maintenant, il lui semble impossible de pouvoir revoir un jour la lumière, et d'ailleurs, il ne le souhaite même pas. Si elle meurt, il est juste qu'il demeure dans les ténèbres le temps qu'il lui reste à vivre.

— Changeons de sujet, tu veux bien ?

Soana s'efforce de sourire, et essaie de redonner un ton normal à sa voix, mais respirer lui demande trop d'efforts.

— Tu te souviens de ce soir où je t'ai demandé de rester dormir chez toi ?

Ido ferme les yeux. Il la revoit comme elle était alors, exactement comme si elle se tenait là, devant lui, comme si le temps ne s'était pas écoulé. Maintenant il n'a plus de doute, il sait que c'est ainsi qu'il se souviendra d'elle.

— Comment pourrais-je l'oublier ?

— Et du mariage de Dohor et Sulana, quand tu avais honte d'être à mes côtés ?

— Je n'avais pas honte ! s'insurge Ido.

— Si, tu avais honte. Tu avais honte de toi-même.

Ido sourit en rougissant.

Ils continuent encore longtemps à évoquer ce qui a été, tous ces souvenirs que ces vingt ans leur ont laissés en partage. Et quand elle est trop fatiguée pour parler, et que son souffle se transforme en un léger râle, c'est lui qui continue pour eux deux. Puis la bougie lentement se consume, jusqu'à ce que le silence et l'obscurité descendent sur la chambre.

— Soana…, murmura Ido dans la pénombre, et il la voit, splendide, souriante devant lui.

L'amertume s'était dissipée, et il ne lui restait d'elle que le souvenir d'une déchirante beauté.

— Tu es revenu…

— Je suis sur le point de repartir encore.

— Je sais.

— Je ne pouvais pas partir sans venir ici avant.

Dans ses souvenirs, elle lui sourit.

— Je suis fière de toi, Ido.

Les larmes coulent lentement sur les joues de son vieux visage barbu.

— Protège-le, et sauve-le. Jusqu'au bout.

Ido ouvre les yeux. Devant lui il n'y a que la pierre glacée. Mais elle était là, avec lui. Pour toujours.

19
LA BÊTE

Doubhée resta un instant immobile, le dos baigné d'une sueur glacée. Ensuite, elle se retourna d'un bond, les mains sur la poitrine, prête à saisir ses couteaux à lancer.

Elle en tira deux, mais comme elle l'avait prévu, ce fut inutile. Rekla s'écarta promptement et les évita l'un et l'autre ; elle s'immobilisa, son poignard noir à la main, un rictus de vainqueur aux lèvres.

Doubhée eut du mal à la reconnaître. C'était elle, et en même temps, ça ne l'était pas. Cela faisait plus de dix jours qu'elle n'avait pas pris de potion, et la vieillesse l'avait dévastée. La peau de son visage était devenue rugueuse et pendait sous ses joues comme un tissu mouillé ; elle semblait trop grande pour couvrir son petit crâne émacié. Ses cheveux filasse formaient comme un buisson de broussailles sèches autour de sa tête, il n'y avait plus aucune trace de ses boucles dorées. Ses yeux, en revanche, même voilés par les années, brillaient de haine. Ses os saillants menaçaient de transpercer sa peau diaphane, mais ses muscles, eux, réagissaient avec la rapidité de toujours. C'était sa foi aveugle en son dieu qui lui donnait la force de continuer.

— Mon aspect te fait peur, peut-être ? ricana-t-elle en avançant de quelques pas.

Doubhée, elle, recula. Elle n'avait aucune issue. Derrière elle, il n'y avait que la paroi qui venait de s'effondrer, et sur sa gauche, un précipice. Elle était piégée. Elle ne pouvait même pas utiliser son arc, elle n'aurait pas eu la place de tirer. Elle compta mentalement les couteaux qui lui restaient : trois. Ce ne serait pas suffisant.

— Regarde bien ce visage, regarde-moi avec attention, dit Rekla en continuant à avancer.

Doubhée était maintenant le dos au mur.

« Qu'est-ce que je peux faire, qu'est-ce que je peux faire ? »

— Ce que tu vois est mon vrai visage. Sans mes philtres, mes précieux philtres, ceux que tu m'as volés, je serai toujours ainsi. Qu'est-ce que tu comptais faire, par ce geste ? Me vaincre ? Tu pensais que je me rendrais, peut-être ? Sache au contraire que ma volonté est plus forte que jamais, parce que mon dieu ne m'a pas abandonnée.

À cet instant, Doubhée entendit un hurlement provenir de l'autre côté de l'éboulis. Lonerin était en danger, et elle ne pouvait pas l'aider. La panique la saisit brusquement, et cette seconde de distraction lui coûta cher : Rekla se jeta sur elle et lui serra violemment la gorge. Elle avait toujours une poigne d'acier. Très vite, Doubhée sentit l'air lui manquer, tandis que son ennemie la soulevait lentement de terre, le visage contracté par l'effort.

— Filla n'aura aucune pitié pour ton ami !

À ces mots, Doubhée eut un coup au cœur et elle commença à suffoquer. Elle chercha fébrilement un couteau, mais Rekla l'arrêta.

— Pas de combine, lui murmura-t-elle à l'oreille.

Doubhée sentit une nouvelle fois l'insupportable tiédeur de son haleine, tandis que la haine montait sourdement en elle. Quelque chose au fond de son âme venait de bouger.

Rekla la relâcha d'un coup, et Doubhée glissa sur le sol. Pendant qu'elle retombait sur les genoux, la vieille Gardienne des Poisons lui lacéra la poitrine d'un grand fendant transversal. Une longue ligne rouge déchira son gilet, et sa ceinture avec les couteaux à lancer tomba à terre. Les lames sortirent de leurs fourreaux et tintèrent sur la roche. Doubhée essaya de maîtriser sa douleur et se pencha vers ses armes dans l'espoir d'en saisir au moins une. Mais elle avait à peine effleuré l'une des lames qu'une douleur lancinante la bloqua net. Son cri se superposa à un autre, celui d'un homme, de l'autre côté de la paroi.

« Lonerin… »

Lorsqu'elle rouvrit les yeux, elle vit le poignard de Rekla planté dans le dos de sa main. Il l'avait transpercé de part en part et la clouait sur le sol. La moindre tentative pour se libérer agrandissait la tache rouge. Rekla s'agenouilla devant elle et la regarda avec une expression de joie intense.

« Je suis morte. Même dans cet état, elle est plus forte que moi. C'est fini. »

Doubhée trembla de peur et de douleur. Rekla plongea le bout de ses doigts dans le sang qui coulait sur le sol, puis, dans un geste théâtral, elle en admira la couleur à la lumière du soleil.

— Je suis certaine que Thenaar appréciera mon cadeau, dit-elle en souriant.

Et elle arracha brutalement son poignard. Doubhée se sentit mourir, mais elle réagit aussitôt. Elle s'empara d'un des couteaux à lancer et le jeta de toutes ses forces dans la direction de Rekla. Elle avait été si rapide que son ennemie ne réussit pas à éviter le coup. Lorsque Doubhée releva la tête, elle la vit se tenir l'épaule, alors qu'un sang noir et épais comme de l'encre coulait sur son gilet.

— Comment as-tu osé… rugit la vieille femme.

Sa contre-attaque fut foudroyante. Elle fondit sur elle, la cogna sauvagement sur le sol, et une fois à califourchon sur elle, elle lui lacéra l'épaule. Doubhée hurla encore, désespérée. Mais cette fois, il y avait quelque chose de nouveau dans sa voix, une note terrible qu'elle reconnut immédiatement.

Rekla était au-dessus d'elle, et elle sentait tout le poids de ce corps pourrissant lui appuyer sur le ventre.

— Je te conduirai à la piscine de Thenaar, même si c'est la dernière chose que je dois faire dans cette vie. Mais cette fois, je m'assurerai que tu ne me causes plus aucun problème pendant le trajet. Je me moque de l'état dans lequel tu arriveras, j'ai déjà été bien trop clémente avec toi.

Doubhée n'entendait plus qu'une voix lointaine et discordante. Un autre son l'assourdissait : un cri désormais familier qui montait de ses entrailles, et qu'elle avait toujours redouté. Mais maintenant, c'était son seul salut.

Rekla se releva et lui donna un nouveau coup dans l'abdomen. La jeune fille se contorsionna de douleur, puis elle ne sentit plus rien. C'était comme si son corps était brusquement devenu insensible.

Ses doigts se mirent à fourmiller, et cette étrange torpeur se diffusa progressivement dans ses bras pour gagner sa poitrine. Sous son sternum, la Bête poussait pour sortir.

— C'est par ta faute que Thenaar a cessé de me parler ! Il me hait parce que j'ai échoué avec toi, parce que je ne t'ai pas tenue attachée à une chaîne comme un animal ! J'ai été stupide de te laisser libre de fouiller dans les affaires de Son Excellence Yeshol, j'aurais dû t'empêcher de t'enfuir avec le Postulant ! Mais à présent, tu vas payer !

Elle hurla sa rage vers le ciel, et son cri coïncida cette fois avec celui d'un dragon. Tous les animaux autour d'elles étaient agités, la Bête y comprise. Doubhée la sentait palpiter en elle, elle cherchait une issue, mais la potion de Rekla lui interdisait encore de se montrer. Doubhée devait trouver le moyen d'abattre ce mur, sinon elle mourrait.

Rekla lui assena un coup de pied, et lui enserra à nouveau la gorge. Elle n'avait pas l'intention de la tuer, elle la torturait simplement. Un plaisir dont elle voulait jouir jusqu'à la fin.

— Voilà ce que mérite une traîtresse comme toi ! s'écria-t-elle d'une voix extasiée. Tu es piégée, tu n'as plus aucun espoir de salut, et la douleur sera ta compagne jusqu'à ton dernier souffle !

Doubhée essaya de se concentrer. Elle pensa à son premier massacre dans les bois, aux yeux remplis de terreur de ses victimes, au bruit de sa lame qui transperçait leur chair. Une partie d'elle éprouvait un remords inexprimable pour cet acte, et contemplait avec horreur l'abîme dans lequel elle sombrerait si la Bête se libérait et s'emparait de son corps. Une autre, au contraire, se délectait déjà de l'odeur de son sang, folle d'impatience de dévorer l'ennemie qui avait osé la défier.

Rekla tira son poignard et la blessa de nouveau à la poitrine. Doubhée ne sentit presque rien. Ses mains étaient secouées de spasmes et son esprit commençait à perdre contact avec la réalité.

— Une fois que j'aurai offert ta vie à Thenaar, tout redeviendra comme avant, tu comprends ? Ma jeunesse et ma beauté sont un prix que je paie volontiers pour cela !

Doubhée sentit sa volonté faire voler en éclats la dernière barrière. Son esprit se retira volontairement, avec un désespoir égal à celui d'un suicidé qui accomplit le geste fatal.

Les bruits de l'extérieur disparurent, et le silence l'enveloppa. Elle était en train de tomber dans l'abysse, le trou noir qui habitait en elle. Deux yeux rouges comme la braise illuminèrent ce lieu désolé. Elle aurait pu remonter, résister. Mais elle avait fait un choix. Elle respira à pleins poumons l'odeur du corps de Rekla et se retrancha au plus profond de son âme. Une chaleur mortelle l'envahit, et la Bête prit sa place.

Tout à coup, il lui sembla que Rekla se mouvait au ralenti, comme sous l'eau. Devant elle, il n'y avait que la figure pathétique d'une vieille femme fanatique dévorée par la haine. Doubhée bondit, et la Bête rugit.

Elle vit son propre corps se déplacer à une vitesse surhumaine. Elle se releva d'un coup. Rekla perdit l'équilibre et tomba. Cela dura une fraction de seconde.

— Tu rêves, la Bête elle-même ne peut pas me tuer, murmura-t-elle, l'air sûr d'elle.

Doubhée attaqua avec la rapidité de l'éclair et sentit ses mains devenir aussi crochues que des griffes. Sa voix, rauque et inhumaine, était méconnaissable. Elle aperçut son bras à la dérobée et frissonna. Ce n'était plus le sien. La Bête l'avait transformée en une parfaite machine à tuer.

Tous les muscles de son corps frémissaient, tendus à l'extrême, et une terrible soif meurtrière l'emplissait, que rien n'aurait pu assouvir. Sa conscience était écrasée par cet instinct bestial, et elle savait qu'elle ne pouvait plus revenir en arrière.

Elle frappa Rekla plusieurs fois, puis la saisit par le cou et la jeta contre la paroi rocheuse. Le bruit de ses os qui se brisaient la remplit de satisfaction.

Une voix tout au fond d'elle-même s'insurgea, mais il était trop tard.

Malgré l'effroyable coup qu'elle avait reçu, son adversaire trouva encore la force de réagir. Elle se redressa et lui fit face, serrant son poignard dans une main et un couteau à lancer dans l'autre.

— Ma foi est plus forte que ta malédiction. C'est Thenaar qui me donnera la force !

La vieille Gardienne des Poisons se mit à frapper au hasard, avec une incroyable agilité. Elle réussit à effleurer Doubhée à plusieurs reprises, et de fins arcs rouges se dessinèrent dans l'air, tandis que l'odeur pénétrante du combat saturait la clairière. Les dragons, affolés, se remirent à rugir : Doubhée les entendait au loin, presque comme en rêve. Elle n'éprouvait rien, à part une folle excitation.

Elle souleva Rekla en l'air comme elle l'aurait fait d'une brindille, et se mit à la frapper. Son poing était aussi coupant qu'une lame.

Son esprit s'épouvanta. Elle ne pouvait pas ne pas entendre les hurlements de Rekla, de plus en plus désespérés, ne pas sentir son corps céder sous ses coups. Doubhée était au bord de la folie. Son corps ne lui appartenait plus, elle ne pouvait même pas fermer les yeux sur ce qu'elle était en train d'accomplir, elle n'arrivait pas à s'arrêter, elle ne pouvait s'empêcher de se délecter de ces cris.

À la fin, elle saisit le corps désormais inerte de Rekla et le cogna sur le sol. Elle était presque mourante, mais pour la Bête ce n'était pas suffisant. Doubhée lui mit les mains autour du cou et serra, serra, tandis qu'elle sentait les pieds de sa victime se débattre convulsivement.

Les os de son cou se rompirent sous ses doigts d'acier, et Doubhée souhaita mourir elle aussi, pour ne plus être la spectatrice de cette horreur.

Enfin, elle relâcha sa prise et se retourna. Des pierres avaient été déplacées dans le mur d'éboulis, et dans le trou qui s'était ouvert elle aperçut Lonerin, hébété, aux côtés de Filla qui hurlait de douleur.

La Bête ricana d'un air mauvais.

Le magicien commença à déplacer à la main les pierres éboulées. Il était à bout de forces, mais il avait entendu Doubhée hurler plusieurs fois.

— Tu n'arriveras pas à temps. Ma Maîtresse ne fait pas de quartier quand elle sent la main de son dieu au-dessus de sa tête, dit Filla.

— Tais-toi !

Il décida d'utiliser la magie. Il avait encore assez d'énergie pour invoquer un enchantement de lévitation. Mais il devait se dépêcher, Doubhée avait sûrement besoin de lui. Il joignit les mains, hurla la formule. Une à une, les pierres se détachèrent, roulant le long de l'escarpement, accompagnées par les rugissements des dragons.

Puis un nouveau hurlement déchira l'air. C'était une plainte inhumaine, rauque, sauvage. Lonerin se figea instantanément.

« Non, Doubhée, non ! »

Il se concentra pour accélérer encore, les pierres s'élevèrent du sol de plus en plus vite, tandis que l'énergie s'écoulait de ses mains jointes en un puissant fleuve bleuté. Il lui suffit d'un regard jeté dans un interstice pour comprendre. De l'autre côté de l'éboulis se tenaient deux personnes : Doubhée, et la silhouette noire d'une Victorieuse. Mais Doubhée était méconnaissable.

Jusque-là, lorsque la Bête avait fait surface, Doubhée avait toujours conservé son aspect physique. Seul son visage prenait une expression de férocité.

À présent, au contraire, tous ses membres étaient gonflés par cette force occulte que seule la malédiction pouvait donner. On aurait dit un fauve.

Comme la première fois où il l'avait vue en action, Lonerin demeura pétrifié.

Doubhée avait le visage contracté dans une terrible grimace, et elle était penchée sur le corps de Rekla, les mains serrées autour de sa gorge. Lonerin voyait les pieds de la femme s'agiter dans l'air, mais à chaque seconde qui passait ses mouvements étaient plus lents et plus faibles. Sa bouche était grande ouverte.

— Arrête !

Le cri derrière lui le fit sursauter. Filla essayait désespérément de se libérer de l'enchantement qui le maintenait attaché. Il regardait la scène avec effroi, les yeux fous de douleur.

Puis les pieds de Rekla cessèrent de bouger, et un bruit horrible d'os brisés remplit le silence assourdissant qui avait suivi le hurlement de Filla. Doubhée ne lâcha pas sa proie, elle se contenta de tourner la tête vers eux, les yeux brillant d'une lumière terrible. Le sang de Lonerin se glaça. Ce n'était pas elle. Cela ne pouvait pas être elle. Ce regard, ce rictus sur ses lèvres, ce visage barbouillé de sang.

— Maîtresse ! hurla Filla, complètement hors de lui.

Bien qu'épuisé, il avait réussi à dégager un de ses bras et se traînait désespérément vers la brèche ouverte par Lonerin.

— Résistez, Maîtresse, résistez !

Il semblait avoir perdu la raison.

« La malédiction l'a dévorée », pensa Lonerin avec une horreur croissante.

Soudain, dans un bond inhumain, Doubhée traversa la brèche et se jeta furieusement sur Filla.

Il la vit le lacérer avec ses mains monstrueuses, ces mêmes mains qui l'avaient caressé quelques jours plus tôt.

Jamais Lonerin n'avait été à ce point submergé par la terreur. Il ne pouvait rien faire d'autre que regarder. L'espace d'un instant, il croisa le regard de Filla. Il ne semblait pas avoir peur pour lui-même, il continuait seulement à regarder le pantin désarticulé qui gisait de l'autre côté de l'éboulement, avec une expression d'infinie tristesse.

— Lâche-le !

Les mots lui vinrent spontanément aux lèvres, même s'il en ressentait toute la vanité.

« Il faut que je la libère, il le faut ! »

Il se jeta sur elle, s'agrippa à son dos musclé. Sa force était impressionnante, et d'un haussement d'épaules, elle l'envoya s'écraser sur la paroi rocheuse. Le jeune homme accusa le coup et sentit le souffle lui manquer. Quand il releva la tête, Doubhée était devant lui, assoiffée de sang, il le lisait dans ses yeux.

— Reviens à toi, je t'en prie.

Elle s'immobilisa, l'air féroce, mais elle ne l'attaqua pas. Elle semblait confuse.

Lonerin ne voyait qu'une seule solution : il cria le mot « lithos » de toute la force de ses poumons, et Doubhée se raidit immédiatement. Le magicien s'accorda un dixième de seconde pour reprendre son souffle, puis il fouilla nerveusement dans la besace. Lorsque ses doigts effleurèrent le verre froid, il eut un regain d'espoir. Ils pouvaient encore s'en sortir.

« Elle est là, derrière, et il suffit d'une gorgée de potion pour que tout redevienne comme avant. Ce n'est qu'un terrible accident, rien de plus. Doubhée n'est pas perdue, elle n'est pas perdue ! »

Il courut vers elle. Recroquevillé sur le sol, Filla versait des pleurs silencieux

— Maîtresse... Maîtresse... Rekla... murmura-t-il dans un souffle, le regard toujours fixé sur le corps sans vie.

Puis ce fut le silence.

Lonerin ouvrit de force les lèvres de Doubhée et lui versa dans la gorge toute la potion que contenait l'ampoule. Il vit ses membres se libérer lentement de la malédiction, puis il la sentit s'affaisser dans ses bras, faible et fatiguée. Mais il eut beau scruter attentivement son visage, il ne vit pas affleurer la Doubhée qu'il connaissait. Ses yeux étaient toujours injectés de sang, son expression pleine de cruauté.

« Elle est là, la malédiction ne l'a pas dévorée ! »

se répétait-il avec désespoir, mais il avait de plus en plus de mal à y croire.

La douleur le frappa comme un coup de poing.

— Doubhée... Doubhée...

Il l'allongea sur le sol en lui soutenant la tête. Elle ferma les yeux ; la pâleur de son visage était indescriptible. Quelques instants s'écoulèrent, puis quelque chose bougea sous ses paupières. Elle entrouvrit les yeux, et Lonerin y retrouva les puits noirs qu'il aimait tant. Les traits de son visage se relâchèrent en une simple expression de douleur. La malédiction était de nouveau sous contrôle.

— Merci, merci... murmura Lonerin, encore incrédule.

Il la garda serrée contre lui, la berçant entre ses bras.

— Tout va bien, Doubhée, tout va bien. Je t'ai donné de la potion, tu vas te sentir mieux maintenant.

Elle le regarda et murmura son nom. Ensuite, elle perdit connaissance.

TROISIÈME PARTIE

Je les ai vus monter tous les deux sur Oarf, d'abord Nihal, puis Sennar. Il n'y avait que moi et Soana, ainsi qu'ils l'avaient voulu. C'est un choix que je comprends, et qu'il me semble que nous devrions tous accepter. Nous nous sommes salués rapidement, une brève accolade, quelques mots. Tout ce que nous avions à nous dire avait déjà été dit durant les soirées précédentes. Ensuite, Oarf a déployé ses grandes ailes, il en a battu plusieurs fois dans l'air léger du petit matin. Et puis il a pris son envol, et Soana et moi les avons vus devenir toujours plus petits, tandis qu'ils prenaient la direction du Saar.

Ils sont partis, c'est un fait. Et ils ne reviendront pas. Ils sont allés sur les Terres Inconnues.

EXTRAIT DE LA DÉPOSITION D'IDO
EN RÉUNION PLÉNIÈRE DU CONSEIL
APRÈS LA DISPARITION
DU CHEVALIER DU DRAGON NIHAL
ET DU CONSEILLER SENNAR.

20
SAUVETAGE

Lonerin se retrouva seul, l'ampoule vide dans une main, et l'autre qui soutenait la tête de Doubhée. Après tout ce vacarme, le silence de la plaine semblait surnaturel.

Il regarda autour de lui, abasourdi. Au-delà de l'éboulis, il y avait le corps de Rekla, tas noir au milieu d'une flaque de sang. À quelques pas, presque comme un reflet de l'image de la Gardienne des Poisons, il y avait Filla. Lui aussi abandonné sur le sol, le corps désarticulé.

Lonerin s'attarda un moment sur son visage, sur les yeux ouverts et emplis d'horreur qu'il tournait vers la femme aimée. La dernière chose qu'il avait vue, sa dernière pensée. La haine qu'il avait éprouvée pour cet homme s'évapora complètement, se transformant en pitié. Pourquoi toute cette douleur ? Pour qui ? Pour Thenaar ?

Il baissa les yeux sur Doubhée, toujours inconsciente entre ses bras. Elle était livide. Cette fois non plus, il n'avait pas réussi à la sauver. Malgré son amour et son dévouement, la malédiction était sur le point de la dévorer à jamais. Lonerin était fatigué, il n'avait plus la force de continuer. C'était trop. Il serra Doubhée contre lui et sentit le faible battement de son cœur. Il aurait voulu pleurer.

« On a besoin de ton aide, idiot, réveille-toi ! »

Il se reprit et essaya d'analyser la situation, en commençant par évaluer l'état physique de Doubhée. Mais ce fut difficile : il était rongé par l'angoisse, et rester lucide lui demandait un gros effort.

Doubhée avait une large entaille sur la poitrine, et l'une de ses mains était transpercée de part en part. Elle avait des égratignures et des bleus partout, sa respiration était faible, sa pâleur inquiétante. S'il ne prenait pas rapidement une décision, il risquait vraiment de la perdre.

« Reste lucide, Lonerin, tu dois rester lucide ! »

Pris de haut-le-cœur, les joues ruisselant de larmes, il aurait voulu hurler, et demander de l'aide au ciel. Mais il était désespérément seul.

Les doigts tremblants, il effleura les plaies de Doubhée : même si elles n'étaient pas trop graves, elle avait déjà perdu trop de sang. Il fallait arrêter l'hémorragie, mais il n'avait jamais vu personne dans un tel état, et il était totalement démuni devant une situation de ce genre.

Son cœur battait à se rompre et ses oreilles bourdonnaient. Une voix à l'intérieur de lui criait sans trêve, terrorisée.

Il posa lentement la tête de Doubhée sur le sol, se prit le front entre les mains, secoué de frissons. Ses pensées n'arrivaient pas à se détacher de toutes les images de mort qu'il avait vues dans sa vie, une en particulier : un corps blanc, drapé d'une longue tunique claire maculée de sang à la hauteur du cœur, et des cheveux noirs tombant sur le front et sur les épaules. Sa mère, dans la fosse commune.

Doubhée était une victime de la Guilde, comme elle. L'une était la femme qu'il n'avait pas réussi à protéger, l'autre celle qu'il voulait sauver à tout prix. C'était comme si elles partageaient le même destin, et la même place dans son cœur. Il hurla de désespoir.

« Calme-toi, calme-toi ! » s'intima-t-il, et il tenta à nouveau de raisonner.

Il arracha une partie de sa tunique, la mouilla avec l'eau de sa gourde, et commença à laver les blessures. Elles étaient trop nombreuses, et le sang les mêlait toutes. D'ailleurs, il épuisa sa réserve d'eau avant d'avoir fini.

« Nous sommes perdus… cette fois, on ne s'en sortira pas. »

Il essaya de repousser cette pensée aux limites de sa conscience, mais il n'y parvint pas.

Il découpa ce qu'il restait de sa tunique en bandes fines. Il n'y en avait pas assez, et en plus, elles étaient courtes. Il voulut alors déchirer son manteau, mais c'était une opération complexe pour son état physique. Il se mit à crier de rage et d'épuisement.

Il décida de ne s'occuper que des blessures les plus profondes. Il serra Doubhée aussi fort qu'il le pouvait, et le sang lui englua les mains. Il réprima un nouveau haut-le-cœur et cria la formule de guérison. Il comprit aussitôt qu'elle ne fonctionnerait pas : l'énergie s'écoulait de ses paumes en un maigre flux discontinu.

« Tu es déjà passé par là. C'est comme dans le désert, allez, concentre-toi ! »

Eh bien non, ce n'était pas comme cette fois-là. Il était exténué, Doubhée était dans un état pire encore, et là, personne ne pouvait venir les aider. Ils étaient seuls et perdus dans un lieu inconnu.

Il passa aux autres plaies. Il essayait d'utiliser la magie sur chacune d'elles, mais il était trop fatigué pour réussir à les guérir. Ses mains commencèrent à trembler, tandis que l'image indélébile de la fosse commune tournait en boucle dans son esprit.

« Cette fois ce sera différent ! Elle, la Guilde ne me la prendra pas ! »

Quand il eut terminé, il tenta de soulever Doubhée à bras-le-corps pour s'éloigner de cet endroit ; ses jambes cédèrent sous son poids. À la troisième tentative, il parvint à la hisser sur ses épaules, mais son équilibre restait précaire.

Il n'avait aucune idée de la direction à prendre. Cependant, le plus logique était de continuer sur le sentier. « Pourvu que la maison de Sennar soit proche ! » se dit-il, puis sa mission elle-même lui sembla brusquement absurde. Et il eut le sentiment de ne plus avoir de but.

Il était vaincu. La Guilde l'avait écrasé. Étouffer sa haine et s'unir à la résistance pour la combattre avaient été inutiles. Le dieu noir était plus puissant et dévorait tous ceux qu'il aimait.

Il tomba sur les genoux, à deux doigts d'abandonner. Les larmes lui brouillèrent la vue et tout, autour de lui, devint indistinct et confus.

C'est à cet instant qu'il eut la sensation de ne pas être seul. Il plissa les yeux : de vagues formes arrondies étaient sorties de derrière les rochers qui bordaient le sentier et se dirigeaient vers lui. Elles avaient assisté à l'affrontement, alertées par les rugissements des dragons, sans oser intervenir. Or, maintenant, devant cet homme qui pleurait, elles n'avaient plus peur et se montraient à découvert.

Lonerin n'avait fait que quelques pas avec Doubhée sur ses épaules, mais il n'avait pas la force de se relever. Il se laissa glisser à terre, et la jeune fille retomba sur son dos avec un bruit sourd. Il jura contre le ciel ; puis, en levant les yeux, il vit clairement l'un de ces êtres. C'était une créature des plus bizarres, mais il ne prit pas le temps de se demander ce qu'elle était ni ce qu'elle voulait. Il se réjouit simplement de n'être plus seul, et de l'aide que cette créature lui apporterait peut-être.

La créature était à peu près de la taille d'un gnome, mais plus fine et élancée. Elle portait longs les cheveux et la barbe, ornés de colifichets qu'il n'avait jamais vus dans le Monde Émergé. Sous sa chevelure épaisse et hirsute, d'une couleur tirant entre le noir et le bleu, apparaissaient deux oreilles pointues.

— Elle va mal ! hurla Lonerin. Aidez-nous !

Le gnome avait une lance à la main et une épée attachée à sa ceinture. Torse nu, il n'était vêtu que d'un pantalon en peau. Il continua à le regarder sans broncher.

Lonerin indiqua Doubhée.

— Mal ! Aidez-nous !

Quatre créatures apparurent, habillées de la même façon, leurs lances pointées sur lui. Mais leurs visages n'étaient pas hostiles.

Lonerin essaya encore une fois de se relever, mais il ne parvint qu'à se traîner douloureusement sur les genoux.

— Je vous en prie, aidez-moi ! hurla-t-il à nouveau, et les créatures reculèrent de quelques pas.

Elles se regroupèrent et discutèrent à voix basse en les indiquant alternativement, lui et Doubhée qu'il tenait dans ses bras.

L'une d'elles finit par s'approcher.

— Araktar mel shirova ?

Lonerin demeura interdit. Cet idiome étrange lui rappelait vaguement quelque chose, mais il n'arrivait pas à savoir quoi. Il était trop bouleversé et fatigué pour réfléchir.

— Au secours… murmura-t-il.

Le gnome le regarda tristement, puis fit signe aux autres. Deux d'entre eux disparurent en courant, tandis que les deux autres l'aidaient à étendre Doubhée sur le sol. Lonerin était troublé.

— Au secours, murmura celui qui s'était approché de lui.

Le jeune magicien poussa un soupir de soulagement.

— Oui, oui, au secours, au secours… répéta-t-il en partant d'un rire hystérique.

Il était sauvé !

Il se jeta sur le sol près de Doubhée et lui caressa les cheveux.

— Nous sommes sauvés… Maintenant, ils vont te soigner, j'en suis sûr… Nous sommes sauvés.

Il prit sa main et la serra. Il n'arrivait pas à détacher les yeux de son visage. Il se sentait soudain si infiniment léger, si terriblement heureux et soulagé et… au bord de l'effondrement. Il n'avait plus d'énergie, et ses yeux se fermaient tout seuls.

Pendant qu'il était penché sur Doubhée, le gnome l'observait, l'expression indéchiffrable. Lorsqu'il le vit plus calme, il lui demanda :

— De là ? en indiquant du doigt à l'horizon la gorge d'où ils étaient partis.

— Je ne comprends pas… répondit Lonerin.

L'autre s'abîma un long moment dans ses pensées.

— Eraktar Yuro… terre… de là… fleuve…

En se concentrant, Lonerin finit par deviner. Il hocha la tête vigoureusement.

— Oui, du Monde Émergé, moi, et la fille !

Le gnome sourit, en hochant la tête à son tour.

— Ghar, ghar… Monde Émergé… Eraktar Yuro.

Lonerin se souvint tout à coup qu'il avait étudié cette langue. Comment avait-il fait pour ne pas la reconnaître ? C'était la langue elfique, ou une variante très semblable.

L'étrange individu le regarda en souriant.

— Je peu parler barbare, peu.

Lonerin remit à plus tard l'élucidation de ce mystère. C'étaient leurs sauveurs, cela lui suffisait.

Sur ces entrefaites, ceux qui avaient été envoyés en éclaireurs revinrent, accompagnés d'une importante escorte de leurs congénères. Ils étaient tous plus ou moins vêtus de la même manière que les autres, et amenaient avec eux un animal tenu par une chaîne. On aurait dit un tout jeune dragon, étant donné ses proportions, mais il n'avait pas d'ailes. Un harnais partait de sa bouche, passait sur son dos et traînait une civière. Ils y déposèrent Doubhée, dont les jambes dépassèrent. C'était un moyen de transport adapté aux gnomes, pas aux humains.

La créature devant lui lui fit signe de se lever.

Lonerin réussit à se redresser tant bien que mal.

Ses jambes le soutenaient difficilement, et pourtant il resta près de Doubhée en lui tenant la main. Il ne voulait pas la laisser. Au prix d'un énorme effort, il se mit à marcher aux côtés de ses sauveurs.

Le Maître était auprès d'elle. Il lui tenait la main, lui caressait le front. Il lui murmurait des paroles de réconfort.

— Je suis contente que tu sois revenu... lui dit-elle en le regardant dans les yeux.

À présent qu'elle revoyait son visage, elle se rendait compte à quel point il lui avait manqué.

— Je ne vais pas rester, tu le sais.

— Alors c'est moi qui resterai.

Le Maître soupira et la scruta avec affection.

— Tu ne crois pas qu'il est temps d'oublier et de recommencer depuis le début ?

Elle lui serra fort la main.

— Je ne veux rien d'autre que toi.

— Mais je suis parti, et cela n'a pas de sens que tu continues à me chercher.

Il la regarda intensément, de cette manière qu'elle adorait, et ajouta :

— Lui, ce n'est pas moi.

Doubhée aurait voulu pleurer.

— Je sais, souffla-t-elle.

Puis l'obscurité dans laquelle ils étaient plongés se fondit en un nuage de lumière aveuglante, emportant le Maître avec elle.

« Ne m'abandonne pas ! » aurait voulu crier Doubhée, mais les mots moururent sur ses lèvres.

Ses yeux s'ouvrirent brusquement et elle sentit le poids de son propre corps allongé sur un lit moelleux, et une douleur sourde, diffuse, qui se concentrait ici ou là en des élancements aigus. Elle s'aperçut qu'un bon tiers de ses jambes dépassait du matelas de feuilles sèches.

Elle battit des paupières, et la lumière commença à se dissoudre, se coagulant en des formes plus précises. Une fenêtre, un toit verdoyant, un coffre. Et enfin, un visage connu.

— Ça va ? lui demanda Lonerin, penché au-dessus d'elle.

Doubhée le regarda en silence pendant quelques instants. Elle ressentait une affection profonde pour ce garçon et elle était heureuse de le revoir. Rien d'autre. Elle referma les yeux.

— Tu as plusieurs blessures, c'est pour cela que tu te sens si mal.

Doubhée rouvrit les yeux, s'efforçant de sourire. Mais les souvenirs commençaient déjà à affluer les uns après les autres, intolérables. Des images qu'elle aurait voulu effacer, mais qui encore une fois étaient gravées dans son esprit de manière indélébile. La dernière était celle de Filla se débattant désespérément entre ses mains, en répétant sans relâche un nom, avec amour et douleur : Rekla.

— Nous sommes sauvés, comme tu le vois, dit Lonerin, interrompant le flux de ses pensées.

Doubhée se concentra sur le jeune magicien, et sur ce qu'elle apercevait derrière lui de l'endroit où ils se trouvaient. C'était une cabane aux murs et au toit de feuilles séchées. Le plafond était excessivement bas, et à sa base s'ouvrait une grande fenêtre donnant sur un enchevêtrement d'arbres, baignés par la lumière rouge du coucher de soleil sur le ciel serein. Le lit où elle était étendue était plutôt court, flanqué d'une chaise et d'un coffre finement ouvragé avec des motifs qui lui rappelaient quelque chose de connu.

— Tu dois te demander où nous sommes, j'imagine, sourit Lonerin.

Doubhée hocha la tête.

— Nos sauveurs sont des gnomes. Des gnomes particuliers, avec des oreilles en pointe et des cheveux bleus.

Il avait l'air satisfait et même enthousiaste. Il était tranquille, contrairement à elle. Parce qu'il était vraiment sauvé, lui. Quant à elle, elle était encore aux prises avec ses souvenirs, piégée dans les rets de la Bête. Une différence de plus entre eux, et de taille.

— Ils sont le fruit d'un croisement entre les gnomes et les Elfes, qui apparemment vivent à quelques lieues d'ici, sur la côte.

Cette fois, entendre nommer les Elfes, ce peuple perdu et mythique qui avait coloré ses rêves, laissa Doubhée de marbre.

— Ils parlent elfique, et s'appellent eux-mêmes « Huyé », un nom péjoratif que leur ont donné les Elfes, si j'ai bien compris. Ça veut dire « petits », « nains ».

— Ce sont eux qui nous ont sauvés ? demanda Doubhée d'une voix lasse.

Elle ne s'intéressait pas vraiment à l'histoire, mais bavarder l'aidait à éloigner les images de mort qui lui remplissaient la tête.

— Ils sont sortis de nulle part pile au moment où je pensais que nous étions perdus. Tu étais couverte de sang, et moi complètement épuisé par la magie… J'ai cru que nous allions mourir, que *tu* allais mourir, et ça, c'était pire que tout.

Doubhée ne fut même pas touchée par cette espèce de déclaration d'amour. Désormais, elle avait cessé de croire à un avenir avec Lonerin. Le rêve avec lequel elle s'était réveillée lui revint à l'esprit, l'image du Maître qui lui parlait. C'était vrai. Lonerin n'était pas Sarnek, et il ne le serait jamais. Et elle ne cherchait rien d'autre en lui que son ancien Maître.

Lonerin s'attarda sur le récit des brèves conversations en elfique qu'il avait eues avec les Huyé, puis sur celui de leur arrivée dans ce village, et enfin sur le temps durant lequel elle était restée inconsciente. Il était enthousiasmé d'avoir rencontré un nouveau peuple, son âme d'explorateur était galvanisée. Doubhée au contraire se sentait étrangère à tout cela, comme si elle faisait partie d'un autre monde. Lentement, elle commença à s'extraire de la conversation. La voix de Lonerin lui parvint de plus en plus confusément, elle était en train de replonger dans son enfer personnel.

— Tu m'écoutes ?

Doubhée tourna la tête vers lui.

— Oui…

— Je te parlais de tes blessures. Aucune n'est vraiment sérieuse, et par chance, ce peuple est très versé dans l'art sacerdotal. Tu te remettras vite.

La jeune fille esquissa un sourire, et Lonerin la regarda longuement en silence.

— Tu ne dois pas te tourmenter. Ce n'était pas toi, dit-il brusquement.

« Facile à dire », pensa Doubhée. Mais comment lui expliquer que cela comptait peu ? Comment lui dire que chaque fois que la Bête faisait surface, quelque chose en elle se brisait ? Comment lui faire comprendre que cette malédiction faisait partie d'elle désormais ?

— Je l'ai laissée faire, murmura-t-elle en détournant les yeux.

— C'était la seule issue, rétorqua-t-il avec conviction.

— Mais j'ai à nouveau commis un massacre.

Doubhée planta ses yeux dans ceux de Lonerin et vit qu'il ne pouvait pas comprendre. Quelqu'un qui n'avait jamais tué ne le pouvait pas, il y aurait toujours un voile entre elle et le monde des gens normaux, ceux qui n'avaient pas goûté au sang.

Lonerin soupira.

— Tu n'es pas la seule à avoir fait des choses terribles.

Cette fois, Doubhée fut stupéfaite. Elle se rappelait clairement avoir tué Filla de ses propres mains.

— J'étais sur le point de le tuer, cet Assassin…

Elle continuait à le fixer d'un air perplexe.

— Il essayait de te tuer, tu n'aurais rien fait de mal…

— J'ai utilisé la magie interdite.

Il s'arrêta, presque honteux. Devant la mine perplexe de Doubhée, il poursuivit :

— La magie se fonde sur l'équilibre des forces naturelles et la façon d'en tirer parti. Un magicien ne fait jamais rien contre nature : il se contente de plier les lois naturelles à sa propre volonté, de façon qu'elles le secondent. C'est pour cette raison qu'il y a des choses que l'on ne peut pas faire. Se servir de la magie pour blesser, ou pour tuer, par exemple. Ce sont des actes qui subvertissent la nature, la bouleversent. C'est ce qu'on appelle la magie interdite, celle dans laquelle excellait le Tyran. Celui qui formule un enchantement de ce type met en jeu son âme, il la vend au mal pour avoir la force nécessaire d'accomplir ce qu'il souhaite. Ce n'est pas une magie qu'on peut pratiquer impunément : elle te corrompt de l'intérieur, te pousse à des actions infâmes, et finalement te détruit.

Doubhée reconnut immédiatement les caractéristiques de sa malédiction. Le sceau qui lui avait été apposé appartenait sûrement à ce genre de magie.

— J'ai utilisé une de ces formules contre l'homme qui accompagnait Rekla. Et pas parce qu'il m'attaquait ou qu'il allait me tuer. Je sais comment arrêter un ennemi sans le tuer.

Il déglutit.

— Je l'ai fait parce que c'était un Assassin. Il n'y avait pas d'autre raison.

La jeune fille repensa immédiatement au moment où Lonerin était tombé dans le précipice, à la haine qui emplissait ses yeux, si insolite chez lui, et si brûlante.

— Pourquoi les hais-tu ?

— Quand j'avais huit ans, j'ai attrapé la fièvre rouge.

Doubhée connaissait cette maladie, l'un des fléaux du Monde Émergé depuis des siècles. Elle touchait principalement les enfants, et se manifestait par des fièvres hémorragiques inguérissables. On en mourait presque toujours vidé de son sang.

— Ma mère était seule, mon père l'avait quittée avant ma naissance, et elle n'avait que moi. Alors, elle a été voir le dieu noir, Thenaar, et elle s'est offerte comme Postulante.

Lonerin passa la main sur son visage et reprit :

— J'ai guéri, mais ma mère n'est jamais revenue. Nous sommes même allés la chercher au temple, avec la voisine à qui elle m'avait confié, mais il n'y avait plus aucune trace d'elle. Ce n'est que quelques mois plus tard que j'ai su ce qui lui était arrivé. Il y avait un champ, près de l'endroit où nous jouions, les enfants du village et moi… il était plein d'ossements… nous l'avons découvert avec mes amis… Nous y sommes allés… et elle… elle était là.

Doubhée imagina la scène et frissonna. Elle se tut. Qu'aurait-elle pu dire ?

— Nous l'avons emportée et enterrée. J'ai été confié à l'un de mes oncles. Pendant plusieurs années, je n'ai rêvé que d'une seule chose : me venger par tous les moyens. J'allais anéantir la Guilde, et tuer tous ces porcs au péril de ma vie. Puis j'ai rencontré le maître Folwar, qui m'a montré un autre chemin. Il m'a dit que la rancune ne me mènerait nulle part. Je devais au contraire la transformer en force. C'est pour cela que je me suis mis à étudier la magie, pour donner un but à ma douleur et à ma haine. Et c'est aussi pourquoi j'ai demandé à infiltrer le temple, et que j'ai continué cette mission.

Doubhée baissa les yeux. Le jeune magicien lui apparaissait soudain sous un jour nouveau.

— Je lui ai brûlé la main. Et j'ai eu plaisir à le faire. Et alors que j'avais compris qu'il combattait par amour pour Rekla, j'ai souhaité qu'il meure. Puis, au dernier moment, je me suis retenu.

Encore une différence entre eux deux. Lui, il avait encore son libre arbitre, il pouvait s'arrêter au bord du gouffre. Elle non. Elle se laissait toujours entraîner au-delà.

— Moi aussi, je me suis trompé. Moi aussi, j'ai cédé. Tu ne dois pas te sentir coupable.

Doubhée eut un sourire amer.

— Comment peux-tu comparer ton instant de faiblesse avec le carnage que j'ai fait là-bas ?

— Tu n'étais pas toi-même, et tu n'avais pas le choix. Tu crois franchement qu'il aurait mieux valu laisser Rekla te tuer ? Qu'est-ce que tu y aurais gagné ?

La jeune fille baissa les yeux. Elle ne le savait pas, mais tout aurait été préférable à la douleur qu'elle éprouvait maintenant, à l'horreur qu'elle ressentait pour elle-même.

— C'est la malédiction, c'est ce maudit sceau qui te dévore et qui te fait te sentir si mal. Ce n'est pas toi, tu comprends ?

Lonerin lui prit fermement la main, et la serra en la regardant droit dans les yeux.

— Tu n'as jamais tué, tu ne peux pas comprendre… La question n'est pas : pourquoi, Lonerin. Ça ne compte pas de savoir si tu avais raison ou pas en prenant cette vie ; ça ne compte pas que ce soit un accident ou non. Ce qui compte, c'est que tu l'aies fait. Et plus rien n'est comme avant. La mort t'entre dans les veines, elle t'intoxique. Mon Maître.... c'est pour ça qu'il est mort. Et la Bête... elle n'est pas en dehors de moi, elle est en moi.

Lonerin secoua vigoureusement la tête.

— Non, tu te trompes. Toi, tu n'es pas une meurtrière et tu ne l'as jamais été. Ce sont les circonstances et maintenant la malédiction qui t'ont réduite à cet état. Toi, tu n'as rien à voir avec la mort.

Son regard était intense et sincère. Il croyait réellement à ce qu'il disait, ou du moins, il voulait y croire. Doubhée sentit son cœur se serrer.

« S'il m'aimait, il comprendrait. Et si je l'aimais, ce regard me suffirait. »

Mais il ne lui suffisait pas. Elle était seule. Seule, avec l'horreur en elle. Et bien qu'il l'ait vue, il ne comprenait pas.

— Je t'ai juré de te sauver, et je le ferai. Je te libérerai de cette malédiction, aucun obstacle ne m'arrêtera, et tu n'auras jamais plus à accomplir d'actes aussi terribles. Avec ma mère, je n'y ai pas réussi, mais avec toi, ce sera différent. Quand j'éliminerai le sceau, tu seras enfin libre.

Comme cela sonnait faux ! Même s'il arrivait à la libérer de la malédiction, il ne pourrait pas la sauver. Parce que sa cage n'était pas seulement le sceau. Sa prison était bien plus étendue, et il ne l'avait jamais vue.

Doubhée sourit pourtant. Elle serra sa main. Sa tentative pour l'aimer la touchait.

— Merci, murmura-t-elle, la voix lourde de pleurs.

Il chercha sa bouche pour un long baiser, et elle sut que ce serait le dernier.

21

UNE VIEILLE DETTE

Dohor entra dans le temple d'un pas martial. Yeshol l'attendait déjà, agenouillé devant la statue de Thenaar. Il était en train de prier, Dohor l'entendait psalmodier depuis la porte. Il fit la grimace. Il n'avait jamais été religieux. Sa femme, elle, s'était souvent raccrochée à la foi, surtout au moment de mourir, quand la maladie l'avait déjà rongée. Lui ne voyait la religion que comme un simple instrument de pouvoir, et il éprouvait de la pitié pour ceux qui y croyaient vraiment.

« Les dieux existent, Dohor, et un jour tu devras leur rendre des comptes », lui avait dit un jour Sulana. Et pour toute réponse, il lui avait ri au nez : de son point de vue, ce n'étaient que de stupides superstitions.

— Eh bien ? dit-il d'une voix de stentor en arrivant au niveau de Yeshol.

Il vit les épaules du vieil homme se redresser un instant, puis il entendit à nouveau résonner sa prière.

Il n'en finissait pas de s'étonner de l'impertinence de cet homme à son égard, mais c'est aussi justement pour son indépendance qu'il l'appréciait.

Quand il eut terminé, Yeshol se releva. Il s'inclina devant lui et murmura :

— J'étais en train de prier.

Une justification qui surprit Dohor par sa simplicité inouïe et son impudente hardiesse. Mais il décida qu'il était inutile de faire valoir son autorité.

— En effet, tu obéis à un Seigneur plus puissant que moi, n'est-ce pas ? s'écria-t-il d'une voix railleuse.

Yeshol répondit par un sourire énigmatique, puis il devint sérieux.

— Je vous ai fait appeler parce que j'ai une nouvelle très grave à vous annoncer.

Dohor ne s'inquiéta pas trop de ce préambule. Pour Yeshol, toutes les nouvelles qu'il lui donnait étaient d'une extraordinaire importance.

— Alors ? le pressa-t-il, impatienté.

— Un ennemi a subtilisé des mains de l'un de mes meilleurs Victorieux le jeune garçon dont nous avions besoin.

« C'est bien ce que je pensais, rien d'intéressant », songea Dohor.

— C'est ton problème, rétorqua-t-il. Tu dois résoudre ce genre de choses toi-même. Je t'ai déjà trop aidé, et je te rappelle que par ta faute j'ai perdu un dragon et un chevalier.

— L'ennemi en question est Ido.

Un silence de plomb s'abattit sur le temple. Dohor sentit son cœur s'arrêter. Cela faisait au moins trois ans qu'il n'avait plus entendu prononcer ce nom, et sincèrement, il espérait ne plus jamais l'entendre.

— Un gnome borgne, avec une longue cicatrice blanche sur la moitié gauche du visage. Il a tué l'un de mes hommes, et a laissé l'autre sans connaissance à la frontière entre la Grande Terre et la Terre du Feu. C'est lui qui me l'a décrit en ces termes, en ajoutant qu'il s'agissait d'un individu âgé mais expert dans l'art du combat.

Les mains de Dohor furent prises d'un tremblement qu'il ne parvint pas à dissimuler.

— Où est-il ? demanda-t-il, la voix pleine d'une colère retenue.

Yeshol secoua la tête.

— Nous ne le savons pas avec exactitude. Probablement toujours sur la Terre du Feu, caché quelque part à panser ses blessures. Il était mal en point, d'après ce qu'a dit mon Victorieux.

Dohor sentit se réveiller en lui d'anciens souvenirs pénibles. La résistance dans l'aqueduc de la Terre du Feu, les incursions continuelles d'Ido sur ses bases, la longue guerre et la bataille finale dans les canaux souterrains. Il avait perdu un millier d'hommes là-dessous, tout ça pour débusquer une centaine de rebelles.

— L'aqueduc, dit-il dans un souffle.

— C'est aussi ce que nous croyons. Apparemment, il n'a pas été entièrement inondé.

Dohor n'en avait aucune idée. Il avait simplement demandé l'ouverture des vannes, en comptant sur la puissance de l'eau.

— Je m'en occupe, dit-il d'un ton expéditif, en se relevant.

— Je n'en doutais pas, sourit Yeshol. Dès que Sherva m'a communiqué le nom de notre ennemi, j'ai pensé que vous voudriez régler la chose vous-même.

Le roi acquiesça sèchement.

— Tu peux déjà le considérer comme mort. Je t'amèrerai l'enfant d'ici peu.

Yeshol s'inclina une nouvelle fois.

— J'ai confiance en vous. Mon avenir est entre vos mains.

Learco entra dans la salle du trône. Son père l'avait fait appeler aussitôt qu'il était rentré. Learco l'avait vu passer vêtu du manteau noir qu'il ne portait que pour ses voyages les plus importants. Il ignorait ses intentions, mais il s'agissait sûrement d'une affaire grave. Lorsqu'il avait appris qu'il le convoquait, il avait hésité quelques minutes, en contemplant son visage dans le miroir de sa chambre.

Il n'y avait rien à faire, sa ressemblance avec son père était confondante. Les mêmes cheveux, si blonds qu'ils en semblaient presque blancs, le même regard. Il tenait ses yeux verts de sa mère, Sulana. C'était trop peu pour marquer la différence entre son père et lui. D'ici quelques années, il hériterait de la Couronne et devrait continuer à se battre pour un rêve qui ne lui appartenait pas. Si cela n'avait dépendu que de lui, il aurait cessé de perpétrer tous ces massacres, mais il ne pouvait pas, c'était son destin inéluctable.

Il s'approcha du trône d'un pas martial. Au fond, il n'était qu'un subordonné parmi les autres, un messager de mort de son père. Une fois devant lui, il s'agenouilla. Entre eux, cela avait toujours été ainsi : leurs rapports étaient froids et formels. Jamais une parole affectueuse ni une étreinte. À bien y réfléchir, la dernière fois qu'ils s'étaient touchés remontait à son enfance, quand, à Makrat, au milieu d'une foule en liesse, le roi l'avait pris dans ses bras pour le montrer au peuple. Depuis, plus rien.

— Relève-toi.

Learco obéit, mais garda les yeux baissés. Il n'aimait pas le regarder.

— J'ai une mission pour toi. Et lève la tête quand je te parle, tu es l'héritier du trône, pas un sbire quelconque.

Learco s'exécuta à contrecœur. Depuis longtemps, il trouvait le visage de son père insupportable. C'était comme se regarder dans le miroir, et cela lui répugnait de lui ressembler. Sa face de conquérant, derrière laquelle se cachait la responsabilité d'une infinité de meurtres et de guerres, l'irritait.

Le roi soutint son regard avec froideur.

— Tu continues à prendre cet air de chien battu qui ne te sied pas.

— Je suis fatigué, père, rien de plus, mentit le jeune homme.

Dohor n'en crut rien, mais Learco s'en moquait. Rien de ce qu'il faisait ne donnait jamais satisfaction à son père. Il décevait sans cesse ses attentes.

— Ido n'est pas mort, il a survécu, et en ce moment il fait obstacle à nos plans.

Learco se raidit.

— Il a avec lui un enfant qui vaut son pesant d'or. Il le conduit sur la Terre de l'Eau, et de là, il trouvera probablement un moyen de le faire disparaître. La mission que je te confie est simple : trouve-le, débarrasse-moi de ce maudit gnome et ramène-moi le garçon.

Learco serra les poings. Encore une mission qu'il n'avait pas envie de mener, comme toutes celles que lui confiait son père. Pendant les premières années, il l'avait suivi avec joie, dans l'espoir de l'impressionner par ses talents militaires. Ensuite, il avait compris sur quoi reposait son pouvoir, et il s'était en même temps rendu compte qu'il était incapable de satisfaire ses requêtes. Depuis lors, chaque mission n'était qu'une source d'humiliations et de douleur supplémentaire. Et ce n'était pas tout. Dohor le remarqua immédiatement.

— Tu as quelque chose à me dire, fils ?

— Non, rien. Exécuter vos ordres est un plaisir, père.

— Tu as compris pourquoi je t'envoie, toi ?

Le jeune homme leva les yeux vers lui. Depuis son trône surélevé, Dohor le dominait de toute sa stature.

— Je crois que oui.

— La façon dont tu as laissé Ido t'échapper sur la Terre du Feu a été indigne, c'est une tache qu'un futur roi ne peut tolérer. J'attends que tu donnes à mon pire ennemi la leçon qu'il mérite, c'est clair ? Je veux sa tête sur un plateau. Rien de moins.

Learco baissa la tête en signe d'approbation. Il n'y avait pas moyen de discuter les ordres de son père, même si dans la plupart des cas il n'était pas d'accord avec eux.

— Vos espions savent-ils où il se trouve ?

— Il a presque tué un homme sur la Grande Terre, non loin de la frontière avec la Terre du Feu. Il est plausible qu'il prenne le chemin le plus court vers la Terre de l'Eau. Le meilleur moment pour le capturer sera durant la traversée du désert. Là, il sera à découvert, il n'aura aucun endroit où se réfugier.

— Bien sûr, commenta Learco d'une voix neutre.

— Prends Xaron.

Le jeune homme hocha la tête. Au moins, il volerait.

— Si c'est tout...

— Ne me déçois pas.

Le regard du roi se fit pénétrant et dur.

— Jusqu'à présent tu m'as donné d'infinies raisons de te renier, tu es hélas mon seul héritier. Ne m'oblige pas à faire ce que je ne veux pas.

Le cœur battant, Learco fit une profonde révérence et quitta la salle.

Il était troublé, les paroles de son père étaient un avertissement, et en sortant du palais, au lieu de se rendre directement à l'écurie de son dragon, il se dirigea d'un pas leste vers la ville. Une fois dehors, le labyrinthe inextricable des ruelles de Makrat se déploya devant lui. C'était le coucher du soleil, et l'air était frais. Learco le respira à pleins poumons. Il se rappela en un instant l'odeur du soufre, les miasmes méphitiques du Thal. C'était là qu'il avait rencontré Ido pour la première fois.

Learco, sur son dragon, survole le champ de bataille à la recherche de survivants. Il est épuisé et il sait parfaitement qu'il désobéit aux ordres de son oncle Forra. L'excitation du combat court encore dans ses veines, il a réduit ses ennemis en cendres avec son destrier, il a transpercé les rebelles de son épée comme on lui a demandé de le faire, ce qui n'est pas peu pour un garçon de quatorze ans, même s'il est déjà Chevalier du Dragon.

Il s'est un peu senti comme Nihal, un guerrier, un soldat de la mort dont son père ne peut qu'être fier. Aucun gnome, adulte ou enfant, ne lui a échappé.

Au fond de son cœur, Learco sait que cette sortie secrète n'a rien à voir avec sa mission. Maintenant, sans son oncle ni personne qui le surveille, il peut donner libre cours à sa pitié. Personne ne se moquera de lui. Personne ne sera témoin de sa haine pour la guerre et pour son père. Learco se sent prisonnier et privé de choix. Son père l'a envoyé là, son fils doit apprendre à devenir un grand guerrier, ainsi qu'un digne successeur au trône. Quel meilleur endroit pour le mettre à l'épreuve que le plus cruel champ de bataille, celui de la Terre du Feu, celui où le cœur de la résistance bat obstinément ? Une partie de lui a le devoir de rester là, rien ne peut lui ôter cette conviction.

Les ailes de son dragon s'élèvent silencieusement dans l'air.

En dessous de lui, rien que des ruines et des cadavres. Il aiguise sa vue, et c'est seulement par hasard qu'il aperçoit un vague reflet derrière lui. Il a à peine le temps de dégainer son épée et de se retourner pour parer le coup. Un gnome sans cuirasse, monté sur un énorme dragon rouge. Il tient une arme à la garde circulaire, en bois, et sa lame est pointée sur lui. Son visage est parcouru d'une longue cicatrice blanche. Learco l'observe un instant et se met à trembler.

Ido.

— Regarde qui voilà, murmure férocement le gnome.

Learco suit son instinct et tente de fuir. Que pourrait-il faire d'autre ? Ido est une légende, un guerrier invincible.

Le gnome bondit en avant avec une rapidité inimaginable, et au même moment, son dragon rouge saisit la queue de celui du prince. L'animal hurle de douleur, et Learco a du mal à rester en selle.

« Je vais mourir, pense-t-il. Je vais mourir ! »

Le dragon rouge rejette violemment l'autre dragon au loin.

Learco ne sait plus où il est, il roule sur le sol, à demi assommé. Mais Ido ne l'attaque pas. Il le regarde se relever maladroitement, l'air impitoyable.

Le jeune garçon se prépare à se défendre, convaincu de n'avoir aucune chance. Il serre son épée dans ses deux mains et la tend devant lui.

Ido indique son arme.

— Je vois que vous vous la passez de père en fils, commente-t-il d'un ton moqueur.

Learco se rappelle alors qu'il a l'épée de son père.

— Tu sais qui je suis ?

— Ido.

Le gnome sourit.

— Ton père avait plus ou moins ton âge quand je l'ai humilié à l'Académie, et il tenait dans la main la même épée que toi. Il a dû te le raconter.

Non, il ne l'a jamais fait. Mais Learco connaît tout de même l'histoire. Dans les couloirs du palais, on chuchote souvent à propos de la façon dont Ido a ridiculisé le roi à l'époque où il était encore spadassin à l'Académie, en le battant trois fois de suite devant tous les élèves.

Learco serre plus fort son épée entre ses mains. Il sait bien ce qui va arriver. Ido est l'ennemi juré de son père, il ne laissera pas s'échapper cette occasion. Il se vengera de Dohor à travers lui. Il tuera le seul héritier du trône, et avant, il le torturera, l'humiliera. C'est la fin.

Ses mains et son front sont moites de sueur. Il a froid.

« Je combattrai, pense-t-il. Je ferai ce qu'on m'a enseigné et je me comporterai comme mon père le voudrait, avec honneur. »

Ido attaque par surprise, et il réussit tant bien que mal à parer son coup. Mais il recule, la violence de l'assaut de son adversaire est terrible. Le gnome se sent maître de la situation, il le lit dans ses yeux, et il a raison. Il attaque sans répit, il joue, il s'amuse. Learco est complètement à sa merci.

Brusquement, Ido accélère le rythme, et Learco ressent une brûlure à l'épaule. Touché. La pointe de la lame du gnome est rouge. C'est son sang. C'est la première fois qu'il est blessé par une épée. Avant cela, il n'a connu que le fouet de Forra.

Il pousse un petit gémissement, baisse légèrement la tête, mais il se reprend. Il doit rester digne. Peut-être mourra-t-il, mais son père pourra être fier de lui. Il ne l'a jamais été, il le sait. C'est pour cela qu'il est si important de se comporter courageusement, c'est sa dernière occasion. Il décide de tenir son épée d'une seule main.

Ido revient à la charge, et ses coups atteignent de plus en plus souvent leur cible : de petites coupures, qui arrachent chaque fois une plainte à Learco malgré lui. Il essaie de les étouffer, mais il n'y arrive pas. Il se sent faible et stupide, il en pleurerait presque.

« Tout le monde dira à mon père que j'ai été un lâche. »

— Tu te défends bien, dit soudain Ido. Mais tu manques d'expérience, conclut-il avec un petit sourire moqueur.

Il frappe sa lame latéralement, et tourne avec une force telle qu'il lui tord le poignet. Il suffit de ce geste pour envoyer l'épée de Learco voler au loin. Il est encore en train de la regarder dessiner un arc lumineux dans le ciel quand le gnome lui donne un coup de pied en pleine poitrine.

Il suffoque et s'effondre sur le sol.

Le silence retombe brusquement. Learco n'entend plus que le bruit de sa respiration hachée. L'épée d'Ido est à un cheveu de sa gorge. Le gnome est essoufflé lui aussi, et son épée tremble. Le garçon la sent s'enfoncer légèrement dans sa peau, à l'endroit où se trouve sa pomme d'Adam. Il avale sa salive et ferme les yeux.

Il sait que c'est le moment, et pourtant il n'a pas aussi peur qu'il l'aurait cru. Son cœur se calme dans sa poitrine, alors il ouvre les yeux et expose sa gorge d'un air de défi.

— Si tu dois me frapper, fais-le.

Une stupide phrase de héros, pense-t-il, digne de ceux qui peuplent les histoires que son père l'oblige à lire. Et pourtant, il sent qu'elle correspond vraiment à ce qu'il désire.

Ido le regarde d'un air grave, son épée toujours pointée sur sa gorge.

— Qu'est-ce que tu fais ici tout seul ? Où sont les autres ?

Une question à laquelle Learco ne s'attendait pas, à tel point qu'il doit réfléchir un peu avant de répondre.

— Ils sont partis avec les prisonniers. Ils ont déjà tout détruit et pris ce qu'ils voulaient.

Le gnome l'observe avec un regard dur.

— « Ils ont » ? Et toi, où étais-tu, mon garçon, pendant que les méchants combattaient ?

Cette phrase touche Learco plus violemment qu'une épée. Il détourne les yeux, et se met à regarder fixement la roche délavée par le vent et la fumée du volcan, juste un peu plus loin devant lui.

— J'étais avec eux, chuchote-t-il.

Une confession qui lui coûte plus cher encore que la honte qu'il a éprouvée en assistant à tous les massacres de son père.

— Et on t'a laissé attendre ici tout seul ? Qu'est-ce que tu cherchais ?

— Rien.

Ido se penche vers lui sans cesser de le tenir à portée de son épée. Learco sent son souffle chaud sur son cou.

— Je ne te conseille pas de jouer les malins avec moi. Je ne te tuerai pas avant d'avoir réussi à savoir ce que je veux, et je te garantis que j'ai mes méthodes pour faire parler les gens. Si tu t'obstines encore, je t'emmènerai

avec moi, et tu regretteras mon moment de clémence, c'est clair ?

Learco ne bronche pas. Désormais, il est au-delà de la peur, ce qu'il vient d'admettre lui a fait dépasser la barrière de la terreur.

— Je regardais ce qu'ils avaient fait. Je cherchais des survivants.

— Ne me raconte pas d'idioties, réplique sèchement Ido.

Learco sent que la confiance en lui qu'il affiche ne tardera pas à le quitter. Il voudrait que tout s'arrête, pour toujours et vite.

— Frappe-moi, dit-il avec détermination.

Il le veut vraiment, il recherche le coup d'épée définitif.

Ido reste immobile devant lui. Il semble interdit, mais n'en baisse pas sa garde pour autant. Pourtant, son regard s'adoucit peu à peu. Pour lui, ce garçon n'est plus un ennemi. Finalement, il soupire, puis il laisse tomber son épée le long de son flanc.

— Va-t'en, dit-il d'un ton péremptoire.

Learco le regarde, les yeux écarquillés.

— Je pourrais bien changer d'idée, alors si j'étais toi, je filerais vite fait.

Le jeune prince reste à sa place, les mains à terre. Tout à coup, il n'a plus envie de partir.

Il ne veut pas le salut, il ne le mérite pas. Alors, il baisse la tête et se met à pleurer. Il a résisté jusque-là, maintenant, il n'y arrive plus. Il se sent idiot et perdu.

Ido est immobile, l'air décontenancé.

— Je t'ai dit que je te laissais la vie sauve, ne me le fais pas répéter.

Le jeune garçon se relève, sèche ses larmes. Une angoisse sans nom lui serre la poitrine.

— Je suis désolé. Pour tout, réussit-il seulement à dire.

Ensuite, il s'enfuit en courant sur la plaine. Il passe près de son dragon mort qui gît sous les pattes de l'autre animal. Il court, il court, et il voudrait disparaître. Il ne pense qu'à cette épée pointée sur sa gorge, et à ces mots qui ont ouvert la voie à sa douleur.

« J'étais avec eux. »

Learco soupira. C'était un souvenir désagréable. Il y avait repensé plusieurs fois, mais il n'aurait jamais cru revoir Ido. Pourtant, quand la rumeur avait couru qu'il était mort, pour une raison étrange, il en avait été attristé.

Il se dirigea enfin vers l'écurie. Il se demanda ce que son père comptait faire de cet enfant, quelle nouvelle horreur pouvait bien cacher cette mission, mais c'étaient des questions inutiles, qui ne faisaient qu'alourdir encore son âme. En fin de compte, malgré tout ce qu'il savait des agissements de son père, il était resté un petit enfant qui désirait avant tout faire plaisir à son papa.

Il songea encore à Ido, à la dette qu'il avait envers lui. Ce jour-là, il aurait probablement mieux valu que le gnome l'achève, au pied du Thal, mais il lui devait tout de même la vie. Et maintenant il avait ordre de le tuer.

Il entra dans l'écurie la tête basse, ferma un instant les yeux, et se prépara à accomplir son devoir.

— Fais sortir Xaron, je pars en mission, dit-il au garçon d'écurie.

22
LE VILLAGE

Le séjour au milieu des Huyé passa comme un rêve. Doubhée resta au lit la plus grande partie du temps, terrassée par une terrible fatigue. Elle n'arrivait pas à se lever, ses blessures la faisaient souffrir le martyre, mais c'était surtout l'épuisement psychique qui la privait de toute réaction.

Elle pensait que dehors, au-delà du village et de la forêt qu'elle apercevait par la fenêtre de sa chambre, tous les problèmes qui l'avaient suivie jusque-là n'attendaient que de la voir remise sur pied pour lui sauter à nouveau dessus. Si elle s'aventurait hors de ce territoire protégé, rien ne pourrait plus la sauver.

Avant tout demeurait la question de la potion : pour l'arracher à la mort, Lonerin avait utilisé tout le contenu de l'ampoule. Or, Doubhée sentait que la Bête ne dormait que d'un sommeil léger ; l'avoir libérée était un geste hasardeux qu'elle finirait sans doute par payer un jour ou l'autre. Il ne lui restait qu'un unique espoir, bien faible : arriver à temps chez Sennar. Oui, Sennar… Qu'est-ce qui leur assurait qu'il était encore en vie et qu'ils parviendraient enfin à le trouver ? Et en plus de tout, comment devait-elle se comporter avec Lonerin ? L'esprit de Doubhée était submergé de questions, et c'était une chance que le jeune homme ait eu à faire ces jours-ci.

— Il faut que j'étudie la médecine de ces gens, peut-être que parmi leurs plantes, certaines peuvent lutter contre ta malédiction, avait-il dit.

Et depuis, il était presque toujours dehors. Il ne venait la voir que le soir, les yeux cernés et les mains égratignées. Un léger baiser sur la joue, et il s'informait de son état, en inspectant méticuleusement ses plaies.

Leur relation ne semblait plus tourner qu'autour de cela. Lonerin en était comme obsédé, et Doubhée n'avait pas encore eu le courage de mettre les choses au clair avec lui. Elle savait que le moment viendrait où elle devrait le faire. Dans l'immédiat, elle ne se sentait pas prête.

Ainsi, elle passait ses journées à regarder par la fenêtre, scrutant le ciel qui changeait de couleur heure après heure et écoutant les bruits de la forêt. Peut-être allait-elle bientôt mourir, peut-être la Bête reviendrait-elle. Du fond de son lit, tout semblait lointain et flou.

Pendant les premiers temps, le seul contact qu'elle eut avec le peuple Huyé fut par l'intermédiaire du prêtre qui la soignait. C'était un tout jeune homme, en qui se mêlaient de façon grotesque les caractéristiques physiques des Elfes et des gnomes : ses oreilles pointues étaient mises en évidence par son crâne rasé, et sa longue barbe bleu sombre laissait imaginer la couleur de ses cheveux. Il allait torse nu, avec sur la poitrine un tatouage rouge qui ressortait sur sa peau claire. Il s'agissait d'un grand et complexe dessin d'un Père de la Forêt, représenté avec force détails. Il portait un pantalon à la coupe insolite, taillé dans une matière qui ressemblait à du daim. Il entrait dans sa chambre en silence et ne lui adressait jamais la parole. Il ne la regardait même pas dans les yeux, se contentant de s'occuper de ses blessures, sans laisser son regard errer sur d'autres parties de son corps.

En sa présence, Doubhée se sentait mal à l'aise. D'un côté parce qu'elle avait encore l'impression de n'être qu'un objet à analyser et à manipuler, comme chaque fois qu'un prêtre la soignait, de l'autre parce qu'elle ne pouvait pas lui parler et le remercier. Ses mains étaient vraiment extraordinaires. Dès qu'il touchait ses plaies, en récitant de drôles de formules dans un langage inconnu, elle ressentait immédiatement un grand réconfort. Une chaleur réparatrice se propageait dans tout son corps, et d'ailleurs sa convalescence était en bonne voie. Sa peau cicatrisait, et là où elle avait été lacérée, elle semblait comme neuve. C'était un miracle. Entre les massages et les cataplasmes, Doubhée se sentait mieux de jour en jour, et même sa main, qu'au début elle n'arrivait pas à bouger à cause de la douleur, reprenait peu à peu son aspect normal.

Au bout de quelques jours, ses blessures étaient presque toutes guéries. Doubhée décida de secouer sa torpeur et de faire un tour dans le village. Elle avait envie d'air frais, après tout ce temps passé enfermée dans sa chambre, et puis, elle avait besoin de s'éclaircir les idées.

On lui trouva un bâton pour qu'elle puisse se déplacer sans l'aide de personne. C'est Lonerin qui le lui donna. Il avait appris à se faire comprendre grâce à un elfique un peu académique et rudimentaire, et il ne lui fut pas difficile d'expliquer aux Huyé ce qu'il voulait.

— Tu es sûre que ça va aller ? demanda-t-il en le lui tendant.

Doubhée sourit.

— Après ces journées au lit, ça ne peut que me faire du bien.

Lonerin l'aida à se lever, en la soutenant par le bras, et dès qu'il fut certain qu'elle était capable de se tenir debout toute seule, il l'embrassa par surprise.

— Fais attention, lui murmura-t-il à l'oreille.

Elle répondit par un sourire gêné.

Elle sortit de la chambre les jambes tremblantes. Malgré le repos forcé, elle était encore très faible. La légère brise matinale la fit frissonner, mais elle resta bouche bée devant le spectacle qui l'attendait dehors : un pont suspendu, tout de bois et de cordes, partait du seuil de sa chambre et conduisait à une série de petites cabanes perchées au bord d'une falaise. Réparties sur plusieurs niveaux, on aurait dit des nids d'hirondelles. Chaque maison était reliée aux autres par des ponts suspendus identiques à celui qui partait de sa chambre, tandis que de petites échelles en bois, elles aussi suspendues dans l'air, permettaient d'accéder aux différents étages du village. Les ingénieux Huyé avaient entre autres pensé à ceux qui, comme elle, avaient des difficultés à se déplacer : de petites cabines permettaient de passer d'un niveau à l'autre, grâce à de consciencieux préposés qui les hissaient et les descendaient à la demande.

— Bonne promenade, lui souhaita Lonerin, en empruntant le pont près d'elle.

Doubhée parcourut lentement tout le village et s'aperçut qu'il n'était pas très grand. Une vingtaine de cabanes en tout, construites dans un bois sombre qui ressortait sur la roche claire, et aux toits de feuilles séchées.

L'inventivité de ce peuple était incroyable. Tout dans le village avait été conçu à la perfection : des canaux transportaient l'eau jusqu'à de grosses citernes suspendues, un système de ponts mobiles permettait de séparer une cabane de l'autre en cas d'attaque… Tout provenait du recyclage de matériaux de la forêt, mais l'habileté et le soin de chaque œuvre forçaient l'admiration. Surtout parce que l'extrême fonctionnalité mécanique s'alliait à une esthétique recherchée : partout, des fresques sculptées soulignaient le talent de leurs artistes. Beaucoup d'entre elles représentaient les dragons de la vallée, probablement vénérés comme des dieux. Doubhée remarqua que les Huyé utilisaient comme monture une race nettement plus petite et plus docile. Au cours de sa promenade, elle aperçut un groupe de chasseurs qui se dirigeaient vers la vallée, une centaine de brasses plus bas, montés sur ces étranges destriers.

Elle pensa d'abord qu'ils devaient vivre principalement de cette activité, mais en regardant mieux, elle s'aperçut qu'ils pratiquaient également l'agriculture. Au fond de la gorge se trouvait une petite zone clôturée irriguée par un réseau de canaux, où les femmes cultivaient différents légumes. Elle en reconnut certains, mais la plupart n'existaient pas dans le Monde Émergé.

En se penchant, elle aperçut au loin ces majestueux dragons qu'ils avaient rencontrés le premier jour. Apparemment, les Huyé avaient édifié leur village près de l'un de leurs nids, et elle pensa que ce n'était peut-être pas un hasard. Elle en eut la confirmation quand elle découvrit qu'au sommet de la paroi rocheuse le long de laquelle s'étendait le village se trouvait une sorte de totem en bois sur lequel était représenté avec beaucoup de réalisme l'un de ces gros animaux. À côté, il y avait un arbre énorme, qui lui rappela le Père de la Forêt sous lequel ils s'étaient reposés durant leur voyage. Autour de son tronc se nichait une longue cabane, à l'aspect plus soigné encore que les autres, avec un toit en bois. Chaque fois qu'un Huyé passait à proximité, il portait la main à son cœur. C'était sans aucun doute un lieu de culte d'une importance stratégique pour le village.

À la fin de sa promenade, Doubhée était vraiment impressionnée, mais elle remarqua qu'elle ne laissait pas non plus indifférents les gens qu'elle rencontrait : tous la regardaient avec un mélange de sympathie et de curiosité, les enfants se cachaient derrière les maisons pour la suivre, et les adultes la montraient du doigt en parlant entre eux. Elle se sentit aussitôt très gênée. Elle qui était habituée à être invisible se retrouvait soudain au centre de l'attention. Toutefois, l'intérêt naïf que lui témoignaient les Huyé l'attendrit. Leur vie semblait simple et laborieuse, leur démarche élégante et silencieuse. Ils vivaient une existence apparemment pacifique, qu'elle enviait de loin depuis qu'on l'avait chassée de Selva.

Elle retourna à sa cabane juste à temps pour ses soins, et s'y retira tout l'après-midi, épuisée. Lonerin entra au moment où le prêtre lui étalait une pommade aux herbes.

Il avait les traits tirés, mais son regard était exalté. Il tenait une gourde à la main.

— Et voilà ! s'exclama-t-il, triomphant.

Doubhée sentit les battements de son cœur s'accélérer. Elle n'osait pas y croire.

— Ça n'a pas été si difficile, finalement : j'ai juste mélangé de l'ambroisie avec des plantes absolument incroyables qui poussent par ici. Tu as vu le Père de la Forêt qui surplombe le village, non ?

Lonerin parlait si vite qu'elle avait du mal à le suivre.

— C'est de la potion ? demanda-t-elle presque avec crainte.

— Bien sûr que c'en est ! Une toute nouvelle version. Et maintenant que je connais les plantes dont j'ai besoin, je pourrai en fabriquer tant que je veux, tout le temps où nous serons ici.

Son visage était illuminé par un grand sourire. Il lui mit la gourde dans les mains en écartant le jeune prêtre, et sans se soucier de lui, il posa ses lèvres sur les siennes. Doubhée se dégagea aussitôt, et le magicien la regarda d'un air perplexe.

— Ce soir nous sommes invités à dîner chez le chef du village, dit-il enfin, comme si de rien n'était.

Doubhée se rappela la longue cabane qui se trouvait au sommet du précipice.

— Il y a de bonnes nouvelles, ajouta le jeune homme d'un air mystérieux. Je passe te prendre quand ce sera l'heure.

Doubhée se réveilla d'une longue sieste réparatrice et remarqua tout de suite qu'il y avait quelque chose sur le coffre près d'elle. Elle se leva avec curiosité, et vit qu'il s'agissait de vêtements. Les siens étaient en effet en piteux état. Quelqu'un les avait lavés, mais ils étaient complètement troués et déchirés.

Les nouveaux étaient en peau, de cette espèce de daim que tous semblaient porter ici. Le pantalon était visiblement trop court, mais si elle l'enfonçait dans ses bottes, ça irait. La chemise, elle, semblait à la bonne taille : elle était sans manches, avec brodé sur le devant un splendide dragon de terre.

Doubhée les endossa immédiatement, et à sa grande surprise, elle s'y trouva à son aise. Ce n'étaient plus des vêtements d'Assassin, ni même de voleuse. C'était quelque chose de différent et de nouveau.

Son œil tomba sur les vêtements qu'elle venait d'ôter, et au milieu de l'étoffe noire, elle aperçut un rouleau blanc. Son cœur tressaillit. La lettre du Maître.

Elle la ramassa. Elle l'avait si souvent lue et caressée qu'elle était toute froissée et décolorée. Elle la déplia, passa un doigt sur les lignes tracées à l'encre noire. Combien de larmes y avait-elle versées depuis tout ce temps !

« Je crois que je t'aime. Ou plutôt, c'est elle que j'aime à travers toi. »

Des mots qui en leur temps l'avaient enflammée d'amour et de douleur. D'un coup, elle les comprenait vraiment. Désormais, elle savait très précisément ce que le Maître avait voulu dire.

Elle la replia et la remit à sa place, avec ses vieux vêtements.

— Tu es prête ?

Doubhée se tourna vers la porte. Lonerin l'attendait, vêtu lui aussi à la façon des Huyé. Il portait la même chemise que la sienne, mais avec sur la poitrine un énorme arbre aux branches sinueuses couvertes de grandes feuilles.

— Oui, murmura-t-elle en prenant son bâton.

Tout en cheminant, Lonerin l'informa de ce qu'elle devait savoir pour cette soirée. Il lui expliqua que le chef du village était élu par tous les habitants pour présider au sort de la petite communauté, et que sa maison était construite autour du Père de la Forêt de cet endroit.

— Les Huyé ont deux dieux : un pour la Forêt, le Père, l'autre pour les animaux, le Makhtahar, le dragon de terre. Et ici, ils sont particulièrement chanceux, il y a même un nid de dragons !

— Et pourquoi ce dîner ? demanda Doubhée.

— Le chef du village veut nous parler. Lui et moi avons déjà eu l'occasion de le faire, et je lui ai raconté notre histoire, mais évidemment, il aimerait te connaître, toi aussi. C'est pourquoi il nous fait participer au repas donné en l'honneur du Père de la Forêt, une fois tous les vingt-huit jours, à la pleine lune.

Le visage de Doubhée s'assombrit légèrement.

— Que lui as-tu dit sur moi ?

— Il est au courant pour ta malédiction.

— Et pour mon métier ?

Lonerin ne répondit pas tout de suite.

— Il sait que nous sommes suivis par la Guilde, mais pas que tu es une voleuse.

Toute cette histoire ne lui plaisait pas. La soirée débutait sous de mauvais auspices. Mais dès qu'ils entrèrent dans la salle principale, sa tension diminua. Une grande tablée entourait le tronc monumental du Père de la Forêt. Il était plus petit que celui qu'ils avaient rencontré quelques jours plus tôt, mais il était de la même espèce, et exhalait le même charme mystérieux et mystique. On aurait dit que c'était lui qui éclairait la pièce.

Le long de la table était installée la quasi-totalité des habitants du village, tous en tenue de fête. Les femmes portaient des tuniques de couleurs voyantes, ornées de motifs géométriques, tandis que les hommes avaient revêtu des chemises qui couvraient leurs torses habituellement nus, brodées de figures rouges aux formes les plus variées. Mais c'étaient les coiffures des femmes qui étaient le plus somptueuses. Certaines avaient tressé leurs cheveux avec des rubans colorés, d'autres les avaient relevés en chignons compliqués, agrémentés d'ornements divers allant des dents de dragon aux plumes d'oiseaux. Un joyeux brouhaha emplissait la salle et tout, des invités aux flambeaux qui l'illuminaient, donnait un air festif à la soirée.

Doubhée et Lonerin furent installés aux côtés du chef du village. Il n'était pas aussi vieux qu'elle se l'était imaginé. Son épaisse barbe était divisée en fines tresses, et ses cheveux longs luisaient d'un bleu profond comme la nuit. Il était assis en tailleur sur un coussin, ainsi que tous les convives, et accueillit ses invités par un sourire.

Lonerin le salua en lui parlant dans sa langue, et Doubhée ne put rien faire d'autre que sourire avec embarras.

Le chef du village la regarda avec une expression aussi bienveillante que pénétrante.

— Ne t'inquiète pas, je n'échangerai plus avec ton ami de paroles que tu ne comprends pas.

Il lui sourit. Il s'exprimait d'une façon correcte,

avec un rythme étrange qui rendait son parler très élégant.

— Je vous remercie infiniment pour l'aide que vous nous avez apportée, lui dit Doubhée, soulagée.

— Le cri de Makhtahar nous a conduits à vous. Vous avez combattu un de ses ennemis, nous ne pouvions pas ne pas vous aider.

Le gnome se référait évidemment à Rekla.

Le dîner commença. Il y eut d'abord une prière de remerciement, que Lonerin essaya de traduire dans ses grandes lignes, puis tous se mirent à manger. Les circonstances devaient vraiment être exceptionnelles, car il y eut abondance de victuailles. Au moins une assiette de chaque mets était déposée en offrande au pied du Père de la Forêt. Le chef du village leur expliqua le sens de chacun des rituels de son peuple.

Il se montra discret : aucune question sur eux, seulement le récit détaillé de l'histoire de son peuple et de leurs traditions, et Doubhée commença peu à peu à se sentir en confiance. Le gnome était gentil, les gestes avec lesquels les Huyé présentaient leurs offrandes étaient harmonieux et empreints d'une grâce désuète, leurs visages souriants et hospitaliers.

Le dîner s'acheva à la nuit tombée par une danse propitiatoire sous la pleine lune. Les rugissements des dragons, au loin, remplissaient l'air.

— Vous entendez ? Makhtahar nous répond, il participe à notre rite. C'est lui qui nous a donné cette terre de merveilles. Puisse-t-il faire que la forêt nous nourrisse toujours, et qu'elle nous protège des Elfes.

Pour Doubhée, c'était étrange d'entendre parler des Elfes de cette façon. En effet, elle en avait une vision pacifique, et elle ne pouvait pas imaginer qu'ils puissent constituer une quelconque menace pour ce peuple doux et généreux. Mais elle ne fit pas de commentaire et se contenta d'observer en silence la fin de la cérémonie.

Ce n'est que lorsque tout fut terminé que le chef du village passa à des discussions plus concrètes. Il les conduisit dans une chambre un peu à l'écart, s'assit et les pria de prendre place en face de lui.

— J'ai préféré attendre que tu ailles mieux pour te parler, dit-il à Doubhée. Vous êtes compagnons de voyage, m'a dit Lonerin, et vous partagez le même destin. Je sais donc ce qui vous a amenés ici et je sais comment vous aider.

Le cœur de Doubhée accéléra ses battements, mais elle remarqua que Lonerin n'était pas surpris. Il savait évidemment quelque chose.

— C'est Sennar qui vous a enseigné notre langue, n'est-ce pas ? dit-il.

Le chef du village sourit aimablement.

— Nous aussi, nous venons du Monde Émergé. Nous l'avons quitté il y a des siècles, quand les Elfes ne peuplaient pas encore la côte. Mais nous avions presque tout oublié de votre langue quand, voilà quarante ans, est arrivé l'homme que vous cherchez.

Lonerin et Doubhée écoutaient tous deux avec attention.

— Il a été pendant longtemps un ami très cher, et c'est effectivement de lui que j'ai appris votre langue. Nous nous sommes vus très souvent pendant cette période, mais depuis quelques années j'ai cessé de lui rendre visite.

Les deux jeunes gens se raidirent.

— J'ai compris qu'il n'appréciait plus la compagnie, que désormais la solitude était tout ce qu'il désirait, et depuis, nous ne communiquons que par lettres.

— Donc il est toujours vivant ? s'écria Lonerin en poussant un soupir de soulagement.

Le chef du village hocha la tête.

— Notre mission est fondamentale, je vous l'ai déjà expliqué. Pour nous, il est vital de trouver Sennar. Il en va du salut du Monde Émergé, ainsi que de la vie de ma compagne.

— Je n'essaie pas de vous dissuader, dit le gnome en souriant. Je vous préviens seulement que c'est peut-être lui qui refusera de vous recevoir.

Pour les deux jeunes gens, c'était un problème tout à fait secondaire.

— Où se trouve-t-il ? demanda Doubhée.

— Nous vous conduirons jusque chez lui quand vous le désirerez, c'est à six jours de route d'ici.

Doubhée se troubla. Encore six jours, et elle saurait. Cela lui semblait impossible. Être libérée de la malédiction avait toujours été une éventualité lointaine et évanescente, comme un rêve. Et tout à coup, c'était à sa portée.

Le reste de la conversation lui parvint de manière étouffée : Lonerin et le chef du village échangeaient des civilités, fixaient la date de leur départ. Son esprit était complètement dominé par l'idée que Sennar était vivant et tout proche.

Ensuite, elle vit Lonerin et le chef du village se saluer courtoisement.

Elle se leva comme un automate, inclina la tête.

— Je vous remercie de votre aide, murmura-t-elle.

— Aie confiance, Doubhée. Je sais que pendant un instant, Makhtahar a eu peur de toi. Mes hommes l'ont vu.

La jeune fille trembla malgré elle.

— Mais le cri de Makhtahar a été un cri de douleur, finalement. Tu me comprends ? En toi il y a beaucoup plus que l'abysse dans lequel vit le monstre.

Elle n'eut pas le courage d'ajouter quoi que ce soit. Elle s'inclina une nouvelle fois et quitta la cabane au bras de Lonerin, troublée.

Ils sortirent dans l'air frais de la nuit, parfumé d'herbe et de rosée.

— Je t'accompagne, dit Lonerin.

Doubhée se laissa doucement guider, l'esprit agité. La malédiction, la potion, l'escarpement et ce qui s'y était passé. Tout devait se payer. Sennar arriverait-il vraiment à la guérir ?

Une fois devant la porte de sa cabane, Lonerin s'immobilisa face à elle. Elle le vit se tordre les mains, sur lesquelles les traces de griffures étaient encore plus nettes dans le clair de lune.

— Nous partirons d'ici trois jours, tu es d'accord ? Il faut que tu sois bien remise.

Doubhée acquiesça.

— Bonne nuit, alors, coupa-t-elle.

Mais pendant qu'elle se tournait, le jeune homme lui attrapa le bras.

— Je veux rester avec toi, cette nuit.

Le cœur de Doubhée cessa de battre.

— On ne peut pas.

Elle essaya de durcir son regard, sans y parvenir. Lonerin était toujours son compagnon de voyage, celui qui lui avait sauvé la vie un nombre incalculable de fois, et qui le jour même lui avait procuré de la potion au prix de nuits d'insomnie et de multiples griffures.

Il la regarda sans comprendre.

— Je veux seulement dormir avec toi, rien d'autre...

— Ce n'est pas ça.

Sa voix tremblait. Elle le tira à l'intérieur, ferma la porte derrière eux et s'y appuya.

— Quelque chose ne va pas ? demanda Lonerin.

Il avait l'air de ne se douter de rien.

Doubhée leva les yeux, les planta dans les siens.

— Nous avons fait une erreur.

Le jeune homme ne semblait toujours pas comprendre.

— Je…

— Nous ne pouvons pas être ensemble, dit-elle avec une difficulté indicible.

Lonerin resta de marbre, puis il sourit gentiment.

— Quelle histoire t'es-tu encore inventée maintenant pour te refuser le bonheur, hein ? Nous sommes tout près de Sennar, tu t'en souviens ? Il te libérera, et il se pourrait même que nous menions à bien notre mission. Tu vas bientôt être guérie…

Elle secoua la tête en fixant le plancher.

— Ce n'est pas ça. Je ne t'aime pas.

Il la regarda, incrédule.

— Et je suis certaine que si tu regardais au fond de ton cœur, tu t'apercevrais que tu ne m'aimes pas non plus.

— Tu te trompes. Tu cherches seulement des excuses pour t'éloigner parce que tu as peur. Tu as été habituée pendant si longtemps à ne pas avoir d'espoir, que maintenant tu chéris ta souffrance et que tu ne veux pas t'en séparer. C'est normal, crois-moi. Mais tu dois dépasser cette phase.

Il s'approcha pour l'embrasser, mais elle se déroba, les yeux embués de larmes.

— C'était beau, je ne peux pas le nier. Et j'ai vraiment essayé de m'abandonner, de prendre simplement tout ce que tu me donnais, sans trop réfléchir. Mais ce n'est pas possible. Je n'y arrive pas. Je n'arrive pas à me laisser aller dans tes bras, je n'arrive pas à être touchée par tes baisers. Et pourtant je le voudrais, je le voudrais vraiment... Pour moi tu restes un ami, le meilleur, et probablement le seul. Mais rien de plus.

Le visage de Lonerin était encore plus blanc à la lumière de la lune qui filtrait dans la chambre. Il semblait comme paralysé, les mains tendues vers elle.

— Ce n'était pas comme ça, à la grotte. Tu répondais à mes caresses, tu les voulais autant que moi, objecta-t-il.

Doubhée ferma les yeux et appuya sa tête contre la porte. Elle pensa à la lettre cachée parmi ses vêtements, et au rêve qu'elle avait fait avant de se réveiller dans cet endroit.

— Je n'ai aimé qu'une seule fois, et c'était mon Maître. Il était ma raison de vivre, ma force, il m'a sauvée et m'a tout appris. Quand il est mort, il s'est ouvert en moi un vide que jusqu'à présent je n'ai pas su combler. Pendant toutes ces années, je n'ai fait que le chercher, partout. Quoi que je fasse, c'était pour lui et pour sa mémoire. Et en toi, Lonerin, j'ai seulement cherché à nouveau son image.

Le jeune homme la regardait, les bras ballants, le regard perdu.

— Pendant un moment, j'ai cru que tu pouvais être celui que je voulais. J'ai cru pouvoir me raccrocher à toi et me sauver, mais ce n'est pas le cas. Malgré ce qui s'est passé à la grotte, je continue à raisonner comme si j'étais seule, et je me sens seule. Toi, tu crois que pour me sauver il suffit seulement de vaincre la malédiction, et tous tes efforts tournent autour de cela. L'amour que tu crois éprouver pour moi n'est rien d'autre que de la pitié, je le lis dans tes yeux chaque fois que tu me regardes. Pour toi, je ne suis qu'une victime de la Guilde, quelqu'un à arracher à tes ennemis jurés.

— Tais-toi !

Doubhée tressaillit. La colère de Lonerin avait éclaté brusquement, et elle l'effrayait.

— Inutile d'essayer de me convaincre que c'est pour notre bien ! cria-t-il. C'est toi qui ne veux pas de moi, toi qui refuses de comprendre que je pourrais te sauver simplement en t'aimant !

Doubhée se laissa glisser le long de la porte. Elle se retrouva assise par terre, incapable de soutenir plus longtemps la conversation. Elle savait qu'elle était en train de le blesser à mort, mais il n'y avait pas d'autre solution. Elle pensa au mal qu'elle avait déjà fait à Jenna, et à tous ceux à qui elle avait déjà nui, même quand elle n'en avait pas l'intention.

Lonerin se baissa à sa hauteur et prit ses mains entre les siennes.

— Dis-moi que ça va passer, je t'en prie. Penses-y cette nuit, et tu verras que demain tout sera à nouveau comme avant.

Doubhée secoua la tête, mais le jeune magicien s'approcha quand même et tendit les lèvres.

— Je ne veux pas, murmura-t-elle.

Lonerin lui attrapa le visage entre ses mains et l'embrassa de force. Ce n'est qu'en l'entendant sangloter qu'il se détacha. Son regard était halluciné.

Doubhée se mit alors à pleurer sans retenue, les mains sur ses yeux. Elle entendit le frottement du bois tandis qu'il s'asseyait devant elle.

— Excuse-moi… murmura-t-il. Je ne sais pas… ou plutôt, je sais. Je ne peux pas vivre sans toi.

Doubhée ôta les mains de son visage et le regarda.

— Je voudrais pouvoir t'aimer, je te l'ai dit, je le voudrais vraiment. Tu crois que ça me plaît, cette solitude, cette souffrance ? Tu crois que ma vie me plaît ? Mais je n'y arrive pas, je n'y arrive pas !

Les larmes l'étouffèrent. Il voulut lui prendre la main, mais elle la retira.

— Tu te trompes, et ce n'est pas seulement à moi que tu fais du mal, c'est surtout à toi-même, dit Lonerin d'une voix qui ne semblait pas lui appartenir.

Ensuite, il se leva, et elle s'écarta juste assez pour lui permettre d'ouvrir la porte et de s'en aller. Quand elle cessa d'entendre ses pas, elle se mit à pleurer pour évacuer toute la douleur qui lui restait.

23
LE DERNIER VOYAGE

Ivre de colère, Lonerin traversa le pont et parcourut le village à un rythme toujours plus soutenu, jusqu'à se mettre à courir. L'air frais de la nuit fouettait son visage brûlant.

Il arriva devant sa cabane, ouvrit violemment la porte, et la referma en la claquant derrière lui. Puis il se figea et contempla la chambre où rien ne semblait avoir changé. Les restes de sa vieille tunique dans un coin, celle qu'il avait déchirée pour laver les plaies de Doubhée. Les herbes et les fioles qu'il avait utilisées pour distiller la potion, disposées en ordre sur la petite table sous la fenêtre. Son lit, aux couvertures bien pliées. Soudain, la scène lui sembla absurde. Pourquoi tout était-il si normal, après ce qui venait de se produire ?

Aveuglé par la colère, il bondit vers la table et la renversa. Les ampoules se fracassèrent sur le sol, il piétina les herbes. Cela ne lui suffit pas : il arracha les couvertures de son lit, jeta sa tunique contre le mur, il hurla. Qui sait ce que les gnomes allaient penser… Ils se réveilleraient sûrement, mais il s'en moquait.

Il tomba à genoux près du coffre, qu'il se mit à marteler de ses poings. Il ne s'arrêta que lorsqu'il eut les mains en sang. La fureur bouillait dans ses veines comme du poison, mais il savait très bien que ce n'était pas en détruisant la chambre qu'il se sentirait mieux. Doubhée ne lui appartenait plus, c'était une vérité inéluctable et terrible que personne ne pouvait changer.

Des larmes coulèrent sur son visage. Depuis combien de temps cela ne lui était-il pas arrivé… ?

« Les garçons courageux ne pleurent pas. Allez, essuie tes joues, Lonerin. »

Sa mère le lui répétait toujours quand il était enfant, c'était lui l'homme de la maison depuis que son père était parti.

Pourquoi ces souvenirs lui revenaient-ils maintenant ?

Il prit son visage dans ses mains et se mit à sangloter comme Doubhée quelques instants plus tôt. Il la revit, blottie contre la porte, après qu'il l'avait embrassée de force. Il ne se sentait pas coupable de l'avoir fait, il n'y arrivait pas, son refus avait balayé en lui toute trace de compassion. Et pourtant, il était mal, et les larmes continuaient à ruisseler, ses yeux rougis lui brûlaient.

Ce qu'elle avait dit n'était pas vrai. La Guilde n'avait rien à voir là-dedans. Il l'aimait. Et il la sauverait. Quand il était enfant, le dieu noir lui avait laissé la vie en échange de celle de sa mère, et il n'avait rien pu y faire, mais cette fois ce serait différent. Pourtant, malgré son ardeur et son dévouement, Doubhée repoussait son amour et elle s'obstinait à se complaire dans cette absurde douleur du passé.

Lonerin était effondré. Il aurait voulu que Doubhée soit près de lui, il désirait son contact physique plus que toute autre chose, comme quand sa mère lui prenait la fièvre, ou quand il se perdait enfant dans le dédale coloré des boutiques de son village. C'était la même chose. La même sensation de bien-être et de bonheur.

Il savoura jusqu'au bout ces lambeaux de mémoire et s'abandonna à la mélancolie, avec le vague espoir de ne plus retrouver le chemin du retour.

Il espéra que Doubhée viendrait le rejoindre. Il la vit même ouvrir la porte et courir vers lui, les yeux gonflés de pleurs. Elle lui disait qu'elle s'était trompée, et tout redevenait comme avant.

Il resta recroquevillé toute la nuit dans la même position, mais personne ne vint.

C'est le gnome qui lui apportait son petit déjeuner le matin qui le réveilla. Lonerin l'entendit frapper à la porte. Il ne s'était même pas aperçu qu'il faisait jour. La nuit avait été un magma confus dans lequel les heures n'existaient plus, et le temps s'était figé sur un éternel et poisseux présent.

— Entrez !

Le gnome entra discrètement. Lonerin entendit le bruit de ses pas qui écrasaient les débris de verre restés sur le sol. Il leva la tête et le vit, immobile au milieu de la chambre, son plateau dans les mains, comme s'il avait été pris en flagrant délit. Il avait l'air intimidé, sûrement parce que lui-même devait avoir une drôle de tête, mais il ne s'en soucia pas. Il y eut un instant de silence, puis le gnome balbutia quelques questions de circonstance sur son état de santé.

— Sa makhtar ani, répondit Lonerin avec un bref sourire, « tout va bien », même si ni lui ni le Huyé n'y croyaient vraiment. Nar kathar, ajouta-t-il.

Il ne voulait pas de nourriture. Le gnome posa tout de même le repas sur le sol et se dirigea rapidement vers la sortie. Lonerin aurait voulu lui demander où était Doubhée, mais il n'en eut pas le temps. D'ailleurs, la seule chose importante, c'était qu'elle n'était pas venue. Elle l'avait probablement entendu hurler, elle aussi, et elle avait volontairement ignoré sa souffrance. Une double trahison.

Il regarda le bol fumant, et son estomac se contracta. Son regard balaya la chambre. Le désordre qui y régnait était terrible, et la table gisait sur le sol, un pied cassé. Il eut honte de lui-même. Le résultat de sa colère le mit soudain mal à l'aise, et il préféra sortir.

Dehors, il faisait étrangement sombre. Le ciel était bas et lourd, et les dragons se taisaient dans leur tanière ; quelques éclairs illuminèrent la vallée, puis une pluie bienfaisante lava la terre. Comme cette fois, au début de leur voyage, dans la forêt. Ce fut plus fort que lui : son regard et sa pensée se tournèrent automatiquement vers la cabane de Doubhée, qu'on entrevoyait au loin.

« Il faut que j'aille voir comment elle va, soigner ses blessures, m'assurer qu'elle a bien pris la potion. »

Il ferma les yeux, et ses pieds se mirent en route d'eux-mêmes.

Le village semblait vide. L'averse rendait les ponts de bois glissants. Il en parcourut plusieurs à la suite, descendit au niveau inférieur, remonta. Dès qu'il arriva en vue de la cabane de Doubhée, son cœur tambourina dans sa poitrine. Il l'imagina, toujours assise contre la porte.

Il s'arrêta. Le bois foncé de la petite maison était presque noir sous la pluie. La porte et la fenêtre étaient barricadées. Il n'osa pas frapper. Il resta debout devant l'entrée, les cheveux dégoulinants.

Il comprit à l'instant que ce qu'elle lui avait dit était vrai. Il ne l'aimait pas. Quelques heures à peine s'étaient écoulées, et ses illusions se dissipaient déjà. Il s'assit sous le rebord du toit. Il n'avait plus le courage d'aller la voir, ni de rentrer dans sa propre chambre. Il demeura immobile à regarder l'eau qui tombait, les vêtements collés sur sa peau.

Pendant les trois jours suivants, Doubhée se claquemura dans sa chambre. Elle était fatiguée, et elle n'avait aucune envie de sortir. Dehors, il y avait Lonerin, et elle n'avait pas la force de soutenir son regard.

Elle n'aurait jamais pensé que lui dire non, le repousser comme elle l'avait fait, serait si douloureux. C'était la conscience impitoyable d'avoir fait du mal à une personne qui lui avait sauvé la vie qui la détruisait. Elle se sentait comme au début du voyage. De nouveau son destin l'obligeait à frapper et à blesser quand elle ne le voulait pas, comme si la mort et la douleur étaient son lot.

Elle avait fermé la porte et les volets. Elle ne voulait pas de lumière. L'obscurité lui convenait mieux, comme quand enfant, après la mort de Gornar, elle s'était barricadée dans le grenier de ses parents.

Sa solitude n'était interrompue que par les visites du prêtre. Il se montra encore plus discret que d'habitude. Il ne l'interrogea pas, n'insista pas non plus pour ouvrir les fenêtres. Il respecta son silence et se contenta de continuer son travail, lui apportant à manger deux fois par jour. Sa présence muette lui procura néanmoins un certain réconfort.

Pendant ce temps, son corps guérissait, et ses forces revenaient. Mais son esprit, lui, était comme suspendu. Une partie d'elle-même se demandait si elle n'avait pas eu tort, si elle n'avait pas commis une terrible erreur. D'une certaine manière, Lonerin lui manquait. Mais elle n'arrivait pas à trouver une réponse. Et alors elle aurait aimé savoir pourquoi il lui était toujours si difficile de choisir, pourquoi chaque choix devait être un saut dans l'inconnu.

Puis, un matin, dans le cadre lumineux de la porte, apparut un gnome, plus grand et plus âgé. Il entra en souriant.

— Aujourd'hui, c'est le jour du départ, dit-il avec un accent très prononcé.

Il porta la main à la poitrine et ajouta :

— Je suis Yljo, votre guide. Je t'attends dehors, prépare-toi.

Et il referma la porte derrière lui, aussi silencieusement qu'il était entré.

Doubhée resta assise quelques secondes sur le bord du lit, dans la pénombre de la chambre.

« C'est maintenant », pensa-t-elle. Elle s'habilla rapidement, et pour la première fois depuis qu'ils étaient arrivés au village, elle reprit ses armes. Elle rangea un à un ses couteaux à lancer, glissa son poignard dans son fourreau, mit son arc en bandoulière. Elle redevenait un guerrier. Elle découvrit que le poids de ses armes lui avait manqué.

Sur le coffre, à côté de ses vieux vêtements, elle vit la lettre. Sa gorge se noua. Elle avait compté plus que tout pendant ces dernières années, et elle était terriblement tentée de l'emporter. Pourtant, c'était fini, elle le savait. En disant non à Lonerin, elle avait en réalité pris congé du Maître. Elle l'avait laissé retourner parmi les ombres, elle avait renoncé à lui pour toujours. Elle ouvrit grand la fenêtre et inspira l'air frais qui venait de la forêt. Une bouffée de vent jeta la lettre par terre. Elle ne la ramassa pas et sortit.

Elle vit Lonerin de loin, alors qu'il essayait de monter sur l'un des petits dragons qu'elle avait déjà aperçus pendant sa promenade dans le village. Il y en avait trois, agrippés à la roche. Manifestement, ils seraient leurs moyens de transport.

Doubhée fut tentée de se couvrir la tête avec sa capuche, mais elle résista. Cela aurait été complètement inutile. Elle devait affronter son angoisse et son sentiment de culpabilité ; ils étaient inévitables, et d'ailleurs, elle les méritait.

Lonerin ne la vit pas tout de suite, et elle put ainsi s'accorder ce secret plaisir de l'observer sans être vue. Il était un peu maladroit, comme effrayé par ces animaux, et fatigué, elle le lisait sur son visage. Elle rougit, baissa les yeux, et s'approcha.

Les gnomes se tournèrent vers elle, et Yljo lui sourit.

Doubhée salua l'assistance d'un signe de tête, en évitant soigneusement le regard de Lonerin. Il y avait les palefreniers des dragons, et le chef de village que Doubhée honora d'une inclination de tête plus marquée. Puis elle s'appuya d'un air indifférent sur son bâton, qu'elle utilisait encore pour marcher parce qu'elle se sentait faible.

C'est Yljo qui la tira d'embarras. Il lui montra l'un des petits dragons.

— Nous voyagerons avec les Kagua. Le chemin le plus court passe par des sentiers escarpés où ils sont les seuls à pouvoir se déplacer.

C'était la première fois que Doubhée en voyait de près. Ils ressemblaient beaucoup aux dragons de terre : bien que plus petits et moins robustes, ils avaient les mêmes écailles, les mêmes couleurs. Mais leurs museaux étaient moins allongés, leur crête derrière la tête était plus petite et, surtout, ils n'avaient pas d'ailes. Ils étaient harnachés comme des chevaux pour la commodité de ceux qui les montaient.

— Avant de partir, une prière à notre dieu, dit le chef du village.

Près de la plate-forme où ils se trouvaient se dressait une grande statue en bois représentant un dragon de terre. Les Huyé s'agenouillèrent devant elle et se prosternèrent, le front contre le sol. Doubhée les imita, et du coin de l'œil, elle vit que Lonerin faisait de même. Le chef du village prononça ensuite quelques paroles qu'elle ne comprit pas.

— Répondez « Hawas ».

Doubhée et Lonerin obéirent.

Le Huyé se tourna vers elle.

— J'ai prié le Makhtahar, notre dieu Dragon, de protéger votre voyage et de vous permettre d'arriver sains et saufs. Ta phrase signifiait « nous te prions ».

Il sourit, et Doubhée hocha la tête.

Tous les trois se levèrent et montèrent sur les Kagua.

— Ce sont les petits-enfants de Makhtahar, un croisement entre notre dieu et de gros reptiles du fleuve. Ils sont bien adaptés aux longs voyages.

En effet, ils n'avaient rien à envier aux chevaux pour le confort, et Doubhée trouva tout de suite comment se tenir droite. Ses muscles étaient encore légèrement raides.

— Que votre voyage soit sûr et agréable, et puissiez-vous trouver ce que vous cherchez, dit le chef du village en prenant congé d'eux.

— Merci pour votre aide inestimable, répondit Lonerin.

Sa voix était faible et cassée, et Doubhée se demanda s'il avait beaucoup pleuré.

Le village disparut rapidement à leur vue. Devant eux s'ouvraient de nouveaux espoirs et de nouveaux gouffres.

Les Kagua avançaient en oscillant d'un côté à l'autre, et rester en équilibre n'était pas facile. Grâce à son entraînement, Doubhée tenait ferme les rênes et trouva bientôt le rythme. Ce ne fut pas la même chose pour Lonerin, qui s'aplatit dès le début sur le dos de son Kagua, blanc comme un linge.

Yljo le regarda en riant.

— Tu vas t'habituer, ne t'inquiète pas.

Lonerin esquissa un sourire, mais on voyait qu'il souffrait. Il tourna la tête vers Doubhée ; c'était la première fois qu'ils échangeaient un regard, et Doubhée en fut transpercée. Elle remarqua ses yeux gonflés par le manque de sommeil et les larmes. Elle se sentit coupable, une sensation liquide dans la poitrine qu'elle connaissait bien. Le jeune homme la dévisagea longuement avant de détourner la tête.

Ils chevauchèrent tout le jour sans s'adresser la parole. Yljo jacassait comme une pie. Apparemment, les Huyé étaient un peuple plutôt joyeux et jovial, et surtout loquace. Le guide leur parla en détail des Kagua, de leur comportement, des légendes qui entouraient leur domestication. Doubhée lui fut reconnaissante de combler le silence entre elle et Lonerin. À l'heure du déjeuner, ils ne firent pas de pause, ils mangèrent tout en continuant à avancer. Les Kagua étaient robustes, et Yljo s'empressa de vanter leur endurance et le nombre de lieues qu'ils étaient capables de parcourir sans montrer le moindre signe de fatigue.

Ils ne s'arrêtèrent qu'après le coucher du soleil.

Ils dînèrent frugalement, rationnant la nourriture, et Yljo sombra dans le sommeil dès la fin du repas. Doubhée et Lonerin restèrent seuls devant le feu.

Afin de dissiper la gêne, Doubhée faillit prétexter l'heure tardive pour se retirer.

— Tiens.

Lonerin lui effleura le bras, et elle tressaillit. Elle comprit immédiatement ce que contenait la gourde qu'il lui tendait et son cœur se serra.

— La potion, tu étais en train de l'oublier. Heureusement que tu veux vivre.

Elle se figea, de nouveau étouffée par la culpabilité.

— Lonerin, je...

— Prends-la, d'accord ? Et bois-la d'ici demain.

Doubhée obéit. Il y avait la chaleur de Lonerin, sur la gourde.

— Je regrette de t'avoir blessé, sincèrement, tu n'imagines pas à quel point.

— Je ne me sens pas prêt à affronter cette discussion. Nous avons un objectif commun, arriver jusqu'à Sennar. Après, ce sera chacun pour soi.

Doubhée ravala ses larmes et renifla tristement.

— Comme tu veux.

— Non, c'est ce que toi tu as voulu. N'essaie pas de m'en faire endosser la responsabilité.

— Tu as raison.

— Il est tard. Je te conseille d'aller dormir.

Doubhée hocha la tête et éteignit le feu. La respiration sifflante de Yljo résonnait dans l'obscurité. Lonerin lui tournait le dos. C'était vraiment la fin. Une fin qu'elle avait provoquée et choisie.

Elle s'enroula dans son manteau et s'allongea sur le tapis de feuilles mortes. Réussirait-elle à se libérer de tout comme de l'amour de Lonerin ? Peut-être, ainsi qu'il le disait, se complaisait-elle dans sa douleur avec l'espoir de donner la paix à ceux qui n'étaient plus ? Parviendrait-elle un jour à changer de peau comme un serpent et à renaître ? L'objectif lui parut inaccessible.

Elle ferma les yeux et se laissa bercer par le souffle de la nuit.

24

LE PRINCE QUI NE SERAIT JAMAIS ROI

Ido décida de partir de nuit. Ils couperaient par la Grande Terre, afin de gagner Laodaméa au plus tôt, même s'ils voyageraient à découvert la majeure partie du temps. Mieux valait donc se reposer le jour.

Il emmena San avec lui dans l'ancienne armurerie, envahie désormais par la poussière et la moisissure. Il y avait des toiles d'araignée dans les coins et des armes rouillées le long des murs. Ils découvrirent dans des malles des lames encore en bon état.

Ido choisit une épée et l'affûta à la meule.

— Tu en as déjà une, s'étonna San d'une voix aiguë.

— Elle est pour toi.

L'enfant pâlit.

— Ne t'inquiète pas, c'est seulement au cas où. Tu sais t'en servir ?

San acquiesça sans grande conviction.

— Mon père m'a donné des leçons quand j'étais

petit, mais je n'ai jamais eu l'occasion de combattre pour de vrai.

— Alors espérons qu'il en ira de même cette fois-ci. Cela étant, tu dois être prêt à tout.

Il lui remit l'arme et un fourreau de cuir. Ils s'exercèrent ensuite un court moment, et Ido estima que le garçon se débrouillait bien ; en dépit de son style un peu académique, il était même plutôt doué pour son âge. Tarik l'avait bien entraîné.

L'enfant, cependant, manquait d'enthousiasme.

— Je croyais que tu aimais te battre à l'épée ?

— Oui, c'est vrai.

Il baissa sa garde.

— En fait, je ne comprends pas. Tu m'as dit que tu me protégerais, et maintenant tu me mets une épée entre les mains, je...

— San, je suis blessé, et je me sentirai plus tranquille si tu es armé. Simple mesure de précaution.

Ido vit les yeux de San se remplir de larmes.

— Je ne permettrai pas qu'il t'arrive quoi que ce soit, ajouta-t-il d'une voix ferme. Mais tu dois comprendre qu'il faut toujours envisager le pire. Un bon guerrier ne laisse jamais rien au hasard, et je suis tout de même un guerrier assez expert, non ?

San essuya ses joues avec la manche de sa chemise. Il hocha la tête.

— Parfait. Maintenant va dormir. Nous partons cette nuit.

Ils se mirent en route avant le lever de la lune. Ido sentit l'enfant se raidir contre son dos.

— On n'y voit rien !

— Si tu ne veux rien voir… répliqua Ido.

Le gnome avait fait des centaines de marches la nuit, il connaissait l'obscurité comme sa poche. Il avait longuement exercé son unique œil dans ce but, et, quand il avait commencé à perdre un peu de vision à cause de la vieillesse, il avait sollicité davantage ses autres sens.

Ils chevauchèrent toute la nuit et ne firent halte qu'à l'aube. Ido monta une tente faite du même tissu que celui utilisé pour camoufler les entrées de l'aqueduc.

— Nous dormirons à tour de rôle, dit-il. Deux heures chacun. Si tu as trop sommeil, tu me réveilles, d'accord ?

San acquiesça sans ciller.

— Mais avant, je dois te demander une faveur. Soigne-moi encore avec ta magie. J'en ai besoin pour me rétablir complètement.

L'enfant posa les mains sur ses blessures, et Ido admira la lumière qui se propageait comme d'habitude de ses doigts.

— Quand toute cette histoire sera finie, je t'enverrai étudier auprès d'un magicien.

San le regarda avec des yeux pleins d'effroi.

— Il vaut mieux pas.

— À cause de ton père ?

Les mains de l'enfant devinrent brusquement froides. Cela arrivait toutes les fois qu'ils parlaient de Tarik.

— Ton père était libre d'avoir son opinion, expliqua-t-il en choisissant ses mots. Cela ne signifie pas que la magie soit une chose mauvaise en soi.

— Le Tyran était un magicien, par exemple... objecta San. C'est lui que mon père citait, quand nous évoquions ces choses.

Ido ne put s'empêcher de frissonner. D'après ce qu'il en savait, Aster avait été un enfant prodige, comme San. Peut-être que tout cela faisait partie du plan de Yeshol.

— Lui, c'est un cas extrême. Prends ton grand-père : il a accompli des prodiges avec la magie. Tout dépend de la façon dont on utilise ses dons. Que tu me soignes, c'est bien, n'est-ce pas ? Et quand nous étions entre les mains de l'Assassin, sur la Grande Terre, cela ne t'a pas posé de problèmes de te libérer par la magie ?

San rougit.

— Je l'ai fait malgré moi. Mes mains sont devenues brûlantes, et quand j'ai regardé, les cordes étaient à demi calcinées.

Ido se félicita. Il avait vu juste.

— C'est de la magie, San, et cela t'a permis de te libérer. Et de me sauver, moi aussi.

Le garçon continua à le soigner en silence, et Ido douta d'avoir été suffisamment convaincant.

— Tu as un don extraordinaire. Ton grand-père a commencé comme toi. Tu savais qu'il parlait aux dragons ?

— Vraiment ? demanda l'enfant, les yeux écarquillés.

Le gnome hocha la tête.

— Toi aussi tu parles aux animaux, San. Ce serait dommage de gaspiller tes dons. C'est pour cela que je te conseillais d'étudier.

Il comprenait ses réticences. Son père était mort depuis peu, et il craignait de trahir sa mémoire en transgressant un de ses interdits.

— Et rien ne t'oblige à devenir un magicien, poursuivit Ido. Tu embrasseras la carrière qui te plaira.

San poussa un léger soupir de soulagement, puis se rembrunit.

— Mais qu'est-ce qui va m'arriver après, Ido ? Je n'ai pas de maison, pas de parents… La nuit, je me réveille et je me dis que le temps m'est compté. Chaque jour est un jour de moins, et j'ai peur.

Il avala sa salive et ajouta :

— J'ai peur que la Guilde me trouve, et j'ai peur du Tyran…

— N'y pense pas, regarde seulement devant toi. Le Tyran a été vaincu, et tout ce qui nous menace maintenant, c'est l'ombre de son ombre. Aie confiance en moi. Tout ira bien, je saurai te défendre. Tu m'entends, San ?

L'enfant hocha à nouveau la tête avec vigueur.

— Il n'y a personne en qui j'aie plus confiance qu'en toi.

Ido sourit, et San lui sauta au cou. Sa côte fêlée protesta violemment.

— Doucement, murmura le gnome, mais il était heureux de cette démonstration d'affection.

Il serra l'enfant contre lui.

Ido veillait près du feu, en proie à une étrange sensation. Cela faisait huit jours maintenant qu'ils étaient partis, et jusque-là, le trajet s'était effectué sans incident.

La nuit était identique aux précédentes, à peine plus claire, avec un croissant de lune d'une rare splendeur. Et pourtant, Ido avait un mauvais pressentiment.

Il réveilla San, sans lui faire part de ses craintes. Ce n'était pas la peine de l'effrayer inutilement, il était déjà assez bouleversé comme ça.

— Nous partons tout de suite.

Le garçon se frotta les yeux.

— On ne mange pas ?

— On grignotera en route.

Ils montèrent à cheval, et Ido poussa la bête un peu plus que d'habitude.

— Il y a un problème ? demanda San d'une voix soupçonneuse.

Le gnome haussa les épaules.

— Non.

— On n'a jamais été aussi vite.

— Plus tôt on arrivera, et mieux ce sera.

L'air autour d'eux vibrait d'une note basse et indistincte. La chaleur torride qui le tourmentait toujours, bien qu'ils aient maintenant quitté la Terre du Feu, lui avait peut-être joué un mauvais tour. Mais Ido entendait comme un vieil appel résonner à ses oreilles, il y avait quelque chose de familier dans ce son vibrant qu'il percevait par moments.

Tout à coup, il comprit. Le son était encore faible et lointain, mais bientôt il deviendrait plus clair. Le gnome lança son cheval au galop et posa la main sur la garde de son épée.

Instinctivement, il pensa à Vésa. Combien le dragon lui aurait été précieux dans cette occasion, et comme ses flancs auraient palpité sous ses cuisses en entendant ce bruit ! Car c'est un cri de dragon qu'il avait entendu, un rugissement autrefois amical, mais qui depuis que Dohor était au pouvoir était devenu synonyme de mort.

Un cheval ne pouvait certes pas rivaliser avec un dragon, mais il continua néanmoins à éperonner l'animal et dégaina son épée.

— Quoi qu'il arrive, fuis !

— Ne me laisse pas ! hurla San, terrorisé.

— Seul importe que tu vives, alors obéis-moi !

L'air trembla, et des rafales de vent soufflèrent derrière eux.

Le dragon les survola, immense, et plana un instant devant eux, cachant la lune. Puis il se retourna et leur fit face. Ses ailes étaient diaphanes, son souffle brûlant. Il ouvrit les mâchoires, et un mur de flammes leur barra la route.

La lumière illumina entièrement le dragon, sa peau verte chatoyante et ses écailles rouges. Un Chevalier du Dragon se dressait sur sa croupe, sombre et menaçant.

Ido fit rapidement faire demi-tour à son cheval et longea le rideau de feu à la recherche d'une issue, tout en se préparant à se défendre.

Le dragon émergea du brasier, si titanesque que son cavalier avait l'air d'un soldat miniature. L'une de ses pattes frappa le cheval au vol, et Ido fut précipité sur le sable du désert en même temps que son destrier. Au même moment, il entendit le cri de San au loin. Avait-il réussi à fuir ? Avait-il été capturé par le dragon ?

Il roula loin du cheval pour ne pas être écrasé en essayant de s'orienter ; il se releva et eut à peine le temps d'apercevoir une petite silhouette qui se démenait sous l'une des pattes de l'énorme animal. Le cheval, sans aucun doute, avec San sur son dos. Ido sentit son sang se glacer. Juste après, un autre cri, puis un éclair qui l'aveugla.

Lorsqu'il rouvrit les yeux, une gigantesque forme était affaissée sur le sol, avec deux petits tas indistincts à ses côtés. Le dragon, le cheval, et San.

— San ! hurla Ido, prêt à s'élancer.

Le sifflement d'une lame qui passa à un cheveu de sa tête le coupa dans son élan. Il bondit de côté, se retourna, et reconnut immédiatement son ennemi.

Cinq ans avaient passé, et l'adolescent long et maigre était devenu un jeune homme svelte et nerveux. Quelque chose dans ses yeux et dans son expression lui rappela le garçon à qui il avait laissé la vie sauve sous le Thal. Un garçon qui appelait la mort de ses vœux et qui était revenu sur ses pas pour secourir les survivants.

— Learco ! s'exclama Ido.

Le jeune homme demeura impassible, son épée pointée vers lui.

— Mon père veut l'enfant, dit-il d'une voix atone. Livre-le-moi et nous serons quittes.

Ido répondit avec un sourire ironique.

— Si je me souviens bien, il y a cinq ans tu n'étais pas en mesure de donner des ordres. Et, si je ne me trompe, je t'ai sauvé la vie…

— Je veux seulement l'enfant, Ido.

Donc, il n'avait pas encore San. Alors qu'est-ce que c'était que cet éclair soudain ? Le gnome ne se l'expliquait pas, mais ce n'était pas le moment d'y réfléchir. Il devait combattre.

Il se jeta sur son adversaire, mais un élancement dû à sa côte blessée lui coupa le souffle. Learco para immédiatement. Ce n'était plus l'adolescent d'autrefois.

Ido ne se laissa pas déconcerter par cette première parade. Sans se soucier de la douleur, il tourna sa lame, la libéra et attaqua à nouveau. Il se mit à jouer du poignet, comme il faisait toujours avec les jeunes spadassins. C'était un truc destiné à déconcentrer les combattants inexpérimentés, qui, hypnotisés, oubliaient de surveiller les mouvements de son arme.

La ruse fit long feu. Learco était visiblement habitué à se battre, car il se mit aussitôt à l'imiter, rendant coup pour coup. Les changements de rythme ne le déstabilisaient pas, il ne perdait jamais sa concentration, et il était rapide, agile. Une dernière tentative, et Ido rétablit la distance de sécurité.

— Tu as fait des progrès.

Le jeune homme ne répondit pas. Ses yeux étaient ailleurs.

— Tu sais pourquoi ton père veut cet enfant ?

Cette fois, Learco eut l'air interdit.

— Il m'a donné un ordre, je l'exécute.

Il attaqua sans préavis, d'un surprenant coup de bas en haut qu'Ido dut parer dans une position qui ne lui était pas habituelle. Il se retrouva en difficulté, et Learco en profita pour le serrer de près. Le gnome fut forcé de reculer. C'était la première fois que cela lui arrivait depuis un sacré bout de temps. Pendant toutes ces années, il n'avait jamais vraiment été mis en difficulté. Cette ère d'obscurité et d'intrigues n'avait pas réussi à produire de guerrier de la trempe de Deinoforo, le Chevalier du Dragon

Noir qui lui avait arraché l'œil gauche, et que lui-même avait fini par tuer durant la Grande Bataille d'Hiver. Il avait été son plus terrible adversaire.

Son pied buta sur une aspérité, et le gnome tomba en arrière. La lame de Learco cherchait déjà sa gorge et il se crut perdu, mais il roula vivement de côté, sur quelque chose qui avait une étrange consistance.

L'épée du prince s'arrêta à ras du sol, laissant toute latitude à Ido de la frapper et de se remettre en garde.

Il jeta un regard sur l'obstacle qui l'avait fait tomber. C'était une aile de dragon, fauchée sans doute par l'éclair de lumière. Émis par San ?

— J'ai l'impression que tu as perdu un allié, dit-il.

— Je sais me battre sans dragon.

Ido secoua la tête.

— On voit que ton père n'a jamais assimilé mes leçons… Un Chevalier du Dragon combat toujours avec son animal à ses côtés, même quand il est à terre et sans défense. Le fait que tu aies permis que ton compagnon soit frappé de cette manière démontre clairement que tu es loin d'être un vrai chevalier.

Learco arma un nouveau coup, mais il fut saisi par une espèce de colère irrépressible, qui le rendit subitement maladroit. Ido en profita pour placer une fente. Le jeune homme réussit à se déplacer latéralement, évitant de justesse un coup mortel.

Légèrement touché, ce fut lui qui rétablit la distance de sécurité, en se pliant du côté blessé. Il grimaça de douleur.

— Pourquoi ton père veut l'enfant ? Réponds !

— Ça n'a pas d'importance !

Learco, de plus en plus nerveux, prit son épée dans la main gauche et attaqua avec la même habileté. Ido changea lui aussi de main.

Ils se remirent à croiser le fer, et le prince continua à se battre de façon irréprochable. Pourtant, Ido devinait qu'il n'y mettait aucune passion, aucune haine. Sans doute n'obéissait-il qu'au sens du devoir.

Lui, au contraire, était prêt à tout pour sauver San. Il l'entendit gémir faiblement et en tira la force suffisante pour un nouvel assaut.

Learco commença à reculer.

— Pour gagner, il faut vouloir la victoire ! hurla Ido en lançant un fendant.

Aucune pitié cette fois, pas comme cinq ans plus tôt, quand, en le sauvant, il lui avait permis de devenir ce qu'il était maintenant.

Le prince sembla baisser sa garde, comme s'il voulait de nouveau mourir. Il bascula légèrement en arrière, les yeux sans expression. Ido ne se laissa pas émouvoir, mais il corrigea un peu sa trajectoire. C'est alors que le jeune homme leva son épée, l'obligeant à un ample mouvement du bras. Cette fois, foudroyé par la douleur, le gnome trébucha et roula sur le sol, incrédule. Il venait de tomber en plein combat, terrassé par un gamin.

Il sentit l'épée du prince appuyer sur sa nuque et leva la tête.

Learco était toujours impassible. Ni joie de vaincre ni désir de sang. Il était juste un peu essoufflé.

— Parfois, un geste à peine déloyal suffit pour vaincre.

Ido sourit. Il avait encore son épée à la main. C'était une idée désespérée, mais il pouvait peut-être y arriver. Il refusait de se rendre.

— Cela s'appelle de la ruse.

— Tu te trompes, c'est de la perfidie. Je n'ai rien appris d'autre, après t'avoir rencontré.

La froideur de sa voix évoquait d'insondables abysses. Qui était vraiment ce garçon ? Que voulait-il, qu'est-ce qui l'animait ?

— C'était vrai alors, cette fois-là ? Tu étais réellement venu chercher des survivants ?

Les yeux de Learco s'emplirent d'horreur. Ido serra la garde de son épée.

— C'était vrai.

— Ton père veut l'enfant pour le tuer. Il a conclu un pacte avec la Guilde, il a vendu son âme pour obtenir le pouvoir. Tu souhaites l'aider ?

Learco baissa les yeux, et son épée frémit.

Aussitôt, Ido sauta sur ses pieds ; ignorant la lame de son adversaire qui lui effleurait l'épaule, il fit décrire à son arme un large cercle, et une longue entaille rouge zébra la poitrine de Learco. Le prince bascula en arrière, mais il réussit à se rétablir avant de toucher terre.

Il aurait pu le contrer, Ido en avait clairement conscience. Le truc qu'il avait utilisé était banal, rapide comme il l'était, le prince aurait pu le bloquer sans difficulté… s'il l'avait voulu.

Learco porta la main à sa blessure. Ce n'était qu'une éraflure, mais elle devait lui faire mal.

— Emmène-le.

Ido le regarda, et le prince soutint son regard.

— Tu m'as épargné autrefois, pars avec l'enfant.

Et il jeta son épée par terre, en gage de sa bonne foi.

Ido ne se le fit pas dire deux fois.

San, près du dragon, se tenait la cheville, incapable de se relever. Le cheval gisait inerte à quelques brasses de là, le ventre ouvert.

— Ça va ? murmura le gnome.

San acquiesça faiblement.

— Je ne sais pas ce qui s'est passé, la lumière, j'avais peur…

— C'est fini.

Il le prit dans ses bras. Ils n'avaient plus de cheval, il leur fallait continuer à pied.

Learco les observait en silence, immobile. Ido se retourna vers lui.

— Tu n'es pas obligé d'obéir à ton père. Encore moins aujourd'hui qu'il y a cinq ans.

— Je suis son fils, répliqua Learco avec un sourire triste.

Ido fut touché par ces mots. Il se rappela sa propre enfance, fils d'un roi déchu qui l'avait élevé dans la haine et la soif de revanche. Lui aussi avait été longtemps pris dans un inextricable filet de devoir et d'affection.

Il n'ajouta rien d'autre et disparut dans la nuit. Cette fois il avait la certitude qu'il reverrait Learco, et que son histoire était bien loin d'être accomplie.

25
LA FIN DES ILLUSIONS

Le voyage vers la demeure de Sennar se déroula sans encombre. De longues étapes sur le dos des Kagua, et des nuits paisibles sous les étoiles. Le soir, il faisait frais et ils devaient dormir près des dragons pour se réchauffer. Il ne plut qu'une fois, et ils se réfugièrent dans une vaste grotte.

Les montagnes cédèrent bientôt à nouveau la place aux bois, et le panorama devint identique à celui qu'ils avaient connu de l'autre côté de la gorge : une forêt sauvage plantée de très hauts arbres aux feuilles énormes.

— Depuis combien de temps Sennar vit-il en ermite ? demanda un jour Lonerin.

— Au moins trois ans, répondit Yljo.

— Et comment est-ce arrivé ? Je veux dire, il a chassé ses visiteurs, il s'est disputé avec le chef du village…

— Rien de tout cela. Notre Muyhar a compris de lui-même que le magicien aspirait à la solitude.

Il a cessé d'aller le voir. De temps en temps, nous lui laissons quelque présent dans un arbre creux. Et le lendemain matin, la cavité est vide. C'est là que je vous conduis.

— Et à quelle distance de cet endroit est sa maison ? intervint Doubhée.

— Elle est assez proche. Vous la trouverez, n'ayez pas peur.

— Le problème, c'est plutôt ce que nous y trouverons… pensa tout haut Lonerin.

Yljo sourit.

— Le magicien est un grand héros chez vous, n'est-ce pas ? Vous n'avez rien à craindre de lui.

— Tu l'as rencontré ?

— Une fois, au village, il y a quelques années, répondit le guide. Une personne solitaire et peut-être un peu triste.

Doubhée n'avait pas de mal à le croire. Les *Chroniques* les décrivaient, Nihal et lui, comme une entité inséparable. La mort de cette dernière avait dû l'accabler de douleur, sans parler de la dispute avec son fils et du départ de celui-ci. C'était assez pour rompre tout lien avec le monde.

Ils arrivèrent un après-midi.

— Voici l'arbre creux dont je vous ai parlé, dit Yljo en désignant un arbre apparemment semblable aux autres. À vous de jouer, à présent.

Doubhée regarda autour d'elle. À quelques pas de là, un petit sentier s'enfonçait dans les sous-bois. Lorsqu'elle remarqua que Lonerin était déjà descendu du Kagua, elle fit de même.

— Merci de nous avoir conduits jusqu'ici. J'espère que nous nous reverrons, dit le jeune magicien.

Yljo leur adressa un dernier sourire, puis il rebroussa rapidement chemin.

Lonerin s'engagea sans un mot sur le sentier. Doubhée le suivit.

— Tu crois que nous sommes encore loin ? se hasarda-t-elle à demander, la voix tremblante.

— Yljo a dit que c'était tout près.

Ils marchèrent pendant environ une demi-heure sans rien voir à l'horizon, puis Doubhée perçut un son bas et étouffé, à peine audible. L'air autour d'eux vibra, et Lonerin s'arrêta pour scruter les alentours.

Soudain, un rugissement terrible secoua les arbres, et le son devint sans équivoque : c'était un battement d'ailes.

Un vent puissant les jeta à terre, et lorsque Doubhée leva les yeux, elle vit passer au-dessus de leurs têtes une créature énorme, d'un beau vert brillant.

— Un dragon ! hurla Lonerin.

Les deux jeunes gens prirent aussitôt la fuite. Ils n'avaient fait que quelques pas quand un énorme jet de flammes arriva sur eux. Doubhée cria, et Lonerin invoqua instinctivement un bouclier magique. Le feu ne les atteignit pas, mais une partie de sa chaleur, si. Ils se réfugièrent sous le tronc d'un arbre mort.

— Il n'est pas comme ceux que nous avons vus dans la vallée. Lui, c'est un vrai dragon, comme ceux du Monde Émergé ! haleta Doubhée.

Elle n'en avait jamais rencontré d'aussi gros. Il était terrifiant.

— Bien sûr ! rétorqua Lonerin. Et tu devrais le connaître.

Doubhée le regarda d'un air interrogateur.

— Ce ne peut être qu'Oarf.

Doubhée en fut bouche bée. Elle avait tout lu sur Oarf, le plus célèbre des dragons sur le dos duquel Nihal avait vécu la plus grande partie de ses aventures. Cela lui faisait vraiment un drôle d'effet de le voir de ses propres yeux, et en plus, dans toute sa puissance.

Mais l'énorme animal revenait déjà vers eux.

— Sauve qui peut ! hurla Doubhée.

Ils bondirent hors de leur cachette et reprirent leur course, talonnés par le rugissement d'Oarf et le battement de ses ailes.

Sans même s'en rendre compte, ils débouchèrent dans une clairière : plus aucun arbre, et de l'herbe à perte de vue. Le dragon se dressa aussitôt de toute sa hauteur devant eux, les yeux d'un rouge étincelant. Il était immense et magnifique, avec ses ailes ainsi déployées. Mais Doubhée ne s'attarda pas à l'admirer. Elle comprit qu'il les avait délibérément conduits jusque-là : maintenant ils étaient à découvert et n'avaient plus aucun endroit où se cacher.

Oarf ouvrit grand sa mâchoire, soufflant vers eux des langues de feu. Lonerin eut le temps d'invoquer le bouclier, mais la puissance de la flamme le fit tomber à genoux. Doubhée s'aplatit sur le sol et ferma les yeux, en se demandant si c'était ainsi qu'elle devait mourir, brûlée par un dragon légendaire. La vie empruntait d'étranges chemins !

Lorsqu'elle trouva le courage de rouvrir les yeux, un cercle de feu les entourait et Lonerin haletait, trempé de sueur.

Elle se précipita vers lui.

— Le bouclier... il exige... beaucoup d'énergie...

Oarf fit à nouveau demi-tour vers eux, et ils crurent leur dernière heure arrivée. Puis les flammes s'évanouirent d'un coup, et le dragon les dépassa sans rugir et sans les toucher.

Dans le rideau de fumée qui se leva, ils le virent se poser à quelques mètres d'une silhouette indistincte.

— Qui êtes-vous et que voulez-vous ?

Doubhée eut un coup au cœur. Cela ne pouvait être qu'une seule personne.

La fumée se dissipa, et devant eux apparut un vieil homme avec une barbe et de longs cheveux blancs. Il portait une tunique noire élimée, ornée de fresques rouges, et s'appuyait sur un bâton de bois noueux. Mais le trait le plus frappant, c'étaient ses yeux, des yeux dont Lonerin et Doubhée avaient lu la description dans tous les livres. Des yeux d'un bleu très clair, presque blanc, inquiétants.

— Doubhée et Lonerin, nous sommes envoyés par le Conseil des Eaux, déclara Lonerin.

Le vieil homme resta immobile, la main posée sur le museau d'Oarf qui continuait à les fixer avec haine.

— Du Monde Émergé ?

— Oui ! Vous êtes Sennar ? s'écria Doubhée en sautant sur ses pieds.

Le vieil homme plissa les paupières.

— Je n'ai rien à vous dire. Pour cette fois je vous laisse la vie sauve, mais faites en sorte que je ne vous revoie plus jamais.

Sur ces mots, il leur tourna le dos et Oarf abaissa l'aile pour lui permettre de remonter plus aisément. Son corps semblait encore vigoureux, mais il se déplaçait avec difficulté.

— C'est au sujet d'une chose importante qui concerne aussi votre fils ! hurla Lonerin.

Sennar se figea, et ses épaules furent secouées d'un léger tremblement.

— Que sais-tu à propos de mon fils ? demanda-t-il sans se retourner.

— Il est en danger. Le Monde Émergé tout entier est en danger. Je suis magicien, et nous avons entrepris ce long voyage pour obtenir de vous aide et conseils.

Sennar se décida enfin à monter sur le dos d'Oarf et les regarda.

— Ma maison est de l'autre côté. Suivez le sentier en direction du nord-ouest, je vous y attendrai.

Et il les planta là.

La maison du magicien était modeste. C'était une petite construction en pierre d'un seul étage avec un joli toit en pente, au milieu d'un jardin envahi par les mauvaises herbes. Elle ressemblait à celles du Monde Émergé, et Lonerin et Doubhée eurent l'impression d'être de retour chez eux.

De près, ils s'aperçurent qu'elle était en mauvais état : les cadres des fenêtres étaient cassés, et de grosses fissures lézardaient les murs. On aurait pu la croire abandonnée, sans la présence d'Oarf qui dormait roulé en boule, une aile appuyée sur le toit. Il les regardait toujours comme s'il mourait d'envie de les attaquer, et deux fines volutes de fumée sortaient de ses naseaux.

Sennar, lui, était invisible.

L'endroit était plutôt inhospitalier, et Doubhée s'arrêta sur le seuil.

— Alors ? fit Lonerin, embarrassé.

La jeune fille lui fit signe d'avancer, et ils passèrent sous le regard courroucé d'Oarf. La porte d'entrée était entrouverte.

— Il y a quelqu'un ?

Pour toute réponse, ils entendirent qu'on s'approchait en claudiquant.

Lonerin entra et Doubhée le suivit.

L'intérieur était aussi délabré que l'extérieur, et l'odeur de moisissure qui y régnait prenait à la gorge. Les meubles, peu nombreux, étaient couverts de poussière : quelques chaises, un foyer en pierre, un vieux buffet et une table. Des livres et des feuilles étaient étalés à même le sol, noircis d'étranges symboles que Lonerin contempla d'un air médusé.

Sennar essayait de leur faire de la place en déplaçant les livres qui recouvraient la table. Il se déplaçait avec difficulté, en traînant derrière lui une jambe qui semblait inerte.

Lorsqu'il eut libéré un espace suffisant, ils s'assirent en silence.

Il n'était pas du tout comme Doubhée se l'était imaginé. Son visage était presque entièrement dissimulé derrière ses cheveux et sa barbe, et seuls ses yeux bleus et vifs émergeaient de sa peau sillonnée de rides. Ses mains desséchées tremblaient. C'était un vieillard banal, qui avait peu de chose en commun avec le jeune héros dont elle admirait les aventures.

— Alors ?

Lonerin sortit de sa rêverie. Il semblait frappé lui aussi et gardait les yeux fixés sur les parchemins qui jonchaient le sol.

Sennar suivit son regard.

— Tu es Conseiller ?

Le jeune homme secoua la tête.

— Non, je suis l'élève de l'actuel Conseiller de la Terre de la Mer.

— Dans ce cas, pourquoi es-tu si scandalisé par mes livres de magie interdite ?

Lonerin rougit violemment.

— Je suis certain que toi aussi tu as étudié et utilisé certaines de ces formules.

Le jeune magicien tressaillit et Sennar sourit avec méchanceté.

— Allons droit au but, plus vite vous partirez et mieux ce sera. Qu'avez-vous à me dire ?

Lonerin essaya de se remettre de sa surprise et s'assit devant lui. Doubhée fit de même.

Le jeune homme s'éclaircit la voix et commença son histoire. Il devait avoir beaucoup pensé à ce qu'il allait dire, et à la manière de le formuler, car il parlait comme s'il était en train de lire ses notes. Mais il était rouge comme une tomate, et toute la confiance qu'il affichait d'ordinaire quand il s'exprimait en public s'était évanouie. Il avalait ses mots, s'interrompait, perdait le fil.

Sennar l'écoutait, la joue appuyée sur sa main. Il le scrutait avec suffisance de ses yeux froids. Il semblait amusé de son embarras, et ne faisait rien pour le mettre à l'aise. Quant à Doubhée, il jetait de temps en temps sur elle un regard furtif. La chemise que les Huyé lui avaient donnée laissait bien en évidence le symbole du sceau sur son bras.

— Vous venez du village de Ghuar ? demanda-t-il soudain en regardant la jeune fille.

Lonerin n'en était encore qu'à la moitié de son récit, il présentait Dohor et la façon dont il avait pris le pouvoir.

— Nous arrivons du village des Huyé, ce sont eux qui nous ont guidés jusque chez vous, s'empressa-t-il de répondre.

Sennar plissa les yeux, et la fine cicatrice qu'il avait sur la joue ressortit plus nettement. Il continuait à fixer Doubhée.

— Ghuar n'a apparemment pas respecté notre accord tacite.

— Non, c'est nous qui avons insisté, il n'a pas mis en doute votre bonne foi, dit-elle.

Sennar ignora sa réponse et se retourna vers Lonerin.

— Inutile de me raconter l'histoire du Monde Émergé depuis que j'en suis parti. Ido m'a écrit pendant toutes ces années, et même s'il ne l'avait pas fait, je saurais déjà tout. C'est si banal, le Monde Émergé, si répétitif… Qu'il s'appelle Dohor ou le Tyran, qu'il vienne de la Terre de la Nuit ou de celle du Feu, cela n'a pas d'importance. Quelqu'un finit toujours par rompre la paix. Le Monde Émergé sombre dans la guerre, il est détruit, puis il renaît de ses cendres juste le temps de préparer l'avènement d'une nouvelle catastrophe. Jusqu'au jour où il disparaîtra bel et bien dans le sang et les massacres, parce que c'est ce à quoi il aspire depuis sa création.

Doubhée dévisagea tour à tour le jeune homme et le vieux magicien.

— Mais c'est un cercle, non ? objecta Lonerin, déconcerté. Comme vous l'avez écrit vous-même dans les *Chroniques du Monde Émergé*. C'est un cercle infini, qui amènera...

Le rire de Sennar l'interrompit, un rire méchant, amer et désespéré, qui remplit toute la maison.

— Je vois que tu les as lues avec attention... Il traîne encore, ce livre ? Je pensais qu'il avait été brûlé, ou au moins oublié...

Cette fois, Lonerin resta la bouche ouverte, sans rien trouver à dire.

— Des idioties, des sottises. Les délires du jeune homme immature et heureux que j'étais alors. Quand on est heureux, on dit n'importe quoi, on est prêt à croire que cela durera toujours. Or cela ne dure pas toujours.

Il s'appuya au dossier de sa chaise et laissa aller sa tête en arrière. Il semblait fatigué.

— Tu veux savoir la vérité ? La vérité, c'est que les gens se lassent vite de la paix. Quand les vieux ennemis ont été abattus, il leur en faut de nouveaux, et les périodes de paix n'ont qu'un seul but : préparer un nouveau bain de sang. Combien d'années de paix le Monde Émergé a-t-il goûtées ? Cinq ? Après une guerre de quarante ans ?

Lonerin secoua la tête.

— D'accord, une nouvelle menace pèse sur le Monde Émergé, mais là n'est pas la question. L'important, c'est qu'une secte adorant un dieu sanguinaire est sur le point de ramener Aster à la vie.

Sennar eut un geste d'impatience.

— C'est pour me faire ce discours ennuyeux que tu es venu jusqu'ici ? Tu as écouté ce que je viens de te dire ? Si tu as réellement lu mes maudits livres, tu sais ce que j'ai donné au Monde Émergé. Une jambe pour commencer, et surtout mes espoirs, tout ce en quoi je croyais. J'ai perdu toutes mes certitudes en luttant contre le Tyran, j'ai même tué en combattant contre lui. Et je lui ai aussi sacrifié cinq précieuses années de ma vie avec Nihal, que j'ai passées à tenter vainement de construire la paix !

Sa voix était tonnante, lourde de colère.

— J'ai tout perdu, cette satanée terre m'a arraché toute énergie et toute volonté, et je n'ai pas l'intention de lui donner quoi que ce soit de plus. Il ne me reste rien, même mon fils m'a été enlevé. Je n'ai plus que ma solitude, et le Monde Émergé ne l'aura pas. C'est une terre condamnée, pétrie d'une haine insurmontable, et qu'aucune force ne peut sauver du déclin. Même si tu y parvenais, au prix de tout ce que tu es et que tu n'as pas encore perdu dans ta route jusque chez moi, il en viendrait un autre, et puis un autre encore. Le Monde Émergé sombre inexorablement dans l'abîme, chaque fois il s'enfonce un peu plus, et sa chute est inévitable.

Lonerin était effondré.

— Et qu'est-ce que vous proposez alors ? De l'abandonner à son sort ?

— Il tombera de toute façon.

— Mais vous avez combattu pour le sauver, vous nous l'avez dit vous-même !

— Et à quoi est-ce que cela a servi ? Dohor est arrivé et vous en êtes au même point, n'est-ce pas ?

— Oui, mais…

— Aster lui-même va revenir sur terre, comme si je n'avais jamais existé, comme si Nihal n'avait jamais existé, comme si la guerre n'avait jamais eu lieu.

Lonerin secoua la tête avec vigueur.

— Ce n'est pas du tout ça. Nous avons de nouveaux instruments, et je…

— Qui se bat ? tu peux me le dire. Il y a quarante ans il y avait moi, Ido, Nihal et l'Académie, sans parler des Terres libres, d'où arrivaient par brassées des jeunes prêts à s'immoler. Mais maintenant ?

— Il y a le Conseil des Eaux, il y a moi, elle… balbutia Lonerin en indiquant Doubhée.

Sennar sourit, cynique.

— Ton amie ne parle pas ? Elle a d'autres problèmes, pas vrai ? Elle est venue jusqu'ici pour son propre compte et elle te soutient dans tes rêves de devenir un héros.

Doubhée se sentit humiliée par la vérité de ces paroles, tout comme Lonerin, qui semblait de plus en plus bouleversé.

— Vous ne pouvez pas croire réellement ce que vous dites...

Sennar sourit amèrement.

— J'ai soixante ans, je suis vieux et proche de ma fin. C'est plutôt toi qui ne vois pas les choses comme elles sont, parce que tu es encore un jeune homme. À ton âge, je pensais exactement comme toi, et regarde-moi aujourd'hui. Les illusions meurent un jour ou l'autre.

Lonerin baissa la tête. Quelques jours plus tôt, il aurait puisé dans les yeux de Doubhée force et arguments. Et peut-être Doubhée l'aurait-elle aidé. Mais pas maintenant. Elle non plus ne savait pas quoi répliquer.

— Nous ne vous demandons pas grand-chose, hasarda-t-elle. Nous avons fait cette longue route pour que vous nous donniez un simple conseil. Nous voulons seulement savoir par quel rituel la Guilde peut ramener Aster à la vie, et comment nous pouvons l'en empêcher.

Sennar la transperça du regard.

— Et toi, qui es-tu ? Lui, c'est un magicien, et toi ?

Doubhée baissa le nez.

— Je suis une voleuse. La Guilde des Assassins m'a obligée à travailler pour elle, mais je me suis enfuie.

— Et c'est ça qui t'amène, dit Sennar en indiquant le symbole sur son bras.

La jeune fille acquiesça.

— Alors occupe-toi de ce qui t'intéresse, et évite de faire semblant de te soucier d'autre chose pour plaire à ton petit ami.

— Je n'essaie pas de lui plaire.

— Ah non ?

— Quand je l'ai suivi, j'ai accepté de l'aider et de partager sa mission.

Elle sentit que Lonerin la regardait à la dérobée.

— Je hais la Guilde, c'est elle qui m'a imposé ce sceau, ajouta-t-elle.

Sennar la considéra longuement, et il fit de même avec le symbole.

— Tu sais qui est Thenaar ?

Doubhée sembla déconcertée.

— C'est un des autres noms de Shevraar.

La jeune fille fut stupéfaite. Elle connaissait ce dieu, elle en avait entendu parler dans les poèmes sur Nihal. C'était le dieu elfique auquel la demi-elfe avait été consacrée quand elle était encore nouveau-né dans les langes. À l'époque, les demi-elfes étaient déjà persécutés par Aster. Le village où vivaient les parents de Nihal avait été attaqué par les Fammins, et sa mère avait fait un vœu : si elle était sauvée, elle consacrerait sa fille à Shevraar, le dieu de la guerre et du feu, un dieu créateur et destructeur.

— Avant de partir, j'ai lu tous les documents d'Aster que j'ai trouvés. Parmi ses collaborateurs, il avait recruté des fanatiques, adorateurs d'un dieu elfique, une secte née parmi les humains immédiatement après le départ des Anciens Elfes. Ceux-ci ne vénéraient en Shevraar que sa partie destructrice. Au fil des années, le nom du dieu devint Thenaar, mais la divinité est la même.

Cette information fit un drôle d'effet à Doubhée. C'était comme si le passé et le présent faisaient partie d'une même trame, et qu'au fond Nihal et elle étaient liées par un fil du destin.

— C'est cela, l'essence du Monde Émergé : prendre tout ce qu'il y a de beau et le corrompre jusqu'à la moelle, le pervertir, et le transformer en quelque chose de malfaisant.

Le vieux magicien soupira de fatigue et de douleur, puis il ajouta à l'intention de Lonerin :

— Je suis désolé de ma dureté, je suis désolé pour tes rêves, et pourtant, je t'assure que j'ai du respect pour les choses en lesquelles tu crois. Mais le temps fait comprendre beaucoup de choses, et malheureusement, toi aussi tu comprendras. Le comte Varen me l'avait dit, il y a bien des années, lorsque je suis allé jusqu'à Zalénia, le Monde

Submergé, pour chercher de l'aide dans la guerre contre le Tyran. Le temps plie les hommes.

— Je sais, dit Lonerin. J'ai lu cette histoire.

— Je croyais que ce n'était pas vrai, mais ça l'est. Les années pèsent sur toi jusqu'à ce que tu arrives à saisir la véritable essence du monde, et que tu en sois anéanti. J'y suis passé, et lorsque cela arrive, on ne peut pas s'en remettre. Je suis un homme fini. Je ne suis plus celui qui a écrit les *Chroniques du Monde Émergé*, je ne suis plus capable de trouver des arguments pour contrer ceux d'Aster. Si je devais parler avec lui maintenant, peut-être lui donnerais-je raison.

— Non, vous êtes seulement fatigué. La perte de Nihal, la fugue de votre fils… je comprends que cela ait pu vous détruire… insista Lonerin.

Sennar sembla touché à mort par la seule évocation de ces deux événements. Il se recroquevilla, comme pour essayer d'atténuer la douleur. Puis il secoua la tête.

— Je suis désolé. Je ne peux plus rien faire pour vous. Je n'arrive plus à lutter, c'est la conviction qui me manque.

Lonerin prit sa tête entre ses mains, et Doubhée sentit qu'elle devait l'aider. Elle ne savait pas comment, mais d'une certaine façon cette mission était aussi devenue la sienne, comme si le jeune homme la lui avait transmise pendant le voyage.

— Alors faites-le pour votre fils.

Sennar se redressa et la regarda avec des yeux pénétrants.

— Vous savez où il est ? Vous l'avez vu ?

— Non, mais nous savons qu'il est vivant, et qu'il est en danger.

Les yeux de Sennar s'étaient allumés d'une angoisse fébrile, et cette fois c'est Lonerin qui prit la parole, encouragé par le sursaut de Doubhée et entrevoyant soudain une brèche possible dans la détermination du vieillard.

— Le chef de la Guilde s'appelle Yeshol.

Sennar hocha la tête.

— J'ai déjà lu ce nom dans les documents dont je vous ai parlé. C'était un jeune collaborateur d'Aster, qui vouait une admiration démesurée à son maître.

Doubhée reconnut aussitôt dans cette description l'homme terrible qui l'avait enchaînée à l'intérieur de la Guilde.

— Cet homme a réussi à rappeler l'esprit d'Aster d'entre les morts.

— Je l'ai vu, intervint Doubhée. J'ai vu l'image mouvante d'un enfant qui flottait dans un globe lumineux, dans les souterrains de la Maison, le siège de la Guilde.

— Et comment peux-tu m'assurer que c'est lui ?

Sennar semblait soudain s'intéresser à leurs paroles.

— Il ressemblait aux statues de lui qui sont partout dans la Maison, la Guilde l'adore comme un messie.

Le vieil homme eut encore un sourire amer.

— Maintenant ils cherchent un corps. Un corps de demi-elfe, poursuivit Lonerin.

Sennar redressa imperceptiblement le dos.

— Tarik…

— C'est votre fils ?

— Ou ses enfants, s'il en a… continua Sennar d'une voix tremblante.

— C'est pour cela que nous sommes venus vous voir, pour vous demander de l'aide aussi pour votre fils.

Mais le magicien poursuivait son monologue intérieur à voix basse.

— La vie ne cesse de me harceler, comme si toutes les souffrances qu'elle m'a infligées ne lui suffisaient pas…

Il avait soudain l'air plus vieux et parlait d'une voix sans timbre. Doubhée, émue, éprouva de la compassion.

— Il est parti à l'âge de quinze ans en me claquant la porte au nez. Pour lui, il n'y avait que sa mère qui comptait, et il n'a jamais accepté que je n'aie pas été capable d'empêcher sa mort.

Il ferma les yeux.

— J'aurais voulu le retrouver, le revoir, pouvoir retourner en arrière pour changer ce qui avait été.

Une larme coula le long de sa joue parcheminée. Il rouvrit les yeux et fit un effort pour retrouver son sang-froid.

— Si vous voulez, vous pouvez dormir dans le grenier. Oarf ne vous fera plus aucun mal. Il est tard et je suis épuisé. Nous poursuivrons cette discussion demain, mais maintenant j'ai besoin de repos.

Lonerin et Doubhée se levèrent en silence.

Sennar les conduisit jusqu'au grenier, et leur prépara avec difficulté deux lits pour la nuit. Il les laissa et réapparut avec deux bols de soupe qu'il posa par terre. Il s'était muré dans le mutisme et sortit sans un bruit.

Doubhée et Lonerin mangèrent sans échanger un mot. Pourtant, il n'y avait plus d'embarras entre eux à présent. Les événements de la journée et la discussion avec Sennar semblaient avoir balayé leur querelle. Le nez plongé dans leurs bols, ils songeaient tous deux à la façon dont le temps avait transformé Sennar, à sa déception, à son désespoir.

Lonerin, lui, se demandait s'il finirait également abattu et vaincu lui aussi, et s'il avait eu raison de lutter contre sa propre haine pendant tout ce temps alors que Sennar avait jugé cette lutte inutile. Il n'y avait pas de réponse, comme toujours. Ou plutôt, c'était une réponse qu'il devait trouver lui-même, jour après jour, en réglant ses comptes avec son cœur et ses désirs les plus obscurs.

Doubhée, elle, pensait à sa vie, si éloignée de ces grands et nobles problèmes. Son existence était vide et misérable, et dépourvue de valeurs.

Les deux jeunes gens posèrent leurs bols sur le sol presque en même temps, puis s'étendirent sur leurs couches de paille.

Doubhée sentit Lonerin lui toucher l'épaule. Elle sursauta, et se tourna vers lui.

— Merci pour ton aide, lui dit-il avec un grand sourire.

Doubhée en fut émue, et lorsque Lonerin se tourna de son côté pour dormir, elle ajouta à mi-voix :

— Merci à toi.

26

LA TOMBE DANS LE BOIS

Lonerin se réveilla alors que la lumière filtrait à peine à travers les poutres disjointes du grenier.

Depuis le début de leur voyage, c'était la première fois qu'il se sentait aussi en paix en se réveillant, comme si enfin il avait accompli son devoir. À présent, tout était entre les mains de Sennar. Il pouvait s'accorder une journée de calme et de repos.

Il se tourna sans bruit et vit Doubhée près de lui, assoupie sur le flanc, la main près de la garde de son poignard, comme toujours. La blessure qu'elle lui avait infligée était désormais une douleur sourde et mélancolique au fond de son cœur. Peut-être avait-elle raison, peut-être l'amour qu'il éprouvait pour elle n'était-il que de la pitié. Lui aussi avait poursuivi dans son regard quelque chose qui n'était pas elle, et qu'il avait tenté d'aimer et de protéger.

Abîmé dans ses pensées, il posa la main sur sa poitrine, et il s'étonna de sentir un petit sac sous ses doigts. Comme s'il ne l'avait pas gardé là pendant tout ce temps. Il contenait les cheveux que Theana s'était coupés juste avant son départ. Il la revit, belle et douce, et cette image lui réchauffa le cœur. Puis il baissa à nouveau les yeux sur Doubhée, et la silhouette de Theana s'évanouit. Peut-être qu'elle n'était pas la femme de sa vie, mais la voir ainsi sans défense la lui rendait irrésistible.

Il se leva d'un bond, ramassa ses affaires et sortit en hâte, en ouvrant avec précaution la porte du grenier. Voir Doubhée si près de lui et la sentir si infiniment lointaine était plus qu'il ne pouvait en supporter.

Dehors, l'air matinal était frais et la lumière aveuglante. Il se mit à marcher sans but en regardant autour de lui, ébahi d'être là, au terme de son voyage, sans aucune pensée dans la tête à part cette tristesse subtile, qui finissait par lui être presque agréable.

Il eut un coup au cœur en voyant Sennar se diriger en claudiquant vers les sous-bois. Il avait encore du mal à réaliser qu'il était chez l'un des plus grands magiciens de tous les temps, un héros, l'auteur de quelques-uns de ses livres préférés.

Sans savoir pourquoi, Lonerin lui emboîta le pas. Il était impoli de se comporter ainsi envers son hôte, mais sa curiosité était trop grande. Jusque-là, Sennar avait inspiré sa vie de mille manières. Le maître Folwar l'avait éduqué à la lumière de son mythe, et il le lui avait toujours présenté comme un modèle. Lui aussi orphelin, lui aussi tenté par la haine... Lonerin l'avait toujours admiré, en se demandant s'il parviendrait à l'égaler un jour.

Le jeune homme resta quelques pas en arrière, observant le vieux magicien qui traînait la jambe en s'appuyant sur son bâton. Ses épaules osseuses pointaient sous sa tunique, et Lonerin songea avec tristesse que le héros qu'il avait été autrefois avait été impitoyablement dévoré par les années.

Sennar s'arrêta bientôt dans une minuscule clairière où était creusée une petite tombe blanche, enfouie sous le lierre. Avec beaucoup de difficulté, il s'agenouilla devant elle puis s'assit, les jambes croisées. Il posa une main sur la pierre, ferma les yeux, et inclina la tête.

Lonerin détourna les yeux, gêné. Il n'aurait jamais dû le suivre et violer son intimité. L'image de la tombe de sa mère sur la Terre de la Nuit lui revint brusquement à l'esprit. Enfant, il était resté devant elle un jour entier. C'était juste avant de partir avec son oncle et de changer de maison. Il ne voulait pas s'en aller, il n'arrivait pas à détacher son regard de ce morceau de bois, sur lequel étaient gravés deux simples mots et une date.

Il s'appuya à un tronc, submergé par une vague de souvenirs amers.

Lorsqu'il releva à nouveau la tête, Sennar le regardait

avec des yeux vitreux en serrant convulsivement son bâton.

— Je suis désolé, je…

Mais il n'avait pas d'excuse valable.

— Tu étais curieux, n'est-ce pas ? Tu voulais savoir s'il y avait un mausolée, une statue, quelque chose de ce genre ?

— Non… je… je n'avais aucune intention…

Sennar sembla se détendre en voyant son affolement.

— C'est un lieu privé, tu comprends ? Ce n'est pas un monument auquel tout le monde peut rendre visite. Cette tombe n'est pas à toi, elle n'est pas au Monde Émergé, elle est à moi, rien qu'à moi. Et à Nihal et Tarik, si un jour il revient par ici…

Lonerin baissa les yeux.

— Pardonnez-moi… Je me suis réveillé tôt et j'ai eu envie de me dégourdir les jambes…

Sennar esquissa un sourire, puis il fit un geste pour dire que cela n'avait pas d'importance.

— Parfois, je suis trop sévère.

Il s'assit à nouveau avec difficulté près de la tombe, en regardant droit devant lui.

— Je viens ici tous les matins. Un rituel stupide, certes, mais qui m'est nécessaire.

Lonerin s'assit près de lui.

— Ce n'est pas stupide, au contraire.

Le vieux magicien tourna vivement la tête vers lui.

— Toi aussi, tu as perdu quelqu'un ?

Lonerin répondit au bout d'un moment.

— Sa tombe est loin, je n'ai jamais pu y retourner. J'y ai passé tellement de temps quand j'étais enfant, avec l'espoir qu'il se passerait quelque chose.... Je n'y retournerai que quand la Guilde sera anéantie.

Lonerin jeta un coup d'œil à la tombe. Elle était simple, comme celle de sa mère, à la seule différence qu'elle était en pierre. Le lierre la recouvrait presque entièrement, mais le nom et la date étaient bien lisibles. Nihal était morte presque trente ans plus tôt.

— Comment est-ce arrivé ? demanda-t-il spontanément.

Sennar parut se raidir, et le jeune homme se mordit la langue.

— D'une façon idiote. À cause des Elfes qui vivent sur la côte. Dès notre arrivée, après de nombreuses péripéties sur ces terres, nous sommes allés à leur rencontre. Nihal avait envie d'aller voir ses ancêtres.

Il soupira.

— Souvent, nous imaginons les choses d'une manière, mais la réalité est autre. Les Elfes sont un peuple hostile, ils haïssent toutes les races du Monde Émergé parce qu'ils ont été forcés de le quitter il y a bien longtemps. À notre première visite, ils nous ont capturés et emprisonnés. Il nous a fallu déployer des trésors de diplomatie pour négocier notre libération, et quand ils nous ont enfin laissés sortir, ils nous ont interdit de remettre les pieds dans les environs. Nous nous sommes pliés à cette consigne. D'ailleurs, nous commencions à tisser des liens avec les Huyé et nous ne ressentions plus aucun besoin d'aller sur la côte.

Sennar s'interrompit et fixa les yeux sur le sol.

— Mais un jour, il y a eu un accident. Je ne sais pas exactement comment, j'en ai un souvenir assez confus. Depuis que j'étais sur les Terres Inconnues, je menais des expériences sur les ressources magiques du lieu. Tu as dû te rendre compte qu'elles sont profondément différentes de celles du Monde Émergé.

Lonerin fit signe que oui. Il repensa aux étranges chants dans la forêt, aux visages fantômes et aux présences invisibles dans les bois ; même l'énergie du Père de la Forêt lui avait semblé différente de tout ce qu'il avait connu dans le Monde Émergé.

— Ici, les esprits sont plus proches des êtres vivants. Ils imprègnent littéralement cette terre. On les entend crier la nuit, et on les voit tourner autour des arbres comme s'ils cherchaient quelque chose. Certains sont les esprits des morts, d'autres sont des êtres dont je n'ai toujours pas encore totalement saisi la nature. En tout cas, cet endroit regorge de pouvoirs latents que l'on pourrait exploiter à des fins magiques, et depuis que je suis ici, je n'ai cessé d'essayer de comprendre lesquels et comment les utiliser. C'est au cours de l'une de ces études, avec l'un des nectars que j'avais extraits des plantes, que c'est arrivé. J'ai brusquement commencé à me sentir mal, et je me suis mis à dépérir de jour en jour. Je sentais mon esprit divisé en deux, comme si quelqu'un s'était introduit dans ma conscience et me parlait de vengeance, de colère, et d'un meurtre lointain. J'ai alors cédé physiquement, et cela a été le point de non-retour. Nihal a essayé de me soigner avec le peu de magie qu'elle connaissait, puis elle s'est tournée vers les Huyé. Mais ce sont principalement des prêtres, de grands prêtres, je dirais, mais presque totalement ignorants de la magie. Pendant ce temps, mon état a empiré, et je ressemblais toujours plus aux fantômes qui m'habitaient. C'est alors que Nihal a décidé de retourner chez les Elfes.

Une nouvelle pause. Lonerin était captivé par le récit, mais il comprenait que pour Sennar cela devait être une confidence déchirante.

— Elle a essayé la manière douce, sans succès. Refusant de s'avouer vaincue, elle a conduit de force un magicien elfique jusque chez nous.

Il passa une main sur son visage, les épaules toujours plus voûtées.

— Elle l'a obligé à me soigner. Les Elfes savaient comment faire, ils vivent en symbiose avec ce lieu, comme ils le faisaient autrefois avec le Monde Émergé. Le magicien m'a libéré des esprits qui me possédaient, mais seulement pour me jeter dans l'enfer duquel je n'arrive toujours pas à sortir aujourd'hui.

Sa voix était brisée par l'émotion.

— Les Elfes nous ont retrouvés, ils ont récupéré leur magicien, et ils nous ont conduits sur leurs terres pour nous juger. Pour eux, ce qui était arrivé était sans précédent, une véritable violation de leurs lois. Ils n'eurent même pas pitié de Tarik qui n'était qu'un enfant, et l'emmenèrent lui aussi. Mais je ne pouvais rien faire pour me défendre, moi et ma famille. J'étais affaibli, j'avais du mal à me tenir debout, et mes pouvoirs étaient réduits à néant. Les Elfes demandèrent ma vie en réparation de notre faute.

Le silence tomba sur la clairière.

— Pour me sauver, Nihal dit à la cour qu'elle était la seule responsable, que c'était elle qui avait commis l'outrage et que c'était donc elle qui devait payer, pas moi. Si seulement j'avais eu mes pouvoirs, si seulement je n'avais pas été si atteint… Je ne lui aurais jamais permis, jamais ! Je serais mort, et rien de tout cela ne serait arrivé.

Ses yeux brillaient d'une fureur fébrile qui effraya Lonerin. Ils étaient pleins de tout le sentiment de culpabilité que ces longues années de solitude y avaient imprimé.

— Elle a tout fait trop vite. Il lui a suffi de rompre la pierre centrale du médaillon, le talisman du pouvoir auquel était liée sa vie. Un rapide coup d'épée, avant que quiconque puisse intervenir. Tarik et moi l'avons vue tomber à terre sans une plainte, peut-être même sans souffrir. Nous l'avons vue et nous n'avons rien pu faire. Les Elfes regardaient, impassibles, et à la fin ils dirent seulement que le crime avait été expié et que nous étions libres.

Sennar serra les poings de colère, plein de mépris pour lui-même.

— Au début, j'ai voulu tout abandonner, la douleur était trop grande. Mais il y avait Tarik, et je ne pouvais pas le laisser seul. Il est devenu ma raison de vivre, la force qui m'a permis de continuer. Je voulais lui donner tout le bonheur qu'il méritait, ce qu'il avait vu était trop injuste.

Il soupira.

— Inutile que je te dise que là aussi, j'ai échoué d'une façon pathétique. Tarik n'a jamais oublié ce jour. Il savait bien que tout était entièrement ma faute, et je ne l'ai jamais nié. En grandissant, il s'est mis à me haïr de plus en plus, et d'ailleurs je n'avais pas la force de l'éduquer réellement, d'être un vrai guide, un vrai père. À quinze ans, il n'a plus rien voulu avoir à faire avec moi et il est parti. Je ne l'ai plus jamais revu.

Cette fois, Sennar cessa de parler, et Lonerin ne trouva rien à ajouter. Il n'avait pas de mots pour consoler sa douleur. Il se contenta de rester près de lui, devant la tombe, dans le silence de la petite clairière.

— Et Ido ? demanda Sennar à l'improviste, au bout d'un moment.

Il regarda Lonerin avec des yeux brillants, en s'efforçant de retrouver une contenance, comme s'il voulait nier cette confession qu'il regrettait peut-être déjà d'avoir faite.

— Je lui ai écrit quelques lettres, mais après le départ de Tarik, je ne sais pas, j'ai perdu l'envie de communiquer avec qui que ce soit.

— Il va bien, sourit Lonerin. Il continue à se battre, tout seul, cette fois. Il a été déclaré traître à Dohor, et il a lutté pendant des années caché sur la Terre du Feu. Ensuite, il est entré au Conseil des Eaux, qui unit les dernières terres insoumises au pouvoir de Dohor, le Cercle des Bois, celui de l'Eau, et la Terre de la Mer.

Sennar semblait vaguement confus.

— Les choses ont vraiment changé depuis mon époque.

— Oui… Ido est parti à la recherche de votre fils. Nous avons perdu sa trace, mais je sais qu'il a décidé de le prévenir du danger et de le protéger.

— Une chose que j'aurais dû faire moi-même… murmura Sennar.

— Vous étiez ici, vous ne pouviez pas savoir.

— Peut-être aurais-je dû retourner dans le Monde Émergé, c'était là que se trouvait mon destin. Le fuir a été une erreur que j'ai chèrement payée. Mais quand Tarik est parti, je me suis senti définitivement inutile. J'ai compris que je ne devais pas le suivre, il avait fui mon autorité, il était un homme, et il était juste que je ne lui impose plus ma douleur ni ma solitude.

Ils restèrent immobiles quelques minutes, puis Sennar éclata d'un rire amer.

— Il y a une éternité que je n'avais pas parlé de ces choses, et voilà que je le fais avec un étranger.

Pour la première fois il le regarda avec sympathie, et Lonerin se sentit fondre.

— Ton amie a dû se réveiller, il est temps de prendre un petit déjeuner. Puisque tu es là, donne-moi un coup de main, se lever avec cette maudite jambe est vraiment compliqué.

Lonerin le fit volontiers, et il lui sembla soudain étrange qu'un si grand esprit soit enfermé dans un corps désormais si faible. Le bras osseux de Sennar semblait si fragile sous sa main…

Ils se mirent en route sans un mot, mais il n'y avait rien d'hostile dans leur silence, plutôt une sorte de muette complicité qui semblait maintenant les unir.

C'est un peu avant la maison, encore au milieu des bois, qu'ils croisèrent Doubhée. Ils la virent se déplacer avec la rapidité d'un chat entre les arbres, et entendirent le sifflement de ses poignards.

Elle était en train de s'entraîner. Lonerin se souvint de la première fois où il l'avait vue le faire, et de l'irritation qu'il avait éprouvée en découvrant qu'il y avait beaucoup de la Guilde en elle.

Maintenant c'était différent. Maintenant il la voyait agile et précise dans ses mouvements, il la trouvait intolérablement belle, parfaite et inaccessible. C'était un fruit interdit, hors de sa portée, et elle demeurait pour lui un mystère, malgré la nuit qu'ils avaient passée ensemble et toutes les aventures qu'ils avaient traversées. La blessure, enfouie au fond de son cœur, se rouvrit.

Sennar était près de lui et regardait Doubhée avec un mélange d'admiration et de mélancolie. Qui sait ce que lui rappelait cette scène, quels souvenirs doux-amers ?

— Le déjeuner sera prêt dans quelques minutes, dit-il sèchement, et Lonerin revint à lui.

Elle les avait sûrement vus et entendus, mais elle avait continué à s'entraîner comme si de rien n'était. Lorsque Sennar passa près d'elle, elle s'arrêta brusquement, mais le vieil homme prit rapidement le chemin de chez lui, laissant les deux jeunes gens seuls.

L'expression de Doubhée s'adoucit dès qu'elle croisa le regard de Lonerin, et il se sentit gêné. Depuis ce soir-là, elle le regardait toujours avec une gentillesse pleine de remords, comme s'il était une petite chose fragile qu'elle avait failli briser. Il comprit en un éclair ce qu'elle voulait dire quand elle lui demandait de ne pas la regarder avec pitié.

— Où êtes-vous allés ?

— Sur la tombe de Nihal, répondit-il d'une voix coupante.

Les yeux de Doubhée s'illuminèrent.

— J'aurais bien aimé venir avec vous...

— C'est mieux comme ça, crois-moi. Tu t'es évité une énième histoire triste.

27
TRAHISON

— C'est ainsi que tu récompenses ma confiance ? C'est là tout le respect que tu as pour ton père ?

Learco était agenouillé devant son père, sa chemise maculée de sang. Il souffrait beaucoup. Il avait fait tout le chemin de retour exsangue, sur le dos de son dragon encore plus mal en point que lui, et sitôt arrivé il avait été faire son rapport à son père.

— Votre Majesté, il est blessé… intervint Volco, l'intendant.

Learco entendit l'homme s'approcher timidement de lui, probablement pour l'aider.

— Pas un pas de plus !

La voix de son père vibrait d'une rage infinie.

— Il aurait mieux fait de mourir, je ne veux pas d'incapables à ma cour.

Learco sentit sa vue se brouiller. Sa blessure n'était pas grave mais il avait perdu beaucoup de sang, et une torpeur glacée commençait à se répandre dans ses membres.

Son père se mit à faire les cent pas nerveusement. Il le faisait sûrement pour prolonger son agonie.

— Tu l'as blessé, au moins ?

Learco leva les yeux avec une énorme difficulté.

— Oui, Seigneur, à l'épaule.

Ce n'était qu'une égratignure, il le savait, mais il n'arrivait pas à lui dire qu'il ne l'avait même pas touché. Il ne pouvait pas supporter la façon dédaigneuse avec laquelle il le regardait, et malgré lui, il continuait à désirer son admiration.

Contre toute attente, Dohor sourit triomphalement.

— Alors, cette fois, nous en serons débarrassés.

Learco demeura interdit. Il jeta un regard rapide sur son épée, posée sur le sol, près de lui.

— Je connais ton bon cœur, poursuivit son père en chargeant chaque mot de mépris, alors j'ai préféré me prémunir, en empoisonnant ton épée.

Learco fut pris de vertige.

— Qu'est-ce que tu as ? Je t'ai offert la victoire et la vengeance en te servant Ido sur un plateau d'argent, déclara Dohor.

Le jeune homme le dévisagea longuement, avec une expression de reproche contenu. Son geste de chevalier, le respect de sa dette envers le gnome avaient été inutiles. Sans le vouloir, il l'avait tué quand même. Et en le trompant, comme son père l'avait fait avec lui.

— Tu aurais pu me le dire.

Cette fois, les yeux de Dohor se remplirent d'une colère terrible. Son fils n'avait jamais été aussi loin. La gifle s'abattit violemment et lui enflamma la joue.

Learco vacilla, sa tête tournait toujours de façon vertigineuse, mais il réussit à ne pas tomber. Il soutint à nouveau le regard de son père.

— Tu m'as démontré encore une fois que tu n'étais pas un guerrier. Une énième déception. Ne t'amuse plus jamais à contrecarrer mes plans.

Learco acquiesça mécaniquement, et il sentit les larmes lui monter aux yeux. Il les retint. Pleurer n'aurait servi à rien.

— Maintenant je veux que tu restes ici, à genoux devant mon trône, sans bouger. Je ne veux pas te voir à l'infirmerie avant une bonne heure.

— Mais la blessure pourrait s'infecter, Sire, il a besoin de soins immédiats, protesta Volco.

Le roi le foudroya du regard et sortit à pas lents de la salle. Learco resta immobile, la respiration lourde.

— Je suis désolé, mon Seigneur, je suis désolé…

La voix douloureuse de Volco le toucha. Dans cette cour froide, il était le seul à qui il était lié.

— Votre père est un homme dur, je le sais, mais

il le fait pour votre bien, même s'il vous semble injuste et sans pitié... Il vous aime, j'en suis certain.

Learco inclina lentement la tête, et les larmes se mirent à couler une à une sur le marbre à ses pieds.

— Je ne sais pas trop comment c'est arrivé.

San marchait avec difficulté. Il avait une longue entaille sur la cheville. Elle n'était pas profonde, mais elle devait lui faire assez mal, car il boitait.

— Quand le dragon a surgi, ajouta-t-il en reniflant, j'ai pensé quelque chose, je crois, puis il y a eu un grand éclair de lumière, et une minute plus tard, je me suis retrouvé par terre à côté de cette énorme bête.

Ido l'écoutait avec attention, mais il n'avait aucune idée de quelle magie il s'agissait. En tout cas, ce garçon était vraiment puissant, il avait fait perdre connaissance à un dragon, et ce n'était pas rien. Il commença à penser que l'interdiction de Tarik cachait peut-être autre chose.

— Ne t'inquiète pas, lui dit-il. Maintenant nous sommes sauvés.

Mais ce n'était pas exactement la vérité. Ido se sentait étrangement las, et il n'arrivait pas à reprendre son souffle. Et il devait avoir une tête effroyable parce que San le regardait d'un air épouvanté.

— Ido, tu es drôlement pâle...

— C'est la fatigue, San...

Ils marchèrent toute la nuit, sans que le gnome parvienne à récupérer ses forces. Ses jambes étaient molles et il avait un goût de sang dans la bouche. Il décida qu'il valait peut-être mieux s'arrêter avant le lever du jour.

Il eut beaucoup de mal à monter la tente. Ses mains ne lui obéissaient plus. Avant de se coucher, il examina la blessure de l'enfant. Il prit une gourde et versa de l'eau dessus. San serra les dents.

— Tu t'es écorché en tombant.

Le garçon hocha la tête.

— Ça fait mal.

— Je veux bien le croire, répondit Ido dans un filet de voix.

Il se lava les mains, puis banda la cheville de San. Ses doigts tremblaient de plus en plus, et son front était baigné de sueur.

— Tu te sens bien ? s'inquiéta San.

Le gnome s'efforça de sourire.

— Oui, répondit-il en hésitant.

Ido serra le nœud, puis il se mit à l'écoute de son corps. Il ressentit une légère brûlure à l'épaule, et il se rappela la blessure que lui avait faite Learco. Son épée l'avait à peine effleuré, mais sous ses doigts, l'entaille était gonflée et douloureuse.

— J'ai l'impression que je vais encore avoir besoin de ton aide, dit-il avec un sourire forcé.

San se raidit.

— Jette seulement un coup d'œil à mon épaule.

Le garçon s'approcha et palpa la plaie.

— Dis-moi ce que tu vois.

— Une brûlure.

C'était mauvais signe.

— C'est un peu rouge, et il y a aussi une égratignure… une coupure plutôt. Autour, c'est tout gonflé et sur les bords, légèrement violacé.

Ido ne savait pas grand-chose sur les poisons. Il était un guerrier, pas un maudit tueur à gages, et s'il tuait, c'était avec son épée et non avec des méthodes de traître. Learco n'avait pas l'air d'un garçon déloyal quand il l'avait rencontré, cinq ans plus tôt, et il avait le regard honnête. Peut-être que Dohor y était pour quelque chose…

— Qu'est-ce qu'il y a, Ido ?

Le gnome interrompit le fil de ses pensées pour se tourner vers San. L'enfant n'était pas loin de céder à la panique.

« Du calme, il faut rester calme. »

Il prit une profonde inspiration.

— Nous avons besoin d'aide. Nous ne pouvons pas continuer seuls.

— Mais tu te sens mal ?

Ido ignora sa question. Il n'avait aucune idée de la gravité de sa blessure. Elle semblait superficielle, mais pour beaucoup de poisons, cela suffisait. Cela dit, plusieurs heures avaient passé depuis qu'il avait été touché, et les symptômes étaient encore légers. Peut-être y avait-il un espoir.

Il fouilla dans ses poches. Ses mains devenaient insensibles. Il finit par trouver ce qu'il cherchait et jeta à terre des pierres gravées d'étranges symboles, ainsi qu'un petit morceau de papier.

San était sur le point de s'effondrer. Le gnome l'attrapa par les épaules, avec beaucoup moins de vigueur qu'il ne l'aurait voulu. Il le regarda dans les yeux et essaya une nouvelle fois d'insuffler de la confiance dans sa voix.

— Il faut que quelqu'un vienne nous chercher. Je ne suis plus capable de marcher. Nous ne sommes plus très loin de la frontière de la Terre de l'Eau, avec un dragon, ce ne sera pas compliqué. Mais nous devons demander de l'aide, d'accord ?

San acquiesça, blanc comme un linge.

— Je ne connais que deux tours de magie : allumer un feu et envoyer des messages. Mais je suis trop faible pour le faire. Aide-moi à formuler l'enchantement, d'abord parce que j'ai toujours été un très mauvais magicien.

Tout à coup, il se mit à penser à son initiation à la magie, et à tout un tas de souvenirs inopportuns. Ses idées s'embrouillaient. Il secoua la tête.

— Prends les pierres.

Il les lui fit disposer en cercle, puis il lui tendit une plume et un encrier qu'il avait toujours dans sa besace et lui dicta le message.

« Nous sommes à deux lieues de la frontière de la Terre

de l'Eau, vers la Grande Terre. Vous nous verrez sans peine. On m'a empoisonné. »

La main de San se mit à trembler, et Ido vit son regard terrorisé.

— Légèrement, sinon je serais déjà mort, précisa-t-il. Allez, continue.

« On m'a empoisonné, et mon compagnon est blessé. Envoyez-nous un dragon et un magicien. Ido. »

San termina d'écrire, puis il le regarda avec les yeux écarquillés.

— Maintenant, il nous faut un feu.

Le gnome lui tendit deux pierres à feu.

— Tu sais comment faire ?

San fit signe que oui. Mais il lui fallut pas mal de temps. Il était agité et n'arrêtait pas de se blesser les doigts. Ido ne le pressa pas.

Enfin, une petite étincelle jaillit des pierres et bondit sur le papier.

L'enfant perdait pied.

— Concentre-toi. Ferme les yeux et mets la main au-dessus du papier ! l'encouragea Ido.

San obéit, mais sa main tremblait toujours.

— Pense au nom que je vais te dire. Folwar. Penses-y intensément. Ne pense à rien d'autre.

Le feu consuma lentement le parchemin, et une fumée bleutée s'éleva bientôt dans l'air.

— Ouvre les yeux.

Ido lui indiqua la fumée.

— Cela veut dire que ça a fonctionné. Bravo !

Il lui sourit avec difficulté, le corps agité de spasmes.

San regarda bouche bée les volutes bleues s'éloigner. Pendant un court instant, Ido avait réussi à lui faire oublier la situation dans laquelle ils se trouvaient.

Le gnome leva les yeux vers le ciel qui pâlissait.

— Et maintenant, il n'y a plus qu'à attendre.

Theana se précipita chez le maître Folwar. Il était rare qu'il la fasse appeler. Durant toutes ses années d'apprentissage, cela avait toujours été Lonerin l'élève préféré.

— Le maître veut te voir de toute urgence, avait dit l'ordonnance.

Et elle avait imaginé le pire.

Elle entra dans la pièce en proie à une terrible agitation, poussant la porte avec violence.

Son cœur ralentit ses battements dès qu'elle vit Folwar lui sourire de la chaise sur laquelle il était recroquevillé. Elle lui prit la main et s'agenouilla devant lui.

— Maître, j'étais si inquiète ! Vous m'avez fait appeler en si grande hâte…

Le vieillard sourit doucement. Theana adorait ce sourire. Il avait été la consolation de son enfance solitaire, et elle n'imaginait pas vivre sans.

— Je suis désolé, mais la situation est grave.

Son expression redevint sérieuse, et Theana se releva.

— Un message d'Ido vient de nous parvenir. Il se trouve près de la frontière de la Terre de la Mer, empoisonné, et le garçon qui est avec lui est blessé. Il lui faut un magicien qui connaisse aussi l'art des prêtres.

— Et vous voulez que j'y aille, moi ? s'écria Theana, stupéfaite.

Depuis quelque temps, elle soignait les blessés les plus graves de la guerre à Laodaméa, mais il s'agissait d'un travail tranquille, dans une ambiance protégée. Cette fois, c'était différent.

Folwar acquiesça.

Theana se contenta d'incliner la tête. Elle n'allait certes pas se défiler devant la seule vraie mission que le maître lui ait jamais confiée.

— Tu voyageras avec Bjol et son dragon.

Theana tressaillit. Elle n'avait jamais volé, et elle avait peur des dragons. Ses mains tremblèrent imperceptiblement.

— Vous partez sur-le-champ.

La jeune fille inclina encore une fois la tête.

— Je ferai de mon mieux… Et… merci de votre confiance.

Folwar sourit avec bienveillance.

— Maintenant, va. Je suis sûr que tu ne me décevras pas.

Durant tout le trajet, Theana resta plaquée contre Bjol. Elle lui avait passé les mains autour de la taille avant de partir, et elle ne les avait pas retirées depuis. Il lui avait dit qu'il leur faudrait environ une journée de voyage, et elle n'avait jamais senti le sol sous ses pieds lui manquer à ce point. En réalité, ce n'était pas tant les dragons qu'elle redoutait que le vide. Chaque fois qu'elle se trouvait dans un lieu élevé, elle était obligée de s'agripper à quelque chose. Elle avait toujours l'impression de tomber.

— Doucement ! s'exclama Bjol, amusé.

— Pardonnez-moi, mais je n'ai jamais volé, chevrota-t-elle.

Elle se sentit stupide. Elle n'avait pas du tout l'esprit aventureux. Elle avait passé une enfance solitaire dans son village, souvent enfermée chez elle, et elle n'avait aucun goût pour l'action.

Elle pensa à Lonerin, qui adorait prendre des risques, et qui rentrerait bientôt en héros d'un périple dont personne n'était jamais revenu. Elle relâcha légèrement son étreinte. Le souvenir du baiser qu'ils avaient échangé lui avait envahi l'esprit, en même temps qu'une douleur sourde. Où était-il ? Depuis son départ, elle tremblait à l'idée qu'il lui arrive malheur. Après leur adieu glacial, il était parti avec Doubhée, qu'il avait sauvée au péril de sa vie – ce qui indiquait combien il tenait à cette fille ténébreuse. Theana avait tout de suite compris qu'il n'y avait plus de place pour elle. Et pourtant, elle ne pouvait oublier les mots qu'ils s'étaient dits durant leurs études auprès de Folwar, leurs sourires, et puis ce baiser, ce petit baiser sans signification – mais qui pour elle valait le monde entier.

Ces pensées finirent par la distraire, et peu à peu la peur de voler se dissipa. Bjol s'efforçait de la rassurer en lui racontant mille anecdotes futiles mais amusantes. Theana répondait par monosyllabes, partagée entre la honte d'avoir peur et l'embarras de la situation. Elle était tout de même serrée contre un inconnu.

Ils arrivèrent le soir dans la zone indiquée par Ido et entreprirent de l'explorer. Ce fut dur pour Theana, parce que Bjol lui demanda de garder les yeux ouverts.

— Deux paires d'yeux, c'est mieux qu'une seule, n'est-ce pas ? Si ce n'est pas trop terrible pour vous de regarder en bas, bien sûr...

La jeune fille avait secoué la tête et avait scruté l'espace en dessous d'elle, l'estomac retourné.

Elle les repéra grâce au feu magique qu'ils avaient allumé.

— Là ! dit-elle en montrant l'endroit du doigt.

Bjol pencha la tête.

— Je ne vois rien.

— Moi, je le sens, sourit-elle.

C'était un enchantement mineur, mais Theana était douée d'une extraordinaire sensibilité pour la magie. Le maigre feu brillait pour elle comme un phare.

Ils atterrirent, et aperçurent aussitôt l'enfant qui gesticulait dans l'obscurité épaisse.

Theana descendit avec agilité de la selle et s'élança vers lui, trébuchant sous le poids de son sac.

— Où est Ido ? demanda-t-elle vivement, en essayant de prendre la situation en main.

San était pâle et bouleversé, ses cheveux ébouriffés lui couvraient en partie le front. Theana eut une étrange impression. Il y avait en lui quelque chose d'un enfant et d'un homme, et il émanait de lui une aura qu'elle n'arrivait pas à identifier.

Elle le prit par les épaules avec délicatesse et le regarda dans les yeux.

— Calme-toi, je suis là maintenant.

Elle sentit une sorte de courant sous ses paumes.

— Dis-moi seulement où est Ido.

San tendit l'index.

Theana aiguisa sa vue, mais c'est seulement grâce à sa perception de la magie qu'elle l'aperçut. Une toile de camouflage était étendue sur le sol. Elle se tourna vers Bjol.

— Vous restez avec le garçon ?

Le chevalier acquiesça, et elle se précipita vers Ido, le cœur battant, la peur au ventre.

Elle souleva doucement la toile, et le personnage qu'elle avait tant de fois admiré pendant les réunions du Conseil lui apparut, pâle et déguenillé. Il semblait plus vieux que dans ses souvenirs, mais elle se sentit néanmoins impressionnée. Elle n'avait jamais été si près de lui.

— On a pris tout son temps, à ce que je vois ? râla Ido.

Theana répondit par un sourire.

— Mieux vaut tard que jamais.

« Difficulté à respirer, pâleur, sueurs froides. » Theana lui toucha le front. Glacé. D'un coup, elle se sentit maître de la situation.

Elle leva la main et invoqua un petit feu, qui s'éleva dans les airs au-dessus d'Ido. Le gnome ferma les paupières en grimaçant. « Intolérance à la lumière, un autre symptôme à prendre en compte. »

— Gardez les yeux ouverts un instant, je vous prie.

— À vos ordres !

La voix d'Ido était ténue, son regard vitreux ; le poison circulait dans ses veines.

Theana s'assit près de lui pour mieux l'observer.

— Dis-moi qu'il va bien, je t'en prie ! bredouilla San qui l'avait rejointe.

— Tais-toi, j'ai besoin de silence, répondit sèchement la magicienne.

Elle était concentrée, elle cherchait quelque chose. Lorsqu'elle le trouva, elle poussa un soupir de soulagement : une petite blessure infectée à l'épaule, par où le poison était entré dans son corps. Si le gnome avait réussi à résister si longtemps, c'est parce que ce n'était qu'une éraflure.

Theana se tourna vers Bjol.

— Avant de l'emmener, je dois lui administrer les premiers soins, ou il ne survivra pas au voyage.

Le petit garçon gémit, mais le chevalier resta calme.

— C'est vous la magicienne.

À ces mots, Theana se sentit soudain investie d'une responsabilité énorme. C'est d'une main tremblante qu'elle sortit de son sac tout ce dont elle avait besoin. Il n'était pas question de préparer l'antidote. Elle n'avait pas les ingrédients nécessaires. Dans l'immédiat, elle devait empêcher que le poison ne se répande dans l'organisme. Elle ôta sa chemise.

Comme toujours avant de commencer, elle remercia mentalement son père. C'est à lui qu'elle devait son savoir, et depuis sa mort, il lui manquait. Cette fois elle devait agir vite, et son père l'aiderait et la protégerait. Murmurant une litanie dans une langue désormais oubliée dans cette région du monde, elle se balança en mesure, tandis qu'elle mélangeait des herbes.

Elle trempa un long rameau de saule dans la préparation. À mesure que son chant s'amplifiait, ses mains devenaient lumineuses. Elle ferma les yeux, s'abandonnant au rythme de sa voix, et devant ses paupières closes apparut peu à peu un enchevêtrement de lignes luminescentes formant une figure abstraite. Bientôt, il n'y eut plus que son chant et la puissance qu'elle sentait couler dans son corps.

Avec la pointe d'un fusain, elle traça d'étranges motifs sur la peau d'Ido, en suivant un chemin invisible dans le labyrinthe de lignes fluorescentes. Dès qu'elle en finissait un, elle prononçait un mot, interrompait son chant un instant, puis reprenait harmonieusement tandis que sa main se mettait à dessiner à un autre endroit.

À la fin, la forme complexe de cette vaste arabesque apparut dans toute sa beauté. Et au fur et à mesure que Theana la complétait, d'une manière obscure et incompréhensible, la respiration d'Ido devenait régulière, son visage reprenait des couleurs, ses membres se réchauffaient. Lorsque la magicienne arriva à l'endroit de la blessure, sa voix ne chanta plus qu'une seule et haute note. Elle traça ensuite un cercle autour de l'entaille et prolongea le son jusqu'à se sentir vide, après quoi elle rouvrit brusquement les yeux. En un instant, les lignes sur le corps d'Ido disparurent, comme si elles n'avaient jamais été tracées.

Theana appuya les mains sur le sol, épuisée. Cela avait été plus difficile que prévu. Pas mal de temps s'était écoulé depuis l'inoculation, et le poison s'était beaucoup propagé.

— Qu'est-ce que tu lui as fait ? s'affola le garçon.

Theana se tourna vers lui en souriant.

— C'est un rituel magique très ancien. Il va bien

maintenant. Dès que nous arriverons à Laodaméa, je préparerai l'antidote, et tout sera réglé.

Le visage de San se rasséréna.

— Merci, merci infiniment ! lui dit-il en lui sautant au cou et en éclatant en sanglots.

Theana sourit. Cela ne lui arrivait pas si souvent de se sentir vraiment utile.

Elle surprit le regard stupéfait de Bjol.

— Je n'avais jamais vu un enchantement de ce genre, de quoi s'agit-il ?

— C'est de la magie archaïque. C'est mon père qui me l'a enseignée.

Elle était gênée d'en parler. Ses dons avaient été pendant si longtemps une chose honteuse, à cacher, qu'elle n'osait toujours pas prononcer le nom de ce dieu en l'honneur duquel elle pratiquait son art. Un dieu maltraité, trahi et défiguré. Le dieu de son père, et encore avant celui des Elfes : Thenaar.

28
NIHAL

Le déjeuner se déroula en silence, après quoi Sennar vaqua à ses tâches quotidiennes, allant et venant dans la maison sans se soucier de la présence de ses hôtes.

Puis il s'assit devant eux.

— Par quoi voulez-vous que je commence ?

— Par elle, répondit Lonerin.

Doubhée posa la main sur son épaule.

— Ma question peut attendre. La vraie raison pour laquelle nous sommes là, c'est la résurrection d'Aster. Commençons par là.

Elle était belle, avec cette détermination dans les yeux, et Lonerin ressentit un poignant désir pour elle. Il se tourna vers Sennar, en essayant de se concentrer sur sa mission.

Celui-ci s'appuya un instant au dossier de sa chaise, avant de se lever pour prendre quelques livres. C'étaient de gros volumes reliés en noir – des formules interdites, sans aucun doute – et il les portait avec difficulté. Doubhée se précipita pour l'aider.

— Je ne suis pas aussi vieux et fatigué que tu le crois, grommela-t-il. Doubhée, décris-moi encore le visage que tu as vu, dans les moindres détails. Une chose qui peut te sembler anodine peut se révéler fondamentale.

La jeune fille répéta ce qu'elle avait dit devant le Conseil, relatant la scène de cauchemar qu'elle avait vécue dans les entrailles de la Maison.

Sennar l'écouta avec intérêt et concentration, mais ses mains, remarqua Lonerin, étaient agitées d'un léger tremblement. Il interrogea Doubhée sur la disposition et la nature de certains symboles dans la pièce, sur la couleur de la sphère, sur sa taille et d'autres choses encore. Doubhée semblait se souvenir de tout à la perfection.

Quand elle se tut, le vieux magicien s'appuya à nouveau au dossier de sa chaise, épuisé.

— Le rituel d'invocation utilisé par Yeshol appartient à une magie elfique très ancienne. Aster en avait connaissance, j'en ai trouvé trace dans certains de ses livres, et l'on pense que l'Ennemi du Grand Désert contre lequel se battirent les Elfes était justement apparu dans le Monde Émergé à cause d'un rituel d'invocation de ce genre.

Lonerin dressa l'oreille.

— C'est un enchantement semblable à celui destiné à rappeler l'esprit des morts et à les faire combattre ?

Sennar secoua la tête.

— Cette formule ne rappelle que l'image des morts, pas leur âme. En fait, lorsque Aster les a ressuscités durant la Grande Bataille d'Hiver, nous combattions contre des fantômes privés d'âme et de volonté. Dans ce cas, c'est différent. Cette magie permet de ramener à la vie l'esprit d'un défunt, son essence même. C'est ce que Doubhée a vu dans le globe, l'esprit d'Aster. Maintenant, la formule d'invocation requiert un contenant. On peut utiliser le corps du défunt lui-même si la mort ne remonte pas à très longtemps, ou bien celui d'un cobaye quelconque. Mon fils, en l'occurrence…

Sennar s'interrompit un instant. Parler de magie semblait lui avoir redonné un peu de vigueur, mais sa voix chevrotait et il avait l'air inquiet, comme s'il hésitait à leur expliquer ce qu'il savait.

— Tant qu'il n'y a pas de corps disponible, reprit-il, l'esprit ne peut pas revenir vraiment sur la terre. Il demeure suspendu dans notre monde jusqu'à ce que quelqu'un le libère.

— Que faut-il faire alors ? intervint Lonerin.

— Mettre sa propre vie en jeu. Le magicien qui accomplit le rite doit insuffler son propre esprit dans une sorte de catalyseur très puissant, ce qui lui permet d'attirer l'âme du défunt et de l'enfermer dans le catalyseur avec lui. Ensuite, grâce à l'enchantement approprié, le magicien libère l'âme et la renvoie dans le monde des morts, après quoi seulement il peut ramener son esprit dans son corps.

Lonerin sentit des frissons glacés lui courir le long de la colonne vertébrale. C'était un rituel très complexe, plus élaboré que ceux qu'il avait étudiés.

— Je ne te cache pas que c'est une opération très délicate, et que les chances de la réussir sont faibles. Mille choses peuvent aller de travers, sans compter que ce rite nécessite une dépense d'énergie considérable. Une fois l'âme du défunt libérée, le magicien n'a plus que très peu de force à sa disposition, alors qu'il n'a accompli que la moitié du travail. S'il ne dose pas bien sa force magique, il risque d'être trop épuisé pour pouvoir revenir en arrière.

« Fantastique ! » pensa Lonerin.

— Et le catalyseur ? De quel genre est-il ?

— Je n'en connais qu'un qui puisse contenir des énergies aussi extrêmes : le talisman du pouvoir.

Le jeune magicien le connaissait trop bien. C'était le puissant médaillon elfique que Nihal avait utilisé pour vaincre le Tyran : composé de huit pierres cachées dans autant de sanctuaires, il pouvait capter toute la puissance magique du Monde Émergé.

— Mais… il n'a pas été détruit à la mort de Nihal ?

Doubhée le regarda d'un air interrogateur, mais il lui fit signe de ne pas poser de questions.

— Nihal n'a détruit qu'une seule pierre. Cela a suffi à disperser son âme, mais pas à faire perdre ses propriétés au talisman. D'autant que les deux esprits ne devront rester dans le catalyseur que pendant un temps très court. La fracture de la pierre simplifiera même la tâche du magicien quand il s'agira de revenir en arrière.

Lonerin hocha la tête, pensif. Il essayait de se donner du courage, mais ce rituel le terrorisait.

— Le problème est ailleurs. Quand Tarik est parti, il l'a emporté. Maintenant c'est lui qui l'a.

Le jeune magicien haussa les épaules.

— À l'heure qu'il est, Ido l'aura déjà récupéré.

Sennar le dévisagea d'un air sévère.

— C'est toi qui devras accomplir le rite, tu l'as compris ?

— Je le sais depuis que j'ai entrepris ce voyage.

— Moi, je n'en ai plus la force, et j'ai épuisé toute ma magie il y a longtemps. Mais je t'assisterai.

— Vous voulez dire que vous viendrez avec nous ?

Sennar acquiesça d'un air las.

— Tarik est en danger, je ne peux pas rester les bras croisés.

Lonerin sourit, et il vit que Doubhée souriait aussi. Sennar, lui, demeura grave.

— Je ne te serai d'aucune aide. Je peux t'enseigner comment faire, mais je ne suis plus le magicien puissant que la légende encense. Souviens-t'en.

— C'est pendant l'incident avec les esprits que vous avez perdu la force ?

Les yeux de Sennar devinrent durs, son expression douloureuse.

— C'est une histoire dont je n'ai pas l'intention de parler.

— Excusez-moi, s'empressa de dire le jeune homme. Je ne voulais pas être indiscret.

Le vieux magicien signifia d'un geste que cela n'avait pas d'importance.

— Ne t'inquiète pas.

Puis il tourna les yeux vers Doubhée.

— Et maintenant, à toi.

L'interrogatoire auquel Sennar la soumit ne fut pas différent de celui qu'elle avait déjà subi. Elle eut à nouveau l'impression d'être un insecte sous une lentille grossissante, et elle dut supporter l'habituelle série de tisons ardents, de plantes bizarres et autres fumigations. Cela lui faisait un drôle d'effet que ce soit un magicien si puissant qui le fasse, mais pour le reste, c'était comme d'habitude.

— Avec quoi maîtrises-tu la malédiction ? lui demanda-t-il.

Lonerin répondit à sa place :

— Une infusion d'herbes vertes et un philtre de dragon tant qu'elle était dans la Guilde, après quoi j'ai inventé une potion créant moins d'accoutumance en y ajoutant un peu de pierre rose. Ensuite, les Huyé m'ont conseillé d'utiliser de l'ambroisie.

Doubhée n'avait aucune idée de la composition des potions qu'elle prenait ni de leur nom.

Sennar hocha gravement la tête en observant le symbole sur son bras.

— J'imagine que tu souffres beaucoup...

C'était la première fois qu'un magicien qui l'examinait évoquait sa souffrance et s'adressait à elle comme à une personne. Elle en fut émue.

— Oui, murmura-t-elle.

— Cela fait presque un an, n'est-ce pas ?

Doubhée fit signe que oui.

Le regard du vieux magicien était bienveillant, un peu triste, mais surtout plein d'empathie. Il lui sourit.

— Tout à l'heure, quand je t'ai vue t'entraîner, tu m'as beaucoup rappelé Nihal. D'une certaine façon, elle aussi était maudite.

La jeune fille ouvrit de grands yeux.

— C'est un sceau transféré, conclut Sennar en lâchant enfin son bras.

Personne ne l'avait jamais appelé ainsi.

— Raconte-moi comment tu t'en es rendu compte, et n'omets aucun des événements bizarres que tu as remarqués avant que la malédiction se manifeste.

Doubhée parla de la piqûre de l'aiguille, du cambriolage au cours duquel elle s'était sentie mal pour la première fois, du massacre dans le bois.

— Tout est clair, conclut Sennar d'un air solennel. La Guilde t'a maudite, comme tu le savais déjà, mais la malédiction qui pèse sur tes épaules était destinée à quelqu'un d'autre. Ce n'est que par ricochet qu'elle a été déviée sur toi. Je t'explique comment cela fonctionne : il existe des formules interdites qui permettent de protéger des objets. Si une personne craint qu'on lui dérobe un objet précieux, elle peut maudire celui-ci de sorte que le voleur, quel qu'il soit, soit à son tour maudit. C'est la forme la plus simple. Si, au contraire, cette personne sait qui pourrait avoir intérêt à lui voler l'objet en question, elle peut décider que le voleur servira d'intermédiaire entre la malédiction et celui qui a ordonné le vol. Tu me suis ?

Doubhée acquiesça, un peu dépassée.

— Prenons un exemple. Un magicien possède une amulette magique et soupçonne qu'un autre magicien la convoite car il sait comment l'utiliser. Sans quoi elle serait inefficace. Il maudit alors l'amulette de façon que, quel que soit le voleur, ce soit l'autre magicien qui hérite de la malédiction. C'est une technique assez subtile, si l'on y réfléchit. Dès que le sceau est imposé, le premier magicien le dit au second, et non seulement celui-ci ne peut plus s'emparer de l'objet, mais il aura en outre tout intérêt à ce qu'il ne soit jamais volé. Tu comprends ? Les documents que tu as dérobés étaient protégés par un sceau de ce genre. La malédiction était destinée à celui qui a requis tes services. Seulement, il a trouvé le moyen de se protéger par un rituel que seul quelqu'un qui a eu affaire à Aster peut connaître, car c'est lui qui l'a inventé. On prend un peu du sang de la personne qui devrait être maudite, on lui impose un enchantement, et on l'inocule au bouc émissaire. Toi.

Ce fut comme si toutes les pièces du puzzle se mettaient enfin en place. Dohor. Dohor voulait ces documents, sur lesquels figurait sans doute quelque information sur le pacte de sang qu'il avait conclu avec Yeshol. La malédiction qui pesait sur ces papiers aurait dû le frapper lui. Mais pour s'en libérer, il avait demandé de l'aide au Gardien Suprême de la Guilde, qui avait décidé de faire d'une pierre deux coups. La malédiction était passée par Doubhée, et en prime, Yeshol avait eu l'occasion de ramener vers lui celle qu'il considérait comme une brebis égarée.

Doubhée se pétrifia.

— Dohor…

La colère la submergea. Elle avait été doublement trompée, sacrifiée à la frénésie de domination de son propre roi, condamnée à une vie et à une mort horribles à la place de quelqu'un d'autre, et ce pour des motifs politiques. Il n'y avait plus seulement la Guilde, son ennemi avait maintenant un visage, un nom, et il était l'ennemi de tout le Monde Émergé. Dohor.

Ses mains s'agrippèrent au bord de la table et le serrèrent si fort que ses bras se mirent à trembler.

— Traître, maudit menteur !

Elle se leva, renversant sa chaise.

— Calme-toi !

Lonerin lui attrapa les épaules, mais elle le repoussa avec violence.

— Passer ta rage sur mes meubles ne t'avancera guère, observa Sennar, impassible.

Doubhée le dévisagea avec hargne. Elle était si hors d'elle qu'elle aurait pu s'en prendre à n'importe qui, mais la froide détermination et la compassion qu'elle lut dans ses yeux l'arrêtèrent net. Elle serra les poings, ferma les yeux et s'efforça de recouvrer son sang-froid.

Elle se rassit, la mine farouche.

— Dites-moi comment m'en libérer.

Sennar esquissa un petit sourire.

— Si tu es certaine qu'il s'agit de Dohor, alors il aura sûrement conservé un fragment de ces fameux documents dont tu parles. C'est le pont entre toi et lui : s'il les détruit, la malédiction retombera sur lui. C'est précisément l'essence de la magie par laquelle il a dévié la malédiction. Tu devras d'abord trouver ces documents et les détruire par un rituel spécifique. Et ensuite tuer celui à qui la malédiction était adressée.

Doubhée ne broncha pas, elle ne ressentit même pas de trouble comme cela lui arrivait toujours lorsqu'elle devait commettre un meurtre. Cette fois, c'était un sang qu'elle se sentait prête à verser, un assassinat qu'elle aurait probablement accompli de toute façon, avec ou sans rituel pour se libérer de la Bête.

— Je suis une voleuse et une tueuse, ce ne sera pas un problème.

Sennar la scruta un moment avant de répondre :

— Je t'ai seulement dit quoi faire. À toi de décider si tu dois le faire et comment.

Il ferma les yeux et ajouta à l'intention de Lonerin :

— Ces longues conversations m'épuisent. Prépare-nous donc le déjeuner, afin que nous puissions nous reposer un peu. La réserve est derrière cette porte.

Doubhée vit Lonerin la regarder à la dérobée avant de sortir ; elle imaginait ce qu'il pensait, mais sa promesse de ne plus jamais tuer était désormais caduque. Seule comptait l'envie de se venger.

Elle resta assise face à Sennar, les mains jointes et les yeux baissés.

— Tu ne devrais pas céder ainsi au désir de vengeance.

Doubhée leva brusquement les yeux et les planta dans ceux du vieux magicien.

— Vous aussi vous aimeriez vous venger.

— Et je l'ai fait. Si tu me connais aussi bien que ton ami, tu dois savoir que je me suis vengé au moins une fois dans ma vie.

Doubhée détourna les yeux.

— Qu'est-ce que ça change ? Je dois le tuer, alors si je le fais avec plaisir, tant mieux.

— Tu dis que tu es une tueuse, mais tu n'en as

pas le regard. Tu as vraiment l'intention de le devenir ? Ce n'est pas précisément ce que voulait Yeshol en t'obligeant à travailler pour la Guilde.

Cette fois, Doubhée fut ébranlée. Elle n'avait pas vu les choses sous cet angle.

— La différence est là, dans le fait que le désir de vengeance te rend esclave, et surtout moins lucide. Crois-moi, j'en ai fait l'expérience. Sans compter qu'il te laisse à jamais insatisfait.

Doubhée sentit sa colère refluer. Elle se demanda si cette nouvelle épreuve ne faisait pas elle aussi partie de son destin. Quelle que soit la direction qu'elle prenait, elle se retrouvait toujours entre les bras du meurtre, sa condamnation éternelle.

Après le déjeuner, Lonerin alla se reposa dans le grenier, Doubhée partit se promener et Sennar retourna dans sa chambre.

Les émotions de la matinée l'avaient agité, et il supportait mal la présence d'étrangers sous son toit. Cela faisait plus de vingt ans qu'il vivait seul, et à l'époque où Tarik était encore là, il errait tel un fantôme dans la maison, le regard plein de rancœur.

Mais ce n'est pas la seule raison qui l'empêcha de se reposer, cet après-midi-là. C'était plutôt leur discussion, et le fait d'avoir vu Doubhée s'entraîner dans la forêt. C'était vrai, elle lui avait rappelé Nihal.

Étendu sur son lit, Sennar repensait à l'enchantement que Lonerin devrait accomplir. Heureusement, le jeune homme n'avait pas osé lui poser davantage de questions sur le rite qui lui avait fait perdre une bonne partie de ses pouvoirs, mais le souvenir de ces quelques minutes qui remontaient pourtant à tant d'années revint le visiter plus douloureusement que jamais.

Tout est prêt. Les fioles sont alignées, les herbes fument déjà dans le brasero, et le livre, ce livre interdit, est ouvert à la bonne page. Sennar est assis à un bout de la table et se tord les mains. Le courage ne lui manque pas, la force non plus. C'est plutôt le doute qui le mine : doit-il le faire ou non ? Il est au désespoir. Tarik est parti, la solitude de la maison l'épouvante, et la petite tombe sur laquelle il a épuisé toutes ses larmes est muette elle aussi, or il a besoin de réponses.

Il se lève d'un bond. Cela n'a plus d'importance. Il doit le faire, c'est tout.

Il commence à réciter la formule d'une voix basse et tremblante. L'odeur pénétrante des herbes lui monte à la tête, et les caractères sur le livre dansent et se mélangent devant ses yeux. La lumière filtre à peine par la fenêtre, mais il suffit de quelques mots elfiques pour que même cette lueur ténue disparaisse totalement, plongeant la pièce dans l'obscurité la plus totale.

Il continue à parler d'une voix plus assurée, et l'énergie s'écoule de ses mains en un flux puissant, comme cette fois sur le navire d'Aïrès, comme toutes les fois où il a lâché la bride à ses dons.

Il ne pense qu'au résultat, peu importe si ses mains lui brûlent, ou s'il se consume dans cette tentative. La revoir, une minute, un seul instant, comme elle était, comme elle est encore dans sa mémoire.

La formule est achevée, l'obscurité vibre de sons indistincts, mais il ne se passe rien.

C'est normal, il sait que c'est difficile. Il doit insister. Ou devrait-il plutôt renoncer ? C'est une formule interdite, et il avait promis de ne plus jamais en prononcer.

Et voilà qu'il la répète, à voix haute, un peu de pouvoir s'écoule encore de ses mains. La faiblesse l'assaille, mais son esprit est déterminé.

Toujours rien, cependant les sons qu'il perçoit sont plus graves, plus vibrants, plus tangibles.

Ses mains lui brûlent comme s'il les avait plongées dans une fournaise. Pour accéder à l'antichambre du monde des morts, il doit en effet donner à ses habitants une partie de sa vie et de son énergie. Il récite à nouveau la formule, la crie au néant, et il tombe à genoux, épuisé. C'est comme si ses mains s'étaient consumées jusqu'à l'os, comme si chaque goutte de son être était aspirée hors de lui, mais il s'en moque. Tout pour elle, tout.

Le vide commence à prendre forme, les couleurs se mettent à danser dans l'air et le monde qu'il connaît s'évanouit peu à peu. Il a réussi. Lentement, des ombres indistinctes s'amalgament sous ses yeux pour prendre une apparence familière.

Il pleure, de joie et de douleur, et la reconnaît immédiatement, dès que son visage se dessine devant lui. Elle est splendide, unique, dans tout l'éclat de sa jeunesse. Ses cheveux bleus et longs brillent dans l'obscurité, et elle porte ses vêtements de guerrier.

Il la voit regarder autour d'elle, confuse, puis baisser les yeux sur lui.

— Nihal…

Elle lui sourit doucement. Comme ce sourire lui a manqué ! Cela valait la peine de mourir pour ce sourire, pour cet instant durant lequel il a la possibilité de la revoir. À présent, il peut bien perdre toute énergie et se dissoudre dans l'espace.

— Qu'es-tu en train de faire, Sennar ?

Elle a la voix et le regard tristes. Autrefois c'était lui qui la protégeait, qui l'aidait à se relever de ses chutes et à trouver sa voie. Maintenant, on dirait que c'est le contraire.

— Je voulais te revoir, rien d'autre. Tu me manques tant…

— Toi aussi tu m'as manqué.

Elle tend la main vers lui, lui caresse la joue, mais sa main n'a pas de consistance. Il enrage de ne pouvoir la toucher.

— Pourquoi as-tu fait une chose pareille ? Tu n'aurais jamais osé, avant.

— Avant c'était différent, celui que j'étais est mort pour toujours. Il est avec toi, près de ta tombe, et le reste, Tarik l'a emporté.

— Il t'aime, même s'il le nie.

— Il n'a aimé que toi.

Elle lui sourit avec mélancolie. Son expression est sereine. Elle est en paix, comme elle l'était à l'époque où elle vivait avec son mari et son fils.

— Tu sais que tu ne devrais pas être ici, ce n'est pas ta place, ni la mienne. Retourne en arrière, Sennar.

— Je m'étiole sans toi.

— Un jour nous serons de nouveau ensemble, mon amour, mais pas maintenant, pas comme ça. Tu ne vois pas que tu es en train de te consumer, que tu es en train de mourir ?

— Ça m'est égal. Tarik m'a quitté, il a suivi sa route. Je ne sers plus à rien. Emmène-moi.

Le chagrin assombrit le visage de Nihal, et Sennar en est transpercé.

— Tu ne peux pas mourir. On aura encore besoin de toi, dans l'avenir, ta mission n'est pas terminée. Et puis, je ne veux pas que tu meures.

Les larmes dessinent de fines lignes sur les joues de Sennar.

— Mais c'est moi qui ne peux plus vivre !

— Ce n'est pas vrai, tu le sais. Laisse-moi partir, au nom de toutes ces années heureuses que nous avons passées côte à côte, laisse-moi partir.

— Emmène-moi.

— Nous nous reverrons, n'aie crainte, mais maintenant laisse-moi partir. Chacun a sa place, et la tienne n'est pas ici.

— *Emmène-moi !*

Mais son pouvoir décline, son énergie est épuisée.

Malgré lui, Sennar ferme lentement les mains. Il y a des choses qu'on ne peut pas faire, si fort les désire-t-on. Nihal s'évanouit, comme la fumée se disperse dans le ciel. Mais elle continue à sourire tandis que ses traits se dissolvent dans le noir.

Sennar l'appelle, en vain. Nihal est déjà partie, elle retourne parmi les ombres et il ne la reverra plus jamais. Elle a dit qu'ils seraient à nouveau réunis un jour, il n'y croit pas.

L'obscurité elle-même se dissout, la pièce plonge à nouveau dans la pénombre et Sennar se jette sur le sol en sanglotant. Il a les mains noircies, et une grande partie de son pouvoir est perdue. Et pourtant, il a vu son sourire.

Sennar ferme les yeux, et une larme coule sur sa joue. Il n'en a plus beaucoup à verser. Il se retourne dans son lit, regarde la lumière filtrer entre les volets, comme cet après-midi-là.

« Nihal… »

Elle avait raison sur un point : on a encore besoin de lui.

29
RETROUVAILLES

Doubhée, Lonerin et Sennar arrivèrent à Laodaméa un matin. Leur voyage, effectué à dos de dragon, s'était déroulé sans encombre. Oarf avait des ailes d'acier, et il ne leur avait pas fallu plus de deux semaines pour atteindre la capitale.

Doubhée n'avait jamais vu la cité du ciel, et elle fut éblouie. Elle était blanche et brillait dans le soleil comme un diamant sur l'écrin vert du Cercle des Bois, dont le palais royal était le joyau. Elle qui n'avait jamais eu de chez-soi à part Selva, qui appartenait désormais à un passé lointain, à la Doubhée qui était morte dans les bois, eut l'impression de rentrer à la maison. Sans doute parce que les Terres Inconnues lui avaient semblé si étrangères, elle eut brusquement la sensation d'appartenir au Monde Émergé, d'être sa fille, et une pensée inattendue se formula dans son esprit.

« C'est vraiment un endroit pour lequel mourir. »

Oarf posa ses griffes sur les remparts du palais et

Doubhée et Lonerin descendirent à terre à un pas de la grande cascade qui dominait l'imposant édifice.

Trois mois seulement s'étaient écoulés depuis leur départ, mais il leur semblait que cela faisait bien plus longtemps. Tout avait changé à leurs yeux. L'éloignement provoque toujours un sentiment de rupture définitive, et l'on ne retrouve jamais exactement le même endroit au retour.

Folwar et Daphnée les attendaient. Lonerin se précipita pour saluer son maître. Doubhée resta en retrait, bien que la reine lui ait adressé un signe. Sennar, toujours assis sur le dos d'Oarf, regardait autour de lui, comme s'il tentait d'évoquer des souvenirs… Peut-être avait-il tout oublié…

Il eut besoin de l'aide de Doubhée pour descendre du dragon.

— Je suis un pauvre vieux inutile, s'écria-t-il avec amertume une fois à terre.

— Ne dites pas cela. Vous êtes le seul à pouvoir nous sauver, au contraire, répliqua fermement la jeune fille.

Mais ses paroles n'eurent pas l'air de le rasséréner.

— La dernière fois que je suis venu ici, c'était pour une fête. Daphnée était déjà reine. Nihal m'accompagnait, elle portait une splendide robe de velours rouge. Il faisait froid, et nous nous sommes arrêtés ici pour admirer la vue.

Il fit une pause.

— Elle m'a demandé si nous voulions vraiment tout quitter, si nous étions prêts à abandonner le Monde Émergé à lui-même.

Doubhée contempla à son tour la splendeur de la cascade, le vert éclatant des bois et, au fond, la bande claire des premières steppes de la Terre du Vent, la terre de Nihal. Son cœur se serra.

— Je lui ai répondu que nous méritions ce voyage et la paix qu'il nous apporterait ; que tout ce qui comptait, c'était nous deux, que notre maison était partout où nous pouvions être ensemble.

Son regard se durcit brusquement.

— La paix, nous ne l'avons pas trouvée, et moi, je n'ai plus de maison.

La jeune fille ne sut pas quoi dire.

Le vieux magicien alla saluer Folwar et la reine. Tous les deux s'inclinèrent jusqu'à terre devant lui, et Sennar leur adressa quelques paroles de circonstance, s'informant de la santé de Folwar, qu'il avait apparemment connu à l'époque de leur jeunesse.

— Ido est encore convalescent, c'est pourquoi il n'est pas là.

Sennar se raidit en entendant les paroles de Daphnée, et ses yeux se couvrirent à nouveau de ce voile glacé que Doubhée avait déjà remarqué. Elle avait cru à tort qu'il s'agissait de froideur, mais en réalité c'était la dernière défense que le magicien opposait à la vague de souvenirs près de le submerger.

— Votre petit-fils est avec lui. Mais avant de

vous conduire auprès d'eux, il y a beaucoup de choses dont nous devons parler.

Quand Sennar retrouva Ido, il avait déjà probablement imaginé le pire. Les paroles de Daphnée, prudentes et mesurées, et sa manière de le traiter comme s'il était un objet précieux et fragile, l'avaient sans doute alerté. Et puis, où était Tarik ? Et pourquoi n'évoquait-elle que son petit-fils ?

Il entra dans la chambre d'un pas solennel, avec sur le visage le masque derrière lequel il avait décidé de cacher la nostalgie et la douleur, les souvenirs et les remords.

Ido lui sembla à peine plus vieux. Ses cheveux blancs et sa posture affaissée dans son fauteuil étaient trompeurs, mais finalement il était toujours le même, indomptable et bourru.

Le gnome ne pensait sûrement pas la même chose de lui. Le Sennar qu'il avait connu était mort depuis longtemps, et seul l'instinct de conservation le maintenait encore en vie. Il s'efforça de lui sourire.

— Ido…

Le gnome s'approcha cahin-caha et le serra affectueusement dans ses bras. Sennar pensa que cela faisait des années qu'il n'avait pas ressenti cette chaleur, et qu'elle lui avait terriblement manqué.

— Je n'aurais jamais espéré te revoir, murmura Ido.

Il le regarda.

— Tu es tout ce qui me reste de mon passé, tu le sais ? Tu n'imagines pas à quel point je désirais te revoir.

— Moi aussi, Ido, moi aussi.

Sennar avait la gorge nouée. Le moment était proche, et il ne pouvait rien faire pour l'éviter. Cette douce paix qu'il avait éprouvée en revoyant son vieil ami n'allait pas tarder à voler en éclats.

— Quand Soana est-elle morte ? demanda-t-il, peut-être pour retarder l'inéluctable.

Les épaules d'Ido s'affaissèrent légèrement.

— Un peu après que tu as cessé de m'écrire.

Sennar revit le visage de son ancien maître de magie. Il devait tout à Soana, sans elle, il n'aurait même pas connu Nihal.

— C'est une douleur que nous partageons maintenant, dit Ido d'une voix lourde de sens.

— Oui, hélas !

Sennar inspira à fond.

— Parle, Ido.

Le gnome ne chercha pas à dissimuler sa stupeur ni à changer de sujet. Il planta ses yeux dans ceux de Sennar et entama son récit.

Par la suite, quelqu'un rapporta avoir épié son silence hébété de derrière la porte, pendant qu'Ido lui racontait tout. D'autres, au contraire, parlèrent de ses cris de douleur, ou encore de sa colère. Mais

Lonerin ne se souciait pas de savoir si Sennar avait pleuré ou s'il était resté sans voix en apprenant la mort de son fils. Il se tenait à l'écart de tous ces commérages et de tous ces gens qui fouillaient sans scrupule dans la vie d'un héros. Pour lui, la douleur était sacrée et il convenait de l'entourer de silence et de solitude. C'est pour cela qu'Ido avait insisté pour le lui annoncer lui-même, et qu'ensuite Sennar s'était enfermé dans cette chambre que personne ne connaissait, loin de tout et de tous.

Le jeune magicien l'imagina, seul, se complaisant dans sa douleur. Cependant un homme de sa trempe, qui avait vu, compris et accepté tant de choses dans la vie, surmonterait son chagrin. Et puis, il y avait San…

Lonerin le croisa peu après son retour. Il était constamment escorté d'un garde armé qui ne le lâchait pas d'une semelle, et il avait l'air dépaysé et ennuyé. C'était le premier demi-elfe qu'il rencontrait, même si le maître Folwar lui avait expliqué que San était un sang-mêlé, comme le Tyran. Ils n'eurent pas l'occasion de se parler, mais Lonerin avait déjà entendu tout ce qui se disait sur son compte.

Le lendemain de leur arrivée, Theana, Folwar et lui devaient se réunir en vue du prochain Conseil des Eaux, durant lequel on déciderait des étapes suivantes. Lonerin se sentait bizarre à l'idée de revoir sa compagne d'étude. D'un côté, il s'était langui d'elle, et il lui arrivait de caresser distraitement le petit sachet de velours qui contenait ses cheveux, sous sa tunique. De l'autre, il avait peur d'elle. Tout avait changé durant son absence, lui surtout. Il était parti sur une promesse tacite, et il revenait conscient d'y avoir manqué.

Il s'était étonné de ne pas la voir l'accueillir à son retour, mais il avait pensé qu'elle préférait sans doute lui parler en privé. Lorsqu'il la rencontra devant la porte de Folwar, il fut pris au dépourvu. Il réfléchit à toute vitesse. Qu'allait-il lui dire ? Comment allait-il la saluer ? De quelle façon lui expliquerait-il ses sentiments ? Mais elle ne leva même pas les yeux. Elle lui tourna le dos, frappa et entra.

Lonerin la trouva très belle. Il ne se la rappelait pas si attirante et lointaine, comme s'ils étaient maintenant séparés par des montagnes. Ce n'était pas la même distance que celle qu'il sentait entre Doubhée et lui, mais c'était quelque chose de peut-être plus douloureux et étranger.

Il la suivit et se retrouva chez son maître, comme aux beaux jours de leur apprentissage.

Ils s'entretinrent longuement, et Folwar le mit au courant des événements survenus durant son absence. Ils discutèrent également de San et de ses pouvoirs.

— Il est spécial, dit Theana d'un ton grave.

Lonerin remarqua qu'elle le regardait froidement, affichant une attitude qui se voulait très sûre d'elle. Elle aussi avait changé.

— Quand je l'ai touché, j'ai senti un courant passer entre nous, une force magique.

— Ido nous a raconté de multiples épisodes de leur voyage au cours desquels San a montré d'extraordinaires pouvoirs magiques, ajouta Folwar, en s'attardant sur le récit des aventures du gnome et de l'enfant.

— Vous supposez donc qu'il est particulièrement doué ? demanda Lonerin.

— Ce n'est pas une supposition, c'est une certitude, affirma sèchement Theana.

— Il y a quelque chose d'étrange en lui. C'est incroyable comme sa personne rappelle par certains côtés Aster, vous ne trouvez pas ? observa Folwar.

— Par exemple ? dit Lonerin, perplexe.

— Aster était un sang-mêlé, comme lui exceptionnellement doué pour la magie. Aster aussi a commencé par des enchantements involontaires, pour la plupart curatifs, comme San.

Lonerin se couvrit de sueur froide.

— Qu'est-ce que vous voulez dire ? Qu'il est destiné à accueillir l'esprit du Tyran ?

Folwar secoua la tête.

— Je ne sais pas, je ne possède pas assez d'éléments. Mais toutes ces coïncidences me préoccupent, et dans tous les cas nous devrons vérifier s'il existe un lien entre le fait d'avoir d'énormes pouvoirs magiques et celui d'être un sang-mêlé.

Ensuite, ce fut au tour de Lonerin de raconter ses aventures. Il insista notamment sur ce que Sennar lui avait dit.

Folwar l'écouta avec intérêt, mais il était visiblement de plus en plus fatigué.

— Si vous avez besoin de repos, nous pouvons reprendre plus tard, déclara le jeune homme.

Folwar secoua la tête.

— Je désire tout savoir avant le Conseil.

Lonerin continua donc. Lorsqu'il eut terminé, Folwar le regarda avec intensité.

— Et bien sûr, tu comptes te proposer pour cette mission.

— Et qui d'autre, sinon ?

— Un Conseiller.

Lonerin sentit quelque chose remuer dans ses entrailles.

— Maître, je…

Folwar leva la main.

— Je sais, Lonerin, je sais. Mais tu es jeune, et le sortilège dont tu parles est très complexe.

— Comme se rendre sur les Terres Inconnues.

— Je te formule les objections que t'opposera le Conseil.

— Sennar ne peut pas, il dit qu'il a perdu une partie de ses pouvoirs, et c'est moi qui l'ai convaincu de venir jusqu'ici.

— Et ton amie ? Sennar lui a donné la réponse qu'elle attendait ?

Lonerin rougit violemment. Du coin de l'œil, il surprit l'expression froide et impassible de Theana. En quelques mots rapides, il les informa aussi de l'issue de sa mission.

— Et tu ne voudrais pas l'aider ? Elle a toujours besoin de la potion, elle n'y arrivera jamais sans l'aide d'un magicien.

— Mon combat contre la Guilde passe avant tout.

La réponse avait jailli de sa bouche, sans qu'il réfléchisse. Et c'était vrai.

Folwar contempla les braises qui rougeoyaient dans la cheminée.

— Je t'appuierai, conclut-il en ramenant les yeux sur lui. Cela dit, Lonerin, le jour où il n'y aura plus de mission à accomplir, tu devras bien régler tes comptes avec ta haine. Que feras-tu alors ?

— Que voulez-vous dire ?

— Que tu n'as jamais renoncé à la vengeance.

Lonerin frémit et baissa les yeux.

— J'ai eu la possibilité de tuer l'un d'eux, et je ne l'ai pas fait.

— Cela te fait honneur, mais je ne voudrais pas que la destruction de la Guilde devienne une obsession pour toi.

« C'est tout ce qui me reste », pensa Lonerin en un éclair.

La nuit était tombée lorsque les deux jeunes gens quittèrent le bureau de Folwar. Ils avaient beaucoup parlé, et ils étaient tous fatigués. Theana prit le chemin de sa chambre sans même le saluer. Lonerin la saisit par le bras.

— Tu m'as manqué, lui dit-il avec un sourire.

Elle lui lança un regard glacé.

— Ne mens pas.

Même si le garçon s'y attendait, il resta coi.

— Je ne mens pas, balbutia-t-il.

Theana sourit amèrement.

— Si, pourtant. Comme quand nous nous sommes quittés.

Le souvenir de ce baiser si doux lui revint brusquement à l'esprit, si différent des scènes qui lui avaient occupé l'esprit ces derniers jours, les scènes de cette unique nuit avec Doubhée.

— Comment peux-tu penser une chose pareille ? répliqua-t-il, scandalisé.

La jeune fille libéra son bras.

— Pas ici, pas devant cette porte.

Et elle l'entraîna dehors, dans l'air frais de la fin d'été. C'était une nuit limpide, pleine d'étoiles.

— Je ne t'ai pas menti quand je t'ai embrassée ! protesta Lonerin.

— Si ! Il t'a suffi de la connaître, elle, et toutes les années que nous avons partagées ont été effacées. D'ailleurs, je n'ai jamais compté pour toi.

C'était une conversation qu'ils avaient déjà eue, mais cette fois-là elle n'avait pas été aussi définitive, et lui ne s'était pas senti aussi coupable que maintenant.

— Je t'ai déjà dit que c'était une sottise.

— Tu l'aimes, je le sais, rétorqua-t-elle froidement. Ça se voit à ta façon de la regarder, de te comporter avec elle. Et pendant ces mois... pendant ces mois...

Elle se mordit la lèvre.

Lonerin se demanda s'il devait lui dire la vérité. Mais quelle vérité ? Il ne savait même pas où il en était lui-même. Il n'arrivait pas à définir sa relation avec Doubhée, ni avec elle. Toutes deux semblaient se fondre en une seule figure.

— Vous êtes ensemble ?

— Non.

— Elle t'a repoussé ?

— En quelque sorte.

Theana fixa le sol en retenant ses larmes. La gifle arriva à l'improviste, et il l'accueillit avec soulagement, comme une punition méritée.

— Je n'ai rien pu y faire, bredouilla-t-il.

Une phrase stupide, même à ses propres oreilles.

— Tais-toi ! J'avais réussi à me persuader que tout était fini entre nous, mais ça ne l'est pas, pas encore...

Elle se couvrit les oreilles avec les mains et se mit à pleurer doucement.

Elle était si lointaine. Lonerin comprenait sa douleur, mais il sentait avec rage qu'il ne pouvait pas l'atteindre. Il la saisit fougueusement par les épaules, comme il l'avait fait le jour où ils s'étaient embrassés quelques mois plus tôt, et il pencha ses lèvres sur les siennes. Elle le dévisagea avec rancœur.

— Elle t'a repoussé et maintenant tu oses revenir vers moi ?

D'un bond, Theana se dégagea de son étreinte et s'éloigna.

San était assis les jambes pendantes. La chaise était trop haute pour lui, et cela l'agaçait. Il détestait avoir l'air d'un enfant. Il se sentait adulte, et il traînait son corps. Il rêvait au jour où il serait un beau et grand jeune homme et qu'il pourrait faire tout ce qu'il voudrait. Personne ne l'obligerait plus à rien, pas comme maintenant où il devait rencontrer son grand-père alors qu'il ne savait pas quoi penser de lui.

Il l'avait cru mort pendant si longtemps qu'il l'avait purement et simplement banni de son existence. Il avait l'impression qu'il allait voir un spectre. Et pourtant, Sennar était vivant.

Il s'agita. Que devrait-il faire quand il entrerait ? L'appeler « grand-père » ? Lui sauter au cou ? En fin de compte, c'était un étranger pour lui.

Le garde était parti, et c'était la première fois depuis son arrivée à Laodaméa. Il n'avait pas posé le pied sur les remparts, qu'Ido, encore à moitié assommé, avait décrété qu'il devait toujours être accompagné d'un garde, et il en avait été ainsi. On lui avait collé un échalas taciturne qui le suivait comme une ombre. Cela lui donnait encore plus l'impression d'être un enfant, et son absence était l'unique point positif de cette rencontre qui l'angoissait.

Il se mit à observer le bout de ses pieds. Il attendait depuis plusieurs minutes. Peut-être Sennar avait-il à faire ? Peut-être n'avait-il ni le temps ni l'envie de le rencontrer ?

La porte s'ouvrit d'un coup et San sauta sur ses pieds comme si on le surprenait en faute.

Sennar s'arrêta sur le seuil, l'expression indéchiffrable.

« Il est vieux », pensa San, et son cœur se mit à battre follement.

Ils restèrent plantés comme des piquets à se regarder, comme si le temps s'était arrêté.

— Tu peux t'asseoir, dit enfin Sennar, en refermant la porte derrière lui.

San nota qu'il avait une voix profonde. Il ne ressemblait en rien à l'image qu'il s'était faite de lui. À ses yeux, le Sennar qui avait écrit les livres qu'il lisait était un jeune homme, il avait une belle voix juvénile, des yeux limpides, et il était drôle. Or un vieil homme boiteux se tenait en face de lui.

Il obéit immédiatement, et ses pieds se remirent à pendre dans le vide.

Sennar mit une éternité à s'asseoir et scruta son petit-fils.

— Tu as les yeux de ta grand-mère, décréta-t-il.

San, embarrassé, se contenta d'approuver vaguement. Il aurait voulu détaler à toutes jambes.

« C'est ton grand-père, c'est un héros ! Dis quelque chose d'intelligent ! »

— Ton père t'a parlé de moi ?

San hésita. Allait-il lui servir un pitoyable mensonge ou lui assener une cruelle vérité ?

— N'aie pas peur. Avec les vieux, on peut toujours être sincère.

— Non. Il m'a dit que vous étiez mort.

— Tu peux aussi me tutoyer.

— Comme vous voulez.

L'enfant s'étonna de voir que Sennar semblait aussi gêné que lui.

— Il me manque, San… C'est ton nom, n'est-ce pas ?

Le garçon hocha la tête.

— Il m'a toujours manqué, depuis qu'il est parti pour toujours. Et j'ai vraiment cru qu'en venant ici je le retrouverais.

Les larmes que San vit dans ses yeux le déroutèrent. Elles étaient parfaitement en accord avec le nœud qui lui étreignait la gorge et l'estomac.

— Mais toi, tu es là, n'est-ce pas ?

Sennar sourit, son premier sourire depuis son arrivée. C'en fut trop pour San. Il éclata en sanglots en se haïssant de sa faiblesse. Il se sentait désespérément seul, il ne lui restait rien de sa vie d'autrefois, hormis un tas de souvenirs insupportables.

Sennar se leva lentement et vint près de lui. Il l'étreignit avec vigueur, d'un seul bras, et il n'y avait rien de condescendant dans son geste. Ce n'était pas l'étreinte d'un vieillard à un enfant, mais celle d'un homme qui étreignait l'un de ses pairs.

— Nous partagerons cette douleur, tu verras. Cette histoire finira, et quand tu seras à nouveau en sécurité, tu viendras vivre chez moi. Ce ne sera pas comme avant, mais ce sera beau. Ce sera beau.

— Tu vas me quitter ? demanda San en levant les yeux.

Sennar secoua la tête.

— J'ai de nouveau une mission à accomplir, comme me l'avait dit ta grand-mère il y a des années. Mais tu demeureras avec Ido, dans un lieu où personne ne pourra te faire de mal, et je reviendrai, je te le jure.

San enfouit la tête dans sa tunique, sans avoir honte pour une fois d'être un enfant. Il pensa qu'il devait s'habituer à sa nouvelle vie, qu'il devait seulement rester debout pendant que la tempête faisait rage. Il attendrait patiemment ce que l'avenir lui apporterait.

Le Conseil se tint en séance plénière. Il y avait vraiment tout le monde, à commencer par Sennar

– à qui, d'un commun accord, les Conseillers avaient restitué son ancien siège de Conseiller de la Terre du Vent – jusqu'à Doubhée, assise au fond, enveloppée dans son manteau noir.

Il fut interminable. Chacun prit le temps de faire un rapport détaillé pour informer les autres de ce qui s'était passé pendant les trois mois durant lesquels le Conseil ne s'était pas réuni au complet.

Daphnée prononça d'abord un discours sur la situation de la guerre. Rien de nouveau, en vérité, étant donné qu'ils étaient arrivés à une sorte de statu quo. Dohor avait encore du mal à unir ses nouvelles conquêtes, et une partie de ses forces avaient été réparties sur ses fronts internes, ce qui laissait au Conseil des Eaux quelques mois de répit.

Les hommes de Yeshol, en revanche, étaient partout. En plus de ceux qu'Ido avait rencontrés, ils menaient leurs intrigues à travers tout le Monde Émergé et certains avaient même tenté récemment de s'introduire dans le palais royal, heureusement sans succès.

Ensuite ce fut le tour d'Ido, qui raconta ses vicissitudes avec San, puis vint le long récit de Lonerin, et ce n'est qu'à la nuit tombée que Sennar put prendre la parole.

Lorsque Ido l'annonça, un frémissement parcourut l'assemblée. Il était une légende, et tous avaient le sentiment que le passé était revenu à la vie.

Doubhée attendait son intervention avec impatience. Elle s'était toujours demandé comment était sa voix quand il parlait en public, et par quelles subtilités oratoires il avait réussi à convaincre le Conseil de l'envoyer seul dans le Monde Submergé.

Lorsqu'il ouvrit la bouche, elle fut d'abord déçue. Il semblait ému, et ses mains tremblaient. Elle songea que pour lui aussi cela devait être difficile de revenir sur les lieux de son passé, de reprendre un rôle qu'il avait abandonné depuis des années. Mais peu à peu la tension baissa, et ses paroles, qui évoquaient des faits oubliés, des événements que la plupart des personnes présentes ne connaissaient que par l'histoire, finirent par captiver l'auditoire.

Il parlait d'Aster comme quelqu'un qui l'avait bien connu, d'un Monde Émergé différent de l'actuel, mais aussi de choses terriblement semblables, et surtout il abordait sans crainte la magie interdite, avec la compétence d'un homme qui a tout vu, et affronté les pires tourments.

C'est d'une manière claire et sobre qu'il décrivit l'enchantement à utiliser pour libérer l'esprit d'Aster, puis il ajouta quelque chose que personne n'aurait imaginé.

— L'enchantement est d'une difficulté particulière et il est assez risqué, et si je le pouvais, je l'accomplirais moi-même. Ma vie est liée à celle d'Aster, et, d'une certaine façon, je lui devrais de le faire moi-même. Mais j'ai consumé ma vie pour la magie, et il m'en est resté trop peu pour un rite de cette portée. En d'autres termes, je ne serais pas capable de formuler cet enchantement. Voilà pourquoi j'ai l'intention de préparer celui qui s'en chargera et de l'accompagner dans sa mission.

On entendit un léger murmure.

— Nous avons déjà un volontaire, et même si je ne veux pas anticiper la décision du Conseil, je le crois très qualifié pour ce rôle. Je parle de celui qui m'a convaincu de quitter ma retraite solitaire et de venir jusqu'ici, pour clore définitivement une longue page de ma vie.

Sennar se rassit, laissant le Conseil dans un silence méditatif.

Ido se leva au bout de quelques secondes.

— J'imagine que vous êtes tous épuisés. C'est pourquoi je vous suggère de remettre nos conclusions à demain. Aujourd'hui, nous avons entendu tous les éléments qui nous seront utiles pour décider de notre conduite future. La nuit nous portera conseil.

Doubhée se dirigea immédiatement vers la chambre qui lui avait été attribuée. Depuis qu'elle avait appris ce qu'elle devrait faire, elle préférait rester à l'écart. Encore une fois, le poids de son destin l'accablait. L'ombre du Maître, qui pendant toutes ces années avait été presque tangible, avait disparu comme le font les rêves ; et Lonerin, sur qui elle avait pensé pouvoir s'appuyer, s'était révélé un faux espoir. À l'horizon, il n'y avait plus pour elle qu'une mission qu'elle était à la fois impatiente d'accomplir et devant laquelle elle se dérobait.

Perdue dans ses pensées, elle heurta le siège de Folwar.

— Pardonnez-moi, dit-elle avec un sourire embarrassé. J'étais songeuse.

Le sourire chaleureux du vieil homme la surprit.

— J'imagine.

Doubhée ne put éviter de le regarder d'un air interrogatif.

— Lonerin nous a tout raconté.

La jeune fille en fut irritée. Elle n'aimait pas l'idée que ses affaires soient étalées sur la place publique. Elle s'inclina rapidement pour prendre congé, mais Folwar l'arrêta.

— Qu'as-tu l'intention de faire ?

Elle y avait déjà réfléchi. Elle n'avait plus sa place ici.

— Je partirai demain matin.

— Sans t'ouvrir au Conseil de tes projets ?

— La malédiction est mon problème, pas le vôtre.

— Mais Lonerin m'a dit que tu l'avais aidé à convaincre Sennar. Tu ne te soucies pas du sort du Monde Émergé ?

Autrefois, elle aurait pu répondre non ; maintenant, elle ne pouvait nier qu'elle se sentait impliquée dans toute cette histoire.

— Ce que je dois faire pour me libérer de la malédiction ne peut que m'éloigner du Conseil. Vous me donneriez votre bénédiction pour aller tuer un homme de sang-froid ?

Les yeux de Folwar se voilèrent et se firent subitement glacés.

— Cela changerait quelque chose, si Dohor était tué au combat ?

Doubhée fut touchée.

— Mais je suis un tueur à gages, murmura-t-elle.

— Vraiment ?

La jeune fille ne sut quoi répondre.

— Quoi qu'il en soit, tu ne peux pas agir en solo. Tu as besoin de potion, de beaucoup de potion, et qui accomplira le rite magique pour la destruction des documents ?

Doubhée s'enveloppa dans son manteau.

— Je trouverai bien quelqu'un.

— À l'intérieur d'ici ? Sennar est le seul à connaître la formule.

Doubhée se mordit la lèvre.

— Ton destin n'implique pas que toi, Doubhée, tu le sais désormais. Je ne te connais guère, mais il ne faut pas beaucoup de finesse d'esprit pour voir que tu as changé. Reste, et informe Ido de ce que tu dois faire. Il est juste que le Conseil le sache.

Folwar lui sourit et s'éloigna.

Doubhée resta clouée sur place. Elle se sentait coupée en deux. Comme toujours. D'un côté ce qui en elle l'invitait à la mort, son destin, et de l'autre quelque chose de vivant et de présent qui s'agitait au fond d'elle, quelque chose de pur, d'authentique. Et après ce qu'elle avait découvert sur elle-même durant ce long voyage, c'était encore pire.

Cette nuit-là, au lieu de faire ses bagages, elle essaya de dormir. Assister au Conseil ne serait pas une tâche de tout repos.

ÉPILOGUE

Doubhée entra dans la salle du Conseil enveloppée dans son manteau noir. Elle s'installa à l'écart comme la veille. Elle n'avait pas envie de participer, elle avait besoin d'écouter.

Presque aussitôt, une fille vint s'installer près d'elle. Doubhée la reconnut instantanément. Theana. Elle s'écarta instinctivement, se serra encore davantage dans son manteau, et concentra son attention sur la salle qui se remplissait peu à peu. Mais elle ressentait fortement la présence de la jeune fille à côté d'elle. Elle la regarda à la dérobée.

Elle était belle, avec sa peau diaphane, ses boucles blondes et son air pensif. Elle ne l'avait vue que renfrognée, le jour de leur départ pour les Terres Inconnues, et c'est cette image qu'elle avait conservée d'elle. C'était sûrement la petite amie de Lonerin, celle qu'il avait trahie.

Elle frissonna légèrement. Elle aussi lui avait indirectement fait du mal. Puis elle songea à toutes les années qu'elle et Lonerin avaient passées ensemble, à tout ce qu'ils avaient dû partager, et elle ressentit malgré elle une légère pointe de jalousie. Elle n'avait plus rien à voir avec Lonerin, elle l'avait repoussé, et il était libre de retourner vers cette fille.

— Lonerin m'a parlé de toi, et de ce que tu dois faire.

Doubhée tressaillit. Elle se tourna vers elle et chercha son regard.

— Tu le diras au Conseil, aujourd'hui ?

Theana la fixa. Il y avait de l'animosité dans ses yeux. Et pourtant, c'étaient des yeux limpides et cristallins qui lui firent envie.

— C'est ma mission. Ce ne sont pas les affaires du Conseil.

— Mais tu as besoin d'un magicien.

Doubhée regarda autour d'elle d'un air embarrassé. Elle ne voyait pas où elle voulait en venir.

Theana s'approcha de son oreille, et elle sentit son souffle chaud sur sa peau.

— Lonerin a dit qu'il irait avec Sennar libérer Aster.

Elle s'écarta et Doubhée vit qu'elle souriait. Un sourire victorieux et triste en même temps. Qui l'agaça.

— Et alors ?

La jeune fille se tordit les mains, et Doubhée éprouva à nouveau le désir de s'en aller, de fuir ce lieu où elle n'avait plus rien à faire. Elle devait trouver Dohor et l'égorger, comme la Bête dans son cœur le réclamait, et comme elle-même le désirait. Sa place n'était pas d'être enfermée dans un Conseil, mais de se tapir dans l'ombre des palais, son poignard serré dans sa main, seule et maudite. Parce qu'elle avait toujours été maudite, bien avant la Bête, et cela avait été une illusion de croire qu'elle pouvait se libérer.

Elle se leva d'un bond, avisa une place encore plus isolée, en haut, et s'y réfugia en hâte. C'était une fuite, et alors ? Le mieux aurait été de quitter aussi le Conseil, mais elle ne le pouvait pas. C'était comme si Lonerin lui avait transmis un peu de sa passion pour le Monde Émergé.

Lorsque la salle fut pleine, Ido résuma pour l'auditoire les points importants de la veille. Puis il entra dans le vif du sujet.

— Il est évident que nous nous trouvons face à deux tâches : d'un côté, nous devons mettre San à l'abri ; sans lui, Yeshol est réduit à l'impuissance. De l'autre, si l'esprit d'Aster reste dans les limbes, la menace sera éternelle, et nous n'avons pas le droit de condamner un enfant à se cacher toute sa vie. Par conséquent, il est indispensable que quelqu'un rompe l'enchantement invoqué par Yeshol. Sennar nous a longuement parlé du rite à accomplir, et il nous a dit qu'il était nécessaire d'utiliser comme catalyseur le talisman du pouvoir. Eh bien, je ne l'ai pas.

L'assemblée sembla ébranlée, et Doubhée elle-même s'étonna. Elle était convaincue, probablement comme tous les autres, qu'Ido avait déjà résolu la question.

— Je n'ai pas fouillé la maison de Tarik, peut-être que le talisman y est encore. Mais j'ignore où il se trouve.

— Et le garçon ? Sait-il quelque chose ? s'enquit une voix.

Ido secoua la tête.

— La mission est donc double : retrouver le talisman et s'infiltrer dans la Guilde pour libérer l'esprit d'Aster. Sennar a déclaré vouloir participer à l'entreprise. Je lui demande maintenant de nous le confirmer.

Doubhée vit le vieux magicien se lever d'une place presque aussi isolée que la sienne.

— Je le confirme. C'est mon devoir, celui qui m'a conduit jusqu'ici.

— Mais tu as besoin d'aide, ajouta Ido.

Sennar se contenta de hocher la tête.

— Et tu as désigné une personne.

Lonerin se leva vivement, sans attendre qu'on lui donne la parole.

— Il ne m'a pas seulement désigné, je suis heureux de me proposer pour cette mission.

Ido lui fit un signe de la main.

— Personne n'en doute, rétorqua-t-il en souriant. Des objections ?

Il y en eut plusieurs, et Doubhée les écouta avec attention. Elle espérait, sans vouloir se l'avouer, que l'une d'elles serait écoutée. Elle sentit la Bête frémir dans ses entrailles. Elle avait besoin d'un magicien, et elle désirait que ce soit lui. Peut-être parce qu'elle avait peur de ne pas en trouver d'autre, peut-être pour se venger de Theana, ou peut-être parce que quelque chose les liait au-delà de leur volonté, quelque chose de trop faible pour être de l'amour et de trop fort pour n'être qu'une simple amitié.

— L'enchantement est très difficile, il exige de la puissance, et nous avons affaire à un magicien qui n'a pas terminé son apprentissage.

— C'est une chose de ramener quelqu'un ici, c'en est une autre de participer à un rite d'une telle complexité.

Lonerin écouta tout le monde, puis il prit la parole.

— Mon maître peut attester de ma préparation, et je pense avoir prouvé l'étendue de mes forces magiques durant le voyage sur les Terres Inconnues. Et vous ne devez pas non plus négliger ma volonté de fer. Ma mission à l'intérieur de ce Conseil passe avant tout pour moi.

Folwar intervint pour le soutenir. Sa voix était faible, mais ses arguments précis et tranchants.

— C'est un magicien très doué. Et je peux vous assurer que la tâche n'excède pas ses possibilités, surtout s'il y est préparé par un maître de l'envergure de Sennar.

— Si j'ai proposé ce garçon, ce n'est pas par hasard, renchérit Sennar après s'être levé pour parler. C'est moi qui vous ai présenté le rite, et il nécessite certes une grande maîtrise de la magie. Mais je sens que ce jeune homme possède les capacités requises, et je ferai de mon mieux pour l'aider, jusqu'à la limite de mes forces.

Il ne fallut pas longtemps pour convaincre le Conseil. Sennar et Lonerin iraient à la recherche du médaillon et, une fois celui-ci trouvé, le jeune homme retournerait au sein de la Guilde pour libérer l'esprit d'Aster. Il fut plus ou moins implicitement décidé que, dans ce cas, ce serait Doubhée qui lui expliquerait où aller et quoi faire.

En entendant son nom, Doubhée s'enfonça un peu plus dans son siège.

— En ce qui concerne l'autre mission, c'est moi qui mettrai San à l'abri, dit enfin Ido.

L'assemblée murmura, et Daphnée se fit l'interprète de tous.

— Nous pensions que tu reprendrais plutôt ton rôle au sein de la résistance. Tu es son âme… Il ne suffit pas de frapper la Guilde, les plans de Dohor ne se bornent pas à son alliance avec Yeshol et il faut continuer à combattre.

— Je comprends, cependant j'ai juré de protéger San, et pas seulement à son père. Je dois le faire, vous comprenez ? Je suis conscient de vos difficultés, mais en réalité, je ne suis plus qu'un symbole pour vous.

L'assemblée murmura à nouveau, et plus fort.

— Cela fait bien longtemps que je n'ai pas foulé un champ de bataille. Je planifie les offensives d'ici, mais ce sont d'autres qui combattent. Et puis, en mon absence, vous avez avancé sans moi. À présent, je suis appelé par d'autres devoirs.

La rumeur s'amplifia encore, qu'Ido fit taire en reprenant la parole.

— San viendra avec moi dans le Monde Submergé.

Ce nom suffit à ramener le silence.

— Pendant ces jours de convalescence forcée, ici, à Laodaméa, j'ai pris contact avec le roi de la Terre de la Mer, comme certains d'entre vous le savent déjà, et par son intermédiaire j'ai trouvé un refuge sûr pour San et moi. Vous me pardonnerez de ne pas vous révéler notre destination… les murs ont des oreilles, surtout depuis que nous avons vu tant d'Assassins rôder dans les parages.

Des chuchotements parcoururent à nouveau la salle.

— En ce qui concerne Dohor, nous continuerons comme toujours. Mais le Tyran est un danger bien plus présent et menaçant que lui.

Doubhée frissonna. Quelque chose lui disait de se lever et de parler, mais elle se retint. Si elle devait discuter avec quelqu'un, ce serait avec Ido. Sa mission avait un but très personnel, et requérait des moyens qui par essence étaient condamnés par cette assemblée.

— Je crois que c'est tout. Peut-être que plusieurs mois s'écouleront avant que nous nous rencontrions à nouveau, peut-être pour certains d'entre nous est-ce même un adieu. Mais nous sommes une nouvelle fois devant un virage, comme les plus anciens d'entre nous en ont déjà connu. Une nouvelle fois nos destins sont liés à l'issue incertaine d'une mission, aux pouvoirs d'un magicien, à la volonté du vieillard que je suis. Chacun d'entre nous poursuivra son but comme s'il n'existait rien d'autre. Au cours de ces années, nous avons bâti ce Conseil des Eaux à l'image d'un corps à plusieurs têtes : je vous demande de vous souvenir de cette première leçon que je vous ai enseignée après l'écrasement de la résistance, sur ma bien-aimée Terre du Feu. Pour le reste, je ne puis qu'espérer que nous puissions ensemble, tous ensemble, jouir à nouveau de la paix.

Ido leva la séance par la formule rituelle, et c'est dans un grand silence que l'assistance se dirigea vers la sortie. Les paroles du gnome avaient touché tout le monde.

Doubhée attendit que la salle soit presque vide pour se lever. Elle se fraya un chemin parmi la foule qui sortait et rejoignit avec difficulté Ido.

— Je dois vous parler, lui dit-elle.

— Vas-y, répondit-il avec un sourire las.

— Pas ici.

— Tu as trouvé ce que tu cherchais ? lui demanda le gnome dès qu'ils furent seuls dans sa chambre.

Doubhée revit en un éclair la brève discussion qu'ils avaient eue sur les remparts de Laodaméa, avant son départ pour les Terres Inconnues. Il lui avait dit alors que tout dépendait d'elle, mais il n'y avait pas cru.

Mais maintenant, tout à coup, elle comprenait. Pourtant, cela ne lui apporta aucun soulagement. Sur la route elle avait trouvé beaucoup de choses, mais elle en avait laissé autant de côté. Et finalement, elle n'avait rien entre les mains, sinon son poignard, comme au début. Le meurtre, dans le passé et dans le futur. Une cage.

— Je ne sais pas, répondit-elle honnêtement.

— On ne finit jamais de chercher. Tu as lu les *Chroniques du Monde Émergé* ?

— En partie.

— Je crois que cela te ferait du bien de les lire attentivement. Là aussi il est question d'une quête. La vie, au fond, n'est rien d'autre, et du haut de mes cent ans je peux dire qu'on ne possède jamais vraiment rien.

Doubhée baissa les yeux. Aborder le sujet qui la

tracassait devant un personnage aussi important la mettait mal à l'aise.

— Pendant que vous ferez votre possible pour votre mission, moi je mènerai la mienne.

Elle se tut et regarda Ido. Il la fixa, puis prit sa pipe posée dans un coin. Il s'assit.

— Que veux-tu dire ?

— Sennar m'a expliqué ce que je dois faire pour me libérer de la malédiction.

Elle débita tout d'une traite, presque sans respirer. C'était comme se libérer d'un poids.

— Je dois tuer Dohor, conclut-elle d'un ton grave. Folwar m'a conseillé de vous en parler, parce qu'il est vrai que cette mission est la mienne, mais que son succès signifierait le salut pour le Monde Émergé.

Ido fumait nerveusement, et il garda le silence.

— Qu'est-ce que tu attends de moi ? Que je t'approuve ? lui demanda-t-il enfin.

Doubhée fut frappée de la dureté de sa voix.

— Je ne peux pas faire autrement, murmura-t-elle.

— Et moi je ne peux pas entériner ta mission.

Ido se planta devant elle, ses bras robustes posés sur ses épaules, son visage ridé et fatigué contre le sien.

— Le Conseil ne peut pas ordonner de tuer Dohor. Nous ne pouvons même pas soutenir ta mission, parce qu'elle va à l'encontre de nos principes.

Doubhée détourna les yeux.

— Mais s'il meurt...

Ido s'éloigna brusquement et se remit à marcher.

— Si le Conseil donnait son accord, nous ne vaudrions pas mieux que Yeshol, nous serions prêts à tout pour atteindre notre but. Tu le comprends, Doubhée ?

Elle le comprenait, hélas. Même Dohor, que pourtant elle haïssait et dont elle aurait sacrifié la vie sur-le-champ... Elle n'arrivait pas à considérer Dohor seulement comme un gibier à abattre. Et pourtant, le Maître disait : « L'homme à tuer n'est pas une personne... Il n'est rien. Tu dois le regarder comme tu regarderais un animal, ou encore moins, un bout de bois, un caillou. » Doubhée toutefois savait qu'il n'y avait jamais cru lui-même. Comment elle, sa stupide élève, y serait-elle parvenue ?

— Je ne vous demande rien, ni aide ni autre chose. Je pensais seulement que vous deviez être informé.

Ido se posta devant la fenêtre en lui tournant le dos. Sa respiration rapide montrait qu'il était en colère.

— C'est mon ennemi depuis plus de quarante ans. Je le hais comme je n'ai jamais haï personne, pas même le Tyran.

Doubhée devina soudain ce qui irritait Ido à ce point.

— Je suis désolée. Cependant, je ne peux pas attendre que la guerre suive son cours pour que cet homme meure. Je serai dévorée par la Bête avant, et je ne suis pas assez courageuse pour affronter une telle mort.

Ido secoua vigoureusement la tête et se tourna vers elle.

— Alors cherche-toi un magicien parmi ceux qui se trouvent ici, et va. Je ne peux pas te donner officiellement ma bénédiction, et je dois t'avouer que j'espérais régler moi-même mes comptes avec l'homme qui a détruit ma vie, mais va, et dis au magicien qu'il a mon autorisation pour te suivre et t'obéir.

C'était plus que Doubhée ne désirait et n'espérait.

— Croyez-moi, j'avais juré que je ne tuerais plus, mais...

— Vis, cela seul importe dans l'immédiat. Si tu veux avoir une chance de changer, de trouver ta voie et de te libérer, tu dois vivre. Fais ce que je t'ai dit.

Doubhée serra la main du gnome avec force, en baissant les yeux. Si elle s'en était sentie digne, peut-être l'aurait-elle étreint, mais elle avait les mains souillées de sang et son âme était de plomb. Elle sortit, les épaules voûtées sous le poids de son fardeau.

Theana guettait Doubhée dans l'un des couloirs qui menaient à la chambre d'Ido. L'attente la rongeait, et elle se tordait les mains de nervosité.

Elle réfléchissait à sa décision, prise impulsivement.

Cela ne lui ressemblait pas. Mais elle ne ferait pas marche arrière. Elle ne s'expliquait pas clairement la raison de ce choix. Il lui avait suffi de voir la résolution de Lonerin, et de l'entendre affirmer : « Ma mission passe avant tout. »

Avant Doubhée, bien sûr, mais aussi avant elle. « Avant tout ». Lonerin ne serait jamais à elle, en dépit de ses tentatives maladroites pour l'aimer, et malgré l'amour sans bornes qu'elle lui vouait.

Alors s'en aller elle aussi était peut-être la seule solution. La mort de Dohor, même si elle était obtenue pour d'autres raisons, libérerait le Monde Émergé. Et elle y apporterait sa contribution, si modeste soit-elle.

Enfin, elle la vit passer dans son manteau noir, et elle ne put s'empêcher de penser qu'il y avait vraiment quelque chose d'irrésistible en elle. Elle était seule, marquée par un destin obscur. Maintenant Theana comprenait ce qui la rendait si fascinante.

— Je peux te parler ?

Elle la mena dehors. Le ciel était nuageux, et l'air sentait le musc et la pluie. Elles s'assirent sur un banc.

— Quels sont tes projets ?

Doubhée la regarda avec hésitation.

— En quoi mon destin t'intéresse-t-il ?

Theana haussa les épaules. Elle ne le savait pas clairement elle-même. Elle préféra aller droit au but.

— Tu as trouvé le magicien dont tu as besoin ?

Doubhée secoua la tête.

— Qui voudrait aider une tueuse ?

Theana avala sa salive. *Aider une tueuse.* Elle n'y avait pas songé en ces termes.

— Je pourrai t'accompagner.

— Comment ? s'exclama Doubhée en se tournant vivement vers elle.

— Je suis une magicienne, et plutôt spéciale. La religion de Thenaar, le vrai Thenaar, n'a pas de secret pour moi.

— Que veux-tu dire ?

— Mon père était l'un de ses prêtres, mais la Guilde le considérait comme un hérétique. Pourtant, Thenaar est un ancien dieu, que certains identifient à celui des Anciens Elfes, Shevraar.

— Je sais.

Ce fut au tour de Theana d'être surprise. Peu de gens connaissaient ce détail.

— Mon père a passé sa vie à essayer de rectifier l'image que la Guilde avait créée de lui.

— Quelle raison aurais-tu de m'accompagner ? Tu n'as pas une grande sympathie pour moi, n'est-ce pas ? répliqua Doubhée, sceptique.

C'était vrai, mais Theana avait du mal à expliquer ce qui l'avait poussée à prendre cette décision. Son désir de s'éloigner de Lonerin, de poursuivre un but propre ; l'envie d'agir, elle qui était toujours restée en sécurité derrière la chaise de Folwar ; et le désir, absurde, d'aider la femme que Lonerin aimait, ou du moins avait aimée. Le subtil plaisir de s'infliger la torture de prêter main-forte à son ennemie. Tous ces sentiments s'agitaient confusément dans son cœur, et elle n'arrivait pas à les formuler.

— Parce que tu as besoin d'aide. Et Lonerin ne peut pas te la donner.

Et c'était en partie la vérité.

Doubhée secoua la tête.

— Comment voudrais-tu m'aider ? Qu'est-ce que tu cherches, à souffrir ? répliqua-t-elle ironiquement.

Ça aussi.

— Je t'offre mon concours, insista Theana. Pourquoi ne l'acceptes-tu pas simplement, avant que je ne change d'avis ?

Le regard de Doubhée se durcit.

— Je ne te demande rien.

— J'en ai assez de rester ici, ça te va ? Et d'être la gentille élève du Maître Folwar. Il y a quelques semaines, je suis allée secourir Ido, et j'ai eu envie de sortir de ma prison, d'accord ?

Doubhée se leva brusquement.

— Tu n'as aucune idée de qui je suis vraiment.

Je vis au milieu de la mort, j'ai un monstre dans le cœur, et quand il prend possession de moi, je ne distingue plus mes ennemis de mes amis. J'ai même failli tuer Lonerin, il te l'a raconté ? Et je pars tuer un homme, tu comprends ?

Son regard était soudain devenu désespéré. Theana ne sut pas quoi dire.

— Tu l'aimes à ce point ? lui demanda tout à coup Doubhée. M'aider ne servira à rien. Lonerin n'éprouve plus rien pour moi, sans quoi c'est lui qui m'aurait accompagnée.

— J'en ai besoin, Doubhée… J'ai besoin de m'éloigner d'ici pour trouver ma voie.

Doubhée appuya sa tête contre le mur.

— Demande à Sennar de t'enseigner l'enchantement, dit-elle. Si tu veux toujours venir, je pars demain.

Sur ces mots, elle regagna sa chambre, et Theana resta seule, transpercée par le vent d'automne.

Lonerin ouvrit la porte d'un coup et trouva Theana en train de faire ses bagages. Cette vision le rendit fou de rage.

Il courut vers elle et lui prit les mains avec fougue.

— On peut savoir ce qui t'est passé par la tête ? Tu n'iras nulle part !

Theana fut prise au dépourvu, mais il ne lui fallut pas longtemps pour reprendre son sang-froid.

— Tu me fais mal, siffla-t-elle, et Lonerin la lâcha.

— C'est de la folie !

La jeune fille se remit tranquillement à sa besogne. Lonerin regarda ses instruments de prêtresse disparaître un à un dans son sac de cuir.

— Tu n'as pas le droit de me dicter ma conduite. Je t'en avais donné l'occasion il y a longtemps, mais tu l'as refusée.

— Tu ne connais même pas Doubhée, pourquoi devrais-tu l'aider ? Et elle va tuer un homme ! Elle n'a rien à voir avec toi !

Theana s'immobilisa, les mains tremblantes. C'était toujours ainsi quand la colère et l'impuissance la submergeaient. Lonerin se rendit brusquement compte avec un pincement au cœur à quel point il la connaissait.

— J'ai soigné Ido en territoire ennemi, tu es au courant ? dit-elle en se tournant vers lui.

— Oui, mais…

— Je suis fatiguée de rester dans ce palais pendant que toi et les autres agissez. Je veux trouver ma propre voie.

Elle regarda par terre en retenant ses larmes.

Lonerin la saisit par les épaules.

— Tu le fais pour moi ?

Elle continua à fixer obstinément le sol.

— Si c'est pour moi, c'est inutile.

— C'est pour moi ! éclata Theana en se libérant. Tous ces longs mois où tu es parti n'ont pas suffi, ces longs mois avec Doubhée pendant lesquels tu l'as aimée.

Lonerin voulut parler ; d'un geste, elle le réduisit au silence.

— Aie au moins la décence de te taire ! dit-elle, vibrante de colère.

Elle essaya de se maîtriser, mais c'est d'une voix tremblante qu'elle reprit :

— Toi tu as suivi ton chemin, et moi je suis restée à attendre que tu reviennes occuper la place que tu as toujours eue pour moi.

Lonerin se sentit transpercé par ces paroles. Tout devenait soudain clair.

— Je pars pour me sauver.

Il la regarda en silence terminer ses bagages en reniflant.

« Je l'ai perdue. J'ai perdu Theana pour toujours. » Il n'arrivait pas à penser à autre chose.

— Mais pourquoi avec elle ? murmura-t-il.

— Parce qu'elle est le pivot, la pièce maîtresse, tu ne l'as pas compris ? Parce que si elle réussit, nous serons libres.

Un sanglot lui échappa.

— Si tu tiens réellement à moi, sors d'ici et ne viens surtout pas me dire au revoir demain.

— Ne me demande pas ça, dit-il doucement.

— Si tu ne voulais pas que cela se termine ainsi, il fallait y penser avant. J'ai toujours su ce que je voulais, mais toi ? Tu as ta vengeance. Savoure-la bien.

Lonerin était pétrifié. Il la trouvait soudain distante, froide et… courageuse.

Il s'approcha lentement d'elle et lui donna un baiser sur le front.

— Je t'en conjure, prends bien soin de toi, chuchota-t-il.

Elle ferma les yeux, et il la sentit trembler entre ses bras.

— Toi aussi.

Il se détacha d'elle et sortit. Une fois dehors, il s'autorisa enfin à pleurer sur son erreur.

Ido relut le parchemin qu'il tenait entre les mains. Il voulait être sûr.

Kyrion, général de la Terre de la Mer, était devant lui et le regardait d'un air grave. Le vent soufflait fort, ce matin-là, et San resserra son manteau autour de lui.

— Nous vous escorterons jusqu'aux Écueils de l'Ombre, puis les hommes de Tiro prendront le relais.

Ido replia le parchemin et hocha la tête.

— Merci pour tout, dit-il sèchement.

Kyrion sourit.

— Pour vous, j'aurais fait mille fois plus.

L'ombre se levait à peine. Ido avait décidé de partir le plus tôt possible et avec une escorte réduite. San serait en danger tant qu'ils n'auraient pas atteint leur destination.

Kyrion appela le chevalier qui l'accompagnait. Près de lui se trouvait un petit dragon azur, assez robuste pour porter un gnome et un enfant.

— Il n'est pas exactement comme les dragons auxquels vous êtes habitué, précisa le chevalier.

Kyrion le regarda de travers.

— Tu parles au plus grand guerrier de tous les temps.

Ido l'arrêta d'un geste et se tourna vers le soldat.

— Ne crains rien, tu le retrouveras entier à la fin de mon voyage.

Il fit signe à San de monter. L'enfant semblait frigorifié, mais ses yeux brillaient d'admiration.

— Il est trop beau… lui dit-il à l'oreille.

Ido l'aida à s'installer sur le dos du dragon, puis il le suivit.

— Tu es prêt ?

L'enfant fit signe que oui.

Le gnome lui passa un bras autour de la taille pour lui communiquer un peu de chaleur et l'empêcher de tomber.

— On y va ?

— Oui. Mais où ?

— Dans le Monde Submergé, chez un vieil ami de ton grand-père.

Ils éperonnèrent le dragon, et en un clin d'œil ils s'envolèrent dans le ciel.

— Tu es vraiment obligée d'emporter tout ça ?

Doubhée regardait d'un œil sceptique Theana qui traînait un énorme sac de cuir.

La jeune fille hocha la tête.

— Ce sont les livres que Sennar m'a donnés pour le rite. Je dois les étudier.

— Alors fais-le pendant le voyage. On ne peut pas les introduire à la cour de Dohor, on serait tout de suite repérées.

Theana fit la moue, et Doubhée chargea sur son épaule le petit baluchon qui contenait ses affaires. Sa vie à elle ne pesait pas grand-chose…

La jeune magicienne monta sur son cheval avec une certaine difficulté, et Doubhée se demanda si elle serait à la hauteur. Elle ne savait rien d'elle, à part le peu qu'elle avait bien voulu lui révéler la veille dans le jardin. Certes, elle avait l'air décidée, mais la détermination ne lui suffirait pas. Tous ceux qui la suivaient devaient se préparer à connaître l'enfer.

— Tu viens ? dit Theana, pas très à l'aise sur sa selle.

Doubhée se retourna pour regarder derrière elle.

Personne n'était venu les saluer. Pas même Lonerin. Mais il était passé la voir le soir précédent.

« Je n'étais pas d'accord pour que Theana t'accompagne, lui avait-il dit.

— Je ne l'aurais jamais imaginé moi-même », avait-elle répliqué.

Le jeune homme avait regardé ses mains d'un air embarrassé, et elle avait compris que leur histoire était finie à jamais. Ils avaient été unis, puis un abîme s'était creusé entre eux.

Elle lui avait donné un rapide baiser sur la joue, sans passion, comme à un ami.

« Prends soin de toi. Quand nous nous reverrons, tu seras libre. »

Il lui avait souri, et elle avait souri à son tour. Libre ? Comme l'avait dit Ido trois mois plus tôt, cela dépendait d'elle. Peut-être serait-ce son dernier meurtre, le dernier sang versé en échange de sa libération, après quoi elle pourrait enfin espérer une vie différente, sous une étoile qui ne serait pas la rouge Rubira, l'astre de la Guilde. Au fond, cela était-il possible ? Le désirait-elle seulement ? Elle était si fatiguée.

— Tu as pris la potion et les ingrédients pour les autres enchantements ? demanda-t-elle en se hissant en selle.

— Oui.

— Dans ce cas, en route !

Doubhée éperonna son cheval et lui imprima une allure lente et lasse. Le ciel au-dessus d'elles était de plomb, et elle se demanda quand cette chape s'ouvrirait enfin pour laisser passer un rayon de soleil.

Personnages

Aïrès : dernière reine de la Terre du Feu avant l'avènement de Dohor.

Aster : aussi appelé le Tyran, l'homme qui avait presque réussi à conquérir tout le Monde Émergé et qui fut tué par Nihal durant la Grande Bataille d'Hiver.

Bataille d'Hiver : grande bataille durant laquelle l'armée des Terres libres, menée par Nihal, a réussi à vaincre le Tyran.

Bête : terme par lequel Doubhée désigne la malédiction dont elle est victime, et qui a réveillé en elle un être assoiffé de sang.

Conseil des Eaux : assemblée qui réunit les souverains et les représentants des magiciens et des stratèges de la Terre de la Mer, du Cercle des Bois et de celui des Marais. Il combat contre Dohor.

Daphnée : reine du Cercle des Bois.

Dohor : roi de la Terre du Soleil ; par la guerre, les intrigues et une alliance avec la Guilde des Assassins, il est parvenu à prendre le contrôle plus ou moins direct sur cinq des huit Terres du Monde Émergé.

Doubhée : jeune voleuse qui a suivi l'apprentissage des Assassins de la Guilde.

Enfants de la Mort : nom donné par la Guilde aux enfants qui ont tué par erreur et qui, pour cette raison, sont, selon elle, destinés à servir Thenaar.

Fammins : créatures créées par le Tyran au moyen de la magie interdite. Après la Grande Bataille d'Hiver, ils se sont installés sur la Terre des Jours.

Filla : élève de Rekla et son compagnon dans sa mission pour retrouver Doubhée et Lonerin.

Folwar : Conseiller de la Terre de la Mer, maître de Lonerin.

Forra : frère de Sulana et féroce lieutenant de Dohor.

Ghuar : chef du village des Huyé.

Gornar : camarade de jeu accidentellement tué par Doubhée enfant.

Guilde des Assassins : secte qui utilise le meurtre comme une forme de glorification de Thenaar, le dieu sanguinaire adoré par ses adeptes.

Huyé : peuple des Terres Inconnues.

Ido : gnome, ancien maître de Nihal, et longtemps Général Suprême de l'Ordre des Chevaliers du Dragon ; il a rejoint le Conseil des Eaux pour combattre Dohor.

Jenna : ami et assistant de Doubhée, qui lui procurait des clients lorsqu'elle exerçait ses talents de voleuse sur la Terre du Soleil.

Kagua : espèce de dragon, qui se caractérise par sa petite taille et qui vit sur les Terres Inconnues.

Kerav : assassin de la Guilde sous les ordres de Rekla dans la mission pour retrouver Doubhée et Lonerin.

Laodaméa : capitale du Cercle des Bois.

Learco : fils de Dohor.

Leuca : Assassin de la Guilde qui accompagne Sherva durant sa mission pour enlever San.

Lonerin : magicien, élève de Folwar, Conseiller de la Terre de la Mer ; il s'est infiltré dans la Guilde pour connaître leurs plans et y a rencontré Doubhée.

Maison : tanière secrète de la Guilde, creusée dans les entrailles de la Terre de la Nuit.

Marva : village du Cercle des Marais.

Nihal : demi-elfe qui a vaincu le Tyran durant la Grande Bataille d'Hiver.

Oarf : dragon de Nihal.

Rekla : Gardienne des Poisons de la Guilde des Assassins.

Saar : grand fleuve qui sépare le Monde Émergé des Terres Inconnues.

Salazar : capitale de la Terre du Vent.

San : fils de Tarik, petit-fils de Nihal.

Sarnek : maître de Doubhée ; il a fui la Guilde où il était né et où il avait été élevé.

Seferdi : capitale de la Terre des Jours.

Selva : village natal de Doubhée, sur la Terre du Soleil.

Sennar : magicien, compagnon de Nihal.

Soana : ancien Conseiller de la Terre du Vent, compagne d'Ido.

Sulana : reine de la Terre du Soleil, femme de Dohor.

Talya : femme de Tarik.

Tarik : fils de Nihal et de Sennar.

Terres Inconnues : territoires inexplorés qui s'étendent au-delà du Saar.

Thal : le plus grand volcan de la Terre du Feu.

Theana : magicienne, compagne d'étude de Lonerin.

Thenaar : dieu adoré par la Guilde des Assassins et ancienne divinité elfique.

Vésa : dragon d'Ido.

Volco : intendant de Dohor.

Xaron : dragon de Learco.

Yeshol : Gardien Suprême de la Guilde des Assassins, la plus haute autorité de la secte.

Yljo : Huyé qui sert de guide à Doubhée et Lonerin dans la dernière partie de leur voyage.

Ouvrage composé par
PCA - 44400 Rezé

Imprimé en France par CPI
en juin 2021
N° d'impression : 2057634
S22882/03

MIXTE
Papier issu de
sources responsables
FSC® C003309

L'éditeur de cet ouvrage s'engage dans une démarche de certification FSC® qui contribue à la préservation des forêts pour les générations futures.

Pour en savoir plus :
www.editis.com/engagement-rse/

PKJ • www.pocketjeunesse.fr
POCKET JEUNESSE

92, avenue de France – 75013 Paris

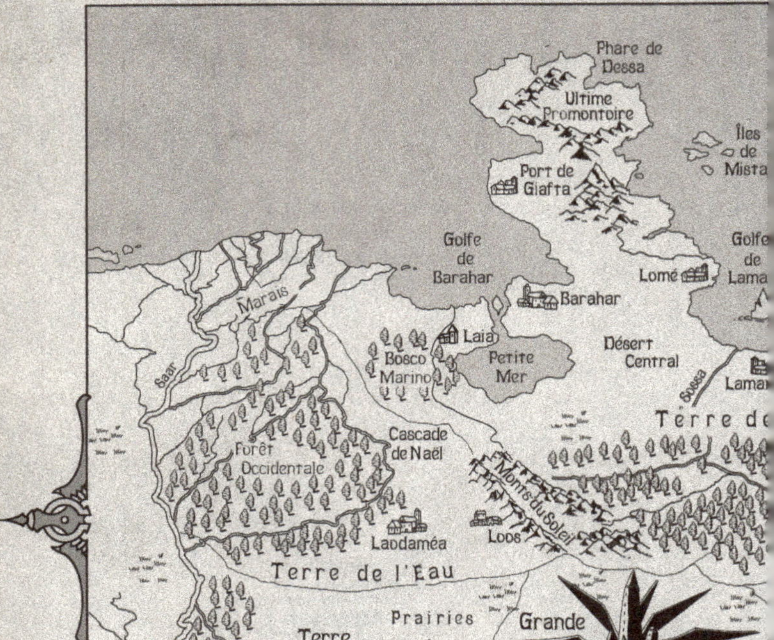
Phare de Dessa
Ultime Promontoire
Îles de Mista
Port de Giafta
Golfe de Barahar
Golfe de Lama
Lomé
Barahar
Marais
Laia
Petite Mer
Désert Central
Bosco Marino
Saar
Sossa
Lama
Terre de
Cascade de Naël
Forêt Occidentale
Monts du Soleil
Laodaméa
Loos
Terre de l'Eau
Prairies
Grande
Terre
Terre du Vent
Salazar
Forêt
Daress (Monts du Nord)
Terre des Roches
Thal (Père des Monts)
Nassel
Assa
Forêt de Pierre
Montagnes Noires
Barrière de Feu
Gana
Terre de Feu
Passel
Champs Morts
Hora (Bouche Méridionale)